LARA CROFT
TOMB RAIDER

Buch

Die größte Abenteuerin und Entdeckerin, Lara Croft, findet in ihrem großzügigen englischen Heim, Croft Manor, eine geheimnisvolle Uhr. Es ist die *Uhr der Äonen*, von der Laras Vater ihr erzählt hatte. Aus diesen früheren Erzählungen weiß sie, dass die Uhr dazu dient, einen antiken Kultgegenstand ausfindig zu machen, der dem Besitzer göttliche Macht verleiht: das *Allsehende Auge*. Und wenn Lara das *Allsehende Auge* fände, dann ließe sich auch das Geheimnis um ihren Vater lüften – der angesehene Archäologe Lord Croft war von seiner letzten Expedition nicht zurückgekehrt. Doch Lara jagt nicht als Einzige nach dem begehrten Objekt. Die Illuminati, eine geheimbündlerische Vereinigung von Machtbesessenen, wollen das Auge in ihre Gewalt bringen und die Weltherrschaft erringen, dabei schrecken sie vor nichts und niemandem zurück. Für Lara Croft beginnt ein Wettlauf gegen die Zeit und eine abenteuerliche Jagd rund um den Globus…

Autor

Der Amerikaner Dave Stern hat sich einen Namen gemacht als Autor von Büchern zu Filmen und von Schauspielerbiographien, beispielsweise zu Adam Sandler und Will Smith. Zur Serie STAR TREK verfasste er etliche Romane.

LARA CROFT TOMB RAIDER

Roman

Von Dave Stern

Nach dem Drehbuch von
Patrick Massett & John Zinman und Simon West

Aus dem Amerikanischen von
Frauke Meier und Winfried Czech

GOLDMANN

Die Originalausgabe erschien 2001 unter dem Titel
»Tomb Raider«
bei Pocket Books/Simon & Schuster, New York

Umwelthinweis:
Alle bedruckten Materialien dieses Taschenbuches
sind chlorfrei und umweltschonend.

Deutsche Erstausgabe Juli 2001

Umschlaggestaltung: Design Team München
Umschlagmotiv und Abbildungen:
Paramount Pictures Corp.
Satz: Uhl + Massopust, Aalen
Druck: Elsnerdruck, Berlin
Verlagsnummer: 45156
Redaktion: Andrea Längst/RM
Herstellung: Sebastian Strohmaier
Made in Germany
ISBN 3-442-45156-6
www.goldmann-verlag.de

1 3 5 7 9 10 8 6 4 2

Einleitung

Dezember 1980
London

Croft wusste, dass ihm die Zeit weglief, und dennoch konnte er sich noch immer nicht entscheiden, was er tun sollte. Bereits in wenigen Tagen würde er an Bord eines Flugzeuges nach Nowaja Semlja sein. Und nach wie vor wartete noch eine Million Kleinigkeiten darauf, im Hinblick auf die Expedition erledigt zu werden: Er sollte am Telefon sitzen und mit Lobdynin sprechen, sollte sich um die Arbeiter kümmern, den Regierungsfunktionären seine Aufwartung machen und die Museumsangehörigen aufsuchen, deren Unterstützung für den Erfolg der Expedition unerlässlich war. Er sollte die Versorgung organisieren, sicherstellen, dass die Vorräte genießbar blieben und dass sie, egal, wie das Wetter auch sein mochte, eine geschützte Zuflucht haben würden.

Doch er konnte sich im Augenblick einfach nicht auf die Expedition konzentrieren.

Alles, woran er denken konnte, waren die Seiten aus Manethons *Aegyptica*, die er in der verkehrten Reihenfolge auf seinem Schreibtisch vorgefunden hatte.

Vor zwei Tagen war er abends ausgegangen und hatte sich den *Nussknacker* in der Feiertagsvorstellung des Royal Ballet angesehen. Als er nach Hause zurückgekommen war, war es noch immer früh am Abend gewesen, und er hatte beschlossen, an seiner Übersetzung weiterzuarbeiten. Er hatte sein Arbeitszimmer betreten, wo er seine Wörterbücher und Nachschlagewerke genauso vorfand, wie er sie zurückgelassen hatte, sauber und ordentlich auf seinem Schreibtisch aufgereiht. Das Gleiche galt für die Kopien des Papyrus, nur…

Sie waren neu geordnet worden.

Jemand war während seiner Abwesenheit in seinem Arbeitszimmer gewesen.

Croft wusste sofort, wer dieser Jemand sein musste. Und Croft – Lord Henshingly Croft von Croft Manor, Spross und Erbe einer der angesehensten und einflussreichsten Familien des Landes – wusste noch etwas anderes: in diesem Moment war er, trotz all seines Reichtums, seines Ranges, seiner angeblichen Macht, vollkommen und absolut allein auf der Welt. Diejenigen, die er zu seinen Freunden gezählt hatte, verdienten sein Vertrauen nicht länger. Stattdessen musste er sie nun als seine Todfeinde betrachten.

Und so saß Croft nun an seinem Schreibtisch und fragte sich, auf wen er sich noch verlassen konnte, wer die Bürde seines Wissens mit ihm teilen und notfalls sein Handeln darauf ausrichten würde.

Zu seiner Rechten lag ein Stapel Papier, ein halbes Dutzend Seiten füllte bereits den Papierkorb, Notizen zu Briefen, die er begonnen, noch einmal überdacht und letzten Endes doch weggeworfen hatte.

Links von ihm stand eine halb volle Tasse Earl Grey neben einem halb gegessenen Croissant, auch wenn er sich nicht erinnern konnte, die andere Hälfte zu sich genommen zu haben. War beides von diesem Morgen zurückgeblieben, von der letzten Nacht? Er wusste es nicht mehr. In Wahrheit konnte er sich überhaupt nicht erinnern, was er am vergangenen Abend gegessen haben könnte.

Croft erhob sich und trat ans Fenster der Bibliothek.

Das Haus war schon jetzt in einen weißen Teppich eingebettet, und für die Nacht war weiterer Schneefall angekündigt worden. Nicht genug, um seine Abreise zu verzögern, hatte man ihm versichert, aber Croft hätte zu diesem Zeitpunkt ohnehin nichts mehr aufhalten können, nicht einmal ein Schneesturm wie der, der es ihm im letzten Februar unmöglich gemacht hatte, den Tunguska-Krater zu erreichen. Dieses Mal stand zu viel auf dem Spiel.

Croft wandte sich vom Fenster ab und starrte in den Kamin. Über seiner Einfassung, direkt in die Wand über dem Kaminsims eingelassen, befand sich ein Mosaik seines Vorfahren Robert Croft, ein Porträt aus zehntausend bunten Steinen, das den Herzog (den ersten Croft, der diesen Titel tragen durfte) in seiner Ratsherrenrobe mit ordentlich getrimmtem Bart darstellte. In seinen Augen funkelte das Selbstvertrauen eines Mannes, der mehr wusste als andere.

Das Mosaik (das, wie Croft erst kürzlich erfahren hatte, in Venedig gefertigt und als Geschenk in das Herrenhaus verschifft worden war – größte aller Ironien) zeigte den Herzog auf der Höhe seiner Macht und seines Einflusses, in jenem kurzen Wimpernschlag der Zeit, in dem Robert, wie schon sein Vater William vor ihm, der engste Vertraute von Königin Elizabeth I. gewesen war. Auf seine eigene Art hatte Croft versucht, diese Familientradition fortzuführen und den Mächtigen sein Wissen zugute kommen zu lassen.

Nun jedoch vertrauten ihm die Mächtigen nicht länger, so viel stand fest. Also kehrte Croft an seinen Schreibtisch und zu seinem Dilemma zurück: wem konnte er vertrauen?

Da war Edward, sein Cousin, Bankier in London. Rechtschaffen, wie ein Mensch nur sein konnte, gleichzeitig so skrupellos und verschlossen, wie nur ein Bankier es sein konnte. Der letzte Brief, den Croft begonnen hatte, war an ihn gerichtet gewesen, doch er hatte schon während der ersten Absätze erkannt, dass Edward keine gute Wahl war. Edward glaubte, dass die Welt genauso wäre, wie sie schien. Er war überzeugt davon, dass die Mächtigen auch tatsächlich die Mächtigen waren: Gott, Königin und Vaterland.

Edward hätte an der Wahrheit hart zu schlucken gehabt.

Also kam Edward nicht in Frage.

Dann war da noch Franklin. Franklin Clive, sein ältester Freund und inzwischen sein Rechtsanwalt. Franklin würde er nicht viel erklären müssen. Franklin müsste er einfach nur Anweisungen geben, und diesen Anweisungen würde er bis ins letzte Detail Folge leisten. Nur…

Franklin war ein Mann des Gesetzes, gebunden durch die Justiz. Wenn Franklin es mit dem Gesetz zu tun bekam, so fügte er sich. Doch damit nicht genug, denn Franklin vertraute darauf, dass das Gesetz gut und richtig war.

Also kam Franklin nicht in Frage. Aber wer dann?

Es klopfte.

»Herein.«

Die Tür wurde aufgestoßen, und etwa auf der Höhe des Türknopfs tauchte ein kleines Gesicht auf. Lara.

Croft lächelte.

Im *Nussknacker* hatte er endlich bemerkt, was seine Freunde ihm schon das ganze letzte Jahr über erzählt hatten. Seine Tochter war das Ebenbild ihrer Mutter. Zu der Ballettaufführung hatte sie ein grünes Samtkleid getragen, und ihr dunkles Haar war zu einem Knoten hochgesteckt gewesen, der ihr eine Würde verlieh, die ihren Lebensjahren keineswegs angemessen war, allen sieben nicht. Lara beim Ballett zu beobachten, wie sie sich setzte und ihr Kleid glatt strich, wie sie begeistert klatschte und lächelte, sobald eine neue Figur die Bühne betrat, war, als wäre seine Frau vor seinen Augen wieder auferstanden. Sogar wenn er sie heute betrachtete, in Freizeithose und ärmellosem Pulli, war die Ähnlichkeit überwältigend. Das Gefühl, das Croft seitdem überkam, wenn er Lara anblickte, entsprach der einzig wahren Bedeutung des Wortes »bittersüß«.

»Ich habe dir etwas zu essen gebracht, Daddy.«

»Das ist die beste Neuigkeit des ganzen Tages.«

Wilson tauchte mit einem Tablett an der Tür auf. »Wir bringen Ihnen einen kleinen Imbiss.«

»Und ich habe ihn gemacht«, sagte Lara.

»Das hast du, mein Mädchen, das hast du. Sie hat die Äpfel selbst geschnitten, Sir.« Wilson durchquerte den Raum und stellte das Tablett auf dem Wandtischchen neben Croft ab. »Führt das Messer wie eine kleine Zigeunerin, wenn Sie mich fragen.«

Lara betrat das Zimmer und stellte sich neben das Tablett. »Es sind Äpfel und Brie, Daddy.« Sie deutete mit einem zierlichen Finger auf das Essen. »Und Kartoffelchips und Hummus und Tahini.«

Lara hatte ihre Vorliebe für Gerichte aus dem Mittleren Osten bei der Expedition im letzten Sommer entdeckt: während Croft sich mit den Ausgrabungen beschäftigt hatte, waren Lara und Olivia, die als ihre Begleiterin mitgereist war, durch die Straßen von Al Iskandariya gestreift, um ihre Vorräte aufzufüllen, und hatten eine Delikatesse nach der anderen angeschleppt.

»Sieht wunderbar aus. Danke, mein Engel.« Er streckte die Arme aus, und Lara kuschelte sich hinein.

»Gern geschehen, Daddy.«

Croft verwuschelte ihr liebevoll das Haar.

»Würde es Ihnen etwas ausmachen, mir Gesellschaft zu leisten, mein Fräulein?«

Lara grinste.

Croft erhob sich und zog einen zweiten Stuhl für seine Tochter an den Schreibtisch heran.

Wilson blieb neben dem Tisch stehen. »Haben Sie schon von Lobdynin gehört?«

Croft schüttelte den Kopf, griff nach einem Stück Apfel und legte etwas Brie darauf. Wilson und er waren bereits seit über zwanzig Jahren befreundet: bis vor zwei Tagen hätte Croft ihm noch sein Leben anvertraut. Nun brachte er es kaum mehr über sich, den Mann auch nur anzusehen.

Wilson musste gespürt haben, dass etwas nicht in Ordnung war, denn als Lara sich entschuldigte, um das Badezimmer aufzusuchen, stellte er seine Teetasse ab und ergriff das Wort.

»Irgendetwas scheint Ihnen Sorgen zu machen, Croft.«

»Nun«, sagte Croft, wobei er sich zwang, aufzublicken und ein halbherziges Lächeln aufzusetzen. »Es ist immer das Gleiche: zu viel zu tun und zu wenig Zeit, es zu schaffen.«

Wilson nickte. »Wenn Sie wollen, kann ich mich um einige der Arrangements kümmern.«

»Danke, Paul.« Croft fragte sich, ob er sich vielleicht irrte, zumindest in Bezug auf Wilsons Beteiligung. Sie standen einander schon so lange Zeit sehr nahe, und für Lara war der Mann wie ein Patenonkel. War Wilson zu einem derartigen Betrug im Stande?

Vielleicht nicht, aber Wilson allein war nicht das Problem. Es waren diejenigen, die um ihrer eigenen Ziele willen die Dinge am Laufen hielten, diejenigen, die im Hintergrund agierten. Gareth, Mrs. King und Ravenna und ihr distinguierter Vorgesetzter, das waren die Leute, denen Croft nicht trauen durfte.

Nichts von all dem hatte Auswirkungen auf die Expedition, also schob er seine Zweifel schließlich beiseite und bat Wilson, Lobdynin anzurufen, ehe er sich selbst eine Pause in Form einer Partie Schach mit Lara gönnte. Doch nach der Hälfte des Spiels verließ ihn die Konzentration, und Lara hätte ihn beinahe geschlagen, was ihr noch nie gelungen war. Sie warf ihm vor, sich nicht richtig anzustrengen, und nahm ihm seinen Widerspruch nicht ab, und schließlich musste er mit ihr in die Küche gehen, um sie mit einer Portion Eis abzulenken.

Gemeinsam kehrten sie in sein Arbeitszimmer zurück und setzten sich vor das Feuer im Kamin. Er las ihr etwas von Haliburton vor, ehe er ihr das Buch zum Blättern überließ, während er an seinen Schreibtisch und zu der immer gleichen Frage zurückkehrte: Wem konnte er trauen?

»Daddy?«

»Ja, Lara?«

»Warum kann ich dieses Mal nicht mit dir kommen?« Sie hatte den Haliburton beiseite gelegt und stand nun auf der anderen Seite des Raumes, wo sie mit dem großen Globus spielte.

»Falls du es vergessen hast, du musst zur Schule.«

»Schule ist doof. Das ist alles Babykram.«

Croft musste ein Lächeln unterdrücken. Laras Klage hatte er schon persönlich vor ihren Lehrern vorgebracht. Sie war dem Rest ihrer Klasse weit voraus. »Du musst trotzdem zur Schule gehen, Lara.«

»Daddy, ich habe eine Idee. Ich könnte doch einen Hauslehrer bekommen. Bobby Cecil hat auch einen Hauslehrer.«

»Ja, nun, das ist Bobby Cecil. Ich denke aber, es ist wichtig für dich, dass du mit anderen Kindern zusammen lernst.«

»Aber ich will bei dir bleiben, Daddy. Und du weißt doch sowieso alles, was sie mir in der Schule beibringen. Kannst du nicht mein Hauslehrer sein?«

»Tut mir Leid, mein Engel.«

Lara schob die Unterlippe vor.

»Aber nächstes Jahr darf ich dich begleiten, nicht wahr, Daddy?«

»Wir werden sehen. Es hängt davon ab, wohin wir reisen werden.«

»Du hast gesagt, du fährst nach Kambodscha. Ich will auch nach Kambodscha.«

»Lara, Kambodscha ist nicht der richtige Ort für ein kleines Mädchen.«

»Ich bin nicht klein. Das hast du selbst gesagt.«

»Wohl wahr.«

»Außerdem kann ich dir helfen.«

»Wirklich?« Auf seinem Gesicht breitete sich ein Lächeln aus, als er sich vorstellte, wie Lara einen Rucksack mit Ausrüstungsgegenständen den Khmer-Pfad hinunterschleppte.

»Lach nicht. Ich kann wirklich helfen, du wirst schon sehen«, sagte Lara, und plötzlich klang sie zwanzig Jahre älter. Ihre Stimme und ihr Gesichtsausdruck waren so ernst und erwachsen, dass Croft mit Blick auf die Zukunft schon jetzt jeden bedauerte, der sich seiner Tochter später einmal in den Weg stellen würde.

Mit Blick auf die Zukunft.

Croft starrte Lara an.

»Was ist?«, fragte sie.

Wem sollte er trauen, das hatte er sich gefragt, dabei hatte ihm die Antwort die ganze Zeit direkt ins Gesicht gestarrt.

»Lara«, sagte er langsam. »Kannst du mir Kambodscha auf dem Globus zeigen?«

Sie runzelte die Stirn. »Ich glaube schon.«

»Dann los.« Croft griff in die oberste Schublade seines Schreibtisches, zog einen Bogen Briefpapier hervor und nahm seinen Federhalter zur Hand.

Auf der anderen Seite des Raumes beugte sich Lara über den Globus und suchte mit Augen und Fingern nach dem Ziel, das Croft ihr genannt hatte.

Über dem Kamin blickte Robert Croft aus seinem Mosaik auf seine Nachfahren herab, und der derzeitige Lord Croft erinnerte sich, wie William, sein Vater, seinen Sohn angeleitet hatte, seine Pflichten zu erfüllen und den Dienst aufzunehmen, den er selbst nicht mehr tun konnte.

Für Gott, Königin und Vaterland.

Nun, dann war jetzt die Zeit gekommen, die letzte Generation der Crofts in die Pflicht zu nehmen.

Croft begann zu schreiben.

Meine geliebte Tochter.

Für einen Augenblick zitterte der Füllhalter. Seine Augen suchten Laras Blick, und sie lächelten einander zu.

Wenn du diesen Brief liest, werde ich nicht mehr bei dir sein. Und ich vermisse dich, und ich werde dich immer lieben.

Croft beugte sich über den Bogen Papier.

Draußen setzte Schneefall ein.

1

Manfred Powell zog wie ein König in Venedig ein.

Für ihn war diese Prozession etwas ganz Natürliches, so, als würde er in ein Kleidungsstück schlüpfen, das er geliebt, aber in der Ecke seines Kleiderschrankes vergessen hatte. Bequem und komfortabel.

Pimms dagegen machte einen ganz anderen Eindruck. Er hörte nicht auf zu zittern, und obwohl er sich redlich bemühte, es zu verbergen, versuchte er unentwegt, den Reißverschluss seiner orangefarbenen Windjacke höher zu ziehen, um sich gegen das Spritzwasser und den böigen Wind zu schützen.

Powell beugte sich zu seinem Ohr vor und flüsterte: »Langsam werde ich ärgerlich, Pimms.«

Der Mann wurde blass.

»Sir?«

»Ich sagte, ich werde ärgerlich.« In diesem Augenblick drehte sich der *Commandante*, der das Boot steuerte, um und lächelte Powell zu. Powell erwiderte das Lächeln und versetzte Pimms verstohlen einen Stoß, worauf dieser ebenfalls lächelte. »Uns wird eine große Ehre zuteil, mit diesen Herren zu reisen, und Sie sehen aus, als wären Sie überall lieber als hier.«

Sie waren zu fünft in dem Boot: Powell, Pimms und drei Angehörige der *Venezia Brigati*, Venedigs auf dem Wasser ansässige Feuerwehr. Alle trugen orangefarbene Windjacken und schwarze Feuerwehrhelme mit breiten gelben Streifen.

»Es tut mir Leid, Sir.« Pimms reichlich langes, sandfarbenes Haar lugte unter dem Helm hervor. »Ich hatte nur nicht damit gerechnet, dass es so kalt sein würde.«

Powell atmete scharf ein. »Pimms.«

»Ja, Sir?«

»Sie winseln. Sie wissen, wie sehr ich Gewinsel verabscheue.«

»Tut mir Leid, Sir.«

»Also tun Sie so, als würden Sie sich gut amüsieren – bitte.«

»Ja, Sir.« Pimms faltete die Hände hinter dem Rücken und verzog die Lippen zu einer Grimasse, die – so nahm Powell zumindest an – ein Lächeln darstellen sollte. Dann räusperte er sich.

»Was für eine Ehre, hier zu sein, und dann noch gemeinsam mit Ihnen in diesem Boot, meine Herren«, erklärte Pimms mit viel zu lauter Stimme.

Die drei Männer, die sich untereinander unterhalten hatten, verstummten plötzlich. Der *Commandante* wandte sich nach links, dann nach rechts und dann direkt an Pimms.

»Grazie, Signore«, sagte er. Die beiden anderen nickten. Pimms, seinerseits, nickte Powell zu und streckte den Daumen hoch.

Powell seufzte. *Heutzutage war es so schwer, gutes Personal zu finden.*

An diesem Morgen war der Himmel bedeckt gewesen und die Luft kalt, aber nun, als sie den Canale Grande hinauffuhren, San Marco zur Rechten passierten und dann die Ponte dell'Accademia, brach die Sonne durch, spiegelte sich in der Wasseroberfläche, und die großartige Parade marmorner Bauten auf beiden Seiten des Kanals schimmerte prachtvoll in ihrem Licht. Das war das Venedig, in das er sich verliebt hatte, als er die Stadt vor dreißig Jahren zum ersten Mal besucht hatte, als er nur ein junger, leicht zu beeindruckender Anwalt gewesen war. Nun jedoch war Powell dank der Vorzüge gewisser völlig legitimer Geschäftsinteressen zu einem wichtigen Mann in Venedig geworden. Daher auch seine Anwesenheit bei der Jungfernfahrt dieses Feuerwehrbootes.

Der *Commandante* legte an einem kleinen Kai im Schatten des Palazzo Grassi an, wie Powell ihn instruiert hatte. Powell kletterte aus dem Boot, schüttelte Hände, lächelte den Männern zu, Pimms stets einen Schritt hinter sich.

Eilig gingen die beiden Männer weiter, bahnten sich im Gedränge der Touristen und der dazugehörigen Abzocker ihren Weg in Richtung der Calle di Mandela, wo sie in eine Gasse einbogen, die so klein war, dass die meisten Menschen sie gar nicht wahrnahmen. Bald darauf erreichten sie einen überraschend weitläufigen Innenhof.

Vor ihnen erhob sich ein massiv gemauertes Gebäude, das im späten sechzehnten Jahrhundert als Hauptquartier des Rates der Drei gedient hatte, einer Geheimgesellschaft, die seinerzeit die Macht über die Republik ausgeübt hatte. Während der letzten paar hundert Jahre hatte es einer vergleichbaren Organisation zu ähnlichen Zwecken gedient.

Nichts an der Fassade des Gebäudes verriet, was sich in seinem Inneren verbarg, abgesehen von einem einzelnen steinernen Wasserspeier, der hoch über dem Eingang thronte. Dem scharfsichtigen Beobachter mochte bei dem Anblick auffallen, dass dieser Wasserspeier wenig Ähnlichkeit mit den typischen Renaissancestatuen hatte, die über ganz Venedig verteilt waren. Irgendwie schien er fehl am Platz zu sein: Venedig präsentierte sich der Welt mit einem Antlitz des Reichtums und Überflusses, einem Antlitz, das einen Beobachter aufforderte, sich an seiner Schönheit zu erfreuen.

Dieser Wasserspeier trug jedoch ein Gesicht, das schlicht sagte: »Verschwinde!«

Der gleiche scharfsichtige Beobachter mochte überdies erkennen, dass der steinerne Wasserspeier etwas in seinen Händen hielt: ein Dreieck mit einem Auge in der Mitte. Das Auge in der Pyramide.

Das Symbol der Illuminati.

Powell ging, dicht gefolgt von Pimms, unter dem Wasserspeier hindurch und verschwand in dem Gebäude.

War das äußere Erscheinungsbild des Gebäudes auch wenig Aufsehen erregend, galt für die große Halle das Gegenteil.

Sie hatte die Größe eines Fußballfeldes, auf Höhe des fünften Stockwerkes gekrönt von einer Gewölbedecke, herrliche, mit Elfenbein verzierte Säulen, die sich über die ganze Länge des Raumes verteilten, vergoldete Schneckenornamente, ein vom Boden bis zur Decke reichendes Wandgemälde auf der einen und zwei massive Stahltüren auf der anderen Seite.

Lange Konferenztische aus Eichenholz boten genug Platz für die neunundneunzig stimmberechtigten Mitglieder des Ordens. Vor dem gewaltigen Wandgemälde standen sieben Stühle auf einem Podest. Sieben Stühle für die sieben Mitglieder des Hohen Rates. Sechs der Stühle waren besetzt, nur der mittlere Stuhl, unmittelbar links neben Powell, war frei.

Auf der anderen Seite des unbesetzten mittleren Stuhles sah Powell Gareth, der voller Nervosität wieder und wieder auf seine Uhr blickte. Mrs. King schlug die Beine übereinander, während Ravenna seufzend die Arme vor der Brust verschränkte.

Powell gestattete sich ein kleines Lächeln. In diesem Raum hatten sich einige der mächtigsten Männer und Frauen der Welt versammelt, Wirtschaftsmagnaten und politische Führer, Menschen, die es gewohnt waren, Befehle zu erteilen und den ganzen Tag über bedient zu werden. Nun waren sie diejenigen, die ihre Aufwartung zu machen und zu dienen hatten.

Ein Läuten erklang, und eine Tür auf der Rückseite des Raumes öffnete sich.

Ein großer, distinguiert erscheinender Mann betrat den Raum.

Er war schätzungsweise Anfang sechzig, doch niemand kannte sein genaues Alter. Er sprach acht Sprachen (soweit Powell wusste) fließend und ohne die geringste Spur eines Akzents. Niemand wusste, wo er herkam, niemand erinnerte sich an eine Zeit, in der er nicht im Hohen Rat des Ordens gesessen hatte. Vor siebenundzwanzig Jahren, nach dem Tod von Madame Simon, war er durch eine allgemeine Abstimmung zum

Führer des Ordens erklärt worden. Auf eine geheime Wahl hatte man getrost verzichten können.

Eine gute Entscheidung, denn der Mann hatte keinen Namen.

Innerhalb des Ordens war er schlicht als der distinguierte Gentleman bekannt.

Er setzte sich zwischen Powell und Gareth und räusperte sich.

»Brüder und Schwestern, wie es scheint, wird die Zeit knapp. Das ist nicht akzeptabel.«

Er dehnte die beiden letzten Worte, ehe er den Anwesenden einen Augenblick der Stille gönnte.

Powell fühlte mehr als er sah, dass die jüngeren Ordensmitglieder an den Tischen langsam nervös wurden. Der distinguierte Gentleman blieb den monatlichen Treffen der Ordensmitglieder häufig fern und überließ damit Gareth den Vorsitz. Gareth, der frappierende Ähnlichkeit mit einer Kanalratte besaß, stotterte und nur selten klare Aussagen traf. Die Anwesenheit ihres Ordensführers, hier und jetzt, brachte die Bedeutung dieses Treffens erst richtig zur Geltung.

»Mr. Powell.« Der distinguierte Gentleman wandte sich zu ihm um. »Ihre Erklärung dafür, bitte?«

Powell hielt dem Blick des älteren Mannes einen Moment stand, ohne mit der Wimper zu zucken. Er war weder ein Anfänger noch ein Speichellecker. Er war sein eigener Herr, und ihr Führer hatte diese Tatsache anerkannt, indem er ihm die Verantwortung für das wichtigste Projekt in der Geschichte des Ordens übertragen hatte.

Eine Aktenmappe tauchte vor Powells Augen auf, eine Aktenmappe, gehalten von Pimms, der sich dienstbeflissen vorbeugte, um ihm einen Blick auf die jüngsten Ergebnisse von Miss Holcombs Team zu gewähren. Powell gab ihm ein Zeichen, sich zurückzuziehen.

»Ich habe keine Erklärung und ganz sicher keine Entschuldigung, außer dass ich den Rat noch einmal – mit gebührendem

Respekt –«, beim letzten Wort sah er Gareth in die Augen, »darauf hinweisen möchte, dass unsere Kalkulationen eine unvorstellbare Anzahl sich wiederholender Operationen beinhalten. Wir arbeiten mit Hinweisen und Rückschlüssen, die auf uralten kosmologischen Modellen beruhen, älter als Ptolemäus, noch vor Aristoteles oder Plato, Modelle des Universums, die von Hypothesen abgeleitet wurden, welche nie Eingang in die niedergeschriebene Geschichte erhalten haben. Den Zusammenhang zwischen diesen Modellen und dem Universum, wie wir es kennen, zu erfassen, hat sich als ähnlich schwierige Herausforderung erwiesen wie die Dechiffrierung eines komplizierten Codes. Umso mehr freue ich mich, Ihnen mitteilen zu dürfen, dass wir unsere Aufgabe beinahe abgeschlossen haben. Und ich bin fest davon überzeugt, dass wir die Antwort noch rechtzeitig für die relevante Planetenkonstellation erhalten werden.«

»In einer Woche«, sagte der Mann.

»Ja. In einer Woche.«

»Das sind gute Neuigkeiten, Mr. Powell. Denn Sie dürfen nicht vergessen, dass wir nur diese eine Gelegenheit haben, zu finden, wonach wir suchen. Wenn es uns misslingt, werden wir weitere fünftausend Jahre warten müssen.«

Powell lächelte. »Nun, ich weiß nicht, wie es mit Ihnen steht, aber ich hatte nicht die Absicht, so viel Zeit in dieses Unternehmen zu investieren.«

Stille senkte sich über den Raum.

Hinter dem vornehm aussehenden Ordensführer erkannte Powell den schockierten Gareth und Mrs. King, die reichlich besorgt aussah. Natürlich erinnerte sich Powell an einen früheren Vorfall, bei dem ein anderes Mitglied des Ordens sich in Anwesenheit des distinguierten Gentlemans einen Scherz erlaubt hatte. Ein Schützling von Mrs. King, der, dank ihrer Bemühungen, mit einem Dolch in der Kehle geendet hatte.

Die Illuminati im Allgemeinen und ihr Führer im Besonderen standen dem Humor reichlich missbilligend gegenüber.

Powell war eine Ausnahme. Meistens.

Nun blickten er und der distinguierte Gentleman einander in die Augen. Schließlich lächelte der Ältere.

»Dann werden wir also bereit sein.«

Powell nickte. »Sie können mir vertrauen.«

Die Konferenz ging weiter. Powell legte die Ergebnisse seiner Forschungen kurz in englischer Sprache dar, ehe er Miss Holcomb bat, sich zu erheben und die Methoden, die zu diesen Ergebnissen geführt hatten, detaillierter zu beschreiben. Powell selbst war mit der Arbeit gründlich vertraut – im Grunde hatte er sie in jeder Phase überwacht –, also erlaubte er seinen Gedanken während ihrer Erklärungen, ein wenig umherzustreifen.

Er hatte tatsächlich den Führer des Ordens belogen.

Sie waren dem Objekt ihrer Suche nicht näher gekommen als schon vor sechs Monaten – oder vor sechs Jahren. Die Hinweise, mit denen sie arbeiteten, die Seiten aus dem Tagebuch des Verräters, die Zeichnungen, die der Mann angefertigt hatte, waren völlig zusammenhangslos und häufig widersprüchlich. An diesem Morgen war er mit dem unerfreulichen Gefühl erwacht, dass sie bei ihrer Arbeit von einer Sackgasse in die nächste gerieten, dass etwas – um mit dem Dichter zu sprechen – faul war im Staate Dänemark.

Vielleicht würden ihn weitere Nachforschungen in den eigenen Aufzeichnungen des Ordens weiterbringen. Oder vielleicht eine weitere Expedition nach Al Iskandariya, um das zehnte Tagebuch zu suchen, in dem die Worte des Hohen Priesters niedergeschrieben standen. Den Legenden zufolge verzeichnete es nicht nur den Ort, an dem sich das Objekt ihrer Suche befand, sondern enthielt außerdem eine Baubeschreibung jener Vorrichtung, die dazu diente, das Objekt zu finden.

Vielleicht. Er wollte seinen Aufstieg in den Reihen der Illuminati-Organisation fortsetzen, und der erfolgreiche Abschluss dieser Arbeit würde ihn bestimmt einen Schritt näher an die Spitze bringen. Andererseits…

Powell schlug die Beine übereinander und fühlte, wie die Klinge des Dolches gegen seinen Knöchel gepresst wurde.

… gab es noch andere Möglichkeiten, in die Position des Führers aufzusteigen.

Als die Besprechung beendet war, erhob er sich und verließ so schnell wie möglich den Saal, um nicht durch die Fragen der anderen Ratsmitglieder aufgehalten zu werden. Er ging die Treppe hinauf und hinaus auf den Säulengang über der großen Halle. Pimms folgte ihm auf dem Fuße.

Powell zog den Dolch hervor und spielte gelangweilt mit der Klinge.

»Wir sind nicht bereit, richtig?«, fragte Pimms.

Powell drehte sich um und bedachte ihn mit einem eisigen Blick. »Nein.«

»Oh, mein Gott. Mein Gott. Was wir brauchen, ist ein Wunder.«

»Pimms.«

»Ja, Sir?«

»Wenn Sie so sehr davon überzeugt sind, dass wir ein Wunder brauchen, dann sollten Sie aufhören zu winseln und anfangen zu beten.«

»Ja, Sir.«

»Und in der Zwischenzeit …« Angewidert schüttelte er den Kopf, während er den Mann einen Moment lang prüfend betrachtete. Er sah vollkommen am Boden zerstört aus.

Was er jetzt brauchte, war ein Schuss kalten Wassers im Gesicht, anderenfalls …

Powell warf das Messer und lächelte Pimms zu, als sich die Klinge in die Wand bohrte.

»Apport«, sagte er.

»Miss Holcomb.« Powell sprach in noch schärferem Ton als sonst. »Uns bleibt noch eine Woche.«

»Ja, Sir.«

»Und Sie schlagen vor, wir sollten einfach aufhören, diese …«

»Nicht aufhören, nur umdenken.«

»Haben Sie eine bestimmte neue Vorgehensweise im Sinn?«

»Es gibt Hinweise auf eine Vorrichtung, die als Wegweiser bei der Suche nach dem Dreieck dienen sollte. Diese spezielle Suche könnte sich als produktiver erweisen.«

Powell hob eine Hand. »Ich bin mit diesen Hinweisen ebenso vertraut wie jeder andere, Miss Holcomb. Aber sagen Sie mir, wo sollen wir Ihrer Ansicht nach mit einer solchen Suche anfangen?«

Sie schwieg einen Moment. »Das ist nicht mein Fachgebiet«, sagte sie schließlich.

Er nickte. »Diese Vorrichtung ist ein Ammenmärchen, Miss Holcomb. Und nun kehren Sie bitte an Ihre Arbeit zurück.«

Sie nickte und verließ den Raum.

Powell erhob sich und trat ans Fenster, von dem aus er auf einen der Seitenkanäle der Stadt blicken konnte. Das Licht der untergehenden Sonne spiegelte sich im Wasser in tausend verschiedenen Abstufungen von Orange, Gelb und Rot wider, die die Marmorverkleidungen der Gebäude am Ufer des Kanals in einen feurigen Lichtschein tauchten.

Eine Vorrichtung. Lächerlich. Unmöglich.

Wieder hörte er, wie die Tür geöffnet wurde, und als er sich umwandte, sah er, dass Pimms die Halle betrat.

»Waren sie beeindruckt?«

»Ja. Ja, das waren sie, glaube ich. Natürlich war es schwer, sie zu bremsen, als sie angefangen hatten zu fragen, wie wir es fertig gebracht haben, so viele wertvolle Stücke sicherzustellen, aber schließlich wusste ich, dass Sie mich hier brauchen, also…«

»Pimms.«

»Ja, Sir.«

»Ein einfaches ›Ja‹ hätte genügt.«

»Ja. Natürlich.« Pimms nickte. »Ja, Sir. Also, ja.«

»Hervorragend.«

»Sir?«

»Ja, Pimms?«

»Sie haben wieder gefragt, ob wir bereit sein werden. Und ich habe wiederholt, was Sie gesagt haben – dass wir nächste Woche bereit sein werden.«

»Das werden wir.«

»Aber wir sind noch nicht bereit, oder?«

Powell seufzte. »Nein.«

»Und in der Zwischenzeit…« Powell kehrte zu dem Tisch zurück und klappte seinen Laptop zu. »Sehen Sie zu, ob sie mir für heute Abend um acht Uhr im La Caravella einen Tisch für drei Personen reservieren können.« Es war Danielles Lieblingsrestaurant, und er war der Ansicht, dass sie etwas Besonderes verdient hatte, zum Dank für den Belugakaviar, den sie für ihn hatte einfliegen lassen.

Pimms sah ihn verwundert an. »Dinner, Sir? Heute Abend? Obwohl uns nur noch eine Woche bleibt?«

»Dinner, Pimms. Acht Uhr genau, La Caravella. In einer ruhigen Ecke, wenn möglich.«

Powell nahm seinen Laptop und verließ den Raum.

2

Es war der fünfzehnte Mai.

Und Lara Croft war alles andere als gut drauf.

Sie hatte sich den Zeh gestoßen, als sie aus dem Bett gestiegen war. Dann hatte sie sich angezogen, nur um einen Riss in ihren Lieblingsshorts zu entdecken.

Sie war die Treppe hinunter zum Frühstück gegangen, wo sie eine Karte von Alex West an eine Vase in der Mitte des Tisches gelehnt vorfand.

»Denke an dich in dieser für dich so schwierigen Zeit«, stand da zu lesen.

Lara zerknüllte die Karte und warf sie in den Abfalleimer.

»Ich muss irgendwas kaputtmachen«, verkündete sie.

»Sehen Sie bitte nicht mich an.« Hillary stand am Herd und rührte in der Hafergrütze.

Bryce, der mit einer Sonnenbrille auf der Nase am Ende des Frühstückstisches saß, bewegte sich nicht einmal.

Laura nahm sich einen Kaffee, trank einen Schluck und verbrühte sich die Zunge.

»Verdammte Scheiße.« Sie legte sich einen Eiswürfel auf die Zunge. »Ich gehe zurück ins Bett und da bleibe ich bis morgen.«

»Warte.« Bryce nahm die Sonnenbrille ab. »Ich habe eine Idee.«

Schweiß bedeckte ihre Stirn. Lara fühlte, wie sich ein Tropfen bildete und in Bewegung setzte, nicht in Richtung ihrer Augen, sondern in ihr Haar, das zu einem langen Zopf geflochten von ihrem Kopf baumelte, während sie kopfüber an einem Seil hing, das an einem der Stützbalken der Kammer befestigt war. Langsam kletterte sie an dem Seil weiter herab.

Gut sieben Meter über dem Boden ließ sie los, wirbelte noch in der Luft herum und landete mit einem dumpfen Poltern ihrer Armeestiefel auf dem Boden.

Landete und lauschte.

Etwas näherte sich.

Metall schabte über Stein.

Etwas Großes. Und jetzt erkannte sie das Geräusch und lächelte in sich hinein.

Bryce, du wolltest mich warnen, nicht wahr?

Das Ding schlich an den Wänden entlang. Verborgen hinter den Pfeilern und Statuen, die sie schon von oben gesehen hatte, hielt es auf die entfernteste Ecke der Kammer zu und versuchte, ihr den Weg abzuschneiden.

Folglich musste sich die Scheibe also dort befinden. Das war die Richtung, in der sie suchen musste.

Lara sprintete los.

Die Statuen, deren Schatten sie gesehen hatte, waren näher, als sie zunächst angenommen hatte: an der ersten, einer entarteten Miniaturausgabe der Monolithen der Osterinsel, hielt sie sich links. Dahinter stand eine weitere, und dieses Mal lief sie rechts vorbei.

Vor ihr flackerte ein Licht auf: die Scheibe?

Mitten im Schritt wechselte Lara die Richtung und sprang über einen Stein, bevor sie mit voller Geschwindigkeit auf die Scheibe zurannte.

Doch es war nicht die Scheibe.

Lara erkannte ihren Fehler noch rechtzeitig und tauchte hinter einer Statue ab, als etwas Metallisches aus der Finsternis heranschoss. Ein Speer mit scharfen, glitzernden Kanten. Er prallte mit einem lauten Krachen gegen den Stein, und plötzlich war die Luft voller Staub.

Lara rollte sich nach rechts, hinter eine andere Statue, nein, eine Art Totempfahl, als das Metall erneut aufblitzte, auftraf und den Totempfahl regelrecht in seine Bestandteile zerlegte. Sofort war sie wieder auf den Beinen, riss ihren Pistolenhalfter auf und griff nach ihren Waffen, in der Hoffnung, dass Patronen irgendeine Bedeutung hatten für das Ding, das hinter ihr her war.

Sie rannte um eine Ecke, und dort, von einem einzelnen Lichtstrahl aus dem Dunkel gerissen, war die Scheibe.

Sie legte noch an Tempo zu. Die Entfernung zu der Scheibe betrug noch sechs Meter – fünf – vier; in der Sekunde, als sie eine ihrer Waffen wegstecken wollte,...

...sauste etwas über ihren Kopf hinweg, und ein Monster fiel vom Himmel und landete direkt zwischen ihr und der Scheibe.

Fluchend ließ sie sich fallen und hob dabei die Waffen, rutschte auf dem Hinterteil weiter und feuerte, kaum dass sie den ersten Blick auf das Ding vor ihr werfen konnte. Es war eine drei Meter große, sechsbeinige Monstrosität aus Draht und Eisen und jeder Menge elektronischer Schaltungen, eine Maschine, ein Android. Und diese Maschine griff an, während ihre Hüften über Sand und Stein rutschten. Das Ding schluckte sämtliche Kugeln, die sie abfeuerte. Die Patronen schlugen zwar ein paar Beulen, konnten ihr aber keinen ernsthaften Schaden zufügen. Als sie näher kam, zielte Lara auf den Leib, und das Klirren von Metall auf Metall hallte durch die Kammer. Sie hatte fast keine Kugeln mehr und fragte sich, wo zur Hölle das Gehirn von diesem Ding saß, als ihr plötzlich bewusst wurde, dass sie nicht mehr über den Boden rutschte, sondern...

Direkt unter dem Roboter hockte.

Nicht gut.

Der Android schwenkte in der Leibesmitte herum und beugte sich über sie. Ein Metallarm schoss herab, direkt auf ihr Gesicht zu. Sie rollte sich nach rechts herum, und ein weiterer Arm setzte nach, worauf sie sich wieder nach links rollte, und schon war sie zwischen den beiden Armen gefangen. Metall bohrte sich in ihre Schultern, sie trat um sich, stieß sich vom Boden ab und wollte sich gerade an den Armen vorbeiquetschen, als sie hörte, wie ganz in der Nähe eine Kettensäge zu dröhnen begann.

Lara blickte auf und sah einen weiteren Androidenarm auf sich zukommen, an dessen Ende sich eine ziemlich scharf aussehende Klinge mit enormer Geschwindigkeit auf sie zu drehte – direkt in Richtung ihres Gesichts.

Allmählich wurde es ernst.

»Oh nein.« Lara knirschte mit den Zähnen. »Oh nein, das glaube ich nicht.«

Sie stemmte die Handflächen auf den Boden, stützte sich ab und trat mit aller Kraft zu, pflanzte ihre beiden Stiefel gewaltsam in den Schritt des Roboters. Sie rechnete nicht damit, dort eine Schwachstelle des Androiden zu erwischen. Es gab keine – die Klinge kam weiterhin direkt auf sie zu, aber jetzt…

Jetzt konnte sie die Hebelwirkung nutzen.

Lara bog den Rücken durch und stieß mit aller Kraft zu.

Die Klinge war nur noch wenige Zentimeter von ihrem Gesicht entfernt.

»Aaaahhhh!«

Lara setzte nach.

Der Roboter hob ein paar Zentimeter vom Boden ab, und mit ihm die Klinge.

Scheinbar verwirrt fing der Android an zu kreiseln. Sie hatte ihn aus dem Gleichgewicht gebracht; seine Arme ruderten eine Sekunde lang, dann kippte er über Laras Kopf hinweg und krachte zu Boden, die Arme im Sturz nach vorn gestreckt.

Lara sprang auf. Ihre Beinmuskulatur bebte. Das Ding musste einige hundert Pfund wiegen; wenn das alles vorbei war, wäre eine lange, heiße Dusche angebracht.

Aber es war noch nicht vorbei.

Der Android riss sich die zerstörten Arme ab und richtete sich wieder auf. Scharfe Metallkanten ragten aus den Enden seiner übrigen Arme hervor, und plötzlich stürzte er sich auf sie, wobei er über den Boden glitt wie über eine Ölschicht. Lara blieb kaum genug Zeit, die Hände zu heben und die Klauen des Monstrums mithilfe ihrer Waffen zu parieren. Funken stoben von dem Metall auf. Wieder kamen die Klauen auf sie zu. Lara stürzte sich auf den Angreifer und schaffte es gerade noch rechtzeitig, die rechte Hand zu heben, um das Ding abzublocken. Gleich darauf wirbelte sie herum, schwang ihr Bein und trat das Ding dorthin, wo sich der Hintern befunden hätte, hätte es denn einen solchen gehabt, doch da war nichts als ein dicker Kabelstrang. Ihr Stiefel prallte ab, aber der Ruck riss das Ding erneut aus dem Gleichgewicht. Nun griff Lara an, schlug mit Armen und Beinen zu, trieb den Androiden nach links, nach rechts, rechts und noch einmal rechts. Als der Roboter herumwirbelte, sah sie eine stumpfe, schwarze Metallplatte auf halber Höhe seines Rückens, in der ein kleines grünes Lämpchen leuchtete. Sie lächelte.

Ziel erkannt.

Der Android richtete sich auf und griff erneut an.

Sein rechter Arm schlug nach ihr, und Lara konterte. Sie wich zurück, er täuschte einen Angriff vor, und nun umkreisten sie beide die Scheibe, der Android mit Scheinattacken, dann Lara, dann wieder der Android. Inzwischen bewegte er sich ein wenig ruckartig, vielleicht eine Folge des Verlustes zweier Arme, und er schien eifrig darauf bedacht, sie von der Scheibe fern zu halten – sowie darauf, sie umzubringen.

Zeit, das Spielchen zu beenden.

Lara trat zu und traf den Androiden an der Schulter. Schwankend hob er den Arm, was ein Fehler war. Lara hatte sich bereits zurückgezogen, und nun schoss ihr Fuß erneut auf das Monstrum zu und erwischte ihn mit voller Wucht an der Schulter. Der Roboter wurde um seine eigene Achse gewirbelt, und innerhalb eines Sekundenbruchteils sprang Lara auf seinen Rücken und fing an, an der Metallplatte zu zerren.

Servomotoren jaulten auf. Es hörte sich an, als brülle der Android sie an, zu verschwinden. Er versuchte, nach ihr zu greifen, sie wegzuziehen, aber die Arme, die ihm geblieben waren,

waren für derartige Aktionen nicht geschaffen. Sie schlugen so sinnlos durch die Luft, wie Lara sinnlos auf die Metallplatte einschlug, die mit der ektoskelettalen Struktur des Roboters verschweißt zu sein schien.

Lara riss ihre Waffen heraus und fing an, auf die Platte zu feuern. Aus kürzester Entfernung ein recht gefährliches Unterfangen, wie sie vermutete. Die Gefahr, von einem Querschläger getroffen zu werden, war nicht von der Hand zu weisen, aber sie verließ sich auf ihr Glück. Und das hatte sie, denn schließlich begannen einige Metallsplitter, sich aus der Platte zu lösen. Erneut riss sie mit den Händen an der Metallplatte, während der Android sich wand und zappelte und verzweifelt versuchte, sie abzuschütteln. Aber jetzt konnte sie die Platte greifen. Sie riss sie los und sah sich tausenden von Drähten gegenüber, die zu einem Strang zusammengefasst worden waren. Sie streckte die Hand aus, griff hinein und zog so fest sie konnte.

Ihre Hand schoss zurück, zwischen den Fingern Drähte, an deren Enden Platinen, Prozessoren und diverse andere winzige elektromechanische Komponenten baumelten, die sie nicht einmal vage hätte identifizieren können. Noch während sie auf dem Rücken des Androiden hockte und auf seine zerfetzten Innereien starrte, erzitterte er ein letztes Mal, bevor seine Bewegungen schließlich erstarben.

Lara sprang genau in dem Augenblick herab, als er zusammenbrach und auf dem Boden aufschlug.

»Such dir das nächste Mal jemanden in deiner Größe«, sagte sie.

Gelassen ging Lara zu der Scheibe und zog sie aus dem Lichtstrahl. Auf einer Seite befand sich eine Inschrift, die jedoch nicht von Bedeutung war.

Die Informationen, die die Scheibe enthielt, waren das Entscheidende. Der Android hatte seine Existenz aufs Spiel gesetzt, um sie vor Laras Zugriff zu schützen. Was nur bewies…

Hinter ihr war ein Sirren zu hören.

Lara drehte sich gerade im richtigen Moment um, um zu

sehen, wie einer der Roboterarme auf sie zukroch, dessen stählerne Zangen nach ihr schnappten.

»Aufhören!« Sie hob eine Hand.

Der Arm erstarrte.

Lara trat näher an den Roboter heran und beugte sich über ihn. Er lag auf dem Rücken. Eine zähe Flüssigkeit drang aus seinem Brustbereich – Öl oder irgendeine Art Schmiermittel. Sie wischte die Flüssigkeit weg und tastete so lange unter der Brustplatte herum, bis sie den Schalter fand, den sie gesucht hatte.

Dann betätigte sie ihn.

Vor ihr schoss eine kleine Lade hervor. Darin lag eine Scheibe, die der ähnelte, die sie in ihrer Hand hielt, deren Aufschrift jedoch etwas anderes besagte.

Sie entzifferte die Worte, die mit schwarzem Filzstift darauf geschrieben standen: *Töte Lara Croft.*

Auch auf der anderen Scheibe, ihrer Siegestrophäe, die sie in der Hand hielt, standen drei Worte: *Laras Party-Mix.*

Lara tauschte die CDs aus und schob die Lade zurück.

Mit ohrenbetäubender Lautstärke plärrte die Musik los, und die LEDs auf der Brust des Androiden pulsierten im Takt. Plötzlich flammten Jupiterlampen in der Kammer auf und durchbohrten die Finsternis mit strahlenden Lichtsäulen.

Lara stand mitten in dem großen Ballsaal von Croft Manor. Drei seiner Wände verschwanden hinter der Kulisse der ägyptischen Grabkammer, die vierte bestand aus einer ganzen Reihe steinerner, mit Glas ausgekleideter Torbögen. Hinter dem Glas befand sich eine Art Kontrollraum, an dem Bryce vor einem Schaltpult saß und zu Lara hinausstarrte.

Sekunden später stand er auf, riss sich den Kopfhörer vom Schädel und fing an, irgendwas zu brüllen. Der Trainingsraum war schalldicht und die Musik laut, sodass Lara keinen Ton hören konnte, obwohl sie genau verstand, worum es ging.

Dennoch empfand sie kein Mitgefühl. Schließlich hatte er diese kleine Übung für heute, den fünfzehnten Mai, vorgeschlagen.

Bryce hätte es wissen müssen: das war niemals ein guter Tag.

Lara packte den zerstörten Androiden am Kopf und fing an, ihn zu dem Kontrollraum hinüberzuzerren.

Der Kontrollraum – Bryces Kommandozentrale, wie er ihn zu nennen pflegte – bot auf seine Art einen überwältigenden Anblick, der umso beeindruckender war durch den Kontrast zu der erhabenen Würde, die der Rest des Herrenhauses ausstrahlte.

Statt Stein, Holz und Stoff war dieser Raum vorwiegend mit Chrom und Stahl ausgestattet. Die Mitte des Zimmers belegte ein Arbeitsplatz, bestehend aus etwa fünfzehn Computern – Laptops, Desktops, Kathodenstrahlröhren und Flachbildschirmen –, die kreisförmig angeordnet waren. Audio- und Videoverbindungen aus jeder einzelnen CPU führten zu einem einzigen Schaltpult, einer gewaltigen Anlage mit Kontrollinstrumenten und etlichen Ersatzteilkästen, in denen unzählige Teile gelagert waren, über deren Funktion Lara nur rätseln konnte. In einer Ecke befand sich ein Kühlschrank, den Hillary auf Laras Anweisung hin ausnahmslos am Ende jedes Arbeitstages zu leeren hatte; anderenfalls würden die Mahlzeiten, die Bryces fürsorgliche Tante Tillie ständig bereitstellte – Mahlzeiten, die Bryce selbst niemals anrührte – zweifellos verfaulen und sich langsam aber sicher in die Art gefährlichen Abfalls verwandeln, in der Bryce sich scheinbar besonders wohl fühlte.

Als Lara mit dem Androiden den Raum betrat, legte Bryce den Kopfhörer ab und trat auf sie zu.

»Oh Scheiße.«

Lara sah, wie Bryce die Stirn runzelte, als er mit den Händen über die Schusslöcher in der Panzerung des Roboters strich. Gleich darauf ließ er sich auf Hände und Knie fallen, starrte auf die Löcher, Dellen und Risse, legte erneut die Stirn in Falten und grunzte.

Lara war mehr daran interessiert, ihre schmerzenden Muskeln auszustrecken, als sich gerade jetzt mit Bryce auseinander zu setzen. Ihre Beine zitterten immer noch ein wenig von der

Anstrengung, den Androiden hochzuheben, es war ein Gefühl, als wäre sie zu lange auf der Beinpresse geblieben oder hätte ein paar dutzend Kniebeugen zu viel gemacht. Sie brauchte ein heißes Bad – oder wenigstens eine Dusche.

Endlich kam Bryce wieder auf die Beine.

»Jesus Christus, Lara«, sagte er. »Scharfe Munition? Musstest du scharfe Munition benutzen?«

Ihre Schultern schmerzten ebenfalls, stellte sie fest, vor allem die rechte, also ergriff sie ihr rechtes Handgelenk mit der linken Hand und zog kräftig daran, um den Trapezius zu dehnen. Sie wiederholte ihre Bewegung mit dem anderen Arm, ehe sie anfing, die rechte Schulter kreisen zu lassen, immer weiter, bis die Bewegung in ein schmerzhaftes Schulterzucken überging; dieser verdammte Roboter hatte sie irgendwo in diesem Bereich verletzt, einen Nerv getroffen, der sofort eine neue Woge rasender Schmerzen über ihr Rückgrat bis in ihren Kopf jagte, wenn sich ihr Arm auf eine bestimmte Weise in der Gelenkpfanne bewegte. Verdammt.

Eine heiße Dusche und eine Massage.

»Hmmphh.« Bryce kniete erneut neben dem Roboter nieder, ehe es ihm mit sichtlicher Mühe gelang, ihn auf die andere Seite zu drehen – sichtlich zumindest für Lara, die erkannte, dass sie wirklich etwas tun musste, um ihn irgendwie ein wenig in Form zu bringen, anderenfalls würde es kaum mehr als ein Jahr dauern, bis sie seine Einkäufe schleppen musste, Gott bewahre.

»Oh… mein… Gott.«

Er schien aufgebracht. Zwischen zwei Dehnübungen sah Lara, dass die Kehrseite des Androiden noch etwas schlimmer aussah als die Vorderfront, besonders wegen dutzender Kabel, die aus der Rückseite des Schädels heraushingen, der genau in der Mitte aufgeplatzt war, entweder, so vermutete sie, durch einen der Schüsse aus kürzester Distanz oder nachdem sie die Metallplatte vor der Schalttafel abgerissen hatte.

»Oh, oh«, sagte Bryce mit großen Augen. »Das ist… das ist…« Er suchte nach Worten. »Das ist brutal. Du hast ihn völlig zerstört. Eine Katastrophe. Lara. Lara. Scharfe Munition? Musste das sein?«

Ob das sein musste? Abrupt hörte Lara mit den Dehnübungen auf und drehte sich zu Bryce um. Hatte sie wirklich richtig gehört?

»Entschuldige, aber war es vorgesehen, dass diese Übung irgendwann einfach aufhört?«

Urplötzlich schien Bryce große Schwierigkeiten zu haben, sie über die Musik hinweg zu verstehen.

»Was?«

Lara trat einen Schritt näher und sagte, lauter dieses Mal: »War das Ding programmiert, aufzuhören, ehe es mir das Gesicht zertrümmert?«

Bryce bedachte sie mit einem schwachen Lächeln. »Äh, die Antwort lautet wohl: Nein.«

»Also?«

»Aber du wolltest doch eine Herausforderung.«

Lara nickte. »Ja. Deshalb auch die scharfe Munition.«

In diesem Augenblick schwang die Glastür auf der anderen Seite des Kontrollraums auf, und Hillary trat ein, bepackt mit einem Stapel weißer Handtücher.

»Die Wäsche ist fertig, Lady Croft, und das Mittagessen wird...«

Er sah den Roboter und seine Augenbrauen schossen in die Höhe.

»Schon wieder scharfe Munition?«

»Macht die Sache interessanter«, sagte Lara.

»Ja, nun, wenn wir derartige Spiele spielen wollen...« Hillary deutete auf die Stuckornamente an der Decke. »...sollten wir angemessene Vorsichtsmaßnahmen treffen.«

Lara sah hinauf und entdeckte an der Stelle, an der die beiden Räume aneinander grenzten, einen zwei Meter langen, von Kugeln durchsiebten Abschnitt an der Decke.

»Scheiße«, sagte Bryce.

»Ups«, fügte Lara hinzu.

»Dreihundertfünfzig Jahre haben die Crofts in diesem Haus gelebt, Lara, und dies sind die ersten Kugeln, die dieses Gebäude schmücken. Ist es mir gestattet, zu Vorsichtsmaßnahmen zu raten, um eine Wiederholung derartiger Vorfälle in Zukunft auszuschließen?«

Mit diesem letzten Kommentar hatte er sich an Bryce gewandt, der zustimmend nickte. Lara folgte seinem Beispiel, obwohl sie insgeheim dachte, dass Hillary sich in seiner Rolle als in Ehren gealterter Haushaltsvorstand wieder einmal ein bisschen zu wohl fühlte. Vermutlich leitete er einen gewissen Anspruch aus der Tatsache ab, der Sohn des Haushaltsvorstandes ihres Vaters zu sein; er lebte bereits länger in Croft Manor als sie selbst, wusste mehr über die Geschichte des Hauses, und dennoch...

Im reifen Alter von neununddreißig Jahren fand Hillary einfach etwas zu viel Gefallen daran, sich wie ein Mann in den Siebzigern aufzuführen.

»Das Einfachste wäre sicher, wenn Sie beide übereinkämen, keine scharfe Munition während dieser Übungen einzusetzen«, schlug er vor.

Lara und Bryce wechselten rasch einen Blick.

»Ich weiß nicht recht«, sagte Bryce.

»Ich bin einverstanden.« Lara lächelte. »Andererseits, was soll's?«

Hillary verdrehte die Augen.

»Wird mir dann wohl ziemlich schwer fallen, ins Schwitzen zu geraten«, fügte sie hinzu und schnappte sich ein Handtuch von dem Stapel, den Hillary in den Armen hielt.

»Sind meine Klamotten oben?«

Hillary grunzte etwas, das Lara als »Ja« wertete.

»Danke«, rief sie über die Schulter, als sie zur Tür ging. »Für das Handtuch.«

Lara schob die Tür zum Kontrollraum auf und betrat die Marmorhalle.

»Gibt es eine Möglichkeit, diese Musik abzuschalten?«, hörte sie Hillary fragen.

»Was glauben Sie, was ich hier zu tun versuche«, entgegnete Bryce.

Eine Dusche, beschloss sie und ging die Treppe hinauf in ihr Schlafzimmer.

Menschen, die nach Croft Manor zu Besuch kamen – Lara hatte wie ihr Vater gern Gäste im Haus, zumindest bis zu den letzten Jahren, in denen sie selbst viel mehr Zeit weit entfernt von dem Herrenhaus zuzubringen schien als zu Hause – hatten es oft schwer, sich wirklich wohl zu fühlen. Lara hatte angenommen, es läge lediglich an der Größe des Hauses, aber inzwischen glaubte sie, dass es weit mehr mit seiner Geschichte zu tun hatte, angefangen mit dem, was in all den Räumen geschehen war, bis zu der Tatsache, dass viele von ihnen Namen hatten, statt sich mit einer simplen, funktionellen Bezeichnung zu begnügen. Man hielt sich nicht in einem Gästezimmer auf, sondern im King James Bedroom oder im Queen's Room, im Van Dyke Room oder im Playwright's Room. Tee trank man nicht in der Küche, sondern im Sommersalon unter den wachsamen Augen von Königin Elizabeth oder im King-James-Salon, dem neutralen Boden, auf dem sich – den Legenden zufolge – Churchill und Chamberlain auf Betreiben ihres Großvaters in dem Versuch getroffen hatten, ihre Differenzen beizulegen.

Lara konnte zumindest auf intellektueller Basis nachvollziehen, dass so viel Geschichte überwältigend sein konnte, sogar abschreckend, auch wenn sie selbst es nie so empfunden hatte. Für Lara war die Geschichte etwas, das untersucht, erforscht, ausgelotet werden musste, etwas, dessen verborgenste Geheimnisse entdeckt und ans Licht befördert werden wollten. Das war der Grund, warum das Dasein einer Archäologin – einer Grabräuberin, »Tomb Raider«, wie die Presse sie zu nennen pflegte, herzlichen Dank auch, Alex – ihr so selbstverständlich erschien. Möglicherweise, so überlegte sie, hatte die Fotografie sie aus dem gleichen Grund gereizt.

Jedenfalls war sie damit aufgewachsen, auch Croft Manor in

gewisser Weise als archäologische Stätte zu betrachten. Damals war ein viel größerer Teil des Gebäudes ständig zugänglich gewesen, und sie hatte Stunden damit zugebracht, von einem Flügel in den nächsten zu wandern, die Bilder zu betrachten, die Statuen, die Möbel, und dann mit zahllosen Fragen zu ihrem Vater zurückzukehren: Wessen Bild ist das? Wer hat in diesem Raum gelebt? Warum ist das hier und dies dort? Und so weiter und so fort, endlos. Meistens hatte ihr Vater Antworten für sie parat, und wenn er ihre Fragen nicht beantworten konnte, dann suchte er in der Bibliothek nach einem Buch, das dieser Aufgabe gewachsen war. Und selbst, nachdem sie versehentlich eine Vase im Eibenzimmer zerbrochen hatte, hatte er sie nie von ihren Erkundungstouren abgehalten, sondern sie lediglich gebeten, ein wenig vorsichtiger zu sein.

Ihr Vater hatte sogar die Möglichkeit geheimer Gänge, verborgener Räume und Falltüren im Haus angedeutet. Als sie kleiner gewesen war, hatte sie sich oft im Keller aufgehalten oder sich in die abgeriegelten Stockwerke unterhalb des Uhrenturms geschlichen und die Holzvertäfelung an den Wänden auf der Suche nach einem Echo abgeklopft. Inzwischen wusste sie, dass er sie in dieser Beziehung die ganze Zeit über hinters Licht geführt hatte, aber ein Teil von ihr sah in Croft Manor immer noch ein Haus, das erforscht werden musste, ein Gebäude, das noch so manche Überraschung für sie bereithalten würde.

Lara drehte die Dusche ab und zog ein Handtuch in die Kabine. Sie steckte ihr Haar hoch und wickelte sich das Handtuch um den Körper, ehe sie in das angrenzende Schlafzimmer ging.

Hillary war mit einem Strauß Schwertlilien in der Vase auf ihrer Kommode beschäftigt.

»Ich muss mich anziehen«, verkündete Lara und ließ das Handtuch fallen.

Hillary keuchte und hielt sich die Augen zu.

»Bitte«, sagte sie. »Tun Sie doch nicht so, als würde es Ihnen etwas ausmachen.«

Er lugte unter seiner Hand hervor, ehe er sie gänzlich sinken ließ. »Schönheit ist Wahrheit.«

»Ach, wirklich.« Lara trat an den Kleiderschrank und öffnete ihn. Ihre Kleidung war samt und sonders verschwunden, lediglich ein einzelnes weißes Kleid hing noch im Schrank.

Sie drehte sich zu Hillary um.

»Wirklich lustig.«

»Ich bin noch nicht damit fertig, die Wäsche einzuräumen«, sagte er.

»Wo kommt das her?«, fragte sie und hielt das Kleid hoch.

»Harrod's. Letztes Weihnachtsfest. Vielleicht erinnern Sie sich.«

Lara dachte einen Augenblick nach, dann erinnerte sie sich tatsächlich. »Aber sicher, Hillary. Das war Ihr Weihnachtsgeschenk für mich. Vor Kreta.«

»Das ist richtig.«

»Und Sie haben gehofft, ich würde es tragen.«

»Nun…« Er zuckte mit den Schultern.

Plötzlich fiel ihr eine andere Geschichte ein, und sie zog die Stirn in Falten. »Gab es da etwa eine Wette zwischen Ihnen und Bryce, dass – oder ob – ich das tatsächlich tragen würde?«

»Äh.« Er blickte zu Boden.

»Hillary.« Sie sah zur Uhr. Es war zehn Minuten vor eins – zehn Minuten bis zum Mittagessen. »Ich werde nackt zum Essen kommen, wenn meine Klamotten nicht…«

»Schon gut, schon gut«, sagte er und eilte davon. Lara hängte das Kleid zurück in den Schrank, während sie darüber nachdachte, dass es ein süßer Einfall von Hillary war, sie auf diese Weise überreden zu wollen, auch wenn das nun einmal nicht ganz so einfach war.

Auf dem Nachttisch neben ihrem Bett stand ein Schwarzweißfoto in einem silbernen Rahmen: ein kleines Mädchen in einem grünen Samtkleid, ein Mann in einem Smoking, beide lächelnd vor einer Kamera in der privaten Loge in Covent Garden. Lara und ihr Vater, kurz vor der Aufführung des *Nussknackers*.

Sechs Monate später hatte er sie verlassen.

Hillary brachte ihre Kleider und ging wieder. Lara zog sich an und ging die Treppe hinunter, in Gedanken immer noch beim *Nussknacker* und den Monaten nach der Abreise ihres Vaters.

Das Schuljahr war schlimm für sie gewesen. Jedes Kind im Ort (mit Ausnahme von Bobby Cecil) hatte sich aus ihr unerfindlichen Gründen eingebildet, sie wäre eine hochnäsige Ziege, und beschlossen, sie so oft wie möglich mit Schmutz zu bewerfen – nicht nur im übertragenen Sinne.

Rückblickend war sie vielleicht in jenem Jahr tatsächlich ein kleines Miststück gewesen, zumindest in den letzten paar Monaten, seit ihr Vater abgereist war – rechthaberisch, selbstsüchtig und garstig, immer schnell bereit, jedermann zu erklären, was er oder sie für sie zu tun hätte. Das Clark-Mädchen hatte ihr nicht aufmerksam genug zugehört, woraufhin sich beide Mädchen auf dem Fußballfeld eine ausufernde Prügelei geliefert hatten.

Während einer kurzen Kampfpause hatte Lara aufgeblickt und gesehen, dass ihre Lehrerin, Mrs. Welsh, und Mr. Shannon, der Gärtner von Croft Manor, über das Spielfeld auf sie zukamen. Das war ihr sonderbar vorgekommen, also hatte sie mit der Rauferei aufgehört.

Als Mr. Shannon näher gekommen war, hatte sie das große, weiße Taschentuch gesehen, das aus seiner Tasche heraushing, und dass seine Augen ganz rot waren. Er hatte geweint.

Sie erinnerte sich, dass sie damals gedacht hatte: *Jemand ist gestorben, aber warum ist Mr. Shannon hergekommen, um mich zu holen, und nicht Mr. Hillary?* Dann kam ihr der Gedanke, dass der alte Mr. Hillary vielleicht der Verstorbene war; er war schon lange Zeit krank gewesen. Oder es war irgendein anderes Mitglied der Dienerschaft – Mrs. Bigsbee oder Miss Tompkins – auf jeden Fall konnte Mr. Shannons Anwesenheit nichts mit ihrem Vater zu tun haben, der war schließlich tausend Meilen weit weg, und außerdem, wäre es um ihren Vater gegangen, dann wäre der alte Hillary gekommen, um sie zu holen, also war es nicht ihr Vater. Nicht ihr Vater.

Und dann legte Mr. Shannon, der in ihrem ganzen Leben kaum ein dutzend Worte an sie gerichtet hatte, ihr die Hand auf die Schulter und sagte: »Lara, du musst mit nach Hause kommen«, und in dieser Sekunde wusste sie, dass ihr schlimmster Albtraum Wirklichkeit geworden war. Sie brach in Tränen aus.

Und auch jetzt standen ihr die Tränen in den Augen.

»Lara?«

Unwillkürlich hatte sie den Weg zum Arbeitszimmer ihres Vaters eingeschlagen und sich an den Schreibtisch gesetzt. Als sie nun aufblickte, sah sie Hillary mit einem Stapel Aktenmappen auf den Armen in der Tür stehen.

»Was tun Sie hier?«

Hillary ging an den mit Schonbezügen versehenen Möbeln vorbei und blieb vor dem Schreibtisch stehen. Dann nahm er einen Ordner von dem Stapel und warf ihn ihr zu.

»Ein paar potenzielle Jobs. Ich dachte, Sie würden vielleicht einen Blick darauf werfen wollen.«

Sie runzelte die Stirn. Hillary versuchte – wie vermutlich auch Bryce – sie von ihrem Kummer abzulenken. Süß, aber…

Hillary räusperte sich und wartete.

Ach, zur Hölle, dachte sie und schlug die Mappe auf.

Ganz oben erkannte sie ein Foto der Djoser-Pyramide.

Um Himmels willen, dachte sie, *Djosers Pyramide?* Lächerlich, dass irgendjemand dachte, dort könnte sich im Umkreis von hundert Meilen noch etwas von historischer oder wirtschaftlicher Bedeutung befinden. Dann blätterte sie in der schriftlichen Zusammenfassung, die nicht minder lächerlich schien – der Vorschlag, eine neue Grabung vorzunehmen, begründet in einer mathematischen Extrapolation von Standorten auf der Basis historischer Quellen. Lächerlich. Geradezu idiotisch. Und außerdem…

»Ich habe keine Lust, wieder nach Ägypten zu fahren. Pyramiden. Sand.«

Sie warf die Aktenmappe auf den Schreibtisch.

Hillary nickte. »Ich weiß. Dringt überall ein. Durch jede Ritze. Wie steht es mit einer spanischen Galeone?«

»Zum Fotografieren oder zum Plündern?«

»Das eine oder das andere. Vielleicht beides.«

Lara zuckte die Schultern; besonders aufregend war der Gedanke nicht. Ein paar alte Dublonen? Truhen mit verrotteter Seide auf dem Grund des Ozeans? Sie klappte den Ordner auf und blätterte ihn durch. Die Bilder konnten sie ebenfalls nicht überzeugen. Ein Schiffsmast, ein Sandhügel, der auf einen Rumpf hindeuten mochte oder auch nicht. In ihren Augen nur pseudoarchäologische Arbeit, weder Zeit noch Mühe wert.

Sie wusste Hillarys Bemühungen durchaus zu schätzen, aber jetzt auch nur über Arbeit nachzudenken, erschien ihr ausgesprochen dumm, und das musste auch gesagt werden.

»Wissen Sie, welcher Tag heute ist, Hillary?«

»Ja«, sagte er leise. »Selbstverständlich. Der Fünfzehnte.«

Lara nickte und ließ die Mappe, in der sie geblättert hatte, auf die andere fallen.

»Das ist richtig. Und das ist nie ein guter Tag.«

Sie sah Hillary an, dann an ihm vorbei zu dem Mosaikbild von Robert Croft über dem Kamin, zu dem Steinway-Flügel und dem mächtigen Ölgemälde an der gegenüberliegenden Wand des Arbeitszimmers.

Sie selbst hatte es vor einigen Jahren in Auftrag gegeben, nach der Vorlage der Fotos, die Sullah ihr von der letzten Expedition geschickt hatte, und der Skizze, die sie aus der Erinnerung an die Expedition im Jahr zuvor angefertigt hatte. Das Ergebnis war überlebensgroß und zugleich perfekt bis ins letzte Detail. Genau wie ihr Vater zu Lebzeiten.

Lara erhob sich und ging zu dem Gemälde.

Lord Henshingly Croft posierte in der klassischen Tradition großer Forscher wie Sir Richard Burton, Ernest Shackleton und Arne Sacknussem und stand in der typischen Leinenkleidung stolz vor einem Zelt. Hinter ihm wirbelte der Wüstensand durch die Luft, und der Union Jack flatterte an einem Pfahl im Wind.

Ihr Vater gegen die Elemente, hoch aufgerichtet, auf den Lippen sein Hol's-der-Teufel-Lächeln, ein Zug, den Lara, wie ihr erst jetzt bewusst wurde, in ihren letzten gemeinsamen Tagen kaum noch zu sehen bekommen hatte.

Hmmm.

Unter dem Gemälde befand sich eine Plakette mit der Aufschrift: *Lord Croft, 1917–1981.*

Schwer zu glauben, dass er bereits vor zwanzig Jahren gestorben war. Heute war es genau zwanzig Jahre her, seit Mr. Shannon sie in die Kapelle von Croft Manor geführt und ihre Tante Liate sie hysterisch schluchzend in ihre Arme gerissen hatte. Lara hatte sich einfach völlig verschlossen; sie brauchte keine Fremden, die in ihre Welt eindrangen, sie immer und immer wieder fragten, ob es ihr gut ginge, beteuerten, wie schrecklich das alles wäre, ihr Kleider hinlegten, die sie tragen sollte, ihr erzählten, wie sie sich zu fühlen hatte und sie in jeder Sekunde ihres Lebens überwachten.

Ihre Gefühle – damals wie heute – waren allein ihre Sache. Ihr Vater hätte das verstanden – und respektiert.

»Nie ein guter Tag«, murmelte Hillary.

»Nein«, stimmte ihm Lara zu. »Nie ein guter Tag. Aber ein wichtiger.«

Ohne ein weiteres Wort kehrte sie Hillary und dem Arbeitszimmer den Rücken zu und ging hinaus auf die Galerie, vorbei an der Bibliothek und der Kapelle und schließlich durch den Westeingang des Hauses hinaus auf eine von einem Geländer umschlossene Terrasse, die zu den angelegten Gärten des Anwesens führte: Ein äußerer Ring aus Lindenbäumen umgab ein peinlich genau abgestecktes Blumenbeet, welches wiederum einen Teich mit Seerosen umrahmte, die kreisförmig um einen kunstvollen Wasserspeier angeordnet waren.

Doch direkt vor ihr war die Symmetrie des Gartens durchbrochen worden. Einige Stufen führten hinab zu einer Lücke in der Baumreihe und einer schlichter gehaltenen Pflanzung von Jasminsträuchern.

Neben den Sträuchern stand eine steinerne Nachbildung des Zeltes, das auf dem Gemälde hinter ihrem Vater zu sehen war. Seltsamerweise erinnerte sie dieses Zelt noch stärker an ihren Vater als das Bild; beinahe, so dachte Lara, als würde er in diesem Denkmal auf sie warten.

Aber natürlich war das Innere des Zeltes leer.

Und doch fühlte Lara den Geist ihres Vaters überall um sich herum.

Sie zog einen Jasminzweig zu sich heran und flüsterte: »Die Welt sehn in einem Körnchen Sand, den Himmel in einem Blütenrund. Du fehlst mir, Daddy.«

Sie ließ sich vor dem Denkmal auf die Knie sinken.

Vor der Zeltklappe war ein Gedenkstein, dessen Inschrift lautete:

Lord Croft
Gestorben im Felde, 15. Mai 1981
Verloren, doch unvergessen

Unvergessen, dachte Lara. Zwanzig Jahre waren vergangen, und doch blieb er unvergessen.

Sie legte den Jasminzweig neben der Gedenktafel zu Boden und kniete einige Zeit vor dem Zelt, bis Hillary schließlich herauskam, um sie zum Mittagessen zu rufen.

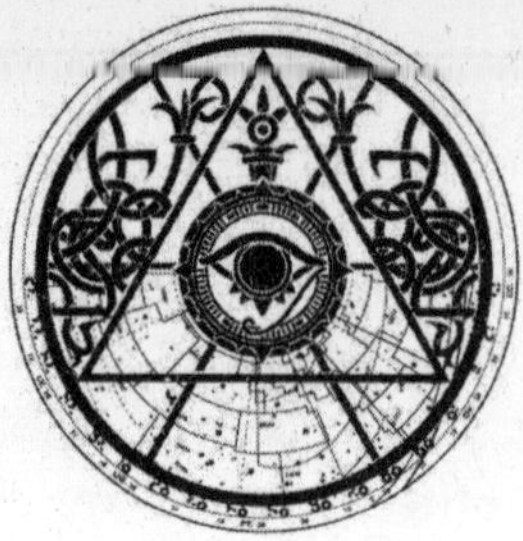

3

Powell zog sich gerade zum Dinner an, als Pimms mit panischem Blick in sein Schlafzimmer stürzte und sagte:

»Sie sind da.«

Powell ließ von seinen Hemdknöpfen ab und blickte auf.

»Die Sitte, anzuklopfen, Pimms. Sind Sie damit vertraut?«

»Ja, Sir. Tut mir Leid, Sir, es ist nur, sie sind da. Sie sind hier. Der Rat.«

»Tatsächlich?« Powell runzelte die Stirn. »Der Rat?«

»Ja, Sir. Drei von ihnen: Mr. Gareth, Mrs. King und Mr. Ravenna. Sie sind unten im Salon und wollen Sie sprechen.«

»Hmmm.« Das war interessant. Nach dem vorangegangenen Treffen hätte ihn ein Telefonanruf nicht überrascht, vielleicht sogar eine Aufforderung zu einem Gespräch mit Gareth, aber eine Zusammenkunft mit drei Siebteln des Hohen Rates?

»Was soll ich ihnen sagen, Sir?«

»Sagen Sie ihnen, dass ich mich fertig mache und gleich bei ihnen sein werde. Ich nehme an, Sie haben ihnen etwas zu trinken angeboten?«

»Ach du meine Güte.« Pimms schien völlig entsetzt. »Das habe ich vergessen, Sir. Ich wollte Sie so schnell wie möglich wissen lassen, dass sie hier sind, und...«

»Nun, dann gehen Sie hinunter und kümmern sich darum. Mr. Gareth bevorzugt Courvoisier: Bieten Sie ihm etwas von meinem persönlichen Vorrat an. Ich werde gleich nachkommen.«

Pimms nickte und zog sich hastig zurück.

Powell schlüpfte in die Anzugjacke und stellte sich vor den Spiegel.

Was wollte Gareth hier? In gewisser Weise war die Frage einfach zu beantworten. Der distinguierte Gentleman hatte ihn geschickt. Ihr Ordensführer sorgte sich um die Suche nach dem Artefakt, und das wollte er zum Ausdruck bringen, ein wenig Druck auf Powell ausüben. Gareths Anwesenheit sollte ihn noch einmal daran erinnern, wie wichtig das Dreieck für den Orden war. Doch je länger Powell über diesen Fingerzeig nachdachte, desto weniger gefiel er ihm. Der distinguierte Gentleman pflegte seine Flanken stets gut zu decken. Er würde niemals einen so deutlichen Verrat an seinen Interessen begehen, es sei denn, er wollte jemanden in die Irre führen, doch dazu gab es keine Veranlassung. Die Zeit wurde knapp, und jeder wusste das. Nein, was auch immer der Grund für Gareths Besuch war, er war zu rätselhaft, als dass Powell ihn verstehen würde, indem er vor dem Spiegel stehen blieb.

Also ging er hinunter in den Salon. Gareth hatte sich natürlich den roten Ledersessel unter den Nagel gerissen, auf dem er nun mit einem Kognakschwenker in der Hand thronte. Ravenna saß so nahe wie möglich bei seinem Mentor auf der Couch, und Mrs. King stand neben dem Klavier. Alle drei wandten ihm die Gesichter zu, als er den Raum betrat, doch Gareth war der Erste, der das Wort ergriff.

»Mr. Powell.«

»Mr. Gareth, Sir.«

»Verzeihen Sie den Überfall. Ich bin im Namen des Rates gekommen, um die Diskussion von heute Nachmittag bezüglich des Dreiecks fortzuführen.«

Der Gesichtsausdruck des Mannes verriet nichts.

»Nun, wie ich bereits heute Nachmittag sagte«, hob Powell an, um einen möglichst neutralen Ton und Gesichtsausdruck bemüht, »verfolgen wir eine ganze Reihe viel versprechender Spuren. Ich bin überaus zuversichtlich, dass unsere Forschungen schon sehr bald zu den gewünschten Ergebnissen führen werden.«

Lächelnd wartete er auf Gareths Antwort. Die ihm, wenn schon keine Erklärung für seine Anwesenheit an diesem Abend, so doch zumindest den Ansatz einer Einsicht in die Beweggründe des distinguierten Gentlemans, ihn herzuschicken, liefern sollte.

Doch zu seiner Überraschung war es Mrs. King, die als Nächste sprach.

»Ich habe mich mit einigen Ihrer Forschungen befasst«, sagte sie und trat vor. »Ich fürchte, ich kann Ihren Optimismus nicht teilen.«

Powell rang einen Augenblick um seine Fassung. »Tatsächlich nicht?«

»Tatsächlich nicht«, entgegnete Mrs. King. Nun erst fiel ihm auf, dass sie eine Aktentasche bei sich trug, aus der sie einige Grafiken hervorzog, nein, keine Grafiken, Karten, am Computer von seinen eigenen Leuten angefertigte Karten. Powell hatte Mühe, vor Wut nicht laut aufzuschreien. Dafür würden Köpfe rollen. Wer auch immer diese Informationen herausgegeben hatte…

»Diese Karten beruhen auf den von Ihnen extrapolierten Werten.«

»Ja.«

»Ich habe die Rohdaten hier«, sagte sie und zog einen weiteren Bogen Papier hervor. Es war eine Liste mit Hexadezimalzahlen, die Powell selbst an diesem Nachmittag in Händen gehalten hatte. »Auf den ersten Blick scheinen die Daten einem Muster zu folgen, einem reichlich unvollständigen Muster, das…«

»Verzeihen Sie die Unterbrechung, Mrs. King, aber für mich sind das alles keine neuen Informationen. Mir ist das Muster ebenfalls aufgefallen, ebenso wie die fehlenden Daten, und mein Team arbeitet daran, die vollständige Information zu extrapolieren.«

Mrs. King zog eine weitere Seite aus ihrer Aktentasche. »Das hier könnte allerdings auch Ihnen neu sein, Mr. Powell. Dies ist eine vollständige Statistik, einschließlich der fehlenden Daten.«

Powell verschlug es beinahe die Sprache.

»Sie haben die richtigen Schlussfolgerungen gezogen, Mr. Powell.« Mrs. King lächelte. »Ich gratuliere.«

»Das ist…«, Powell rang um Worte, »…unmöglich. Wie konnten Sie das so schnell schaffen?«

Gareth räusperte sich.

»Langley«, sagte er. »Die Crays. Die Situation schien es zu erfordern.«

Darauf konnte Powell nur grimmig nicken. Sein Gehirn arbeitete fieberhaft, während er sich fragte, was vor sich ging. Er wusste, dass er mindestens einen Schritt hinterherhinkte. Kein besonders erfreulicher Gedanke.

»Und hier«, fuhr Mrs. King fort, »sind die Karten, die auf Basis der vollständigen Daten erstellt wurden. Karten, die uns die Lage der ersten Grabstätte zeigen.«

Sie reichte ihm einen weiteren Ausdruck von der Ostküste der Vereinigten Staaten. Ein roter Pfeil deutete auf eine Stelle unweit von New York City.

»Amerika? Das ist unmöglich.« Powell starrte auf die Karte. Neben dem Punkt, auf den der Pfeil deutete, stand etwas geschrieben, ein einzelnes Wort, der Name der Stadt, in der sie nach Powells akribisch abgeleiteten Informationen das Dreieck finden würden.

Secaucus.

»Sie erlauben sich einen Scherz mit mir.« Powells Stimme klang schriller als beabsichtigt.

»Der Scherz, Mr. Powell, gilt offenbar jedem von uns«, sagte Mrs. King.

»Aber wer sollte…« Seine Stimme verlor sich, während langsam die Erkenntnis in seinen Zügen sichtbar wurde.

»Korrekt«, sagte Gareth.

Verlegenheit mischte sich mit seiner Wut. Zwanzig Jahre

waren vergangen, und der Mann machte noch immer einen Narren aus ihm.

»Ich für meinen Teil bin ausgesprochen wütend«, ergriff Ravenna zum ersten Mal mit zornesrotem Gesicht das Wort. »Ihre angeblichen Nachforschungen, Mr. Powell«, er hob drohend den Zeigefinger, »haben uns nichts eingebracht, und das bei der wichtigsten Frage, die unser Orden je erwogen hat.«

Zum ersten Mal in seinem Leben war Powell tatsächlich sprachlos.

»Mr. Powell.« Gareth beugte sich vor und legte eine weiche, fleischige Hand über Powells Finger. »Wir haben wertvolle Zeit verloren, und ich möchte nicht länger im Unwissen gehalten werden. Ihre ehrliche Meinung, bitte: Werden wir die Grabstätte noch rechtzeitig finden?«

Für eine Sekunde überlegte er, ob er sich dem distinguierten Gentleman anvertrauen sollte. Während er – Powell – und Gareth einander nie nahe gestanden hatten, war er maßgeblich dafür verantwortlich, dass ihm schon früh wichtige Aufgaben übertragen worden waren, und er hatte ihn auf Aufstiegsmöglichkeiten aufmerksam gemacht, auf die andere, ältere Ordensmitglieder durchaus mit Recht hätten Anspruch erheben können.

Er sollte ihm sagen, dass ihre schlimmsten Befürchtungen zutrafen, dass sie sich in der Tat vorrangig auf die *Aegyptica*-Lösung konzentriert hatten, und nun, da sie diese verwerfen mussten, keine Möglichkeit mehr offen blieb, das Artefakt noch rechtzeitig zu finden. Er musste es ihm sogar erzählen, denn es gab nichts anderes, das er ihm hätte sagen können, schließlich konnte er dem Mann keine Lügen vorsetzen, nicht wahr?

Einen Augenblick.

Natürlich konnte er.

»Das ist in der Tat eine beunruhigende Entwicklung.« Powell gab Mrs. King die Karten zurück. »Aber sicher nicht entscheidend für unsere Bemühungen. Erst heute Nachmittag habe ich Miss Holcomb gebeten, andere Übertragungsmatrizen in Erwägung zu ziehen. Außerdem«, er sah sich nach Pimms um, »hat mein Mitarbeiter, Mr. Pimms, viel versprechende Ergebnisse erzielt, die uns auf der Suche nach dem Standort jener Vorrichtung, die in der *Aegyptica* und in unseren Archiven erwähnt wird, einige Schritte weitergebracht haben.«

Gareth runzelte die Stirn. »Die Vorrichtung? Erwarten Sie tatsächlich, sie zu finden?«

Powell nickte. »Ja, Sir.«

Mrs. King musterte ihn finsteren Blickes, und plötzlich wusste Powell, warum sie hier waren. Hätte er einen Fehler eingestanden, dann hätten sie ihn umgebracht und das Projekt auf der Stelle selbst in die Hand genommen.

»Nun gut.« Gareth erhob sich. »Ich freue mich zu hören, dass Sie die Situation im Griff haben, Mr. Powell. Halten Sie mich über Ihre Fortschritte bitte von nun an täglich auf dem Laufenden.«

»Natürlich, Sir. Pimms wird Ihnen die Berichte in Ihr Büro bringen.«

Powell geleitete seine Gäste zur Tür.

Als er zurückkehrte, wartete Pimms bereits auf ihn. »Natürlich widerspreche ich Ihnen nur ungern, Sir, aber welche Vorrichtung…«

»In den Archiven, Mr. Pimms. Ich werde Ihnen eine Liste der einschlägigen Schriftstücke geben.« Er blickte zur Uhr: sieben Uhr und dreiundfünfzig Minuten. Er hatte geplant, beim Abendessen… – möglicherweise hätte er ein neues Mitglied für den Orden gewinnen können – aber dafür war jetzt keine Zeit.

Die Zeit reichte gerade noch, rasch Miss Holcomb anzurufen und sie zu bitten, zusammen mit dem Rest ihres Teams sofort herzukommen, damit sie ihre Nachforschungen neu ausrichten konnten.

Ehe es endgültig zu spät war.

4

Der Uhrenturm von Croft Manor erhob sich, ein Stück nach links versetzt, zwei Stockwerke über den Südeingang. Zur Zeit seiner Erbauung, Anfang des sechzehnten Jahrhunderts, hatte er als ein Meisterwerk der Ingenieurskunst gegolten, und jahrhundertelang hatte er den Bewohnern und Angestellten des Herrenhauses dazu gedient, ihre Vorhaben zeitlich abzustimmen, und dem gesamten Haushalt einen ordentlichen Ablauf ermöglicht. Natürlich wurde die Uhr heute nicht mehr für derartige Zwecke benötigt, aber sie stellte immer noch das deutlichste Wahrzeichen des Hauses dar, im Wesentlichen seit über hundert Jahren unverändert, so wie auch das Gebäude selbst – äußerlich – noch immer als Symbol für das elisabethanische England stand.

Das Innere des Herrenhauses, nun, das war eine andere Geschichte.

Anbauten, Umbauten und Modernisierungen waren in den langen Jahren seiner Existenz kontinuierlich vorgenommen worden. Gaslicht, sanitäre Anlagen, Telefonkabel, Strom – buchstäblich kilometerlange Rohre und Kabel – waren unter Putz verlegt, unter Bodenbeläge oder in die Decken eingezogen worden. Wandfarben, Teppiche, Fliesen und Marmor kamen und gingen und kamen und gingen, immer wieder. Ihr Großvater hatte die Kapelle vollständig restaurieren lassen, ihr Vater hatte die Mauer zwischen dem Bacon-Zimmer und dem Archiv einreißen lassen, um sich dort sein Arbeitszimmer einzurichten.

Auch Lara hatte ihren Anteil an den Veränderungen auf sich genommen: Ein Ende des Ballsaales war abgetrennt und zu ihrem Trainingsraum umgebaut worden, und ein Stück der weitläufigen Galerie diente inzwischen Bryce als Kontrollzentrum. Diese zwei Veränderungen dürften den ursprünglichen Baumeistern Grund genug sein, sich in ihren Gräbern umzudrehen.

Andererseits war sie überzeugt, dass ihnen das, was sie im Observatorium verändert hatte, gefallen dürfte.

Sie hatte den ursprünglichen Mechanismus beibehalten und die alte Linse gegen einen Fünfundfünfzigzentimeterreflektor ausgetauscht. Bryce hatte das Teleskop mit einem Computer und einem hochauflösenden Bildwandler verbunden, um die Bilder zu analysieren, die das Teleskop einfing.

In dieser Nacht bot sich dem Teleskop – und Lara, die das rechte Auge an das Okular presste – in der Tat ein ganz besonderer Anblick.

Merkur und Venus richteten sich blau und grün flackernd langsam in einer Linie aus.

»Hallo?«

Lara sah sich um.

Hillary kam durch den verdunkelten Raum auf sie zu. Er trug irgendetwas auf den Armen. Lara verzog das Gesicht.

»Ich werde dieses Kleid nicht tragen.«

»Das ist nicht das Kleid«, entgegnete Hillary.

»Was tun Sie dann hier?«

»Ich dachte, Sie frieren vielleicht, also habe ich Ihnen eine Decke gebracht.«

»Mir ist nicht kalt.« Lara rollte mit ihrem Stuhl von dem Teleskop weg und blickte durch die Glaskuppel zum Sternenhimmel hinauf.

»Sensationell«, sagte Hillary.

Lara konnte ihm nur zustimmen. »Daddy hätte es gefallen. Sehen Sie nur die Anordnung.«

Unmittelbar neben den Kontrollinstrumenten für das Teleskop befand sich ein prachtvolles Planetarium aus Messing, ein astronomisch korrektes Modell des Sonnensystems. Lara legte die Hand auf den Messingpluto, welcher sogleich all die anderen Planeten veranlasste, sich auf ihren jeweiligen Bahnen ein Stück weiter um die Sonne zu schieben.

»Anordnung?« Hillary legte ihr die Decke über die Schultern. »Welche Anordnung?«

»Heute Nacht stehen Merkur und Venus in einer Linie mit der Erde. Das ist das erste Stadium der Konjunktion aller neun Planeten, die in einer totalen Sonnenfinsternis gipfeln wird. So etwas kommt nur alle fünftausend Jahre vor.«

Was nun, da sie darüber nachdachte, ein seltsames Zusammentreffen der Ereignisse war: der Jahrestag des Verschwindens ihres Vaters und der Beginn eines astronomischen Ereignisses von äußerster Seltenheit.

Etwas rührte sich in ihrem Gedächtnis.

»Wann wird die Finsternis eintreten?«

Lara schüttelte den Kopf, um wieder klar denken zu können. »Nicht vor dem Achtzehnten. Aber bis dahin gibt es noch genug zu sehen. Einige seltsame Dinge werden geschehen.«

Wie auf ein Stichwort sah Lara aus den Augenwinkeln etwas am Himmel vorüberjagen. Sie lächelte. »Da wir gerade von seltsamen Dingen sprechen...«

Plötzlich flackerte ein orange-purpurner Blitz auf. Hillary blickte auf und stutzte.

»Was war das?«

Ein weiterer spiralförmiger Lichtstrahl jagte über das Sternenmeer am Himmel. Dann noch einer und noch einer.

»Aurora Borealis.« Sie beugte sich über den Computer und programmierte ihn, das Schauspiel einzufangen. »Seltsame Dinge, wie ich gesagt habe.«

Hillary sah sie verwundert an. »Aurora was?«

»Nordlichter – nur viel zu weit im Süden. Normalerweise zeigen sie sich nur über dem Nordpol.«

Und Hillary, üblicherweise die Nummer zwei unter allen ihr bekannten Zynikern – die Nummer eins auf dieser Liste hielt natürlich Mr. Alex West. Eine echte Frechheit, ihr heute eine Karte zu schicken, nachdem sie sich seit sechs Monaten nicht mehr gesprochen hatten –, blickte auf, völlig fasziniert vom Anblick des Himmels.

»Du liebe Güte. Das ist herrlich.«

Lara nickte. »Es ist unglaublich.«

Als sie sich umdrehte, sah sie die Lichter, die sich schimmernd und tanzend in Hillarys Augen spiegelten.

»Daddy hätte es gefallen.«

Sie ergriff Hillarys Arm, und für eine Weile blieben beide gemeinsam an Ort und Stelle stehen, die Köpfe in den Nacken gelegt, und beobachteten den Himmel...

In dieser Nacht machte sich Lara im Traum zu einem Spaziergang auf.

Sie erhob sich von ihrem Bett und ging, barfuß und im Pyjama, die Treppe hinunter und über die Galerie, vorbei am Arbeitszimmer ihres Vaters, an der Bibliothek, der Kapelle, zum Westeingang hinaus und die Stufen zum Gedenkstein ihres Vaters hinab.

Über ihr flammten noch immer die Aurora Borealis über den Himmel, Streifen von Rot, Blau und Orange vermischten sich mit dem fahlen Licht des Mondes, der auf die Replik des Zeltes und die kleine Gedenktafel hinab schien.

Ein warmer Wind wehte. Lara roch Wüste und Sand und das Zeltlager, genau, wie sie es in Al Iskandariya wahrgenommen hatte.

Dann fing das Steinzelt von innen an zu glühen, ein fahlgoldenes Licht, das sie immer näher lockte, näher, näher...

Sie streckte die Hand aus, um das Zelt zu berühren – das Denkmal schimmerte, und vor ihren Augen verwandelte sich der Stein in Leinen, das in dem sanften Wind flatterte.

Lara öffnete das Zelt und kroch hinein.

Es war das Zelt ihres Vaters, genau, wie sie es in Erinnerung hatte: sein Schlafsack, seine Truhe, seine Bücher, seine Stiefel, alles war genauso wie in jeder Nacht in jenen zwei Wochen, die sie zusammen mit ihm in der Wüste verbracht hatte. Und direkt vor ihr, auf einem Stuhl, umrahmt von dem goldenen Lichtschein der Kerosinlampe, justierte seine Hand auch jetzt…

Lara keuchte und als der Atem zischend aus ihren Lungen strömte, drehte der Mann sich um.

Es war ihr Vater, genauso, wie sie sich an ihn erinnerte: seine Haut, braun gebrannt von der Wüstensonne, Lachfältchen an den Mundwinkeln, ein Schnurrbart in mindestens hundert verschiedenen Braunschattierungen, Augen von dem gleichen durchdringenden Blau wie die ihren, und nun trafen sich ihre Blick und…

»Was war das, Daddy?«

Die Stimme kam von der anderen Seite des Zeltes, und Lara wusste schon bevor sie hinsah, was sie erwartete.

Ihr jüngeres Selbst, die Siebenjährige von jenem Sommer, saß im Schneidersitz am Boden, die Kamera, die ihr Vater ihr gegeben hatte (um sie sich ein wenig vom Leibe zu halten, wie ihr inzwischen klar geworden war) neben sich, und sah ihren Vater – wie immer – fragend an.

Lord Croft drehte sich zu diesem jüngeren Selbst um und lächelte.

»Nur der Wind, Lara, nur der Wind.«

Die Kerosinlampe flackerte.

»Du solltest längst schlafen, mein Engel.« Ihr Vater lächelte. »Sieh mal, wie spät es ist.«

Er zauberte eine Taschenuhr hinter dem Ohr des kleinen Mädchens hervor, seine Taschenuhr, die er stets bei sich zu tragen pflegte.

»Daddy!«

Ihr Vater schüttelte den Kopf. »Du meine Güte, es ist eine magische Uhr. Jahrhundertelang verschollen, direkt hinter Laras Ohr.«

Das kleine Mädchen nahm die Uhr und ließ den Deckel aufspringen.

»Mami.«

Laras Herz tat einen Sprung. Sie hatte die schwarz-weiße Kamee mit dem Bild ihrer Mutter im Ziffernblatt vollkommen vergessen. Nun erinnerte sie sich an das Porträt, obwohl sie es seit vielen Jahren nicht mehr gesehen hatte.

»Sie ist wunderschön.«

»Sie hat dich sehr geliebt.« Ihr Vater seufzte. »Ich wünschte, du könntest dich an sie erinnern.«

»Ist schon okay, Daddy. Ich habe doch dich.« Das kleine Mädchen hielt sich die Taschenuhr ans Ohr. »Und Zeit. Ich habe Zeit.«

»Ja, die hast du.« Ihr Vater nickte. »Ströme von Zeit.« Noch während er sprach, wanderte sein Blick von dem kleinen Mädchen zu ihr, der erwachsenen Lara, und sein Blick schien sie zu durchbohren.

Und plötzlich hatte Lara das Gefühl, gar nicht zu träumen.

»In all diesen Strömen von Zeit werde ich bei dir sein, Lara.«

Buntes Licht funkelte hinter ihm. Eine Miniaturaurora.

Und dann verließ er das Zelt.

Nein, dachte Lara.

»Nein«, flüsterte die jüngere Lara, erhob sich und trat an den Zelteingang. »Daddy? Bist du da draußen?«

Die Zeltklappe raschelte im Wind, aber sie erhielt keine Antwort.

»Daddy!!!«

Die kleine Lara rannte aus dem Zelt und rief nach ihrem Vater. Doch inzwischen war ihr Traumselbst jetzt die kleine Lara, und als sie in die Dunkelheit hinaustrat, fand sie sich nicht im Garten von Croft Manor wieder, sondern in der endlosen Wildnis der Wüste, einem Ozean aus Sand und Dunkelheit und Wind, und ihr Vater war verschwunden.

Er hatte sie schon wieder allein gelassen, ein siebenjähriges Mädchen, das niemanden hatte, keine Mutter, keinen Vater, keine Freunde, niemanden, der ihr helfen würde, ihren Lebensweg zu meistern.

Am Nachthimmel über ihr rückten die Planeten näher zusammen, Merkur und Venus und Mars, alle neun Planeten, näher und näher wie in einem Zeitrafferfilm, näherten sich der linearen Anordnung und zogen die Erde mit sich.

Der Wind heulte.

Lara war wieder im Zelt, wieder in ihrem erwachsenen Körper.

»Daddy?«

Staub wirbelte vor ihr auf, und die Zeltklappe schloss sich geräuschvoll.

Lara setzte sich im Bett auf, hellwach, schwitzend und orientierungslos. Ihr Herz hämmerte wild in ihrer Brust. Draußen verblasste das letzte Licht der Auroren, bis nur noch der reine weiße Lichtschein des Mondes durch das Fenster in ihr Schlafzimmer drang.

Lara ließ sich auf ihr Kissen zurückfallen. Das Atmen fiel ihr wieder leichter. Mit der Hand wischte sie sich über die Brauen und blieb einen Augenblick liegen, genoss die Stille der Nacht und dachte über ihren Traum nach.

Einen Augenblick.

Mit einem Ruck setzte sie sich wieder auf.

Die Nacht war gar nicht so still.

Lara hörte, sogar ausgesprochen deutlich, das Ticken einer Uhr.

5

Eine Sekunde später hatte sie die Lösung: der Uhrturm. Große Uhr, lautes Ticken. Schön. Zurück ins Bett.

Lara runzelte die Stirn.

Von ihrem Schlafzimmer aus hatte sie die Turmuhr noch nie ticken hören können, also war kaum anzunehmen, dass sie sie jetzt hörte.

Es war auch nicht die Uhr neben ihrem Bett, denn das war eine Digitaluhr, ebenso wie ihre Armbanduhr und auch alle anderen Uhren im Haus, fiel ihr plötzlich ein, digital und synchron, dank Bryce.

Nichtsdestotrotz tickte etwas, ein trockenes, nachhallendes, gleichmäßiges Geräusch, wie ein Kind, das in einem großen, leeren Spielzimmer zwei Bauklötze gegeneinander schlägt.

Lara schlug die Decke zurück und stieg aus dem Bett.

Ihr Schlafzimmer lag direkt am Ende der großen Treppe; das Geräusch schien nahezu direkt von unten zu kommen, irgendwo treppab. Barfuß tapste sie die Stufen hinunter, einen Schritt nach dem anderen, lautlos wie eine Katze, bis sie den Fuß der Treppe erreicht hatte.

Jetzt kam das Geräusch von hinten.

Bryces Kontrollzentrale? Anzunehmen. Zumindest schien das die wahrscheinlichste Quelle für jede Art elektromechanischer Geräuschentwicklung zu sein. Und schließlich würde es gut zu ihm passen, sich an ihr für die Zerstörung seines Roboters rächen zu wollen, indem er sie mitten in der Nacht aus dem Schlaf riss.

Aber als sie sich neben der Treppe an der Wand entlangschob, erkannte sie, dass das Ticken von der Holztäfelung ausging, die den Wandbereich unterhalb der Treppe auskleidete. Was ziemlich albern war: Wie hätte ein Stück Holz auch ticken können? Unmöglich, keine Frage.

Aber vielleicht war etwas hinter dem Holz…

Bilder von Geheimgängen, Falltüren, verborgenen Räumen blitzten in ihrem Geist auf, Kinderphantasien, die plötzlich gar nicht mehr so abwegig schienen. Lara pochte mit dem Finger an eine Wandtafel, dann an die nächste. Beide solide: kein Echo. Sie versuchte es bei der nächsten und bei der übernächsten, als ihr ein plötzlicher Gedanke durch den Kopf schoss: Was, wenn sie auch diesen nächtlichen Spaziergang nur träumte?

Wäre das nicht viel logischer? Denn die Vorstellung, eine Uhr könnte so laut ticken, dass sie über die ganze Treppe hinweg zu hören war, war ziemlich…

Sie blieb abrupt stehen.

Sie klopfte, hörte ein Echo. Und das Ticken der Uhr, lauter als zuvor.

Sie tastete die Holztafel auf der Suche nach einer Möglichkeit ab, sie zu entfernen. Unter dem Druck ihrer Hände bog sich das Holz nach hinten. Aha. Kein Problem, nachzusehen, was sich hinter ihm befand.

Lara wirbelte einmal um die eigene Achse und rammte ihre Ferse in das Holz, das in tausend Stücke zerbarst, als wäre es nur dazu geschaffen gewesen, sich in kleine Splitter aufzulösen. Sie fand sich einer Art verborgenem Lagerraum gegenüber. Lara entfernte die Überreste der Holztafel und trat hinein.

Regale säumten die Wände, und ein muffiger Geruch lag in der Luft. Das Erste, was sie sah, war ein Stapel in Leder gebundener Tagebücher oben auf einem Regal, rot und braun, ein halbes Dutzend oder so, mit Zwirn zusammengebündelt. Auf dem Einband des obersten Buches stand: »Croft, Mai '81.«

Sie öffnete die Verschnürung und fing an, die Seiten durchzublättern. Ihres Vaters Handschrift, ihres Vaters Tagebücher.

Warum hatte er ihr nie von ihnen erzählt? Und wie waren sie hierher gekommen, in einen verborgenen Lagerraum in Croft Manor?

Die Uhr tickte immer noch.

Direkt vor ihr am Boden stand eine einzelne, staubige Kiste. Das Ticken schien aus ihrem Inneren zu kommen.

Lara ging in die Knie, strich mit den Fingern über die Kanten und wischte den Staub von dem Gepäckschild, auf dem lediglich stand: CROFT – Verschiedenes.

Sie nahm einen Schraubenzieher, der auf einem der Regale gelegen hatte, und machte sich daran, den Deckel aufzubrechen.

Vor zwei Jahren, nur eine Woche, nachdem sie Bryce angeheuert hatte, hatte er seine Habe in einem alten Airstream-Wohnwagen verstaut, sich auf den Weg nach Croft Manor gemacht und den Wohnanhänger vor dem Nordeingang geparkt.

Hillary hatte einen Blick auf den Wohnanhänger geworfen und Bryce genau einen Tag Zeit eingeräumt, das Ding verschwinden zu lassen, ehe er ihn höchstpersönlich abgeschleppt hätte. Das war nun etwa zwei Jahre her, und natürlich stand der Wohnanhänger noch immer an derselben Stelle, umgeben von Satellitenschüsseln und Stromkabeln, was den Nordeingang praktisch unerreichbar machte, sofern man nicht genau wusste, wohin man treten durfte.

Was Lara glücklicherweise tat.

Sie erreichte die Tür des Wohnwagens und klopfte einige Male kräftig und in rascher Folge an.

»Bryce!«

Keine Antwort.

Sie legte das Ohr an die Tür und hörte ein Murmeln.

»Bryce! Mach die Tür auf!«

»Mmmm«, grummelte er, während er ihrer Aufforderung nachkam.

Bryce trug noch dieselbe Kleidung wie am Vortag. Ehrlicherweise sah er aus, als hätte er schon einige Tage in ihnen zugebracht. Das Innere seines Wohnwagens sah allerdings noch schlimmer aus.

Dies war seit einigen Wochen das erste Mal, dass Lara einen Blick in den Wohnwagen warf. Seine Käfer – eine seiner Erfindungen – waren überall; dutzende von ihnen liefen zwischen den Trümmern funktionsuntüchtiger Funkgeräte, Walkmans und anderem elektronischem Krimskrams herum, aus denen er sie fertigte. Die Käfer waren ständig in Bewegung, und warum auch nicht, schließlich waren sie mechanisch. Ständig kletterten sie übereinander, über die Matratze am Boden und über die Klamotten, die Bryce überall herumliegen ließ.

Das war das reinste Katastrophengebiet, ein einziges Chaos. Lara hätte am liebsten ein Reinigungsunternehmen angeheuert, um alles in dem Wohnwagen einsammeln und entsorgen zu lassen. Sie konnte einfach nicht verstehen, warum Bryce darauf bestand, in diesem Ding zu leben.

»Warum ziehst du nicht ins Haus? Ich habe dreiundachtzig Zimmer.«

Er schüttelte den Kopf.

»Ich bin eben ein Freigeist.«

Lara zuckte die Schultern und betrachtete die Räder des Wohnanhängers. Sämtliche vier Reifen waren platt. »Klar. Deine Entscheidung.«

»Also? Was willst du?«

»Dich. Sofort.«

»Sofort?« Bryce legte eine Hand über die Augen und blinzelte in den grauen Nebel, der um den Wohnwagen waberte. »Ich habe mich gerade erst schlafen gelegt.«

»Sofort.« Lara machte kehrt und ging zurück zum Haus.

»Aber es ist neblig!«, rief Bryce ihr nach. Er rümpfte die Nase. »Und was ist das für ein Geruch?«

»Tagesanbruch. Es ist sechs Uhr«, gab Lara über die Schulter zurück. »So riecht die Welt nun einmal am Morgen. Tau auf den Gräsern und so ein Zeug.«

»Oh.« Er gähnte. »Hochinteressant.«

»Trödel nicht rum, Bryce. Komm.«

Sie sah, wie er erschauderte, ehe er die Wohnwagentür hinter sich ins Schloss zog.

»Du hast hoffentlich einen guten Grund, mich zu wecken.«

»Finden wir es heraus«, sagte Lara. »Komm schon.«

Sie gingen an den omnipräsenten Satellitenschüsseln vorüber und betraten das Haus.

6

Lara hatte den Strom und das Licht im Kontrollraum bereits angeschaltet, ehe sie Bryce geholt hatte. Als sie den Raum nun betraten, blieb er plötzlich wie angewurzelt stehen und runzelte die Stirn.

»Woher kommt dieses Ticken?«

Lara deutete auf seinen Arbeitstisch, auf dem eine Kaminuhr stand, etwa dreißig Zentimeter groß, mit dunklem Holzgehäuse, weißem Zifferblatt mit Messingziffern und ebensolchem Uhrwerk.

»Ich habe sie gefunden.«

Aber Bryce hörte ihr nicht zu, sondern ging an der Reihe der Computermonitore vorbei und sah mit sorgenumwölkter Miene unter Tische und hinter Stühle. »Wo ist mein Android?«

»Er war im Weg, also habe ich ihn weggeschafft.«

»Ich arbeite an diesem Androiden.« Bryces Stimme klang gekränkt. »Er befindet sich in einem äußerst heiklen Zustand.«

»Ich bin mir darüber im Klaren, wie heikel dieser Android ist«, konterte Lara.

»Hmph.« Bryce stand nun direkt vor dem Arbeitstisch und starrte auf die Uhr herab. »Das ist es, was ich mir ansehen soll?«

»Das ist es.«

Bryce stierte die Uhr noch einen Augenblick an, ehe sein Blick zu Lara wanderte, dann wieder zu der Uhr und wieder zurück. »Sieht aus wie eine Uhr.«

Lara nickte. »Ich habe sie heute Nacht gefunden. Sie hat getickt.«

Bryce nickte. »Aha, also eine von diesen tickenden Uhren.«

Lara war nicht in Stimmung für seine Scherze. »Sie war in einem verborgenen Zimmer versteckt.«

»Oooh.« Bryce verzog die Lippen zu einem höhnischen Grinsen und wollte gerade einen weiteren Scherz machen, als Lara den Kopf schüttelte.

»Bitte. Versuch es gar nicht erst.«

»Lara.« Er seufzte. »Das ist eine Uhr. Sie tickt. Sie sagt dir, wie spät es ist.« Bryce betrachtete die Uhr, ehe sein Blick zu seiner Armbanduhr wanderte. »Und sie geht falsch.«

»Sie hat letzte Nacht während des ersten Stadiums der Planetenkonjunktion angefangen zu ticken. Das Geräusch hat mich aufgeweckt.«

»Planetenkonjunktion?«

Lara erklärte ihm, worum es ging, und während sie sprach, hielt Bryce die Uhr in seinen Händen, drehte sie hin und her und untersuchte sie unter der Halogenlampe auf seinem Arbeitstisch.

»Interessant.« Er griff nach einer kleinen Glasfaseroptik und ließ sie über die Oberfläche der Uhr gleiten, worauf auf dem Monitor auf dem Kontrollpult ein vergrößertes Abbild erschien. »Viktorianischer Stil, aber die Schrauben kommen aus industrieller Präzisionsfertigung. Eine sorgfältig hergestellte Replik eines historischen Stückes.«

»Tarnung«, kommentierte Lara.

»Was?« Bryce schüttelte den Kopf. »Wer sollte so etwas tun? Und warum?«

»Genau das will ich herausfinden.«

Bryce stellte die Uhr zurück auf den Tisch und erhob sich. »Ich werde es auf meiner Liste anstehender Aufgaben vermerken.«

Lara legte ihm eine Hand auf die Schulter und drückte ihn zurück auf seinen Stuhl.

»Nein, nein, nein. Darum wirst du dich sofort kümmern.«

»Jetzt? Lara, hab doch ein Herz. Ich habe kaum geschlafen, die Streetfighter ist immer noch nicht repariert, die Uhren im Haus sind…«

Sie hob die Hand. »Stopp. Bryce, das hat irgendetwas mit meinem Vater zu tun. Ich weiß es. Es ist wichtig, mit großem ›W‹ – du verstehst?«

Seufzend gab er sich geschlagen. »Schon gut. Ich werde mein Bestes tun.«

»Danke, Bryce.«

»Kein Problem.« Er streckte sich gähnend. »Mein Bestes erfordert allerdings Kaffee, aber ich nehme an, es gibt noch keinen?«

Lara blickte auf den Monitor. Es war kurz nach sechs Uhr morgens.

»Hillary ist im Garten, und er liebt es, Kaffee zu kochen.«

Sie erhob sich.

»Und was hast du jetzt vor?«

»Da war noch ein Tagebuch«, sagte sie. »Ich möchte einen Blick hineinwerfen. Ich bin gleich zurück.«

»In Ordnung. Ich werde hier sein.« Bryce nahm Glasfaseroptik und Uhr erneut zur Hand.

Lara konnte am Klang seiner Stimme erkennen, dass er bereits voll und ganz mit seiner neuen Aufgabe beschäftigt war. Er war ein guter Mann, der liebe Bryce, er brauchte nur manchmal einen kleinen Schubs. Und eine Dusche, und vielleicht einen Besuch im Sportstudio, dann und wann. Nichtsdestotrotz, ein guter Mann.

»Du bist ein guter Mann, Bryce«, rief sie über ihre Schulter, während sie auf den verborgenen Raum und die Tagebücher ihres Vaters zuhielt.

Ganz und gar in seiner Arbeit gefangen, blieb Bryce ihr eine Antwort schuldig.

Zehn Minuten später hatte Bryce die Rückwand der Uhr abgenommen und wühlte mit seiner Glasfaseroptik in ihrem Innenleben herum, ein verwirrender Haufen aus Zahnrädern und Schwungrädern, die nun alle auf den Videomonitor des Kontrollraumes projiziert wurden.

Lara studierte angestrengt den Bildschirm, das letzte Tagebuch ihres Vaters – es war auf Mai 1981 datiert – gleich neben sich auf der Sitzbank. Sie hatte zwar kaum Zeit gehabt, darin zu blättern, dennoch hatte sie eine interessante Entdeckung gemacht. Die Hälfte der Seiten – die jüngere Hälfte, bis einschließlich zum Tag seines Verschwindens – fehlte.

»Sieh mal«, sagte Bryce. »Siehst du diesen Stift? Er ist so angeordnet, dass das kleine Zahnrad nur alle paar hundert Umdrehungen in die Verzahnung des größeren greift. Das ist eine erstaunlich präzise Konstruktion.«

»Dann weißt du also, wie sie funktioniert?«

Bryce nickte. »Ich werde schnell genug dahinter kommen.«

»Warum hat sie angefangen zu ticken?«

»Das weiß ich noch nicht. Für mich sieht sie aus wie eine ganz gewöhnliche Uhr.«

Lara legte die Stirn in Falten. »Dann such weiter.«

Die Tür hinter ihnen wurde geöffnet, und als Lara sich umwandte, sah sie Hillary, bereits in Anzug und Krawatte, der den Raum mit einem Kaffeebecher in jeder Hand betrat.

»Guten Morgen, Lara.«

»Guten Morgen, Hillary. Und vielen Dank.«

»Keine Ursache.« Hillary stellte einen der Becher neben ihr auf dem Kontrollpult ab, ehe er sich an Bryce wandte. »Ich dachte, Ihnen könnte heute Morgen der Sinn nach etwas Besonderem stehen.« Er hielt ihm den anderen Becher am ausgestreckten Arm vor die Nase, und ein bösartiges Lächeln huschte über seine Lippen. »Entkoffeinierter Milchkaffee mit entrahmter Milch.«

»Hä?« Zum ersten Mal an diesem Morgen waren Bryces Augen weit geöffnet. »Entkoffeiniert? Milch?«

Lara unterdrückte ein Kichern.

Hillary nickte. »Ja. Verraten Sie mir, was Sie davon halten.«

Er stellte den Becher neben Bryce ab, der das Getränk misstrauisch musterte. Dampf vernebelte seine Brillengläser, und plötzlich verzog er die Lippen zu einem breiten Grinsen.

»Er ist schwarz. Hillary, Sie Witzbold.« Er ließ die Glasfaseroptik los und griff nach dem Becher. »Meisterhaft. Dampfend heiß. Schweröl. Ha.«

Die Glasfaseroptik rutschte aus ihrer Position, und das Bild auf dem Monitor folgte ruckartig den kaum wahrnehmbaren Bewegungen der Linse, die auf dem Bildschirm in tausendfacher Vergrößerung erfolgten.

Zahnräder und Federn verschwanden, und auf dem Monitor erschien das Bild eines Dreiecks, das in eine kleine Metallplatte geätzt worden und von seltsamen Hieroglyphen umgeben war.

Ein Dreieck.

Tief in Laras Gehirn regte sich etwas.

»Halt!« Sie sprang von ihrem Stuhl auf und beugte sich über den Monitor. »Was hast du getan?«

Bryce, den Kaffee auf halbem Weg zum Mund, erstarrte mitten in der Bewegung. »Was?« Nervös sah er sich um. »Was habe ich getan?«

Lara deutete auf den Bildschirm, auf das Dreieck und die Symbole, die es umgaben. »Was ist das?«

»Keine Ahnung. Ich habe lediglich die Glasfaseroptik losgelassen.«

Lara deutete auf die Kante des Dreiecks. »Sieh dir das an.«

»Was ist das?«, fragte nun Bryce.

Lara runzelte die Stirn. »Ich denke…«, setzte sie an, ohne den Blick von dem Dreieck abzuwenden, doch ihre Stimme verlor sich, als sie versuchte, das Bild irgendwo einzuordnen. Es war ihr vertraut, nicht die Hieroglyphen, sondern das Dreieck. Irgendwoher kannte sie es.

»Versuchen wir mal, ob wir das Bild nicht deutlicher zu sehen kriegen«, sagte Bryce und griff vorsichtig nach der Glasfaseroptik. Noch ehe Lara ihn aufhalten konnte, verscheuchten seine sachten Bewegungen das ganze Bild; das Symbol war verschwunden, die Hieroglyphen waren verschwunden, und die Erinnerung, die Lara auszugraben versucht hatte, war ebenfalls verschwunden, und sie starrten wieder auf das mittlerweile vertraute Panorama eines tickenden Uhrwerks.

»Scheiße«, sagte Bryce.

»Scheiße«, sagte Lara.

Hillary, der sich ebenfalls über den Monitor gebeugt hatte, sagte nur: »Hmmm«, richtete sich auf und ging los, um frischen Kaffee zu holen.

Eine Stunde später, nachdem sie den Versuch, das Bild mit Hilfe der Glasfaseroptik wieder zu finden, längst aufgegeben hatten, hatte Bryce die Uhr schon halb in ihre Einzelteile zerlegt. Lara hatte ihm wie gebannt zugesehen, als er eine winzige Schraube nach der anderen entfernt hatte, erst aus dem Gehäuse, dann aus dem Uhrwerk selbst, und sie auf dem Kontrollpult zu einem ordentlichen geometrischen Muster angeordnet hatte.

»Was für eine schrecklich mühselige Arbeit«, stellte Hillary fest, dem Bryces Schraubenarrangement ebenfalls aufgefallen war.

»Das ist mein Lageplan«, entgegnete Bryce, ohne aufzublicken. »Auf diese Weise weiß ich, wo sie herkommen.«

»Wie überaus schade, dass Ihr Ordnungssinn das Gebiet rund um Ihren Wohnwagen nicht erfasst«, kommentierte Hillary.

Bryce drehte sich um und warf ihm einen finsteren Blick zu. »Ha, ha, wirklich amüsant.«

Die Uhr tickte immer noch, wenn auch wesentlich leiser als zuvor; offenbar hatte das Gehäuse als eine Art Resonanzkörper fungiert. Das hölzerne Uhrengehäuse war, wie sie vermutet hatte, tatsächlich eine Art Tarnung; das Innenleben war weitaus moderner und musste innerhalb der letzten paar Jahrzehnte hergestellt worden sein.

Lara dachte eine Minute lang nach. Warum baute jemand eine Uhr, die wie etwas aussah, was sie gar nicht war? Die Antwort auf diese Frage schien offensichtlich: um ihre wahre Funktion zu verbergen.

Aber würde sich irgendjemand all die Mühe machen, nur um eine ganz gewöhnliche Uhr zu tarnen? Die Antwort war nicht minder offensichtlich: Nein. Was bedeutete, dass der eigentlich bedeutsame Teil der Uhr im Verborgenen lag, was wiederum bedeutete...

»Alles nur Tarnung.«

Bryce, der einen Uhrmacherschraubenzieher gleich mehrere Zentimeter tief in dem Mechanismus versenkt hatte und sich am Monitor orientierte, um seine Bewegungen zu verfolgen, hielt einen Augenblick inne.

»Hast du etwas gesagt?«

»Ich sagte, es ist alles nur Tarnung.«

Bryce legte den Schraubenzieher beiseite und blickte mit verwunderter Miene auf. »Was ist nur Tarnung?«

Lara erhob sich. Ihre Muskeln waren steif; sie hatte eine lange Nacht hinter sich, eine merkwürdige Nacht, angefangen mit der Planetenkonstellation und der Aurora, über ihren Traum, bis hin zu dieser Uhr. All diese Dinge hingen irgendwie zusammen, davon war sie überzeugt, und all diese Dinge hatten – in irgendeiner Weise – mit ihrem Vater zu tun.

»Tarnung«, sagte Lara, »eine Täuschung, um die Wahrheit zu verschleiern.«

»Die da lautet?«

»Das ist es, was wir herausfinden werden.«

Bryce deutete auf die Uhr. »Und wie stellen wir fest, welcher Teil von diesem Ding Tarnung ist und welcher nicht?«

»Versuchen wir es doch mal so.«

Lara griff nach dem Uhrwerk, hob es hoch über ihren Kopf und schmetterte es auf die Kante des Kontrollpultes. Hillary, der direkt neben dem Pult gestanden hatte, fuhr erschrocken zusammen. Bryces ordentlich aufgereihte Schrauben flogen durch die Luft und verteilten sich über den gesamten Raum.

Lara runzelte die Stirn. »Hmmm.« Das Uhrwerk war angeschlagen, aber noch intakt. Sie sah sich nach Werkzeug um und entdeckte einen Hammer. Sie nahm ihn, wog ihn in der Hand und lächelte. »Das sollte reichen.«

»Lara, bist du...« Bryces Mund klappte auf und zu und wieder auf. »Ich hoffe, du weißt, was du tust.«

»Das werden wir noch früh genug erfahren.«

Lara hob den Hammer...

Bryce hielt sich die Augen zu.

Hillary wich zurück.

...und ließ ihn mit einem befriedigenden Donnern niedersausen.

Wieder und wieder und wieder. Schwungräder und Zahnräder und Federn flogen durch die Luft, Messing und Stahl und Gummi, und mit jedem Schlag wurde das Uhrwerk kleiner und kleiner und kleiner und schließlich sah sie...

...das stumpfe Schimmern von Silber und Türkis und ein einzelnes, rubinrot glühendes Licht.

»Es war alles nur Tarnung«, verkündete Hillary über ihre linke Schulter hinweg. »Sehen Sie, Bryce? Alles nur Tarnung.«

»Ich sehe es.« Bryces Kinn lag beinahe auf ihrer rechten Schulter. »Versteckt und verborgen, aber was zur Hölle ist das?«

Lara antwortete nicht, sondern legte den Hammer beiseite und fing an, die Überreste des äußeren Mechanismus abzubrechen. Die innere Uhr tickte immer noch in Verbindung mit dem rubinroten Etwas, bei dem es sich um ein weiteres Zahnrad handelte, das aus dem inneren Mechanismus herausragte.

»Das ist erstaunlich«, sagte Hillary.

»Das ist alt«, sagte Bryce.

Lara hatte inzwischen alle Einzelteile, die lediglich der Tarnung dienten, entfernt und die eigentliche Uhr freigelegt. Die äußere, kreisförmige Abdeckplatte überlagerte ein Quadrat aus matt schimmerndem Silber und war in zwölf Sektionen gleicher Größe aufgeteilt, von denen jede durch eine Hieroglyphe gekennzeichnet wurde. Auch die innere Abdeckplatte war kreisförmig, jedoch türkisfarben und mit einem Dreieck auf der Oberfläche, in dessen Zentrum ein leuchtendes Auge prangte.

Ein Auge innerhalb eines gleichseitigen Dreiecks. Ein Auge innerhalb einer Pyramide.

Das *Allsehende Auge*.

Bryce lehnte sich noch ein Stück weiter über Laras Schulter und griff nach der Uhr. »Ich frage mich, was sie zum Ticken bringt.«

»Ein Auge in einer Pyramide«, murmelte Hillary. »Warum kommt mir das so bekannt vor?«

Lara hörte die beiden sprechen, aber es erschien ihr, als befänden sie sich am Ende eines langen Tunnels und entfernten sich immer weiter von ihr.

Das hatte nichts mit dem Monitor zu tun, mit der Uhr oder den zertrümmerten Teilen des Uhrwerks, die, wie sie nun erst sah, überall im Raum verteilt waren.

Es hatte mit dem Auge in der Pyramide zu tun: Das Auge ihres Vaters, leuchtend blau, eingerahmt von einem Dreieck, geformt aus seinen Daumen und Zeigefingern.

Die Vergangenheit lebte auf und fing sie ein.

Zwischenspiel

August 1980
Libysche Wüste,
etwa 250 Meilen südwestlich von Al Iskandariya

»Das *Allsehende Auge.*«

Laras Vater starrte sie durch seine Finger hindurch an.

»Ich sehe alles.«

Sie kicherte.

»Ich weiß alles. Ich weiß«, er beugte sich zu ihr herab und senkte die Stimme, »dass du heute Abend Erbsen gegessen hast.«

»Daddy!«

»Du hast heute Abend Erbsen gegessen«, sagte ihr Vater mit tiefer Stimme. »Und du hast Olivia angeschrien.«

»Ich habe nicht geschrien.«

Ihr Vater schüttelte den Kopf. »Du hast geschrien.«

»Woher willst du das wissen?«

Er sah sie erneut durch das Dreieck seiner Finger an. »Ich weiß alles. Ich sehe alles.«

Lara runzelte die Stirn. »Olivia hat es dir erzählt.«

»Ja.« Ihr Vater ließ die Hände sinken. »Olivia hat es mir erzählt.«

Lara setzte eine verlegene Miene auf. »Ich wollte nicht schreien, aber ich war so wütend.«

Sie waren im Zelt ihres Vaters, das sie schon den ganzen Sommer gemeinsam bewohnten. Lara war schon beinahe eingeschlafen, als sie das Grabungsteam zurückkehren hörte, die Kerosinlampe entzündete und auf seine Ankunft wartete. »Du hast das Abendessen verpasst.«

Er zog sie in seine Arme und drückte sie an sich. Sein Gesicht und seine Kleider waren noch voller Sand. »Tut mir Leid, mein Engel. Aber das ist trotzdem kein Grund zu schreien.«

»Ich weiß.« Sie wusste es tatsächlich, trotzdem war sie es leid, ihren Vater nur so selten zu Gesicht zu bekommen. Bevor sie abgereist waren, hatte er sie gewarnt, dass sie sich die meiste Zeit über allein würde beschäftigen müssen. Es hatte ihr nicht viel ausgemacht, ganz besonders, nachdem er ihr die Kamera gegeben hatte, aber die letzten paar Tage waren einfach unerträglich gewesen; er stand auf und ging, noch bevor sie wach war, und er kam erst zurück, wenn sie schon schlief.

Zu Beginn der Ausgrabungen war noch alles in Ordnung gewesen. Sie hatte ihn begleiten dürfen, und Vater und Tochter hatten gemeinsam die Fortschritte der Arbeiter überprüft. Aber seit sie das Grab gefunden hatten, arbeiteten sie die ganze Zeit unter der Erde, und dorthin wollte er sie nicht gehen lassen.

»Wie ich sehe, bist du nicht mehr wütend auf mich.« Ihr Vater formte erneut ein Dreieck mit seinen Fingern.

»Ich bin wütend«, widersprach Lara, aber ihr Vater zog eine so lustige Trauermiene, dass sie sich ein Lächeln einfach nicht länger verkneifen konnte. Und dann streckte er die Hände aus und fing an sie zu kitzeln, bis sie nichts anderes mehr tun konnte als lachen.

»Unfair!«, protestierte sie kichernd. »Unfair!« Dann bildete sie mit den Fingern ein Dreieck, und ihr Vater tat das Gleiche und sie starrten einander durch die Finger hindurch an.

»Ich sehe alles«, verkündete Lara lachend.

»Und ich sehe, dass es Zeit fürs Bett ist.« Ihr Vater erhob sich. »Schon längst.«

»Aber du hast mir noch gar nicht erzählt, was du heute gemacht hast, Daddy. Hast du etwas gefunden?«

Er schüttelte den Kopf. »Nein. Aber darüber können wir morgen reden.« Er ging zu ihrem Feldbett und setzte sich auf den Rand. »Für dich ist es Zeit, zurück ins Bett zu kriechen.«

»Ich bin nicht müde.«

»Lara.«

»Erzähl mir noch mal von dem Auge, Daddy. Von dem *Allsehenden Auge.*«

»Hm.« Er zog eine Zigarre aus seiner Tasche. »Möchtest du heute nicht lieber eine andere Geschichte hören?«

»Nein.«

Er zündete mit einem Streichholz die Zigarre an und zog einmal daran. »Also schön, dann geh und hol sie.«

Lara sprang auf und rannte zu ihrem Koffer. Oben auf ihren Kleidern – von denen sie die meisten nie getragen hatte, denn sie hatte ebenso wie ihr Vater den Sommer in Khakishorts und weißen Hemden zugebracht – lag das Buch, das er ihr schon vor der Abreise gegeben hatte, Hagbards *Legenden einer verlorenen Zivilisation.*

Mit dem riesigen Buch auf den Armen ging Lara zurück zu ihrem Vater. Er nahm ihr den Band ab und lud sie ein, sich auf seinen Schoß zu setzen.

»Von Anfang an?«

Lara nickte, und er schlug das Buch bei einer doppelseitigen Illustration auf, die zeigte, wie etwas auf die Erde stürzte. Eine Gruppe primitiver Menschen hatte sich um die Aufschlagstelle versammelt und starrte verwirrt auf den Krater.

»Vor langer, langer Zeit«, begann ihr Vater zu lesen, »stürzte ein Meteor auf die Erde.«

»Vor wie langer Zeit?«

»Vor sehr langer Zeit. Vor tausenden und abertausenden von Jahren.«

»Das ist nicht sehr präzise. Du hast mir gesagt, Wissenschaftler müssten sich immer um Präzision bemühen.«

»Richtig.« Croft zog an seiner Zigarre und blies den Rauch von Lara weg zu der offenen Zeltklappe. »Aber das hier ist keine Wissenschaft, sondern eine Geschichte.«

»Aber...«

»Keine Fragen mehr, bitte. Sonst sind wir morgen früh noch nicht fertig.«

Ihr Vater räusperte sich und fuhr fort.

»Seltsame Phänomene ereigneten sich rund um den Meteorkrater. Ein uraltes Volk grub den Meteor aus und fand, verborgen in seinem Inneren, ein geheimnisvolles, kristallisiertes Metall.

Die Menschen kamen von überallher, um den Krater zu sehen«, erzählte ihr Vater »und das, was in seinem Inneren gefunden worden war: eine geheimnisvolle, seltsam geformte Metallplatte, ein Objekt, das alle Stämme und Stammesfürsten unbedingt sehen wollten, weil sie es als Gabe der Götter betrachteten.« In dem Buch gab es eine Abbildung des kristallisierten Metalls. Es lag schimmernd in dem dunklen Krater, Funken stiegen von ihm auf, und tausende von Menschen knieten im Kreis um den Krater herum und verbeugten sich vor ihm.

»Sie haben das Metall wegen seiner Zauberkraft verehrt: Die Kranken wurden gesund, die Dummen wurden schlau und die Weisen noch klüger. So geschah es auch mit ihrem König. Als er erkannte, welche Mächte in dem Metall schlummerten, befahl er, es aus dem Krater zu holen und ihm eine heilige Form zu geben. Hundert Tage und Nächte brannten die Schmiedefeuer, schlugen die Hämmer, pusteten die Blasebalge, und am Ende hatte sich das Objekt vom Himmel in ein perfektes Dreieck verwandelt. Der König selbst versah das Dreieck dann mit einem Zeichen, das seine große Bedeutung widerspiegelte, einem eingravierten Auge, das jedem Betrachter seine geheimnisvolle Macht verkündete.«

Lara formte mit todernster Miene mit ihren Fingern erneut ein Dreieck und rief in ihm die Macht des *Allsehenden Auges* an.

»Das geheimnisvolle Dreieck verlieh seinen Hütern großes Verständnis und umfangreiche Kenntnisse auf den Gebieten der Mathematik und der Wissenschaften. Sie lebten in Frieden mit den Menschen, Tieren und Pflanzen ihrer Umgebung und erlangten spirituelle Einsicht, die ihrer Zeit um tausend Jahre voraus war. Bald sahen sie sich als die Hüter des Schicksals der Menschheit, und sie bauten sich eine Stadt, wie es sie auf der ganzen Welt nicht gab, weder damals noch heute.«

Ihr Vater blätterte um. Auf der nächsten Seite war diese Stadt abgebildet, die innerhalb des Kraters erbaut worden war, den der Aufprall des Meteors in der Erde hinterlassen hatte. Ein wundersames Gebilde mit Straßen, die sich spiralförmig in die Höhe wanden, und mit einer Pyramide im Zentrum; einer Pyramide, deren Spitze mit dem Symbol des Auges gekennzeichnet war, einer Pyramide, die als Tempel diente, ein Ort der Ehrfurcht, an dem das Dreieck bewahrt, befragt und verehrt wurde – eine stete Quelle der Inspiration für die legendäre Stadt.

»Sie ist wunderschön«, sagte Lara, und ihr Vater lächelte und verwuschelte ihr zärtlich das Haar.

»Unbeschreiblich schön«, sagte er nickend. »Die Menschen nannten sich das *Volk des Lichtes*. Die Zivilisation, die sie errichteten, die Kultur, die sie hervorbrachten, lag im Herzen des verlorenen goldenen Zeitalters der Menschheit: Sämtliche Götter in allen mythologischen Dramen, sämtliche Legenden in allen Ländern der Erde sind nur die geflüsterten Erinnerungen an jene wundervolle Stadt.«

Lara lächelte. Aus dem Lächeln wurde ein Gähnen, das sie rasch hinter der Hand versteckte, um ihrem Vater keinen Anlass zu geben, die Geschichte an dieser Stelle abzubrechen und ihr den spannendsten Teil vorzuenthalten, indem er sie wieder schlafen schickte. Er blätterte erneut um. Auf der linken Seite war eine weitere Illustration ebenjener Stadt zu sehen, umgeben von einer Horde Barbaren. Riesige Truppen bärtiger Krieger auf Pferden und noch größere Fußtruppen, bewaffnet mit Speeren, Schwertern und Schilden, näherten sich der Stadt wie Ameisen einer besonders verlockenden Beute.

»Doch große Schönheit weckt auch stets Neid, und so war es auch in diesem Fall. Andere hörten von der Macht des Dreiecks und gierten danach, es in ihren Besitz zu bringen. Barbaren aus jedem Winkel der Erde rotteten sich zusammen, und eine große Schlacht wurde ausgefochten, bis die Barbaren schließlich direkt vor den Toren der herrlichen Stadt standen. Damit begann eine schreckliche Zeit der Belagerung. Nahrung und Wasser wurden knapp; Krankheit und Leiden breiteten sich aus, und Brände wüteten in der Stadt. Und der Hohe Priester in seiner mächtigen Pyramide wusste, dass das *Volk des Lichtes* mit all den Gaben, die es der Menschheit gebracht hatte, dem Untergang geweiht war, wenn nicht ein Wunder geschah.«

Ein Bild zeigte den Hohen Priester als alten, grimmig aussehenden Mann, der, von loderndem Feuer umgeben, mit schweißglänzender Stirn vor dem Altar stand, die Hände an das Dreieck gelegt.

»Und der Hohe Priester betete, und das Wunder schien eintreten zu wollen, denn als das Feuer die Häuser der Menschen verschlang, war es, als würde die Sonne verlöschen.«

»Eine Sonnenfinsternis«, sagte Lara und deutete auf den Himmel über dem Hohen Priester, an dem sich der Mond just vor die Sonne schob.

»Nicht nur eine Sonnenfinsternis, sondern eine Konjunktion aller Planeten.« Er senkte den Blick, fand die Textstelle und las weiter. »In dem Glauben, das Ende der Welt stünde bevor, betete der Hohe Priester verzweifelt zum Himmel. ›Lass mich über meine Feinde siegen!‹, rief er. Und schon im nächsten Augenblick wurden seine Gebete auf grausige Weise erhört. Die Macht des Dreiecks schoss in einem gleißend hellen Lichtblitz aus der Pyramide hervor, der alles zerstörte, was sich ihm in den Weg stellte.

Der Hohe Priester stieg aus seiner Pyramide herab und ging durch die Straßen seiner einst so prachtvollen Stadt, und überall begegnete er dem Tod. Einem Tod, der seine Feinde bis auf den letzten Mann besiegt hatte. Einem wundersamen Tod, der die Beschützer und die Bewohner der Stadt ausnahmslos verschont hatte. Da erkannte er plötzlich das Ausmaß der Macht, die in dem Dreieck schlummerte; solange die Planeten in Konjunktion standen, verfügte er über unvorstellbare Energien.

Nun zeigte sich, was für ein großer Mann der Hohe Priester war, denn er erkannte, dass diese Macht nicht in den Händen eines Menschen liegen sollte, eine Macht, die dem menschlichen Geist jeden Wunsch erfüllen und zu einer schrecklichen Realität werden lassen konnte. Dies war die Macht der Götter, und den Göttern allein sollte sie gehören. Der Hohe Priester verkündete, dass das Dreieck, das vom Himmel gefallen war, zerstört werden müsse, sollte seine Macht nicht eines Tages einer weniger reinen Seele in die Hände fallen.«

Ihr Vater blätterte um, und nun war ein weiteres Bild des Hohen Priesters zu sehen, wie er ein in goldenes Tuch gewickeltes Objekt in die ausgestreckte Hand eines einzelnen Reiters legte.

»Aber das mysteriöse Metall widerstand allen Versuchen, es zu schmelzen, zu zertrümmern oder zu verbiegen. Also befahl der Hohe Priester, es stattdessen in zwei kleinere Dreiecke zu zersägen. Eine Hälfte sollte im Tempel verbleiben, während die andere Hälfte am Ende der Welt versteckt werden sollte, damit nie wieder jemand seine Macht nutzen konnte. Doch entgegen den Anweisungen des Hohen Priesters bauten die Handwerker, die das Dreieck in zwei Hälften zerlegt hatten, eine hochentwickelte Vorrichtung. Diese Vorrichtung war dazu erbaut, als Wegweiser zu der verborgenen Hälfte zu dienen und die Macht des Dreiecks für zukünftige Generationen zu erhalten.«

»Die magische Uhr«, sagte Lara.

Ihr Vater nickte. »Ihre Nachfahren schworen einen heiligen Eid, das Dreieck dazu zu benutzen, die Zeit selbst anzuhalten und ihre Vorfahren ins Leben zurückzuholen. Aber dann erkannten sie, dass die Planetenkonjunktion, die notwendig war, die Mächte des Dreiecks zu aktivieren, erst nach 5000 Jahren wieder eintreffen würde.«

Ihr Vater schlug das Buch zu. »Und das dürfte gerade lang genug sein, damit die kleine Lara erwachsen werden und sich auf die Suche machen kann. Aber jetzt…«, er tippte mit dem Zeigefinger auf Laras Nasenspitze, »ist es Zeit für dich, ins Bett zu gehen.«

Lara verzog das Gesicht. »Ich bin nicht müde.«

»Nicht dieser Blick, junge Dame. Mit all den Geschichten in deinem Kopf wirst du wunderbar träumen. Also los.«

Gähnend kletterte Lara ins Bett.

Ihr Vater drehte die Kerosinlampe ab, und währenddessen erinnerte sich Lara an eine Frage, die sie schon früher hatte stellen wollen.

»Wie heißen die noch, Daddy? Die Leute, die die Uhr gemacht haben?«

Ihr Vater, der gerade dabei war, das Buch wieder in ihrem Koffer zu verstauen, ließ sich mit der Antwort Zeit.

»Illuminati, mein Engel.«

»Genau«, sagte sie. »Die Illuminati.«

Sie schloss die Augen und dämmerte in den Schlaf.

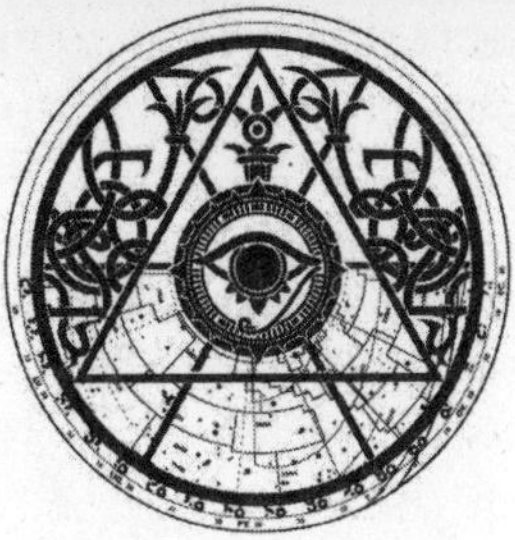

7

Bryce lachte.

»Die Illuminati! Lieber Gott, Lara – das kann doch nicht dein Ernst sein. Ich meine…«

Sie starrte ihn mit finsterem Blick an.

»Es ist dein Ernst.« Bryce, der ruhig sitzen geblieben war, während Lara ihn an ihren Erinnerungen an jene Nacht mit ihrem Vater vor zwanzig Jahren teilhaben ließ, erhob sich. »Lara, deine Geschichte war wirklich unterhaltsam, aber – die Illuminati?« Er blickte zu Hillary. »Eine Geheimgesellschaft, die die Welt beherrscht? Sie sind nicht echt; sie existieren nicht. Außer in den Alpträumen sämtlicher Verschwörungstheoretiker.«

»Ach ja?« Lara deutete auf das Symbol auf der Uhr: das Auge in der Pyramide. »Und was ist das?«

Bryce zog schnaubend seine Brieftasche hervor und schleuderte eine Hand voll Banknoten auf das Kontrollpult. Es waren Banknoten unterschiedlichster Größe, Farbe und Herkunft.

»Sehr beeindruckend«, kommentierte Hillary. »Wollen Sie eine Wechselstube aufmachen?«

»Meine Lieferanten ziehen unterschiedliche Währungen vor«, sagte Bryce, während er in dem Haufen wühlte. »Darum habe ich immer eine Menge verschiedener – aha!« Er zog eine amerikanische Dollarnote hervor und drehte sie um. »Hier hast du dein Auge samt Pyramide. Willst du mir jetzt vielleicht erzählen, die Illuminati hätten diese Währung entworfen?«

»Darum geht es nicht, Bryce.«

»Lara, Lara, Lara.« Bryce schüttelte den Kopf. »Lass uns bitte einen Augenblick realistisch sein. Es war eine Geschichte, die dein Vater dir erzählt hat, das ist alles. Eine Gutenachtgeschichte, damit du besser einschlafen kannst. Es ist einfach lächerlich, anzunehmen, dass diese Uhr hier von einer Geheimgesellschaft gebaut wurde, um die Einzelteile irgendeines mysteriösen, allmächtigen Dreiecks zu lokalisieren.«

»Na schön.« Lara schob ihren Stuhl vom Tisch zurück und sah Bryce herausfordernd an. »Was ist sie dann? Warum tickt sie? Und wie ist sie in diesen Lagerraum gekommen?«

»Äh.« Bryce legte die Stirn in Falten. »Hmmm.«

»Ich denke, zumindest die Antwort auf die letzte Frage liegt auf der Hand«, meldete sich Hillary, die Hände hinter dem Rücken verschränkt, zu Wort. »Ihr Vater hat sie dort versteckt.«

»Aber warum? Warum hat er sie an einem Ort versteckt, an dem niemand sie finden konnte.«

»Ich bitte um Verzeihung, Lara, aber das ist nicht korrekt. Er hat sie an einem Ort versteckt, an dem nur eine Person sie finden konnte.« Hillary starrte sie durchdringend an. »Sie.«

Lara nickte und strich mit den Fingern über die Kanten der Uhr. »Ja. Und er muss damit gerechnet haben, dass ich sie finden werde, obwohl ich nicht verstehe, wie er wissen konnte…«

Plötzlich sprang die türkisfarbene Abdeckplatte der Uhr auf.

»Hallo?«, sagte Bryce und lehnte sich über Laras Schulter. »Was haben wir denn hier?«

»Deinen Schatten anstelle von Licht«, entgegnete Lara.

»Verzeihung.« Bryce wich ein Stück zurück, gerade weit genug, dass Lara sehen konnte, was sich unter der Platte verbarg: eine Reihe türkisfarbene Kreise, jeder aufgeteilt in zwölf Sektionen und mit einer Hieroglyphe gekennzeichnet.

»Was sagt uns das?«, fragte Hillary.

»Ich weiß es nicht. Neun Kreise, neun Planeten?«

»Ich sehe nur acht«, widersprach Bryce.

Hillary beugte sich vor. »Nein. Es sind neun.« Er legte eine

Hand auf Bryces Schulter. »Ich werde Ihnen besser noch einen Kaffee bringen.«

»Ha, ha.«

Lara erhob sich und fing an, im Zimmer auf und ab zu gehen. »Ein ›Wegweiser zu der verborgenen Hälfte‹, das waren die Worte meines Vaters.«

»Ein Wegweiser? Aber wie?« Bryce schüttelte den Kopf. »Ich glaube nicht, dass sie damals schon GPS-Satelliten hatten. Nein.« Wieder schüttelte er den Kopf. »Bestimmt nicht.«

»Ihr Vater hat daran geglaubt«, sagte Hillary. »Und er war ein kluger Mann.«

Eine Weile starrten alle drei schweigend die Uhr an.

»Okay«, sagte Bryce schließlich. »Gesetzt den Fall. Was jetzt?«

»Was jetzt, genau.« Lara setzte sich wieder und betrachtete nachdenklich das Objekt, das vor ihr auf dem Tisch lag. Eine Vorrichtung wie diese hatte sie noch nie zuvor gesehen. Sie hatte keine Ahnung, wie das Ding funktionieren sollte: als eine Art Kompass, als Sonnenuhr oder auf eine ganz andere Art? Sie dachte an andere Zivilisationen, andere Versuche, sich die Himmelsphänomene zu Nutze zu machen: die große Pyramide von Chichén Itzá, Stonehenge, der Ur-Kolan von Dembrovik. Sie würde einige Nachforschungen anstellen müssen. In der Bibliothek befanden sich etliche Nachschlagewerke, mit denen sie anfangen konnte, und das sollte sie sofort tun. Allerdings wäre es hilfreich, wenn sie jemanden anrufen könnte, der ihr einen kurzen Überblick über...

»Ja.« Lara schnippte mit den Fingern.

»Was?«

»Ich kenne einen Mann, der uns vielleicht helfen kann.« Sie erhob sich. »Hillary. Ich werde jetzt duschen, und danach möchte ich auf der Sonnenterrasse frühstücken. Fruchtsalat und eine belgische Waffel. Und Cappuccino.«

Hillary nickte. »Fünfzehn Minuten.«

»Danke«, sagte Lara. »Bryce?«

Er nickte. »Ja, ja, ich denke, ich nehme genau das Gleiche, nur möchte ich anstelle des Fruchtsalats lieber Heringe. Und keinen Cappuccino, nur...«

Lara schüttelte den Kopf.

»Was?«, fragte er.

»Ich werde die Norton brauchen.«

»Dein Motorrad? Es ist noch nicht fertig, das habe ich dir doch gesagt. Wird noch einen Tag dauern oder so. Vielleicht auch nur einen halben Tag, wenn ich nicht ständig unterbrochen werde.«

»Vergiss einfach die Verbesserungen. Eine halbe Stunde.«

»Eine halbe Stunde?« Bryce verdrehte die Augen. »Lieber Gott, Lara.«

Hillary wandte sich zum Gehen. »Ihr Frühstück wird fertig sein, Mr. Bryce, wenn Sie es sind.«

Bryce ächzte verzweifelt. »Alle beide.«

Lara klopfte ihm auf die Schulter. »Du bist schon in Ordnung, Bryce.«

Dann ging sie die Treppe hinauf, um zu duschen und frische Sachen anzuziehen.

Eine Stunde später war Lara auf ihrer Norton auf der M25 unterwegs nach London. Sie war bereits seit sechs Monaten nicht mehr dort gewesen, für sie eine ziemlich lange Zeit. Ihre Familie besaß ein Haus in St. James, das jedoch zur Zeit vermietet war. An dieses Haus waren unerfreuliche Erinnerungen geknüpft. Es war der Schauplatz eines ganz besonders garstigen Zusammenstoßes zwischen ihr und Alex gewesen. Aber das war alles Schnee von gestern, denn sie würde ihn in nächster Zeit bestimmt nicht wieder sehen.

Von all ihren Motorrädern benutzte sie die Norton am liebsten für Autobahnfahrten. Mit Vollgas schlängelte sie sich durch den Verkehr. Sie hatte es nicht besonders eilig, aber die Geschwindigkeitsbegrenzung auf der Autobahn war einfach lächerlich. Als sie auf gleicher Höhe mit einem Lastwagen auf der rechten Seite war, glitt dessen Seitenscheibe herab und ein übergewichtiger Fahrer mit beginnender Glatze entblößte mit einem lüsternen Grinsen seine lückenhaften Zähne.

»Hübsche Lederhose, Missy!«, brüllte er.

Lara lächelte. »Hübsche Zähne!«

Er sah sie wütend an und streckte ihr den Mittelfinger entgegen.

Lara lachte und sauste davon.

Vierzig Minuten später hatte sie das Motorrad abgestellt und stand vor der Eingangstür von Boothby's. Boothby's Auction House, der Urvater der Versteigerungstroika, zu der außerdem noch Christie's und Sotheby's gehörten, und ihr persönlicher Favorit unter diesen dreien. Die meisten Artefakte, die sie von ihren Reisen mitbrachte – und verkaufen durfte –, wurden hier veräußert. Als sie eintrat, platzte sie mitten in eine laufende Auktion.

»Nummer 121. Eine goldgefasste Louis-XV.-Uhr«, sagte die Auktionatorin.

Ein gut gekleideter junger Mann bot ihr einen Katalog an, als sie den Auktionssaal betrat, aber Lara winkte ab und suchte sich stattdessen einen Platz in einer seitlichen Sitzreihe im hinteren Teil des Saales. Ein professoral wirkender Herr zu ihrer Rechten – Krawatte, blaues Button-down-Hemd – studierte aufmerksam seinen Katalog. Tatsächlich war der ganze Saal voll mit diesen Button-down-Typen: Sammler, vermutete sie, Archäologen, Rechtsanwälte, Bankiers, Internetbonzen. Mit ihrer ledernen Motorradkleidung und der Sonnenbrille kam sich Lara ein wenig deplatziert vor.

Und sie mochte das Gefühl.

Sie stemmte ihre Stiefel gegen den leeren Stuhl vor sich, woraufhin der Professor neben ihr taktvoll eine Braue hochzog.

Lara drehte sich zu ihm um. »Was?«

Er errötete und kauerte sich auf dem Stuhl zusammen.

Die Auktionatorin räusperte sich und ergriff erneut das Wort.

»Dieses Stück stammt aus der Mitte des siebzehnten Jahrhunderts und ist eines der ältesten Beispiele für diese Art von

Goldbronzearbeiten.« Hinter ihr studierte ein älterer Herr die Uhr, richtete sich auf, verschränkte die Hände hinter dem Rücken und lächelte. »Die Uhr verfügt über ein Rechenschlagwerk und trägt die Signatur ›Adois Gormlee‹. Die Aufhängung des Pendels besteht aus Seidenfäden. Das Gehäuse ist aus Doré-Bronze mit einer erhabenen Darstellung eines Liebespaares über dem Zifferblatt, aus weißem Porzellan gefertigt. Das Mindestgebot für dieses einzigartige Stück beträgt zwei Millionen Pfund Sterling.«

Die Auktionatorin bat um die Gebote, und sie musste nicht lange warten. Lara lehnte sich zurück und verfolgte die Auktion. Schließlich erhielt eine herrisch wirkende Frau hinter Lara für viel zu viel Geld den Zuschlag, was Laras Einschätzung der Klientel von Boothby's nur bestätigte: Diese Leute nahmen sich, was ihnen gefiel, egal für welchen Preis.

Lara verlagerte ihr Gewicht auf dem Stuhl. Der ältere Herr auf dem Podium wurde auf die Bewegung aufmerksam, und in seine Augen trat ein überraschter Ausdruck. Dann lächelte er und deutete diskret zu einer Stelle hinter der Bühne.

Lara erwiderte sein Lächeln und nickte.

»Nummer 155«, sagte die Auktionatorin. »Der Dolch von Xian.« Rechts von der Bühne öffnete sich ein Vorhang, und zwei Sicherheitsleute betraten den Saal mit einer Vitrine, in der ein reich mit Juwelen besetzter Dolch zu sehen war. »Artefakte wie dieses werden nur selten auf dem offenen Markt gehandelt, meine Damen und Herren. Wenn Sie also ein wenig Geduld aufbringen, werde ich Sie kurz über seine Herkunft unterrichten.«

Die Herkunft des Dolches war Lara auch ohne weitere Erklärungen bekannt, dennoch war sie in Versuchung zu bleiben, um herauszufinden, für wie viel er unter den Hammer kam. Andererseits waren ihr die Antworten auf ihre Fragen bezüglich der Uhr wichtiger, als zu hören, wie viel Geld demnächst ihrem Konto gutgeschrieben würde.

Sie erhob sich und verließ das Auditorium. In der großen Eingangshalle hatten sich Käufer und Verkäufer versammelt und unterhielten sich über Geld, Mode, Sommerhäuser und all das andere Oberklassegeschwätz, das Lara so unendlich ermüdend fand. Das jedoch minderte keineswegs die Schönheit des Raumes mit seinen hohen, kuppelförmigen Oberlichtern, die die ganze Halle in helles Tageslicht tauchten, den Blumenbuketts und dem edlen Carrara-Marmorboden…

»Lara Croft.«

Lara drehte sich um und sah – Alex.

Alex West. In seiner Markenjeans und seiner Lederjacke sah er genauso aus wie an jenem letzten Tag.

»Du siehst gut aus«, sagte Lara.

»Und du siehst…« Er betrachtete sie eingehend von Kopf bis Fuß. »Du siehst…«

»Lass es«, warnte ihn Lara.

»Was?«

Sie bedachte ihn mit einem finsteren Blick.

»Der Dolch wird gerade versteigert«, sagte er und nickte in Richtung des Versteigerungssaales. »Ich hatte angenommen, du würdest dabei sein wollen.«

Lara zuckte die Schultern. »Das ist nur das Sahnehäubchen.«

»Natürlich.« Er nickte. »War übrigens eine gute Arbeit. In China.«

»Nanu? Danke, Alex.«

»Mimst du immer noch die Fotojournalistin? Weißt du, es ist irgendwie cool, dass du immer noch einem regulären Job nachgehst, auch wenn es offensichtlich doch nur zum Schein ist. Und dann noch die Pulitzerpreise. Ich meine – wow.«

»Sie scheinen eine Menge Eindruck auf kleine Leute zu machen. So wie dich.« Sie lächelte. *Ich lasse mich von ihm nicht aus der Ruhe bringen. Ich lasse mich von ihm nicht aus der Ruhe bringen.* »Und wie steht es mit deinem Job? Mimst du immer noch den Archäologen, Alex?«

»Ich tue mein Bestes.« Er lächelte. Plötzlich erinnerte sich Lara an die schönen gemeinsamen Stunden, was ihr ebenfalls ein Lächeln entlockte.

Doch dann fiel ihr Tibet wieder ein, und ihre Miene verfinsterte sich.

»Nun gut. Ich muss los. War nett, dich zu sehen.«

»Lara…« Er legte eine Hand auf ihren Arm. »Hast du meine Karte bekommen?«

Sie starrte auf seine Hand hinab, dann in sein Gesicht. »Du wirst sofort loslassen, oder ich breche dir eine deiner Rippen. Vielleicht auch zwei.«

Mit verletzter Miene zog Alex die Hand zurück. »Dann hast du meine Karte also nicht bekommen?«

»Ich habe sie bekommen. Danke«, gab sie widerwillig zu.

»Keine Ursache.« Er sah sich in der Halle um. »Hey, Lara, müssen wir denn immer so aufeinander losgehen? Vielleicht geht es auch anders.«

»Vielleicht auch nicht.«

»Warum?«

»Lass mich nachdenken.« Sie legte ihren rechten Zeigefinger mit scheinbar nachdenklicher Geste an die Lippen. »Tibet ist dir völlig entfallen, nehme ich an.«

»Oh. Du sprichst von den, äh, Gebetsmühlen.«

»Sehr gut, Mr. West. Ja, ich spreche von den Gebetsmühlen. Erinnerst du dich auch daran, dass ich dich im Voraus bezahlt habe?«

»Das? Das war Finderlohn.«

Lara schüttelte langsam den Kopf. Der Mann hatte Nerven. »Nein, das war ein Beraterhonorar. Ich habe dich nie gebeten, irgendwas zu finden.«

»Was?«

Sie verschränkte die Arme vor der Brust. »Du hast meine Gebetsmühlen gestohlen.«

»Gestohlen? Ich? Dir? Nein. Ich meine, dir haben sie schließlich ebenso wenig gehört.«

Mit großer Mühe konnte Lara sich beherrschen, ihm nicht die Faust ins Gesicht zu rammen. Alex hingegen fuhr ungerührt fort, offenbar völlig blind für ihren Zorn.

»Du und ich, Babe: das gleiche Holz.«

»Ach, wirklich?«

Nun kam er erst richtig in Fahrt.

»Na ja, äh, wir gehören zur gleichen Kategorie. So wie in den gelben Seiten, weißt du? Genau, wir sind Seelenverwandte, Lara. Wir leben auf Messers Schneide, du und ich. Dauernd auf der Suche nach dem Abenteuer, dem Kick, dem Geld, der Gefahr... was auch immer.«

»In deinem Fall vornehmlich...«

»Geld.« Alex schüttelte den Kopf. »Ich wusste, dass du damit anfangen würdest. Verdammt.«

»Das hast du gesagt.«

»Hey, du bist der Tomb Raider.«

»Ja, das bin ich.« Sie stieß ihm den Finger gegen die Brust. »Und vergiss das nicht.«

Lara machte auf dem Absatz kehrt und entfernte sich.

»Lara!« Alex gab einfach nicht auf. »Lara!«

Sie blieb stehen und wartete auf ihn.

»Lara«, sagte er sanft.

Sie drehte sich um und sah ihm in die Augen. »Ich glaube, deine Kunden brauchen deine Hilfe.«

Lara deutete auf ein Dutzend japanische Sammler, die gerade den Auktionssaal verlassen hatten und auf Alex zukamen.

»Mr. West! Mr. West!«

Alex wandte sich um, sah sie und stöhnte.

»Sie gehen besser mit, Mr. West«, sagte Lara. »Wie es scheint, werden Sie gebraucht.«

»Lara...«

»Außerdem, wie du einmal so denkwürdig bemerkt hast, es ist alles ohnehin nur Geschäft. Wie wäre es also, wenn du dich um deine Geschäfte kümmerst?«

Seine Miene verfinsterte sich. »Das ist nicht fair.«

»Das Leben ist nicht fair, Alex«, sagte sie, als die Sammler sie eingeholt hatten, Alex umringten und versuchten, ihn mit sich zu zerren.

So viel zu Alex West. Der Mann hatte wirklich Nerven, sie Babe zu nennen. Das würde Gegenstand der Konversation sein, wenn sie sich das nächste Mal begegneten. Babe.

Und dann entdeckte sie den Mann, mit dem sie reden wollte, den älteren Mann, der sich auf der Bühne aufgehalten hatte, als die Uhr versteigert worden war. Der Mann, der einer der engsten Freunde ihres Vaters gewesen war, kam durch das dichte Gedränge auf sie zu.

»Mr. Wilson!«

»Lara. Lara, meine Liebe.« Sie umarmten einander. »Du siehst gut aus.«

»Sie auch.«

»Wie geht es Hillarys Jungen? Und dem Anwesen?«

»Denen geht's gut. Sie sollten sie einmal besuchen kommen.«

Er nickte. »Ja, das sollte ich. Und das werde ich. Aber jetzt... Ich bin ganz fasziniert von dem, was du mir am Telefon erzählt hast.«

Lara klopfte auf ihre Umhängetasche. »Ich schätze, sie werden noch faszinierter sein, wenn Sie die Uhr sehen.«

»Daran hege ich keinerlei Zweifel. Gehen wir in mein Büro.«

Wilson ging voran und bahnte sich mit der Sicherheit alter Gewohnheit einen Weg durch die plappernde Menge. Lara erhaschte einen Blick auf Alex, der von seinen Klienten mit Fragen bombardiert wurde. Er sah sie ebenfalls, und Lara fühlte, dass sein Blick ihr durch den Raum bis in den Aufzug folgte.

So viel zu Alex West.

8

Lara kannte Mr. Wilson – Paul Wilson – schon ihr ganzes Leben lang. Es war nicht übertrieben zu sagen, dass er mehr ein Onkel für sie war als die Geschwister ihrer Eltern. Nach dem Verschwinden ihres Vaters, nach ihren Schwierigkeiten in der Wimbledon School und später in Gordonstoun, war für Lara das einzige Telefongespräch mit einem Erwachsenen, das nicht daraus bestand, dass sie zuhörte und der Erwachsene ihr eine Standpauke hielt, das mit Mr. Wilson. Er hörte zu und er ermutigte sie, ihre eigenen Interessen zu verfolgen. Er hatte sogar ihre wenig begeisterten Verwandten überzeugt, sie an Professor von Croys Expedition teilnehmen zu lassen, als sie gerade vierzehn war, und er hatte ihr den Rücken gestärkt, als sie sich entschieden hatte, sich nicht, wie geplant, mit dem Herzog von Farrington zu verloben. Wilsons Apartment in London war für sie in vielen schwierigen Situationen zur Zufluchtsstätte geworden, und sein Büro bei Boothby's war der Ort, zu dem sie alle Fundstücke brachte, die versteigert werden sollten.

Im Augenblick war Wilson dabei, sie genau zu diesem Büro zu bringen, in dessen Milchglastür eingraviert war: *P. Wilson, Horologe.*

Er schloss die Tür auf und schaltete das Licht an.

»Da wären wir.« Das Büro, ein großer, holzgetäfelter Raum, erinnerte sie in mancher Hinsicht an das Arbeitszimmer ihres Vaters, obwohl statt der archäologischen Relikte, mit denen sich

Lord Croft umgeben hatte, die Regale in Wilsons Büro – seinem Studierzimmer, wie er es zu nennen pflegte – vollgestellt waren mit Uhren und Uhrwerken aus sämtlichen Jahrhunderten.

Wilson schlurfte zu seinem Schreibtisch und setzte sich.

»Nur einen Augenblick, Lara.«

»Natürlich.« Sie legte ihren Sturzhelm auf einer Ecke des Schreibtisches ab, während Wilson eine Schublade öffnete, ein Notizbuch herauszog und es auf der letzten Seite aufschlug. Dann nahm er einen Füllfederhalter aus der Halterung auf dem Schreibtisch und machte sich eine kurze Notiz.

»Uhr im Auge behalten«, sagte er ebenso zu sich selbst wie zu Lara. »Die hat ein wenig mehr eingebracht, als ich erwartet hatte.« Er steckte den Füller zurück in die Halterung, legte das Notizbuch wieder in die Schublade, lehnte sich auf seinem Stuhl zurück und lächelte Laura zu. »Oh, und der Dolch? Es war deiner, richtig?«

»Ja.«

»Dann wirst du dich freuen zu erfahren, dass Lord und Lady von Biester ihn für das Doppelte des Mindestgebotes ersteigert haben.«

Lara nickte. »Gut.« Die von Biesters waren leidenschaftliche Sammler asiatischer Relikte; außerdem wohnten sie nicht weit von ihr entfernt, sodass sie vermutlich Gelegenheit bekommen würde, den Dolch wieder zu sehen, worüber sie sich stets freute.

»Und?«, fragte Wilson. »Was kann ich für dich tun, meine Liebe?«

Lara legte ihre Tasche auf den Schreibtisch und öffnete sie. »Sie können mir etwas über das hier erzählen.« Sie zog die Uhr hervor und stellte sie direkt vor ihm auf den Tisch.

Wilsons Augen weiteten sich. Sein Mund klappte auf, doch kein Laut kam über seine Lippen. Eine Sekunde fürchtete Lara, er hätte einen Herzanfall erlitten.

»Alles in Ordnung?«

»Guter Gott.« Er blickte zu Lara auf. »Woher hast du sie?«

»Kennen Sie sie?«

Er zog ein Taschentuch aus seiner Tasche und betupfte seine Stirn.

»Ich…« Er unterbrach sich kopfschüttelnd. »Nein. Aber das ist einfach unvorstellbar.« Vorsichtig strich er mit der Hand über die Oberfläche, als fürchtete er, sich zu verbrennen. »Unvorstellbar alt. Wirklich unvorstellbar.« Er öffnete erneut die Schreibtischschublade und nahm ein Vergrößerungsglas heraus. »Lara. Das ist ein absolut einzigartiges Stück.«

»Ja«, sagte sie leise. Wilson hielt das Glas nahe an die Uhr und untersuchte sie Millimeter für Millimeter so konzentriert, dass sie fürchtete, dass ihn selbst ein Flüstern schon abgelenkt hätte.

Wilson legte die Lupe ab und strich mit dem Finger über die äußere Kante. Der Gehäusedeckel sprang auf, genau wie zuvor unter Laras Fingern, und brachte den inneren Mechanismus der Uhr zum Vorschein.

»Im Augenblick läuft nur eines der Zifferblätter. Es glüht wie das Auge. Schwach, aber es wird heller.«

Wilson nickte. »Ja, ich verstehe.«

»Und es scheint rückwärts zu laufen, als würde es gar nicht die Zeit anzeigen, sondern einen Countdown durchlaufen.«

»Ja, richtig. Hier, sieh dir das an.« Er winkte Lara zu sich und deutete auf die kunstvolle Anordnung winziger Zahnrädchen im Zentrum des Mechanismus. »Siehst du das? Es kehrt die Laufrichtung der Zeiger um, sodass sie auf dem äußeren Zifferblatt vorwärts gehen würden.« Er deutete auf das Uhrwerk. »Unvorstellbar.«

Lara deutete auf drei winzige Punkte, die um den Mittelpunkt des leuchtenden Zifferblattes angeordnet waren. »Und das hier… Für mich sehen diese Punkte wie Planeten aus.«

»Vermutlich hast du Recht. Es könnten durchaus Planeten sein.« Er runzelte nachdenklich die Stirn. »Wie bist du darauf gekommen?«

»Die Uhr hat in der Nacht zu ticken begonnen, als die ersten drei Planeten in Konjunktion gingen. Das kam mir merkwürdig vor. Haben Sie je von einer anderen Uhr gehört, die so funktioniert? Eine Uhr, die durch ein astronomisches Ereignis in Betrieb gesetzt wird?«

Wilson schüttelte den Kopf. »Nein. Niemals. Ich kann mir überhaupt nicht vorstellen, wie jemand ein solches Stück konstruieren konnte.« Während er weiter die Uhr genau betrachtete, ertappte sich Lara dabei, dass sie ihn genau betrachtete. Seltsamerweise hatte sie das Gefühl, dass er nicht ganz ehrlich gewesen war. Dass er die Uhr erkannt hatte. Das war natürlich albern – immerhin ging es um Mr. Wilson; er hätte es ihr bestimmt gesagt, hätte er die Uhr tatsächlich schon einmal gesehen. Nichtsdestotrotz war der Mann von dem Stück offensichtlich gefesselt: Seine Augen füllten sich, wie sie einigermaßen überrascht erkannte, mit Tränen.

Lara legte ihm eine Hand auf die Schulter. »Mr. Wilson. Stimmt irgendwas nicht?«

»Nein. Es ist nur… faszinierend. Unglaublich. Unvorstellbar schön.«

»Sehen Sie irgendeine Möglichkeit, zu der inneren Mechanik vorzudringen?«, fragte Lara. »Sie ist versiegelt, und ich weiß weder wie noch womit ich das anstellen könnte. Ich konnte keine Verbindungsnaht finden, und ich wollte sie nicht zerstören.«

»Nein«, sagte Wilson nickend. »Etwas wie diese Uhr solltest du ganz sicher nicht zerstören.«

»Daddy hat sie versteckt, Mr. Wilson. Sie war seit zwanzig Jahren im Haus versteckt.«

»Dann muss er sie für sehr wertvoll gehalten haben.«

»Vermutlich«, entgegnete Lara, während sie daran dachte, wie sie die Uhr gefunden hatte, tief vergraben in der Kiste, ausgerechnet unter einer balinesischen Totenmaske. »Er hat sie zwischen anderen Stücken versteckt. Dinge, die er scheinbar völlig wahllos zusammengestellt hat. Auf dem offenen Markt sehr wertvoll, aber nur Plunder für einen echten Kenner. Nippes.« Nippes wie ein juwelenbesetzter Kelch aus Konstantinopel, Gedenktafeln aus Türkis von den Osterinseln, eine Hopi-Puppe – ein Sammelsurium diverser Kleinigkeiten, für deren gemeinsame Aufbewahrung sie sich keinen vernünftigen Grund vorstellen konnte.

»Er hat diesen Fund dir gegenüber nie erwähnt?«

»Nein. Und in seinen Grabungstagebüchern taucht die Uhr auch nicht auf; im letzten Band wurde die Hälfte der Seiten herausgerissen.« Auf der Fahrt hierher hatte sie Zeit gehabt, darüber nachzudenken, warum die Seiten fehlten. Hatte ihr Vater sie womöglich selbst herausgerissen? Und wenn ja, warum hatte er es getan? Waren die fehlenden Seiten in einem anderen geheimen Raum im Haus versteckt? Gab es noch einen anderen Hinweis, den sie übersehen hatte? *Daddy,* dachte sie, *was versuchst du mir zu sagen?*

»Dein Vater hat immer schon ganz eigene Wege eingeschlagen«, sagte Wilson, als hätte er ihre Gedanken gelesen. Er hatte die Uhr abgestellt und stand nun vor einem kleinen Holzschrank hinter seinem Schreibtisch. »Er war ein wirklich großer Mann.«

»Er wusste, dass ich die Uhr finden würde.« Lara erhob sich und trat neben Wilson. Er betrachtete mit starrem Blick eines der Fotos, die an der Wand hinter seinem Schreibtisch hingen. Das Foto, das etwa vierzig Jahre alt sein musste, zeigte ihren Vater und einen weit jüngeren Wilson auf einer Dinnerparty. »Aber ich weiß nicht, was er gehofft hat, dass ich mit der Uhr mache.«

»Kann ich dir einen Portwein anbieten?«, fragte Wilson, als hätte er ihr überhaupt nicht zugehört. »Er ist wirklich gut.«

»Nein, danke.«

Wilson schenkte sich ein Glas ein und leerte es in einem Zug.

»Ich kann dir nicht helfen, Lara«, sagte er so leise, dass sie ihn kaum verstehen konnte.

»Mr. Wilson?«

Er schüttelte den Kopf, beinahe, als könnte er keinen klaren Gedanken fassen, und lächelte.

»Ich meine, ich habe noch nie etwas wie dies hier gesehen. Das übersteigt meine Sachkenntnis. Ein wahres Mysterium.« Er sah ihr direkt in die Augen. »Du solltest sie nicht aus der Hand geben.«

»Ich hatte auch nicht die Absicht.« In dem Augenblick, als sie fragen wollte, ob er ihr jemanden empfehlen könnte, der ihr weiterhelfen konnte, ging ihr die Lächerlichkeit dieses Einfalles auf. Nirgendwo auf der ganzen Welt gab es einen zweiten lebenden Menschen, der so viel über Uhren wusste wie Mr. Wilson. Als sie sah, wie er auf unsicheren Beinen zu seinem Stuhl schlurfte und sich setzte, sparte sie sich die Frage.

Erst jetzt fiel ihr auf, wie alt er geworden war, und sie fragte sich, was geschehen sein mochte. Bis zu diesem Tag war Mr. Wilson für sie immer jener elegante, kultivierte Aristokrat gewesen, der mit ihr gemeinsam das Naturhistorische Museum und das Archäologische Institut besucht hatte und der sie, zu ihrem Stolz, zum Huntingdon-Debütantinnenball begleitet hatte. Nun aber sah sie Mr. Wilson als gebrechlichen alten Mann vor sich.

Und mein Vater ist ein Altersgenosse von ihm, dachte Lara. *Würde Daddy noch leben, dann wäre er jetzt genauso alt. Die Zeit bleibt für keinen von uns stehen.*

»War schön, Sie wieder zu sehen.« Lara ergriff die Uhr und steckte sie zurück in ihre Tasche. Dann beugte sie sich vor und drückte ihm einen Kuss auf die Stirn.

»Ja, ja, schön, dich einmal wieder gesehen zu haben.« Er lächelte müde und verabschiedete sich.

Während der Fahrt zurück nach Croft Manor hatte sie das unheimliche Gefühl, Mr. Wilson nie wieder zu sehen oder seine Stimme zu hören. Das wühlte sie so auf, dass sie sich weigerte, sich von Hillary etwas zu essen machen zu lassen, und beide, Bryce und ihn, zusammenstauchte, als sie Wilsons Fachkenntnisse in Frage stellten.

Als sie später am Abend noch in ihrem Büro arbeitete und das Telefon klingelte, war der Mann, zu dem sie erst am Nachmittag nach London gefahren war, die letzte Person, mit der sie rechnete.

»Lara? Hallo, Mr. Wilson hier.«

»Mr. Wilson. Wie schön, so schnell wieder von Ihnen zu

hören.« Und das entsprach der Wahrheit, denn er klang weit besser als am Nachmittag.

»Ja, nun, weißt du, ich habe noch einmal über diese Uhr nachgedacht.«

»Wirklich?« Lara hatte ein astrophysikalisches Lexikon aufgeschlagen vor sich auf dem Schreibtisch liegen und sich per E-Mail mit einem Historiker aus Sidney darüber ausgetauscht, was die Symbole auf der Uhr bedeuten mochten, aber die Fortschritte, die sie erzielt hatte, waren bestenfalls als minimal zu bezeichnen.

»Es gibt jemanden, der dir vielleicht helfen kann. Weißt du, ich… Es ist ein Freund von mir. Ich habe ihm von der, äh, Uhr erzählt, und er ist sehr neugierig geworden. Möglicherweise kann er dir helfen, ihre Herkunft zu bestimmen.«

»Hervorragend.« Lara bemühte sich, nicht zu enthusiastisch zu klingen, während ein Teil von ihr gleichzeitig dachte, dass Wilson doch wusste, wie ungern sie bei ihrer Arbeit Fremde hinzuzog. Darüber hinaus war alles, was sie ihm mitgeteilt hatte, vertraulich gewesen.

Plötzlich spürte sie, dass das Unbehagen, das sie schon zuvor empfunden hatte, wieder da war.

»Jedenfalls habe ich mir die Freiheit genommen, für morgen einen Termin zu vereinbaren. Elf Uhr. Ich hoffe, das ist dir recht?«

»Sicher.«

Wilson gab ihr die Adresse und einen Namen. Dann herrschte für einen Augenblick Schweigen.

»Ruf mich morgen an und lass mich wissen, was du herausfinden konntest. Machst du das, Lara?«

»Natürlich.«

»Gut. Dann, mach's gut.«

»Sicher, danke Mr. Wilson, das werde ich. Alles Liebe und machen Sie es auch gut.«

Lara legte den Hörer weg und dachte einen Moment nach. Mr. Wilson hatte einen besorgten Eindruck gemacht. Wer also war die Person, die sie auf seinen Rat morgen aufsuchen sollte?

Hinter ihr explodierte etwas.

Lara wollte nach ihren Waffen greifen, aber sie waren nicht da, eine Nachlässigkeit, für die sie sich hätte ohrfeigen können. Hastig drehte sie sich um, bereit, sich wem auch immer zu stellen, und sah…

Den Auflauf, den sie in der Mikrowelle erhitzt hatte. Er war in die Luft gegangen, und die Glastür war mit Kartoffeln verklebt.

»Scheiße.«

Sie öffnete die Tür, nahm das immer noch brennende Essen samt Untersetzer heraus und ließ es auf ihren Schreibtisch fallen.

Hillary steckte den Kopf zur Tür herein.

»Ah. Cuisine de Mikrowelle. Sieht köstlich aus.«

Sie drohte mit dem Finger. »Raus. Gehen Sie buttlern, oder was auch immer Sie hier tun, wenn ich nicht da bin.«

Er ging. Lara setzte sich wieder und bohrte eine Gabel in ihr Essen. Plötzlich war sie sich überdeutlich des Bildes ihres Vaters bewusst, das von dem Porträt an der Wand zu ihr herabstarrte.

Sie legte die Fingerspitzen aneinander und stützte ihr Kinn auf.

»Daddy«, sagte sie leise, während sie das Bild betrachtete. »Was zur Hölle ist hier los?«

9

Lara wachte früh auf und machte sich sofort an die Arbeit.

Um zehn Uhr war sie, bekleidet mit einer schwarzen Freizeithose und einem Pullover, mit ihrem Aston Martin auf der M25 wieder einmal unterwegs nach London. Sie hatte diese etwas formellere Kleidung und das etwas formellere Transportmittel gewählt, um sich Mr. Wilsons Uhrenexperten angemessen vorzustellen – der erste Eindruck und so – was Hillary veranlasst hatte, die Brauen hochzuziehen, als sie zum Frühstück heruntergekommen war.

»Lady Croft«, sagte er, als er ihr einen Stuhl bereithielt. »Zwei Tage nacheinander, zwei verschiedene Outfits, keines davon bestand aus Shorts und T-Shirt. Scheinen wirklich außergewöhnliche Zeiten zu sein. Beinahe bin ich versucht, Mr. Bryce zu wecken.«

»Richtig außergewöhnlich wird es erst, wenn ich dieses Kleid anziehe, Hilly.«

Er verbeugte sich. »Ich werde den Tag hoffnungsvoll herbeisehnen.«

Die Adresse, die Wilson ihr gegeben hatte, lag am Holland Park. Sie stellte den Wagen in einer Tiefgarage ab und ging zu Fuß die Melbury Road zur Nummer 25 hinunter, einem imposanten Stadthaus mit einer ausladenden Tür, die aussah, als würde sie zu einem weit größeren Gebäude gehören.

Zwei Videokameras, die diskret zu beiden Seiten oberhalb der Tür angebracht waren, verfolgten ihre Schritte über die Stufen, die, wie sie bemerkte, aus recht handelsüblichem, stumpfgrauem Stahl bestanden, weiter nichts. Sollte je irgendjemand versuchen, hier einzubrechen, würde er sich wohl oder übel um die Kameras kümmern müssen, und die sahen aus, als wären sie speziell dafür angefertigt, sich nicht manipulieren zu lassen. Bemerkenswert.

Noch bemerkenswerter war, dass es weder eine Klingel noch einen Klopfer gab. Wurde man in diesem Haus nicht erwartet, so gab es wohl keine Chance, hineinzugelangen.

Lara jedoch wurde erwartet. Als sie versuchte, die Tür zu öffnen, fand sie sie tatsächlich unverschlossen vor. Sie drückte dagegen, worauf die Tür ohne jeden Widerstand aufschwang. Eine wahrhaft gewaltige Tür – schwerer, so vermutete sie, als das harte Eichenholz, aus dem sie zu bestehen schien, es zugelassen hätte. Vermutlich war sie mit Stahl verstärkt.

Wer also war nun die Person, die sie auf Mr. Wilsons Rat aufsuchen sollte?

Sie trat ein und stand vor einer weiteren Treppe in einer Eingangshalle, die ebenso imposant war wie die Tür. Ein junger Mann mit einer schwarzen Weste kam die Stufen herab, die rechte Hand einladend ausgestreckt. Nach Laras Empfinden umgab ihn eine Aura der Unwirklichkeit.

»Lady Croft?«

Sie ergriff seine Hand und nickte.

»Mr. Powell?«

»Ach du lieber Gott, nein. Nein, ich bin sein Mitarbeiter, Mr. Pimms.«

»Mr. Pimms?« Für einen Augenblick wollte Lara in Gelächter ausbrechen, doch sie riss sich zusammen.

Der junge Mann, dessen längst aus der Mode gekommenes langes Haar an einen Höfling aus einer vollkommen anderen Zeit (so um 1800, dachte Lara – oder vielleicht 1980?) erinnerte, lächelte breit.

»Ja. Pimms. Wie das Getränk.« Er deutete eine Verbeugung an. »Wenn Sie mir bitte folgen wollen.«

Pimms führte sie durch die Eingangshalle und einen langen Korridor hinunter. Unterwegs kamen sie an einem Mann vorüber, der eifrig mit einer Marmorbüste beschäftigt war und den grünlichen Moder entfernte, der ihr Gesicht bedeckte. Lara blieb einen Augenblick stehen, um ihm bei der Arbeit zuzusehen.

»Eine mühselige Arbeit«, sagte Pimms, als er ihr Interesse bemerkte. »Erfordert große Sorgfalt, so sagte man mir.«

Lara nickte. »Wer ist das?«

Pimms überlegte einen Augenblick. »Nun, wissen Sie, ich bin nicht ganz sicher.« Er lächelte verlegen.

Lara erwiderte das Lächeln aus Freundlichkeit, doch in ihrem Geist formte sich ein nur noch selten benutztes Wort, ein Wort, das ihrer Ansicht nach gut zu Pimms passte.

Einfaltspinsel.

Sie gingen weiter. Offenbar war Powell ein Sammler aller Arten archäologischer Relikte, nach der kunterbunten Kollektion zu urteilen, die sie unterwegs passierten. Ein indianischer Kopfschmuck, ein mittelalterliches Langschwert und ein gewaltiges steinernes Fruchtbarkeitstotem, dessen öffentliche Ausstellung in Laras Augen ein Zeichen zweifelhaften Geschmacks war. Zweifelhaft jedenfalls, bis sie einen großen Saal erreichten, der dem Terminus ›Schlechter Geschmack‹ eine vollkommen neue Dimension verlieh.

»Liebe Güte.« Die Worte waren ihr ganz unwillkürlich über die Lippen gekommen.

»Beeindruckend, nicht wahr?« Pimms, der ihre Worte völlig fehlinterpretiert hatte, deutete auf die Reihe Statuen vor der gegenüberliegenden Wand, ein halbes Dutzend anatomisch korrekter Massaikrieger, kampfbereit aufgestellt. »Das ist unsere neueste Eroberung.«

Der Saal bestand aus einem einzigen, riesigen Raum, einem Raum, der sie an einen Ausstellungsraum im Palast eines Maharadschas im neunzehnten Jahrhundert denken ließ. An den Wänden aufgereiht stand ein aus aller Welt zusammengetragenes Sammelsurium, Statuen und Kunstgegenstände aus Nordafrika, Asien, Nord- und Südamerika. In der Mitte befand sich eine Sitzgruppe, umgeben von einer großzügigen Auswahl Perserteppiche, unter denen nicht einer doppelt vorhanden war.

Lara empfand den überwältigenden Wunsch, sich an irgendeine weit entfernte, eisige Ecke der Welt zurückzuziehen, in der sie für eine Weile nichts als eine weiße, gleichförmige Landschaft würde sehen müssen.

»Was«, fragte sie kopfschüttelnd, »macht Mr. Powell?«

»Er ist Anwalt«, sagte Pimms. »Ich leite sein Büro, allerdings erst seit kurzer Zeit.«

»Anwalt«, wiederholte Lara ein wenig ungläubig.

»Ist das nicht offensichtlich?«

Sie drehte sich um und sah einen groß gewachsenen, eleganten Mann auf sich zukommen. Er trug einen dunkelgrünen Smoking und ein Lächeln, das sie auf Anhieb als ebenso unaufrichtig wie bezaubernd empfand. Vermutlich ist er ein guter Anwalt, überlegte sie, während sie sich den Mann vor Gericht vorzustellen versuchte.

»Lady Croft.« Der Mann streckte ihr die Hand entgegen. »Es ist mir ein Vergnügen. Manfred Powell, Anwalt der Krone.«

»Guten Morgen.« Sein Griff war fester, als sie erwartet hatte, und sie erwiderte ihn in gleicher Weise.

»Ich hoffe, Sie hatten eine angenehme Fahrt.«

Lara nickte. »Die hatte ich, danke.« Sie ließ seine Hand los und freute sich im Stillen, dass er beinahe unmerklich zusammenzuckte. »Ein beeindruckendes Haus haben Sie hier, Mr. Powell.«

Pimms beugte sich vor. »Lady Croft fragte mich, wessen Gesicht derzeit restauriert wird.«

»Die Büste?«

Lara nickte.

»Pluto. Nicht der Hund, natürlich, sondern der König der Unterwelt.«

Pimms lachte. Lara nicht.

»Aber natürlich weiß ich, dass Sie mit dem Unterschied vertraut sind, Lady Croft.« Powell führte sie zu der Sitzgarnitur und nahm Platz. »Soweit mir bekannt ist, sind Sie eine Autorität in Bezug auf alte und mythologische Relikte.«

Sie setzte sich ihm gegenüber und nahm ihren Rucksack ab.

»Nun, ich reise sehr viel.«

Powell lächelte. »Das ist wohl eine Untertreibung, Lady Croft. Ich habe Ihre Fotos in Magazinen gesehen. Sie sind offenbar sehr gut auf Ihrem Gebiet.«

»Sehr gut«, stimmte Pimms in den Lobgesang ein. Er stand hinter Powell und erwartete mit gefalteten Händen die Anweisungen seines Arbeitgebers.

»Ich danke Ihnen. Ihnen beiden.«

»Und Mr. Wilson hat mir erzählt, Sie wären als Archäologin ebenso gut.«

»Er ist wirklich süß. Und sehr großzügig mit seinem Lob.«

»Soweit ich verstanden habe, ist er ein alter Freund Ihrer Familie?«

»Ja. Ich kenne ihn schon mein ganzes Leben.«

»Und er kannte, soweit ich weiß, auch Ihren Vater recht gut.«

»Sie waren enge Freunde.«

»Wunderbar.« Powell nickte. »Ich hatte nur einmal die Ehre, ihm zu begegnen. In Venedig.«

Powell kannte ihren Vater? Lara warf ihm einen misstrauischen Blick zu.

Im Laufe ihrer Unterhaltung mit Powell war Pimms verschwunden. Nun hörte sie seine Schritte auf dem Teppich hinter sich. Er setzte die Füße leiser als zuvor auf. Versuchte er womöglich, sich anzuschleichen?

Lara verlagerte ihr Gewicht ein wenig, um so schnell wie möglich nach der Waffe in ihrem rechten Stiefel greifen zu können.

»Ah, Pimms.« Powell blickte an ihr vorbei und lächelte. »Sind Sie nicht ein wenig spät dran?«

Lara wandte sich um und sah, wie sich ein Ausdruck völliger Verwirrung über Pimms' Gesicht ausbreitete.

»Wie?«

»Ich hatte vollkommen vergessen, dass Sie noch einen Termin haben.« Powell schüttelte bedauernd den Kopf. »Wie schade. Verabschieden Sie sich von Lady Croft.«

»Ach, ja, natürlich.« Pimms machte ein enttäuschtes Gesicht. »Auf Wiedersehen, Lady Croft.«

»Auf Wiedersehen, Mr. Pimms.« Er machte auf dem Absatz kehrt und verließ den Raum.

»Nun gut.« Powell beugte sich ein wenig vor. »Mr. Wilson sagte, Sie hätten etwas, das Sie mir gern zeigen wollen.«

Lara nickte. Sie öffnete die große Gepäcktasche des Rucksacks – es wäre wenig angebracht gewesen, die falsche Tasche zu öffnen und Powell einen Blick auf ihr Waffenarsenal werfen zu lassen – und zog einen Stapel Fotos hervor.

»Ja«, sagte sie. »Ich habe Bilder von dem Objekt mitgebracht, von dem ich hoffe, dass Sie mir bei seiner Identifikation helfen können.«

Powells Miene ausgesuchter Freundlichkeit fiel in sich zusammen.

»Ich hatte gehofft, Sie würden die Uhr mitbringen. Fotos helfen manchmal nicht viel.«

Lara nickte. »Ich verstehe. Dennoch weiß ich jede Hilfe zu schätzen, die Sie mir bieten können.«

»Natürlich.« Zu Powells rechter Seite stand ein kleiner Tisch mit einer Schublade. Er öffnete sie und nahm eine Lupe heraus. »Ich werde mein Bestes tun.«

Er blätterte mit unbeteiligter Miene durch den Stapel Fotos, ehe er wieder zu dem obersten Bild zurückkehrte. Zu dem Siegel auf dem äußeren Uhrengehäuse. Dem Auge in der Pyramide.

»Das ist eine interessante Gestaltung. Das *Allsehende Auge*, nicht wahr?«

»Ja.« Lara nickte.

Powell sah ihr direkt in die Augen, trotzdem wusste sie ihn absolut nicht einzuschätzen.

Ein wirklich guter Anwalt, dachte sie. Möglicherweise sollte sie ihn beauftragen, wenn sie das nächste Mal mit dem Gesetz in Konflikt käme.

»Was für ein faszinierendes Stück. Wirklich schade, dass Sie nur die Fotos dabeihaben. Nun gut.«

Er legte das obere Bild zur Seite und wandte sich mit der Lupe dem nächsten Foto zu, dann dem nächsten und dem nächsten und so weiter. Als er fertig war, breitete er einige der Bilder auf dem Tisch aus und untersuchte sie noch einmal.

»Fallen Uhren ebenfalls in Ihren Fachbereich?«

»Uhren?« Powell blickte nicht einmal auf. »Nein, das würde ich nicht sagen.«

»Mr. Wilson sagte…«

»Ach, ja, Mr. Wilson. Er ist, wie Sie schon sagten, ein wenig überschwänglich mit seinem Lob.« Nun untersuchte Powell das Foto, auf dem die beiden Zifferblätter abgebildet waren. »Wenn ich mich recht erinnere, haben Sie ihm gesagt, das Ticken hätte in der Nacht der Aurora begonnen?«

»Ja.«

»Hmmm.« Er schüttelte den Kopf. »Wissen Sie, warum?«

Lara zögerte einen Augenblick.

»Lady Croft?«

Sicher lohnte es sich, zu testen, wie viel er wusste – oder nicht wusste. »Haben Sie je von der *Uhr der Äonen* gehört?«

»Nein.« Er hielt das Vergrößerungsglas über das nächste Foto auf dem Tisch: die Uhr mit geöffnetem Gehäuse, so dass die neun konzentrischen Kreise in ihrem Inneren sichtbar waren. »Aber das klingt interessant. Sie müssen mir mehr darüber erzählen.«

»Es ist ein Mythos«, sagte sie vorsichtig. »Eine alte Uhr, die eigentlich gleichzeitig Karte und Schlüssel ist.«

»Tatsächlich?« Powells Lippen verzogen sich zu einem Ausdruck milden Amüsements. »Zweifellos zu einem vergrabenen Schatz. Und Sie glauben, das ist diese Uhr?«

»Ich weiß es nicht. Ich hatte gehofft, Sie könnten mir weiterhelfen.«

»Hmmm.«

Lara sah sich um, während Powell fortfuhr, die Fotos im Detail zu untersuchen. Ein Brieföffner aus Elfenbein auf seinem Schreibtisch erregte ihre Aufmerksamkeit. Sein Griff wies eine kleine Verdickung auf.

Das *Allsehende Auge.*

Was zur Hölle…?

»Sie sagten, Sie sind Anwalt?«

»Ja.« Powell würdigte sie noch immer keines Blickes.

»Und das«, sie deutete auf die Fotos, »ist das ein Hobby von Ihnen?«

»Es ist eine Obsession.« Powell schüttelte den Kopf, ehe er schließlich aufblickte und lächelte. »Und in der Tat meine Spezialität. Mein Streben und Trachten kreist ständig um Antiquitäten.«

»Ich verstehe.« Mühsam brachte Lara ihrerseits ein Lächeln zu Stande. »Vielleicht werde ich Ihre Dienste eines Tages noch brauchen.«

»Ich würde mich geehrt fühlen, Ihnen zu Diensten sein zu dürfen.« Dann legte er kopfschüttelnd die Lupe auf den Tisch. »Aber das hier… es entzieht sich mir vollständig.« Wieder blickte er sie auf diese direkte Art an, die sie als so schwierig zu deuten empfand. »Ich denke, ich habe noch nie etwas so Schönes gesehen, über das ich so wenig weiß.«

Lara wusste nicht, was sie darauf entgegnen sollte. War dieser Mann ihr gegenüber überhaupt ehrlich? Ein weiterer Antiquitätenkenner – mindestens so skrupellos wie Mr. West, wenn sie sich auch nur im Geringsten auf ihre Menschenkenntnis verlassen wollte – war so ziemlich das Letzte, was sie in diesem Augenblick ihres Lebens brauchen konnte.

»Dann können Sie mir also nichts über die Uhr sagen?«

Powell zuckte die Schultern. »Ein kluger Mann weiß, was er nicht weiß.«

»Und gibt das auch zu?«

»Exakt.« Kopfschüttelnd griff er erneut nach einem der Fotos. »*Uhr der Äonen*, richtig? Sie müssen mir unbedingt erzählen, was sie über dieses Objekt herausfinden konnten.«

»Falls ich irgendetwas herausfinde, werde ich das ganz bestimmt tun.« Lara sammelte ihre Fotos ein und erhob sich. »Ich danke Ihnen, dass Sie mir Ihre Zeit gewidmet haben, Mr. Powell.«

»Keine Ursache. Es war mir eine ausgesprochen erfreuliche Pein, Lady Croft. Ich empfinde meinen Mangel an Wissen als durchaus amüsant.«

Lara gönnte ihm ein Lächeln zum Abschied und schüttelte ihm die Hand, obwohl sie das Ganze definitiv nicht amüsant fand. Eher verwirrend.

Auf dem Weg nach Hause, ganz in Gedanken versunken, fuhr sie geradewegs an der Ausfahrt nach Surrey vorbei, ohne es überhaupt zu bemerken.

10

Wieder zu Hause angekommen, schlüpfte Lara in bequemere Kleidung und verbrachte den frühen Nachmittag damit, den Lagerraum aufzuräumen, den sie in der Nacht der Aurora entdeckt hatte. Es war eine Sisyphusarbeit, genau die Art Beschäftigung, die sie normalerweise verabscheute: Artefakte in Stapel sortieren – einen Stapel für Spenden, einen für den Verkauf und einen für die Stücke, die sie behalten wollte; die Tagebücher ihres Vaters nach einer Erwähnung der Uhr durchsehen, erfolglos, unglücklicherweise, aber das verschaffte ihr immerhin etwas Zeit, über die Geschehnisse der vergangenen zwei Tage nachzudenken und ein paar Schlussfolgerungen zu ziehen. Bisher lautete der Stand der Dinge:

Erstens: Die Uhr, die sie entdeckt hatte, war tatsächlich die *Uhr der Äonen*, von der ihr ihr Vater erzählt hatte.

Zweitens: Einige Leute – allen voran Powell und Mr. Wilson – hatten sie belogen. Beide hatten die Uhr wieder erkannt, ohne es zuzugeben. Das »Warum« war ein Thema, das in ihrem Kopf auf eine Lösung wartete, aber im Augenblick kreisten ihre Gedanken vorrangig um etwas anderes, das ihr Vater gesagt hatte: Eine geheime Uhr ist ein kostbarer Schatz. Kostbar besonders für jene, die von den Mächten wussten, zu denen die Uhr den Schlüssel darstellte. Die Nachfahren des *Volkes des Lichtes*: die legendären Illuminati. Bryce hatte Recht, sie waren die Pointe in den Lieblingswitzen sämtlicher Verschwörungstheoretiker, aber andererseits gab es in Powells Haus diesen Brieföffner.

Was zu Schlussfolgerung Nummer 3 führte, die da lautete: Hinter Powell steckte weit mehr, als auf den ersten Blick erkennbar war.

Sie zog die letzte Kiste vom Regal und stellte sie vor sich auf den Tisch.

»Klopf, klopf, darf ich reinkommen?«

Lara drehte sich um und sah Hillary gegen die zersplitterte Holztafel lehnen, die den Eingang zu dem Lagerraum geschützt hatte. In der Hand hielt er einen Stapel Papier.

»Hallo, Hilly.«

»Lara.« Er quetschte sich durch die Öffnung. »Ich habe ein wenig Hintergrundrecherche zu Ihrem Freund Powell betrieben.«

»Irgendwas Interessantes?«

»Eine Menge.« Er fing an, ihr seine Erkenntnisse vorzutragen, und gab ihr eine kurze Zusammenfassung von Powells Jugend: geboren in Dorset; ausgebildet in Oxford; Rechtsanwalt mit dreiundzwanzig, berufen zum Anwalt der Krone bereits im unerhörten Alter von sechsunddreißig; derzeitige Beschäftigung: Berater mehrerer großer Bankhäuser, Vorstandsmitglied und namhafter Aktionär bei einer beachtlichen Anzahl wichtiger multinationaler Gesellschaften.

»Er besitzt Häuser in London, Venedig und Washington, D. C., außerdem ein Apartment in New York City. Und einige sehr mächtige Freunde – Sie werden sich wundern, welche Namen in den Gesellschaftskolumnen gleich neben seinem auftauchen.«

»Finanzen?«

»Konten bei mehreren Schweizer Banken. Ich fürchte, unsere Quellen werden uns keine näheren Informationen beschaffen können, ohne dabei Spuren zu hinterlassen.«

»Ich denke, das ist im Augenblick nicht notwendig«, sagte Lara. »Obwohl…«

Das Licht ging aus.

»Bryce«, sagte Hillary mit ruhiger Stimme.

Lara schob sich an ihm vorbei und steckte den Kopf durch die Wandöffnung. »Bryce!«, schrie sie. »Bryce!«

»Verzeihung!« Die gebrüllte Entschuldigung kam aus dem Technikraum auf der anderen Seite der großen Halle. Eine Sekunde später brannte das Licht wieder.

»Könnten Sie mir Ihren Bericht auf den Schreibtisch legen, Hillary?« Lara nahm den geöffneten Karton und klemmte ihn sich unter den Arm. »Danke.«

Sie durchquerte die Halle und betrat den Technikraum, wo Bryce die Uhr unter einem Hochleistungsmikroskop untersuchte.

»Was ist passiert?«

»Roter Draht an grünem Draht. Mein Fehler«, sagte er, ohne aufzublicken. »Ich dachte, ich hätte eine Lösung für die Geschichte mit der Glasfaseroptik gefunden.«

In der Luft hing ein schwacher Geruch nach verbranntem Gummi, und ein dicker Strang offenbar verkohlter Drähte lag auf der Werkbank.

»Kein Schaden an der Uhr?«

»Kein Schaden an der Uhr.« Er schüttelte den Kopf. »Trotzdem bin ich nicht überzeugt davon, dass uns das weiterbringt.«

»Dann lass es«, sagte Lara und stellte den Karton auf einen anderen Tisch. »Vielleicht werde ich versuchen, Powell noch ein paar weitere Informationen zu entlocken.«

Bryce schüttelte den Kopf. »Mister ›Ich empfinde meinen Mangel an Wissen als durchaus amüsant‹.«

»Genau das hat er gesagt.«

Bryce schnaubte verächtlich. »Mein Mangel an Wissen amüsiert mich ebenfalls.«

»Ja, ich habe deinen Mangel an Wissen auch immer als amüsant empfunden. Aber Powell mangelt es nicht an Wissen.«

»Nein?«

»Nein.« Lara zog ein Taschenmesser aus ihren Shorts hervor und schlitzte das Paketband auf, mit dem der Karton verschlossen war. »Es mangelt ihm ganz bestimmt nicht an Wissen. Er lügt ganz einfach. Er weiß weit mehr, als er zugibt. Irgendwas stimmt nicht mit Mr. Powell.«

Sie griff in den Karton und brachte einen alten, aber perfekt erhaltenen Plattenspieler zum Vorschein.

»Ich habe mich schon gefragt, was damit passiert ist.«

»Was zum Teufel ist das?«, fragte Bryce.

Lara stellte den Plattenspieler auf den Tisch und steckte den Netzstecker in die Steckdose, worauf der Plattenteller begann, sich zu drehen. Sie nahm eine Lupe zur Hand und untersuchte den Tonabnehmer. Er schien ziemlich neu zu sein.

»Das?« Lara lächelte. »Das ist analog, Mr. Bryce, weder binär noch komprimiert. Audio vom Feinsten.«

»Hä?«

»Inspiration, Bryce. Inspiration.«

Sie klopfte ihm auf die Schulter und ging hinaus, um Hillary zu suchen. Vielleicht wusste er, was aus der Plattensammlung ihres Vaters geworden war.

Eingehüllt in einen grauen Wollmantel, die Hände mit italienischen Lederhandschuhen vor der Kälte geschützt, stand Powell weit oberhalb der Etage des Kontrollraumes des Elektrizitätswerkes Nummer 2 in Battersea und blickte nachdenklich über das Geländer.

»Ich bezweifle, dass die Menschheit je ihr ganzes Potenzial wird ausschöpfen können, Pimms. Das tue ich in der Tat.«

Mit einer weitläufigen Armbewegung deutete er auf das ausgedehnte Areal unter ihnen, auf das dunkle alte Kraftwerk, das einst einen großen Teil Londons mit Elektrizität versorgt hatte. Das Hauptgebäude von Battersea war früher einmal erstaunlich schön gewesen: polierte Parkettböden, schmiedeeiserne Treppen, Fliesen im Art-déco-Stil und überall schimmernde Oberflächen aus Chrom und Stahl.

Nun war es, milde ausgedrückt, ein reines Katastrophengebiet: Löcher im Dach, überall Pfützen, Rost, Moder, Müll, Gebäudeschäden aller Art…

Powell schüttelte den Kopf. »Es gibt Menschen, die würden behaupten, Battersea sei dem Verfall geweiht.«

Pimms räusperte sich. »Sie würden sich irren, Sir.«

»Ja. Ja, sie würden sich irren, Mr. Pimms.« Er nickte. »Sie würden sich irren, jetzt, da Manfred Powell die Bühne betreten hat.« Und für die Restaurierung verantwortlich war, dafür, dass das alte Elektrizitätswerk in ein Museum zum Gedenken an Englands verlorene Größe verwandelt wurde. Eine Restaurierung, die nur durch Mittel möglich geworden war, welche auf verschlungenen Wegen durch den Orden geschleust worden und in die Kasse des Komitees zur Rettung von Battersea gelangt waren. Nun gehörte ihnen das Werk, und er hatte einen Arbeitstrupp eingesetzt, der sich an den Bildern von Battersea orientierte, die kurz nach Fertigstellung des Bauwerkes gemacht worden waren, und rund um die Uhr im Einsatz war. Wenn die Arbeiten beendet waren, würde Battersea wieder eines der beeindruckendsten Gebäude Londons sein. Dafür würde er schon sorgen.

Der Pieper an seinem Gürtel summte einmal leise. Seine Verabredung war eingetroffen.

Powell wandte sich von dem Geländer ab, ging auf die Treppe zu und bedeutete Pimms mit gekrümmtem Finger, ihm zu folgen.

»Ich frage mich, was Mr. Scott von der Art und Weise hält, in der England mit dem Juwel umgegangen ist, das er dem Land verschafft hat. Man hat es verfallen lassen, hat es als Themenpark feilgeboten, ausgeschlachtet und vor sich hin rotten lassen. Wie können die Menschen es nur zulassen, dass ihre architektonischen Schätze ein derartiges Schicksal ereilt?«

»Es ist ein Verbrechen«, sagte Pimms.

»Da haben Sie verdammt Recht. Es ist ein Verbrechen«, stimmte Powell zu. »Und die Übeltäter, möchte ich behaupten, sind die feinen Herrschaften im Parlament. In einem Parlament, das unfähig ist, die Geschichte des Landes zu bewahren, und noch weniger in der Lage, es in die Zukunft zu führen. Ist das eine Art, eine Welt zu regieren, Pimms?«

»Ich...«

Powell hob den Zeigefinger. »Die Frage war rhetorisch. Die Antwort lautet: ›selbstverständlich nicht‹.«

»Selbstverständlich nicht«, wiederholte Pimms gehorsam.

Powell nickte. »Und deshalb brauchen wir die Illuminati. Es ist unsere Aufgabe, die Vergangenheit zu bewahren, unsere Aufgabe, Pläne für die Zukunft zu schmieden. Die Menschheit befindet sich derzeit in einem kritischen Stadium ihrer Geschichte, Pimms. Wir müssen vortreten und der Welt die Führung bieten, die sie benötigt.«

Powell führte Pimms durch eine Tür aus dem Kontrollraum hinaus auf eines der Gerüste an den Außenmauern des Gebäudes. Unter ihnen bahnte sich ein schwarzes Taxi vorsichtig einen Weg zum Seiteneingang des Hauptgebäudes. Das Taxi hielt an und setzte einen Fahrgast ab, einen alten Mann in braunem Trenchcoat, der eine braune Aktentasche bei sich trug. Wilson: pünktlich, verstohlen um sich blickend, offensichtlich unsicher, ob er sich im richtigen Teil der Stadt befand.

»Er sieht nervös aus.«

»Ja.« Powell schürzte die Lippen. »Das sollte er auch sein.«

Sie kletterten das Gerüst herab. Als sie den Boden erreicht hatten, näherte sich ihnen Richards, der Leiter der Renovierungsarbeiten, mit einem Klemmbrett in der Hand.

»Kein Carrara, Mr. Powell«, sagte er. »Aber es gibt gute Neuigkeiten: Wir können von einem hiesigen Lieferanten eine andere Marmorsorte bekommen. Zum halben Preis.«

»Kein Carrara?« Powell runzelte die Stirn. »Das sind keine guten Neuigkeiten, Mr. Richards. Haben Sie Venedig angerufen?«

Der Mann nickte. »Das habe ich, Sir. Ja, Sir.«

»Und Sie haben meinen Namen erwähnt?«

Im harten Licht der Schweißbrenner sah Powell, wie Richards errötete.

»Äh .. nein, Sir.«

»Erwähnen Sie meinen Namen.« Er griff nach dem Klemmbrett und unterzeichnete. »Ich will Carrara für dieses Gebäude.« Als Wilson näher kam, gab er Richards das Klemmbrett zurück.

»Ah, Mr. Wilson.«

»Mr. Powell. Schön, Sie wieder zu sehen. Sie sehen großartig aus.«

»Sie ebenfalls.« Das war eine Lüge. Aus der Nähe war dem alten Mann die Anstrengung deutlich anzumerken. Dunkle Ringe lagen unter seinen Augen. Powell überlegte, ob er womöglich getrunken hatte, was ihm gar nicht recht wäre. Powell brauchte den Mann nüchtern.

»Ich danke Ihnen, dass Sie gekommen sind, obwohl es schon so spät ist.«

»Machen Sie sich darüber keine Gedanken.« Wilson schüttelte den Kopf. »Ich weiß, wie wichtig diese Angelegenheit ist.«

»Hier ist eine Menge los, Mr. Wilson.« Powell streckte die Hand aus, und Pimms reichte ihm einen Bauarbeiterhelm. »Sie sollten das hier tragen.«

Wilson setzte sich den Helm auf den Kopf, der jedoch sofort verrutschte. Powell lächelte und rückte den Helm auf Wilsons Kopf zurecht.

»Haben Sie Ihre Notizen über die Uhr mitgebracht? Und Ihre ursprünglichen Fotografien?«

Wilson klopfte auf seine Aktentasche. »Alles in meiner Tasche.«

»Darf ich?« Ohne eine Antwort abzuwarten, nickte Powell Pimms zu, der die Aktenmappe an sich nahm, sie öffnete und ihm mit ausgestrecktem Arm hinhielt. Wie versprochen, befand sich darin ein Stapel Papier nebst einigen Fotografien: Bildern von der Uhr, wie Powell feststellte.

»Gut«, sagte er. »Danke.«

Pimms schloss die Tasche. Powell deutete auf den Arbeiterpfad vor ihnen. »Gehen wir.«

Der Kraftwerkkomplex lag in einem Gewirr aus Wegen, Zufahrtsstraßen und Kopfsteinpflastergassen. Powell führte seine Begleiter über einen der schmalen Pfade hinaus, wobei ihm auffiel, dass Wilson sich offenbar nach wie vor nicht wohl fühlte. Der Mann setzte bei jedem Schritt die Füße so vorsichtig und langsam voreinander wie ein heimlicher Trinker, der fürchtete, sich zu verraten. Vielleicht konnte ein wenig Smalltalk den Mann auflockern.

Inzwischen standen sie im Schatten des gewaltigen Hauptgebäudes. Hoch oben schweißten Arbeiter auf einem Kran gewaltige Stahlplatten über die Löcher in den Wänden des Bauwerks.

»Mittlerweile gehört uns das Gebäude«, stellte Powell sachlich fest.

»Ihnen?« Wilson schüttelte kurz den Kopf und korrigierte sich. »Ich meine, uns gehört es?«

Powell zog eine Braue hoch. Interessanter Ausrutscher, dieses ›Ihnen‹. Wert, darüber nachzudenken. »Ja, jetzt gehört es uns. Ich hatte bereits überlegt, mich hier häuslich niederzulassen. Nur ich und meine Abessinierkatze. Was halten Sie davon?«

Wilson sah ihn verwirrt an. »Äh…«

Powell winkte ab. »Nur ein Scherz.«

In dieser Sekunde ging ein Funkenregen von dem Kran über ihnen nieder – winzige silberne und blaue Lichtpunkte vor dem dunklen Nachthimmel, die Powell an die Aurora des vorangegangenen Abends erinnerten.

»Zwei Nächte in Folge ein Himmelsschauspiel der besonderen Art, Pimms. Wir leben in sonderbaren Zeiten, denken Sie nicht?«

»Ja, Sir.«

»Und Sie, Mr. Wilson. Was halten Sie von all diesen Vorgängen?«

Wilson runzelte die Stirn. »Ich verstehe nicht, worauf Sie hinauswollen.«

Powell blieb stehen und drehte sich zu dem alten Mann um. »Die Konjunktion, Mr. Wilson. Eine Chance für unseren Orden, uns endlich aus den Schatten zu lösen und unseren Platz als rechtmäßige Herrscher dieser Welt einzunehmen. Wie fühlen Sie sich bei dem Gedanken?«

»Ich bin natürlich sehr aufgeregt.«

»Natürlich.« Powell verschränkte die Hände hinter dem Rücken und ging weiter. »Und doch gibt es Menschen, die unserer Handlungsweise feindselig gegenüberstehen. Aus einer irregeleiteten Furcht ob unserer Motive. Ich bin sicher, Sie verstehen, was ich meine.«

Schweigend setzten sie ihren Weg fort, während über ihnen Funken zischend durch die Nacht flogen. Zur Linken hörte Powell fernes Gelächter und Musik, die von der nur ein paar hundert Meter entfernten Themse zu ihnen herübergeweht wurden. Er blickte nach links zum Fluss und sah eines dieser scheußlichen Ausflugsboote, grell erleuchtet wie ein Weihnachtsbaum.

Sie bogen um eine Ecke. Musik und Gelächter verloren sich in der Ferne, und die vier Schornsteine von Battersea ragten vor ihnen auf.

»Ich fürchte, Lady Croft könnte sich als eine jener fehlgeleiteten Seelen entpuppen, Mr. Wilson. Aber natürlich kennen Sie sie viel besser als ich. Wie ein Onkel, so sagte sie. Lady Croft, meine ich.«

»Das hat sie gesagt?«

»In der Tat.«

Wilson schluckte sichtlich bewegt, wie Powell wenig erfreut registrierte.

»Sie muss Ihnen viel bedeuten.«

»Das tut sie. Ich kenne sie schon ihr ganzes Leben lang. Seit sie ein kleines Mädchen war.«

»Dennoch haben Sie sie glücklicherweise verraten.« Powell blieb erneut stehen und drehte sich zu Wilson um. »Was für eine Erleichterung.«

Eine große Lampe, aufgestellt, um den Arbeitern Licht zu spenden, leuchtete hinter dem älteren Mann.

»Nun, äh, ich glaube nicht…« Wilson räusperte sich. »Ich… ich meine…«

»Sie zu uns zu schicken«, sagte Powell scharf. »Zu mir, das war ein Verrat, und das wissen Sie.«

»Ich hatte gehofft, es wäre nicht notwendigerweise ein… Verrat. Ich hatte gehofft, Sie und Lara – Lady Croft, ich meine… Sie könnten…«

Powell schüttelte angewidert den Kopf. Der Mann bettelte. Powell konnte Gebettel nicht ausstehen.

»Glauben Sie mir, es war eindeutig ein Verrat. Aber das ist in Ordnung, es war eine gute Entscheidung. Und doch, Mr. Wilson«, er faltete die Hände vor der Brust, »machen Sie mir Sorgen. Ich kann Ihren Konflikt in dieser Angelegenheit fühlen. Und ich komme nicht umhin, mich zu fragen, was Sie Lady Croft erzählt haben mögen. Über die Uhr. Über mich. Über den Orden.«

Während er sprach, beugte sich Powell immer weiter vor, bis er keinen halben Meter mehr von Wilson entfernt war. Der alte Mann zitterte sichtlich.

»Ich würde meinen Eid niemals brechen.« Wilson setzte eine entschlossene Miene auf. »Niemals.«

»Nicht einmal für Ihre liebenswerte Pseudonichte?«

Wilson senkte den Kopf. »Nicht einmal für sie.«

Powell lächelte. »Gut.«

Die beiden Männer standen sich Angesicht zu Angesicht gegenüber. Powell taxierte den älteren Mann, sah, wie schnell sein Atem seine Brust wölbte, ein und aus, ein und aus, seine Nasenflügel bebten und sein Atem in kleinen Dunstwolken in die kalte Nachtluft aufstieg. *Vielleicht hat er ihr bisher noch nichts erzählt,* dachte Powell. *Aber das wird er. Das wird er ganz sicher tun.*

Er berührte den Pieper an seinem Gürtel, nur einmal. Dann streckte Powell Wilson die Hand entgegen.

»Schlagen Sie ein.«

Ein Herzschlag des Zögerns, dann ergriff Wilson seine Hand.

Er streckte kurz den Zeigefinger aus und berührte Powells Handgelenk. Powell machte dieselbe Geste.

»Knie nieder, Bruder Wilson.«

Wilson kniete nieder und senkte den Kopf. Er wusste, was von ihm erwartet wurde. *Der Mann ist schon seit langer Zeit einer von uns,* dachte Powell.

»Bruder Powell«, setzte Wilson an. Mit einem Mal klang seine Stimme fremd, förmlich. »Ich knie vor dir und unseren Brüdern und dem Auge, das alles sieht, in Demut und Schande. Ich gelobe erneut Gehorsam und Loyalität.«

Während Wilson sprach, sah Powell eine Gestalt aus einem der vielen Schatten des gewaltigen Elektrizitätswerkes treten. Es war Mr. Julius, Hauptmann der Truppe, die Powell gern als seine eigene kleine Streitmacht betrachtete, obwohl natürlich jeder von ihnen Angehöriger des Ordens war. Julius' Auftauchen war die Reaktion auf Powells Pieper, aber der Mann war ohnehin nie weiter als ein paar Sekunden von ihm entfernt.

»Richte mich«, endete Wilson, noch immer auf den Knien, noch immer gesenkten Hauptes, mit fest geschlossenen Augen.

Julius reichte Powell eine Scheide. Powell zog das Schwert heraus, während Pimms scharf die Luft einsog.

Dann, mit einer fließenden, präzisen Bewegung, hob er das Schwert und schwang es, ein Auge auf sein Ziel gerichtet: knapp über den Nackenwirbeln, unterhalb des Schädelknochens, dort, wo zwischen den Knochen eine winzige Lücke blieb, durch die die Klinge sauber eindringen konnte und…

Sssst.

Der Kopf rollte über den Boden, und der kopflose Leib fiel in sich zusammen.

Powell trat einen Schritt zurück, schob das Schwert mit einer routinierten Bewegung wieder in die Scheide und gab es Julius zurück.

»So. Ein gutes Gefühl.«

Er lächelte Julius zu und drehte sich zu Pimms um, dem plötzlich der Schweiß auf die Stirn getreten war.

Powell grinste.

»Ich weiß. Im Augenblick fühlen Sie sich seltsam, aber auch sehr lebendig. Dauert ein bisschen, sich daran zu gewöhnen. Aber Sie können mir vertrauen – dies sind herrliche Zeiten. Würden Sie nun bitte den Kopf einpacken?«

Julius reichte Pimms einen Leinenbeutel.

Pimms war weiß wie ein Laken.

»Einpacken?«

»Einpacken.« Powell nickte. »Und dann bringen Sie mir seine Aktentasche ins Büro. Und, Julius…«

Der Teamleiter trat vor.

»Mr. Powell?«

»Sie können mit der Operation beginnen.«

Julius lächelte. »Ja, Sir. Sie werden in Ihrem Büro sein, wenn ich recht verstehe?«

»Ja, das werde ich. Ich werde mit angehaltenem Atem warten.«

Julius nickte und verschwand so schnell und lautlos, wie er aufgetaucht war.

Powell blickte hinauf zu den funkelnden Sternen, inhalierte die Nachtluft und fühlte sich mit sich selbst vollkommen im Reinen.

11

Als sie jünger gewesen war, hatte Lara eine Lebensphase durchgemacht, während derer sie alles verabscheut hatte, was Croft Manor repräsentierte: all diese bornierten, verknöcherten Traditionen. Sie hatte ihr Zimmer schwarz gestrichen, sich eine Boa Constrictor als Haustier zugelegt und sich mit den gesellschaftlich weniger angesehenen Halbstarken im Ort rumgetrieben. Inzwischen hatte sie mit ihrem Stand und ihrer Herkunft mehr oder minder Frieden geschlossen, dennoch gab es immer noch Augenblicke, in denen sie all den Porträts, die scheinbar von jedem Zentimeter Mauerwerk auf sie herabblickten, am liebsten eine lange Nase zeigen wollte, was sie schließlich zum Bungeejumping gebracht hatte.

Wie auch immer, als sie nun in ihrem Pyjama auf dem mittleren Absatz der großen Treppe in Croft Manor stand, dachte sie nicht an Bungeejumping. Die Gedanken, die ihr Gehirn mit Beschlag belegten, waren die Gleichen, die sie schon in den letzten zwei Tagen gewälzt hatte, seit der Aurora, der Entdeckung des geheimen Raumes unter der Treppe und den seltsamen Gesprächen mit Mr. Wilson und Powell. Sie dachte an ihren Vater und an die Geschichten, die er ihr vor so langer Zeit erzählt hatte, Geschichten über das allmächtige Auge und die Illuminati.

Und da sie gerade über Mr. Wilson nachdachte…

Seltsam, dass er ihre Anrufe nicht erwidert hatte. Zwei an diesem Nachmittag, einen weiteren vor gerade einer Stunde. Lara war schon beinahe so weit, auf dem schnellsten Weg zu seiner Wohnung zu fahren und sich zu vergewissern, dass alles in Ordnung war.

Vielleicht würde sie das tatsächlich tun, obwohl sie bereits ihren Schlafanzug trug. Aber zuerst…

»Hilly?«

»Eine Minute«, rief er. »Ich schließe nur noch die Lautsprecher an.«

Sie hörte, wie eine Nadel auf eine Schallplatte abgesenkt wurde. Eine Sekunde später wehte Bachs *Concerto No. 5* durch die Halle. Nach einigen weiteren Sekunden hörte sie, wie Hillarys Schritte sich näherten.

»Danke, Hilly«, sagte sie, ohne sich umzudrehen. Zeit, sich zu sammeln und die Ereignisse des Tages hinter sich zu lassen. Schon konnte sie fühlen, wie die Magie der Musik sie berührte. Sie war besänftigend, entspannend. Eines der Lieblingsstücke ihres Vaters, wie sie sich erinnerte; sie selbst hatte es seit Jahren nicht mehr gehört.

»Brauchen Sie sonst noch etwas?«

Lara schüttelte den Kopf. »Nein, danke. Gehen Sie ruhig schlafen.«

»Das werde ich. Sie sollten auch nicht zu lange aufbleiben.«

»Ich werde mich bemühen.« Sie hörte, wie er die Treppe wieder hinaufstieg, und blieb noch einen Augenblick stehen, starrte die Stufen hinab auf den polierten Marmorboden zehn Meter weiter unten.

Lara atmete tief durch und sprang kopfüber über das Geländer.

Während sie fiel, war sie sich der Musik bewusst, des Bodens, der immer näher kam, aber deutlicher als alles andere standen in ihrem Geist die Worte, die ihr Vater vor langer Zeit gesprochen hatte:

Eine geheime Uhr ist ein kostbarer Schatz, hatte er gesagt.

Der Boden dehnte sich bedrohlich vor ihr aus.

Gerade dreißig Zentimeter von einem scheußlichen Ende entfernt, erreichten die beiden Bungeeseile, die an dem Gurt um ihre Taille befestigt waren, den Punkt ihrer höchsten Dehnung und hielten sie auf. Für einen Sekundenbruchteil hing sie dort in der Luft, gerade lang genug für Lara, einen perfekten Salto zu schlagen, ehe sie wieder emporgerissen wurde, vorbei an dem Treppenabsatz, von dem sie abgesprungen war, vorbei an dem Kristalllüster und hinauf zur Decke über der großen Halle.

Die Musik schwang sich empor. Lara wirbelte durch die Luft, schlug einen Salto vorwärts, dann rückwärts und stürzte wieder hinab.

Eine geheime Uhr ist ein kostbarer Schatz.

Aus diesem Grund hatte ihr Vater sie versteckt. Weil jeder, der um ihren Wert wusste – jeder, der die Geschichte über die Macht des Dreiecks kannte – nahezu alles tun würde, um in den Besitz der Uhr zu gelangen.

Lara fiel, wirbelte herum, schoss wieder empor.

Mondschein erleuchtete die Treppe und den Vorplatz. Lara drehte sich im Flug, kreiselte, wirbelte hin und her, auf und ab. Sie brauchte das, musste ihr Blut wieder zum Fließen bringen; sie war schon viel zu lange in diesem Haus eingesperrt, in London, in der Zivilisation. Beinahe fühlte sie sich schon wie Lady Croft: ebenso gut könnte sie anstelle ihres Lebens eine Teegesellschaft für die Damen der Umgebung geben. Wenn ihr Vater sie jetzt sehen könnte…

Ein kostbarer Schatz, hatte er gesagt.

Und für niemanden kostbarer als für die Illuminati. Hatten sie erst herausgefunden, wo die Uhr sich befand, gab es nichts, was sie davon abhalten würde, sie an sich zu bringen.

Lara machte erneut kehrt, fiel an dem großen Fenster neben der Treppe vorbei, und als sie ihre Umdrehung in der Luft beendet hatte, nahm sie für einen Augenblick das große Oberlicht über der Halle wahr.

Sie sah, dass sich draußen etwas bewegte: Schatten. Sie wirbelte erneut herum, behielt die Schatten im Auge, als sie wieder empor schnellte: schwarz gekleidete Gestalten, Nachtjäger, Waffen über den Schultern, Rucksäcke, ein gutes Dutzend von ihnen. Ein schmaler Lichtstrahl schoss über den Boden unter ihr, dicht gefolgt von einem zweiten, dann noch einem und noch einem: Laserzielvorrichtungen, die kreuz und quer durch den Eingang drangen.

Invasion.

Lara fiel erneut. Sie sah, wie die Bewegungsdetektoren im Kontrollraum aktiv wurden und ein Stahlkäfig sich über die Uhr senkte. Wieder ging es aufwärts. Sie streckte die Hand aus und griff nach dem Halteseil des Kronleuchters. Kristall klirrte. Lara wartete, bis sie und der Lüster ruhig in der Luft hingen. Dann fing sie an, ihn mit dem Seil herumzuschwingen, bis er in einem immer größer werdenden Kreis durch die Luft wirbelte und sie mit ihm. Unter ihr huschten rote Laserstrahlen neben den verzerrten Schatten der mitternächtlichen Eindringlinge über den Boden.

Der Lüster peitschte umher wie ein gewaltiges Katapult, schneller und schneller verfiel er in eine immer ausgedehntere Kreisbewegung. Lara hing an dem Lüster, den Körper beinahe parallel zum Boden. Ihre Füße strichen über das Marmorgeländer des mittleren Treppenabsatzes.

Sie ließ den Lüster los und begann zu laufen.

Noch immer an den Bungeeseilen schwebend, war sie durch die Fliehkraft im Stande, sich im rechten Winkel zum Boden zu bewegen, immer weiter hinauf, entlang der Balkonbrüstung, höher und höher, bis sie den oberen Treppenabsatz erreicht hatte.

Dort erst löste sie die Bungeeseile von dem Gurt.

Mitten in der Luft schlug sie einen weiteren Salto und landete im oberen Korridor auf ihren Füßen.

Sie brauchte ihre Waffen. Aber die waren am anderen Ende der Treppe. Tief zusammengekauert und auf Zehenspitzen schlich sie vorsichtig voran. Währenddessen erkannte sie, dass sie nicht einmal hatte überlegen müssen, wer diese Eindringlinge waren oder worauf sie aus waren.

Die Illuminati waren gekommen, um sich ihre kostbare Uhr zu holen.

Laserstrahlen glitten über die Wände, tanzten hinter ihr über die Stufen. Die Stimmen kamen näher. Zeit, sich zu bewegen.

Dicht an die Wand gedrängt, rannte sie den Korridor hinunter, der von der Treppe wegführte. Sie hörte, wie eine Waffe gespannt wurde. Als sie an einer Tür vorbeikam, riss sie sie mit einem Ruck auf. In dieser Sekunde schlugen Patronen aus schallgedämpften Waffen in den Türrahmen ein und rissen Splitter aus dem Holz. Bruchstücke aus Stuckarbeiten flogen durch die Luft.

Und sie hörte Schritte hinter sich. Verdammt. Sie mussten von beiden Seiten gekommen sein. Tatsächlich befanden sie sich überall im Haus. Sie konnte sie durch die Eingangshalle marschieren, Türen zuschlagen, Schubladen und Schränke aufreißen hören. Eine Explosion erschütterte das gesamte Haus, gleich darauf eine zweite; was zur Hölle war da los?

Eine schwarz gekleidete Gestalt tauchte direkt vor ihr an der Biegung des Ganges auf.

Laras Gedanken überschlugen sich: Vorwärtsrolle, Salto, Tritt aus dem Flug, den Kerl ausschalten, seine Waffe nehmen, aber was dann…? Es waren zu viele, um sich einem direkten Schlagabtausch zu stellen; sie musste sich die Eindringlinge einen nach dem anderen vorknöpfen, und sie brauchte ihre Waffen – nicht nur die Colts in ihrem Schlafzimmer, sondern die schweren Waffen, die unten in ihrem Magazin lagerten. Aber wie sollte sie zwei Stockwerke überwinden, ohne…

Aha.

Sie rannte auf dem gleichen Weg, den sie gekommen war, über den Korridor zurück und sprintete einen weiteren, kurzen Gang hinunter. Wieder erklangen Schritte hinter ihr. Sie lief an einem Wäscheschrank zu ihrer Linken vorbei, den King James Bedroom zu ihrer Rechten. Vor ihr endete der Korridor in einer Sackgasse. Die beiden Türen, dann kam nichts mehr.

Kein Ausweg; die Eindringlinge würden um die Ecke kommen und die Situation erkennen. Lara lächelte.

Sie war genau an der richtigen Stelle.

Powell entspannte sich in seinem Schlafzimmer bäuchlings auf einer Tatamimatte. Vor ihm lag aufgeklappt ein kleiner Kommunikator, dessen LCD-Display von Julius' Gesicht eingenommen wurde. Der Mann trug eine Nachtsichtbrille und einen schwarzen Rollkragenpullover. Kaum sichtbar erhob sich im Hintergrund ein großes englisches Herrenhaus.

»Wir sind drin, Sir«, sagte Julius. »Wir haben das Ziel gesichtet.«

Powell streckte die Hand aus und drückte auf einen Knopf neben dem Bildschirm. »Exzellent, Julius. Nehmen Sie wieder Kontakt auf, wenn Sie es gesichert haben.«

Julius nickte. Powell schaltete den Bildschirm ab und seufzte zufrieden.

Er bezweifelte, dass Lady Croft diesen Abend ebenso genießen konnte, wie er es tat.

Laras Armbanduhr piepte. Sie drückte einmal auf den Knopf, um sie zum Schweigen zu bringen. Nicht, dass dieses leise, elektronische Geräusch sie verraten würde, aber... Vorsicht ist die Mutter der Porzellankiste.

Nun hörte sie nur noch die gedämpften Geräusche von Detonationen, von Gewehrfeuer und das schwere Stampfen des alten Turbinenantriebs, der dringend etwas Öl brauchte. Hillarys Fehler. Aber andererseits, wann hatten sie den Speiseaufzug zum letzten Mal benutzt?

Genau dort steckte Lara in diesem Augenblick, zusammengerollt und eingeklemmt in einem Raum, der eigentlich nur für Serviertabletts gedacht war, fuhr sie durch die Eingeweide von Croft Manor in die Tiefe. Die Eindringlinge hatten für den Moment keine Ahnung, wo sie war, aber sie bezweifelte, dass dieser Zustand lange vorhalten würde. Nachdem sie sie nach dem Einbruch so schnell eingekreist hatten, mussten sie eine Art Wärmesensor haben. Sie würden sie überall finden, ganz gleich, wo sie sich…

Ihr Herzschlag stockte. Hillary. Und Bryce.

Sie waren bestimmt auch hinter ihnen her.

Der Speiseaufzug hielt an. Lara schob die Tür auf und quetschte sich durch die Öffnung in die Dunkelheit. Der Steinboden war kalt; sie wünschte, sie hätte mehr als nur die dünnen Pantoffeln an den Füßen. Sie hielt einen Augenblick inne, wartete, bis ihre Muskeln sich entkrampft und ihre Augen sich an die Finsternis gewöhnt hatten. Sie kannte den Raum ganz genau, in dem sie sich befand, aber sie hatte ihn noch nie durch den Speiseaufzug betreten.

Sie tastete sich an der Wand entlang zum Lichtschalter vor und schaltete die Lampe an.

Hartes Licht flutete den Raum, spiegelte sich in der Motorhaube des Aston Martin, dem Chrom der Streetfighter, der Windschutzscheibe des Range Rovers, in sämtlichen glänzenden Oberflächen ihrer ordentlich geparkten Fahrzeugsammlung. Außerdem wurde es von einer Reihe Vitrinen vor der gegenüberliegenden Wand zurückgeworfen. Die Vitrinen waren aus Glas – kugelsicherem, bruchsicherem Glas – und sie enthielten ihre Waffen. Die antiken Stücke – die Brownings, Messerschmitts und Lugers – in einer Vitrine, die halbautomatischen Waffen – Uzis, Kalaschnikows, NTGs – in einer anderen; die Granatenwerfer, die chemischen Waffen und all das wirklich gute Zeug (wie Bryce zu sagen pflegte) lagen in einer dritten.

Lara hastete durch den Raum, griff nach der Tastatur auf der zweiten Vitrine, um den Code einzugeben, ihre Waffen zu holen und nach Hilly und Bryce zu sehen. Danach konnte sie anfangen, diesen Eindringlingen das eine oder andere über die angemessene Art und Weise, englische Landhäuser zu besuchen, zu erzählen.

Sie tippte die erste Ziffer, als die Tür zu ihrem Magazin explodierte und aus den Angeln gerissen wurde.

Lara blieb kaum genug Zeit, sich von der Vitrine zu entfernen, ehe drei der Eindringlinge – zum Teufel mit diesen verdammten Hitzesensoren –, hereinkamen und um sich schossen. Lara machte einen Rückzieher und rannte los. Kugeln prallten direkt hinter ihr auf das Vitrinenglas, und sie sprang und rollte sich hinter einer massiven Stahltruhe ab, ehe die wild auf die Vitrinen einprasselnden Kugeln sie erwischen konnten. Alle möglichen Bruchstücke flogen ihr um die Ohren, trafen sie oder fielen auf den Boden zu ihren Füßen.

Wie der Zufall es wollte, war darunter auch eine Kommverbindung samt Kopfhörer und Mikrofon.

Bryces neues Lieblingsspielzeug. Verbunden mit Kameras überall im Haus, ermöglichte sie dem Benutzer, alles zu sehen, mit jedem zu sprechen… jedenfalls im Idealfall. Basisstationen befanden sich im Kontrollraum im Erdgeschoss sowie in Bryces Wohnwagen.

Bryces Wohnwagen.

Lara ergriff die Kommverbindung und schaltete sie an.

»Bryce! Bryce! Melde dich!«

Statisches Rauschen.

»Bryce!«

Gewehrfeuer trommelte gegen die Stahltruhe. Lara wagte einen Blick um die Ecke und sah einen grünen Leinensack, der etwa eineinhalb Meter von ihr entfernt auf dem Boden lag. Armeeüberschüsse, eine Aufmerksamkeit eines alten Freundes, Major Tom Severino, United States Marine Corps. Sie war noch nicht dazu gekommen, die Schätze auszupacken, und das war gut so: Der Inhalt dieses Leinenbeutels kam ihr gerade mehr als gelegen.

Sie streckte die Hand aus, um nach dem Beutel zu greifen, und hätte beinahe ihren Arm in dem unablässigen Feuer verloren.

»Bryce! Ich bin im Magazin!«

Immer noch statisches Rauschen. Sie wollte gar nicht darüber nachdenken, was das bedeuten mochte, abgesehen von der logischen Schlussfolgerung, dass sie auf sich allein gestellt war, zumindest für den Augenblick, also würde sie sich wohl oder übel etwas einfallen lassen müssen.

Sie griff nach der hinteren Hälfte eines im Kugelhagel zerfetzten Handfunkgerätes und warf es quer durch den Raum. Schüsse folgten seiner Flugbahn, bis es auf dem Boden aufprallte.

Lara sprang auf, schnappte sich den Leinenbeutel und rollte sich ab, sodass sie wieder hinter der Metallkiste landete. Hastig öffnete sie den Beutel und zog ein Tränengasgewehr hervor. Außerdem enthielt der Beutel ein halbes Dutzend Gaspatronen.

Perfekt. Das sollte dem Gleichgewicht der Kräfte wenigstens ein bisschen auf die Sprünge helfen.

Das Licht ging aus.

Oh, Hölle und Verdammnis! Es gab nur einen Grund, warum sie das Licht ausschalten sollten: Sie hatten Nachtsichtbrillen. Nachtsichtbrillen und Wärmesensoren: Sie war tot. Sie würde einfach sterben, in ihrem Pyjama auf dem kalten Steinboden, und…

»Lara?«

»Bryce.« *Gott sei Dank.*

»Du scheinst ein wenig in Bedrängnis zu sein.«

»Schalte deine Kameras auf Nachtbetrieb, Bryce.« Alle Überwachungskameras verfügten über Infrarotlinsen neben den gewöhnlichen fotooptischen Linsen. »Du musst mich führen.«

»Geschaltet. Bist du bewaffnet?«

»In gewisser Weise.« Sie lud die Waffe mit einer der Gaspatronen. »Wie geht es Hilly.«

»Besser als dir. Ich habe ihn gerade auf dem Monitor.« Bryce gluckste leise.

»Was?«

»Das müsstest du sehen können. Er trägt diesen lächerlichen Morgenrock und darüber eine Kevlarweste, und er hat seine alte Schrotflinte dabei.«

»Gut.«

»Sind das Tränengaspatronen, was du da hast?«, fragte Bryce.

»Du siehst offenbar besser als ich.«

»Hast du auch eine Gasmaske?«

Sie drehte sich um und warf einen finsteren Blick in die Richtung, in der nach ihrer Erinnerung die Überwachungskamera hing. »Ich improvisiere. Die wollen meine verdammte Uhr klauen, richtig?«

»Richtig geraten. Ein gutes halbes Dutzend von ihnen ist im Kontrollraum. Versuchen, sich den Weg mit einer Fackel freizubrennen. Noch maximal fünf Minuten, und sie sind durch, sie sind drin, sie haben sie.«

»Du musst deswegen nicht unbedingt so verdammt gut gelaunt klingen. Nun gut.« Lara atmete tief durch. »Kümmern wir uns Raum für Raum um sie. Sprich mit mir.«

»Okay. Drei schlimme Jungs, alle mit Nachtsichtbrillen. Nummer eins steht neben dem Aston Martin.«

Der Aston Martin. Lara fixierte seine Position in Gedanken. Er stand in ihrer Nähe, vielleicht drei Meter entfernt, etwa 150 Grad im Uhrzeigersinn von ihrer Blickrichtung.

Eine neuerliche Salve Gewehrfeuer krachte gegen die Stahltruhe.

»Übrigens schießt er.«

»Du bist mir eine echt große Hilfe.« Mit einer fließenden Bewegung wirbelte Lara herum, hob ihre Waffe über die Kiste und schoss. Mit einem Zischen jagte die Patrone aus dem Lauf. Sie hörte den Einschlag – den harten Einschlag, dann ein weiteres Klatschen, das klang, als würde ein Sack Mehl gegen eine Wand geschleudert.

»Bingo. Eine Tontaube ist getroffen, bleiben noch zwei.« Bryce klang hocherfreut, aber dafür war jetzt keine Zeit. Lara wusste genau, dass sich in dem Raum, in dem die Tränengaspatrone explodiert war, das Gas langsam in der Luft verbreitete. Und wie Bryce schon bemerkt hatte, hatte sie keine Gasmaske.

»Der Nächste. Schnell, bitte.« Sie griff in den Beutel, zog eine weitere Tränengaspatrone hervor und lud nach.

»Nummer zwei, hockt am Boden, neben dem TVR.«

Lara konzentrierte sich auf die Position, sprang erneut auf, hob die Waffe an die Brust und schoss. Die Patrone zischte los...

Glas zersprang klirrend.

Was?

»Oh, Scheiße, tut mir leid. Ich habe den TVR umgeparkt.«

Wieder schlugen rund um Lara die Kugeln ein. Sie hatte keine Zeit, nachzudenken, sondern musste sich sofort hinter der Metallkiste in Sicherheit bringen.

»Du hast meinen TVR gefahren?«

»Na ja, ich bin nur kurz in den Ort gefahren, um...«

»Später, Bryce. Wo ist Nummer zwei?«

»In Ordnung.« Er räusperte sich. »Nummer zwei bewegt sich Richtung Lotus – der steht noch an derselben Stelle, etwa...«

Lara hatte den grünen Leinenbeutel mitgezerrt und zog nun eine weitere Patrone hervor. Sie musste husten. Verdammt. Das Gas. Keine Zeit mehr zu verlieren.

Sie drehte sich um, hob die Waffe und feuerte. Dieses Mal folgte dem Zischen der Patrone ein zufrieden stellendes Klatschen.

»Das war Nummer zwei. Drei ist in Bewegung; der scheint ziemlich clever zu sein.« Für einen Augenblick herrschte Schweigen.

»Bryce?«

»Tut mir Leid, ich kann ihn nicht sehen.«

Verdammt.

Lara hustete wieder; ihre Augen fingen an zu tränen. Nummer drei wartete offenbar darauf, dass sie der Wirkung des Gases zum Opfer fiel; er musste vermutet haben, dass sie keine Gasmaske hatte. Nun musste er lediglich die Nase unten behalten, bis sie hustete und schniefte und irgendwann zusammenbrach, und dann würde er einfach herüberspazieren und ihr eine Kugel direkt in den Schädel jagen.

Sie hustete noch einmal.

»Zur Hölle damit.«

»Sag das noch mal, Lara.«

Sie ignorierte Bryce und starrte blinzelnd in die Finsternis. Dort, an der Wand hinter ihr, hingen ein paar weitere kleine technische Spielereien. Nicht Bryces Spielzeuge, sondern die Fernbedienungen für sämtliche ihrer Autos.

Sie stand auf, änderte im Laufschritt die Position und griff unterwegs nach den Fernbedienungen. In vollem Lauf fing sie an, die Knöpfe zu drücken, einen nach dem anderen, so viele sie nur konnte. Der Lärm schien nach der vorherigen relativen Stille ohrenbetäubend. Radios plärrten. Motoren dröhnten.

»Oh. Gute Show«, sagte Bryce. »Das hat ihn aufgescheucht.«

»Wo?«

»Nummer drei versteckt sich zwischen dem MacLaren und dem alten Lea Francis von deinem Vater. Ich glaube, der Lärm macht ihn ein bisschen nervös.«

»Versteckt sich?« Lara hustete erneut, dieses Mal heftiger. Sie fühlte ein Brennen in ihrer Kehle, das sie einfach nicht loswerden konnte.

»Er ist verdammt sauer – ich schätze, er könnte jeden Moment seine Schlüssel über den Lack von deinem MacLaren ziehen.«

Lara blinzelte unter Tränen, kniff die Augen zusammen und starrte die Fernbedienungen an. Da: Die gehörte zu dem MacLaren.

Sie drückte einen Knopf.

Die Scheinwerfer des MacLaren flammten auf.

»Verdammt!« Das war Bryce. Seine Infrarotlinsen mussten ihn im Stich gelassen haben, und das bedeutete, das es Nummer drei mit seiner Nachtsichtbrille ähnlich ergangen war.

Lara erhob sich und hustete erneut. Ein deutlicher Hinweis auf ihre Position. Nummer drei feuerte, konnte sie aber nicht orten. Er schoss wild um sich, blind, und verfehlte sie weiter. Er war blind. Lara nicht. Sie konnte jetzt sehr gut sehen.

Sie wirbelte herum und versetzte ihm einen Tritt gegen den Kopf.

»Drei ist erledigt«, kommentierte Bryce.

Lara kümmerte sich nicht darum, sondern war längst zu der Waffenvitrine zurückgekehrt und schnappte sich ihre beiden 45er, ehe sie zu der Tür rannte, die zurück ins Haupthaus führte, und weiter zu dem Kontrollraum und der Uhr.

»Bryce! Sind die immer noch da?« Unterwegs hustete sie heftig bei dem Versuch, ihre Lungen zu befreien.

»Kann nichts sehen. Sie haben Rauchbomben zur Tarnung geworfen. Sei vorsichtig.«

So schnell sie konnte, rannte sie den Korridor hinunter. Bryce hatte Recht in Bezug auf den Rauch; er wurde immer dichter, je näher sie dem Kontrollraum kam, aber darum konnte sie sich jetzt keine Sorgen machen. Ihre Gedanken drehten sich ausschließlich um die Uhr, und dann hatte sie den Kontrollraum erreicht und sah…

Den Rauch, der sich langsam lichtete.

Die durchtrennten Eisenstäbe des Sicherheitskäfigs.

Das leere Podest, auf dem die Uhr gestanden hatte.

»Verdammt!«

Lara machte auf dem Absatz kehrt und rannte aus dem Raum hinaus. Vielleicht konnte sie sie noch einholen, vielleicht…

Schritte. Hinter ihr. Ein Mann.

Lara wirbelte um die eigene Achse und spannte die Hähne beider Waffen, und…

Hillary zuckte zusammen.

Lara keuchte.

Sie riss die Arme hoch, verdrehte die Handgelenke, sodass die Läufe beider Waffen zur Decke gerichtet waren, als die Schüsse sich lösten. Gips regnete von der Decke herab und senkte sich wie Schneeflocken zu Boden.

»Oh«, ertönte Bryces Stimme im Kopfhörer. »Das war knapp.«

Hillary, der tatsächlich einen Morgenrock und eine Kevlarweste trug, wie Bryce gesagt hatte, entspannte den Hahn seiner Schrotflinte und wischte sich mit der Hand über die Stirn.

»Ich glaube, sie sind alle weg«, sagte er mit einer Stimme, die kaum mehr war als ein ersticktes Flüstern.

Lara senkte ihre Waffen. »Sie haben bekommen, was sie gesucht haben.«

Hillary setzte sich mitten im Flur auf den Boden.

»Entschuldigen Sie mich einen Augenblick, während ich mich übergebe.«

»Tut mir Leid.« Lara steckte ihre Waffen ins Halfter.

»Sie sehen auch nicht sehr gesund aus.«

»Tränengas.« Lara schüttelte den Kopf. »Das geht vorbei.«

Und das würde es. Was jedoch nicht so schnell vorbeigehen würde, war, wie sie befürchtete, die Übelkeit.

Ihr Vater hatte ihr diese Uhr anvertraut – etwas, das er für ungeheuer wichtig gehalten hatte.

Und sie hatte ihn im Stich gelassen.

12

Üblicherweise begann Powell jeden Tag mit einer kräftigen Massage und einer Dusche, aber heute war er in einer zu besinnlichen Stimmung. So viel Glück, so unerwartet, so viel versprechend… ein guter Grund für ein schlichtes Sonnenbad.

Er zog die Gardinen vor seinen Bürofenstern zurück, entrollte seine Tatamimatte und kniete nieder.

Es war kurz nach Tagesanbruch. Die frühe Morgensonne fing sich in dem gebürsteten Stahl des Planetariums auf seinem Schreibtisch. Als das Planetarium sich drehte, schossen aus jedem der Planeten Reflexionen wie winzige Lichtblitze hervor und verursachten einen flackernden Stroboskopeffekt.

Einen Augenblick lang betrachtete er diese Miniaturwelt, dann schloss er die Augen und bereitete sich im Geiste auf die erste Andacht vor. Aber er konnte sich nicht auf das Ritual konzentrieren. Das Einzige, woran er denken konnte, war die schlichte Tatsache, dass die Uhr nach so langer Zeit endlich ihm gehörte.

Berühmt für Allwissenheit, die Uhr, obwohl, um der Wahrheit Genüge zu tun, Allwissenheit weniger mit diesem Erfolg zu tun hatte, als mit Julius' sorgfältiger Planung und Vorbereitung. Der Mann wog ein ganzes Dutzend Mitarbeiter wie Pimms auf. Könnte, so dachte Powell wehmütig, Julius doch etwas von dem gesellschaftlichen Anstand besitzen, an dem es ihm derzeit mangelte, dann…

Es klopfte an der Tür.

Powell öffnete die Augen.

»Verschwindet.«

Die Tür schwang weit auf, und – wenn man vom Teufel spricht – Pimms betrat den Raum.

»Guten Morgen, Sir. Tut mir Leid, Sie stören zu müssen, aber…« Pimms Stimme verlor sich. »Liebe Güte.«

Er starrte auf den Schreibtisch, auf das Planetarium und den Gegenstand, der direkt daneben stand.

»Ist das die Uhr?«, fragte Pimms.

Powell verdrehte die Augen. »Nein. Das ist ein Fisch, den ich gefangen habe. Ein Strauß frischer Blumen.«

»Ich verstehe.« Pimms runzelte die Stirn. »Sir?«

»Natürlich ist das die Uhr.« Powell erhob sich mit einer eleganten Bewegung. »Lady Croft war so großzügig, sie uns zu leihen.«

»Wirklich?«

Powell rollte erneut mit den Augen.

»Ach so.« Pimms schürzte die Lippen. »Hat… ist, äh, Lady Croft, äh… tot?«

»Nein. Sie ist noch im Spiel.«

»Wunderbar. Gut, meine ich.«

Pimms' allzu offensichtliches Interesse amüsierte ihn. Powell nahm seine Tasse vom Schreibtisch und nippte an dem Tee. Natürlich konnte man dem Mann in diesem Punkt keinen Vorwurf machen; es gab eine Menge an Lady Croft, das geeignet war, Interesse auf sich zu ziehen.

»Das Mädchen hat anscheinend eine Menge Feuer, meinen Sie nicht auch, Pimms?«

»Ja, nun, sie ist sehr… äh…« Pimms errötete.

»Sie hat Julius und seinen Männern die eine oder andere Lektion in Sachen Einbruch erteilt. Ich bin überzeugt, wir werden sie wieder sehen.«

»Glauben Sie?«

»Allerdings. Ich könnte mir vorstellen, dass wir sie sogar anheuern müssen, Pimms.« An Lady Croft war zweifellos mehr dran, als auf den ersten Blick ersichtlich war. Wohlgemerkt, zusätzlich zu dem, was sich auf den ersten Blick offenbarte. Hatte viel von seinem Vater, das Mädchen, schien es ihm.

Pimms starrte immer noch die Uhr an. »Darf ich?« Er streckte die Hand aus, als wollte er sie berühren.

»Benutzen Sie Ihre Augen zum Sehen«, sagte Powell scharf. Miss Holcomb hatte die Uhr bereits zwei Stunden lang eingehend untersucht, aber bislang konnte sie nicht mit absoluter Sicherheit sagen, wie der Mechanismus funktionierte oder was die Knöpfe an den vier Ecken der Uhr bewirken mochten. So wie er Pimms kannte, würde er es herausfinden – und den Selbstzerstörungsmechanismus aktivieren.

»Selbstverständlich. Ich bitte um Entschuldigung.« Pimms ging in die Knie, um sein Gesicht so dicht wie möglich vor das glühende Auge der Uhr zu bringen. »Sie ist wirklich schön. Raffiniert. Aber was bringt das Auge zum Glühen?«

»Ein Naturgesetz, dem erst kürzlich widersprochen wurde: $e = mc^2$, vielleicht haben Sie schon einmal davon gehört.«

Pimms nickte. »Ja, aber...«

»Ach, Pimms. Sie werden mich zwingen, es Ihnen zu erklären, habe ich Recht?«

»Sir?«

»Schon gut.« Da die Gelegenheit zu einer stillen Meditation vorüber war, beschloss Powell, sich wieder seiner Arbeit zu widmen. Es gab ohnehin nur noch ein paar letzte Kalkulationen anzustellen.

Er erhob sich, durchquerte das Büro und hängte seine Robe an den Haken neben dem Kirschholzaktenschrank. Unter der Robe trug er wie üblich einen dunklen Anzug nebst Rollkragenpullover. Er setzte sich auf seinen Stuhl und öffnete vorsichtig die Uhr, sodass der innere Mechanismus vollständig sichtbar wurde.

»Es ist ein Puzzle, Pimms, denn es scheint keine erkennbare Energie in die Aktivitäten dieser Uhr zu fließen. Sie arbeitet ganz von allein.« Er deutete auf die Zifferblätter auf den Innenseiten der Uhr. »Es ist wie Zauberei.«

»Zauberei? Wirklich? So wie in den alten Geschichten?«

»Richtig. Genau wie in den alten Geschichten.« Powell weckte seinen Laptop aus seiner Ruhe, worauf die astronomischen Karten, die Miss Holcomb besorgt hatte, in einem Fenster auf dem Bildschirm sowie ein wissenschaftlicher Rechner in einem anderen erschienen. Auf dem Schreibtisch lagen ein Kompass und ein Sextant; er las den inneren Ring der Uhr ab und fing an, seine Messungen vorzunehmen.

»Das ist unglaublich.« Pimms deutete auf die Uhr. »Also wird sie uns zu der ersten Grabstätte führen?«

»Wenn ich hier fertig bin«, sagte Powell, »werden wir die exakte Lage der Grabstätte kennen.«

»Was werden Sie dem Hohen Rat erzählen?«

Powell pochte mit dem Sextanten auf den Laptop. »Dass wir es mithilfe unserer kostspieligen Supercomputer herausgefunden haben.«

Pimms zog die Augenbrauen zusammen. »Haben wir das?«

»Pimms.« Powell seufzte kopfschüttelnd. »Pimms, Pimms, Pimms.« Er klappte den Laptop zu. »Nein. Wir haben es nicht mithilfe unserer Supercomputer herausgefunden. Wir haben total versagt. Aber das werden wir bestimmt nicht zugeben.«

»Nein? Ich meine… nein. Natürlich nicht.«

»Also, was werden wir dem Rat erzählen?«

»Äh.« Pimms öffnete den Mund, schloss ihn und öffnete ihn noch einmal. »Dass… wir es mithilfe unserer Computer herausgefunden haben?«

Powell lächelte ihm aufmunternd zu. »Das ist die richtige Einstellung, guter Mann.« Er stand auf und klopfte Pimms auf die Schulter. »Allmählich kriegen Sie den Dreh raus. Lügen und Halbwahrheiten. Exzellent.« Er lachte. Pimms lachte. Powell hob warnend den Zeigefinger. »Außer natürlich, Sie haben es mit mir zu tun.«

»Richtig.« Pimms schluckte krampfhaft. Seine Augen fixierten die Scheide, die auf der anderen Seite des Schreibtisches lag.

Angst, dachte Powell. *Mit Abstand die beste Motivationshilfe.*

»Guter Mann.« Powell wandte sich ab und ging zum Fenster. »Miss Holcomb wird bald hier sein, um die Uhr zu holen. Sie hat in Oxford Vorkehrungen für den Einsatz von Elektronenmikroskopen getroffen. Sie werden ihr die finanziellen Mittel zur Verfügung stellen, die sie benötigt.«

»Selbstverständlich.«

Powell beobachtete, wie die Straßen langsam zum Leben erwachten. Dies war ein glorreicher Tag – ein glorreicher Augenblick. Die Uhr war sein.

»Croft hatte sie über all die Jahre.« Unwillkürlich hatte er laut gesprochen und verwundert den Kopf geschüttelt. Der Mann hätte tatsächlich die Konjunktion vorüberziehen lassen, ohne sie einzusetzen, davon war er überzeugt, er fühlte es tief im Inneren. Dieser Idiot.

»Lara Croft?«

»Nein, Sie Trottel. Lord Croft. Ich habe an ihrer Existenz gezweifelt... aber er hat es im Gefühl gehabt.«

»Er war ein großer Mann«, sagte Pimms.

Powell bedachte ihn mit einem vernichtenden Blick. »Und woher nehmen Sie diese Erkenntnis?«

»Oh, äh... Mrs. King hat mir ein paar Geschichten erzählt...«

»Bitte.« Powell schüttelte den Kopf. »Ja, er war ein großer Mann. Aber andererseits bin ich am Leben und er nicht.«

Lara hatte sich nicht einmal die Mühe gemacht, nach dem Einbruch aufzuräumen, außerdem hatte sie Hillary verboten, irgendetwas anzurühren.

»Wir holen TDM aus London«, sagte sie. »Die werden den ganzen Dreck wegräumen. Danach können wir uns dann um die Reparaturen kümmern.«

Hillary – dessen Räumlichkeiten am wenigsten Schaden genommen hatten – war daraufhin bereitwillig zu Bett gegangen, ganz im Gegensatz zu Bryce.

»Ich werde die Käfer modifizieren.« Er saß an der Werkbank in dem völlig verwüsteten Kontrollraum mit einem Monokel im rechten Auge, einer Glasfaseroptik in der Hand und einem halben Dutzend seiner kleinen Geschöpfe in diversen Zerlegungsstadien vor sich auf dem Tisch. »Ich schätze, ich kann sie so umbauen, dass sie die Reinigung übernehmen.«

Lara überließ ihn seiner Arbeit und hastete die Treppe hinauf, um sich anzuziehen. Sie hatte das dringende Bedürfnis, auf etwas einzuprügeln: Zeit für eine Trainingsrunde. Zwei Stunden später war sie schweißnass und immer noch wütend.

Mr. Powell – und sie war überzeugt, dass er hinter dem Einbruch steckte, das jedenfalls war die einzige Erklärung, die wenigstens einen Hauch von Logik enthielt – *Mr. Powell,* dachte sie bei sich, *ich will meine Uhr wiederhaben.*

Sie duschte und gönnte sich ein Frühstück. Draußen in der Eingangshalle entdeckte sie Hillary, der, mit Stift und Papier bewaffnet, eine Liste der Schäden anfertigte. Bryce hockte mit niedergeschlagener Miene auf der ruinierten Treppe. Als er Lara sah, schüttelte er den Kopf.

»Die Käfer«, sagte er. »Sie akzeptieren meine Definition von Müll nicht.«

»Ist diese Definition – vielleicht – ein bisschen zu weit gefasst?«, fragte Lara.

Bryce starrte sie finster an.

Jemand klopfte an die Tür. Lara öffnete. Ein UPS-Fahrer mit einem für diese Tageszeit scheußlich breiten Lächeln auf den Lippen stand vor ihr.

»Entschuldigen Sie, Miss, ich hab's erst mit der Klingel versucht, aber die muss wohl...« Sein Unterkiefer sackte herab.

»Kaputt sein? Nun, das ist nicht das Einzige hier, wie Sie sehen.« Lara nahm ihm den Umschlag ab, griff nach Hillarys Stift und unterzeichnete in dem freien Feld, über dem »Erhalten« stand.

Der UPS-Mann ließ derweil seine Augen im Hundertachtziggradwinkel durch die Eingangshalle schweifen. »Was zum…«

»Ich bin eines Morgens aufgewacht und hatte einfach einen Hass auf alles.« Sie gab ihm den Umschlag zurück.

Er starrte sie an, als spräche sie Suaheli mit ihm.

»Sie müssen Ihre Kopie mitnehmen«, sagte Lara hilfsbereit. »Und dann geben Sie mir den Umschlag zurück.«

»Richtig. Danke.« Er tat, wie ihm geheißen. »Na, dann noch viel Vergnügen.«

Ohne einen Blick zurück eilte er zu seinem Fahrzeug zurück.

»Wer ist nun ›Stribling, Clive und Winterset‹?« Bryce blickte über ihre Schulter auf den Umschlag. »Klingt wie ein Rudel Rechtsanwälte.«

»Es ist ein Rudel Rechtsanwälte.« Lara drehte den Umschlag um und riss das Siegel auf. »Meine Anwälte.«

»Oh. Geht mich wohl nichts an, was?«

»Nun, Sie sind in der Tat sehr neugierig«, kommentierte Hillary, während er Lara seinerseits über die Schulter blickte. »Was ist in dem Umschlag?«

»Noch ein Umschlag.« Lara zog ihn heraus. Ein maschinengeschriebener Brief war mit einer Büroklammer an dem Umschlag befestigt. Geschrieben auf dem Briefpapier von Stribling, Clive und Winterset stand folgender Text:

›Auf Anweisung unseres Klienten, Lord Croft, ist dieser Umschlag seiner Tochter Lara am 17. Mai 2001 zu übergeben, jedoch nur unter der Voraussetzung, dass unser Klient vor diesem Datum verstorben ist.‹

Ein kalter Schauer rann über Laras Rückgrat. Erschüttert ließ sie sich auf Bryces freigewordenen Platz am Fuß der zerstörten Treppe sinken.

»Lara?« Hillary beugte sich mit besorgter Miene über sie. »Was ist das?«

»Ein Brief von meinem Vater.«

»Ihrem Vater?«

Sie nickte. »Geschrieben vor seinem Tod, zugestellt heute – ganz nach seinen Anweisungen.«

»Hölle und Verdammnis«, sagte Bryce.

»Heilige Scheiße«, entfuhr es im Gegenzug Hillary, der, kaum waren die Worte über seine Lippen gekommen, die Hand vor den Mund schlug. »Ich bitte um Verzeihung.«

Lara starrte den Umschlag an; der Verschluss war mit rotem Wachs und dem Siegel ihres Vaters, dem »C«, was er stets benutzt hatte, versehen. Sie drehte den Umschlag um. Auf der Vorderseite stand nur ein einziges Wort: »Lara«, geschrieben in seiner perfekten, gestochen scharfen Handschrift.

Tränen traten in ihre Augen.

»Alles in Ordnung mit Ihnen?«, erkundigte sich Hillary.

»Um ehrlich zu sein«, entgegnete sie, »ich weiß es nicht.«

Sie zog ihr Taschenmesser hervor und schlitzte den Umschlag auf. Ihre Hände zitterten, wie sie mit einiger Überraschung erkannte.

Lara steckte das Messer weg und zog den Brief aus dem Umschlag. Es war das Briefpapier ihres Vaters. Es war die Handschrift ihres Vaters.

Die Welt sehn in einem Körnchen Sand,
Den Himmel in einem Blütenrund,
Die Unendlichkeit halten in der Hand,
Die Ewigkeit in einer Stund.

»Und?«, fragte Bryce.

Sie hatte die Worte laut vorgelesen.

Für einen Augenblick herrschte Schweigen, während der Brief zwischen ihren Fingern baumelte.

»Blake, richtig?«, erkundigte sich Hillary.

Lara nickte. »Das Gedicht hat er mir oft vorgelesen.«

Damals schon hatte sie sich darüber gewundert, und heute tat sie es wieder. Was wollte ihr Vater ihr mit diesem Gedicht sagen?

»Glaubst du, das ist ein Code?«, fragte Bryce.

Lara schüttelte den Kopf, während sie versuchte, sich einen Reim auf die Geschichte zu machen. Erst die Uhr, und jetzt das. Zwischen diesen beiden Punkten gab es einen Zusammenhang, es musste einen geben. Und einen Zusammenhang zu der Konjunktion, zweifellos. Und zu dem Dreieck. Und wenn eine geheime Uhr ein kostbarer Schatz war…

»Ich denke«, sagte sie und erhob sich, »ich denke…«

Bryce und Hillary starrten sie erwartungsvoll an. »Ja?«

Sie schob sich an ihnen vorbei und hastete in die Bibliothek.

Fünfzehn Minuten später thronte sie auf einer Leiter vor den Regalen für Literatur und hielt die erste Ausgabe von *William Blake: Poetry* in Händen. Sie hatte dieses Buch schon seit Jahren nicht mehr gesehen, obwohl es bei ihrem Vater ständig auf dem Schreibtisch gelegen hatte. Die Illustrationen in dem Buch waren erstaunlich: Götter und Halbgötter und jede nur denkbare Art apokalyptischer Visionen, denen allein Blakes eigene Verse an Intensität gleichkamen.

Sie blätterte durch die Seiten, bis sie auf »Weissagungen der Unschuld« stieß, das Gedicht, dessen erste beiden Reimpaare den gesamten Inhalt des Briefes darstellten, den ihr Vater ihr hinterlassen hatte, und da waren sie wieder: »Die Welt sehn in einem Körnchen Sand…« Sie hatte gehofft, irgendeinen Hinweis zu finden, aber da war nichts. Nichts. Und was nun?

Lara klappte das Buch zu und stieg die Leiter hinunter. Sie setzte sich in dem hellen Licht der Morgensonne, das durch das Fenster hinter ihr in den Raum drang, an den Schreibtisch ihres Vaters und legte das Buch vor sich.

Erneut schlug sie es auf, und ein Schauer rann über ihren Rücken.

Sie hatte das Buch verkehrt herum abgelegt und es folglich auf der letzten Seite aufgeschlagen – auf der das Auge im Dreieck zu sehen war. Das *Allsehende Auge.*

Erneut blätterte Lara zu »Weissagungen der Unschuld« und

fing an, die Zeilen zu überfliegen. Das Gedicht war mehrere Seiten lang, und erst bei den letzten Zeilen wurde sie fündig. Laut las sie:

»Wir werden verleitet, Lügen zu traun, wenn wir nicht durch das Auge schaun…«

Ihre Stimme verlor sich. Neben dem Text, gezeichnet mit durchscheinender schwarzer Tinte, befand sich ein Bild: das Auge im Dreieck.

Lara blätterte zum Ende des Buches.

Das Auge im Dreieck.

Sie zog erneut ihr Taschenmesser hervor und schlitzte vorsichtig den handgearbeiteten Einband auf.

Unter dem alten Leder fand sie einige sorgfältig zusammengefaltete Papierseiten. Sachte löste sie die Seiten heraus und breitete sie vor sich auf dem Tisch aus.

Das oberste Blatt war ein Brief von ihrem Vater – dieses Mal ein richtiger Brief. Seine Worte bedeckten den gesamten Bogen Papier und waren in einer noch sorgfältigeren und viel kleineren Schrift geschrieben, als sie von ihm gewohnt war.

Meine geliebte Tochter.

Wenn du diesen Brief liest, werde ich nicht mehr bei dir sein.

Mit heftig pochendem Herzen las Lara weiter.

Zwischenspiel

Dezember 1980
London

Das Papier war dünn, und die Tinte neigte dazu, zu verlaufen. Croft musste viel langsamer und sorgfältiger schreiben, als er es gewohnt war.

Ich glaube, es ist mir gelungen, das Grab des Tanzenden Lichtes zu lokalisieren, in der die erste Hälfte des Dreiecks verborgen ist. Ich mag mich irren, aber so Gott will, liege ich richtig. Wie auch immer, ich kann meine Theorie nicht überprüfen, weil jedes Stück des Dreiecks nicht nur im Raum, sondern auch in der Zeit versteckt wurde. Und die Uhr ist mehr als nur ein Führer, sie ist der Schlüssel, der die Zeit erschließen kann.

Die Macht des Dreiecks ist real, Lara. Werden seine zwei Teile wieder vereint, so wird der Besitzer des Dreiecks über gottgleiche Macht verfügen, was, wie ich inzwischen glaube, die ganze Menschheit in den Ruin treiben könnte. Die Uhr, von der ich dir erzählt habe, ist der Schlüssel zur Lokalisierung beider Teile. Durch sie kannst du Länge und Breite genau bestimmen. In wenigen Tagen werde ich zu einer langen Reise aufbrechen, die mich hoffentlich zu der Uhr führen wird. Sollte ich sie nicht finden, so werden, fürchte ich, andere an meine Stelle treten, und diese anderen sind gefährlich.

»Daddy!«

Lord Croft blickte von seinem Brief auf.

Lara stand vor dem immer noch kreiselnden Globus, die Hände in die Hüften gestemmt und die Stirn in tiefe Falten gelegt.

»Tut mir Leid, Lara. Hast du es inzwischen gefunden?«

Sie lächelte. »Schon vor Ewigkeiten, aber du hast noch geschrieben, Daddy. Darum habe ich den Globus weiterkreiseln lassen.«

»Aha.« Er nickte. »Du hältst die Dinge in Bewegung, gut. Ich bin gleich bei dir.«

»In Ordnung.« Sie wandte sich wieder dem rotierenden Globus zu. »Aber wir haben nicht den ganzen Tag Zeit. Wir müssen noch die Geschenke einpacken.«

Crofts Herz hätte beinahe ausgesetzt. Guter Gott, heute war der Weihnachtsabend. Das hatte er vollkommen vergessen. Er griff nach der Glocke auf seinem Schreibtisch und läutete. Eine Minute später wurde die Tür zu seinem Arbeitszimmer geöffnet und Hillary trat ein.

»Wie ich sehe, ist die ganze Familie bei der Arbeit«, stellte er fest.

»Ich suche Kambodscha«, verkündete Lara.

Hillary zog eine Braue hoch. »Was Sie nicht sagen.«

Croft winkte ihn zu seinem Schreibtisch. Hillary ging zu ihm hinüber und beugte sich so weit vor, dass Croft ihm ins Ohr flüstern konnte:

»Es ist Weihnachten, Hillary.«

Er nickte. »Das ist mir bewusst, Sir.«

Croft warf einen Blick zu Lara hinüber, die die beiden Erwachsenen misstrauisch beäugte.

»Ich habe völlig vergessen, Laras neues Fahrrad abzuholen. Es steht bereits bei Grosvenor. Denken Sie, Sie könnten...«

»Natürlich, Sir.« Hillary richtete sich wieder auf und räusperte sich kurz. »Ich werde Mrs. Dooley sagen, sie soll sich gleich auf den Weg machen, um das Gemüse zu holen. Schließlich weiß ich, wie gern die junge Lady Gemüse mag.« Er sprach auffällig laut, und Lara starrte ihn mit gerunzelter Stirn aufmerksam an.

»Ich kann Gemüse nicht ausstehen«, erklärte sie.

»Ich wage zu behaupten, dass dieses Gemüse nach Ihrem Geschmack sein wird, Miss.« Lächelnd blickte er zu Lord Croft, der sein Lächeln erwiderte. »Wenn ich sonst noch etwas für Sie tun kann, Sir…«

»Nein, Hillary, das ist alles. Und danke.«

Hillary verbeugte sich und verließ den Raum.

Guter alter Hillary. Croft sah ihm nach und fragte sich, was ohne ihn aus diesem Haus geworden wäre. Im Grunde wollte er es auf keinen Fall herausfinden, wusste aber, dass ihm diese Erkenntnis schon in kürzester Zeit bevorstehen dürfte, denn der Mann hatte gerade seinen sechzigsten Geburtstag gefeiert.

Croft nahm seine Zigarre aus dem Aschenbecher und starrte sie verwundert an. Er hatte sie schon so lange nicht angefasst, dass sie inzwischen erloschen war.

»Ich hole dir die Streichhölzer, Daddy.« Er sah auf. Lara hatte die Schublade eines Beistelltischchens geöffnet und wühlte heftig darin herum.

»Nein, nein, mein Engel.« Er schüttelte den Kopf und legte die Zigarre weg. »Nicht jetzt. Außerdem, habe ich dir nicht gesagt, dass du noch zu klein bist, um mit solchen Dingen zu spielen?« Mehr als nur gesagt; das war nach seiner Erinnerung die einzige Gelegenheit gewesen, zu der er seine Tochter tatsächlich angeschrien hatte. Er hatte Rauch gerochen, war in die Bibliothek gegangen und hatte sie erwischt, wie sie verzweifelt versuchte, das kleine Feuer im Papierkorb auszupusten. Sie hatte mit Streichhölzern gespielt und versehentlich ein brennendes Zündholz in den Abfalleimer fallen lassen. Eine Minute später…

Er schüttelte den Kopf, um die Erinnerung loszuwerden. »Bitte, Lara, nur noch eine Minute, dann bin ich bei dir.«

Sie stieß einen tiefen, bekümmerten Seufzer aus und ging zurück zu dem Globus, während er sich wieder seinem Brief widmete.

Was immer auch mit mir geschieht, ob ich die Uhr für dich finden kann oder nicht, du musst zum exakt richtigen Augenblick während der Konjunktion im Grab des Tanzenden Lichtes sein. Nicht einmal in diesem Brief kann ich es wagen, auch nur den kleinsten Hinweis auf ihre Lage niederzuschreiben, so viel steht bei diesem Unternehmen auf dem Spiel.

Viel. Croft schüttelte den Kopf. Viel war eine bodenlose Untertreibung. Wenn Lowrey und die anderen Illuminati die Macht des Dreiecks in die Finger bekämen…

Er schrieb noch einen Augenblick weiter, ehe er den Füllfederhalter beiseite legte.

Auf dem Kaminsims hinter ihm stand eine Vase mit weißen Blumen. Croft nahm eine von ihnen und erhob sich.

»Also gut, junge Dame. Ich bin bereit für eine Lektion in Geografie.«

Hocherfreut blickte Lara auf. »Okay, Daddy.« Sie legte eine Hand auf den Globus, um ihn anzuhalten. Ihr Vater trat neben sie und ging in die Knie, die Blume hinter seinem Rücken versteckt.

»Das ist Eurasien«, sagte sie, während sie die Umrisse des Kontinents mit dem Zeigefinger nachzeichnete. »Viele Leute glauben, das wären zwei verschiedene Kontinente, Europa und Asien, aber das stimmt eigentlich nicht. Es ist nur, dass die Leute in Europa sich für so wichtig halten, dass sie einen eigenen Kontinent haben wollen. Besonders die Franzosen.«

»Wirklich? Und wer hat dir das gesagt?«

»Hillary.« Sie runzelte die Stirn, kniff die Augen zusammen und deutete schließlich mit dem Finger auf einen bestimmten Punkt. »Da ist es. Das Königreich der Khmer.«

»Kambodscha. Sehr gut, mein Engel. Nun lass mich dir etwas anderes zeigen.«

Er legte eine Hand um die ihre und führte ihre Finger langsam zu einem Punkt links oben, nahe der Grenze des Landes.

»Unerforscht.« Laras Augen leuchteten vor Aufregung. »Heißt das, dass noch nie jemand dort war? Wirklich nie?«

»Nicht, als dieser Globus angefertigt wurde. Aber inzwischen…« Er schüttelte bedauernd den Kopf. »Ich fürchte, es gibt nicht mehr viele unerforschte Gebiete auf der Welt, mein Engel. Da hast du wohl einen furchtbar langweiligen Planeten geerbt.«

»Ein intelligenter Mensch langweilt sich nie, Daddy. Das sagst du doch sonst immer.«

Er lächelte. »Du hast natürlich Recht.«

Lara deutete erneut auf den »unerforschten« Landstrich. »Was ist denn dort?«

»Nun, ich bin froh, dass du das fragst.«

Croft zog die Blume hinter dem Rücken hervor.

»Oh!«, keuchte Lara.

»Gefällt sie dir?« Er hielt ihr die Blume unter die Nase.

»Sie riecht so gut.« Sie schloss die Augen und atmete den Duft tief ein. Auch Croft konnte ihn riechen, eine zarte Süße, die ihn an wärmere Klimazonen erinnerte, an andere Zeiten. »Was ist das für eine Blume?«

»Das ist Jasminum officinale – echter Jasmin. Es ist eine sehr seltene Blume. Ich habe ein paar Pflanzen im Gewächshaus.«

»Sie ist wunderschön.«

»Dieser Jasmin fühlt sich nur dort wohl, wo es warm ist. In den wärmeren Gegenden von Westchina am Fuß des Himalaja. In der Umgebung des Khmer-Pfades wächst er nur in einem Bereich von etwa fünfzig Kilometern Länge, an einem Ort, den seit tausend Jahren keines Menschen Auge gesehen hat.«

»Jasmin«, wiederholte sie. »Tausend Jahre.«

»Ganz richtig, mein Engel. Jasmin. In der Nähe des Khmer-Pfades. Das wirst du dir doch merken können, nicht wahr? Du wirst dich erinnern, wenn die Zeit gekommen ist?«

Sie nickte. »Ja, Daddy. Jasmin. Ich werde es nicht vergessen.«

»Gut.« Croft nahm seine Tochter in die Arme und drückte sie an sich. Tränen traten in seine Augen.

Aus irgendeinem Grund schien es ihm, als würde er sich verabschieden.

13

Lara befand sich in Bryces' Wohnwagen. Der Brief ihres Vaters lag neben einem Scanner, den Bryce an seinen Sony V10 angeschlossen hatte. Der Brief und die komplizierten Diagramme, die ihr Vater auf die anderen Blätter gezeichnet hatte und zum Glück auch die Bilder der Uhr, waren allesamt im Computer gespeichert. Digitale Dateien, bereit, manipuliert, studiert und neu geordnet zu werden. Lara hatte sich die Tastatur geschnappt und hämmerte wie wild auf sie ein. Bryce hielt sein Laptop auf dem Schoß und las den Text des Briefes vom Bildschirm ab.

»›Ich habe einer, nur einer einzigen, Person von dem Geheimnis erzählt, und ich hoffe, du wirst dich an den Duft des Jasmins erinnern. Aus diesem Grund bist du diese Person.‹« Bryce hörte auf zu lesen und blickte Lara an. »Und erinnerst du dich?«

»Ganz genau.«

»Wie schlau von dir.«

Lara hörte ein leises Klappern und sah zu Boden. Eines von Bryces kleinen Insekten kletterte über ihre Stiefel; sie versetzte ihm einen Tritt.

»Hey!«

»Es ist an meinem Bein hochgekrochen.«

»Er«, korrigierte Bryce. »*Er* ist an deinem Bein hochgekrochen.«

»Es. Bitte keine Anthropomorphisierung, Bryce.«

»Dann brauchst du die Uhr also gar nicht«, wechselte Bryce das Thema. »Du weißt, wo du suchen musst.«

Lara nickte. »Gewissermaßen. Aber fünfzig Kilometer sind ziemlich viel. Außerdem ist das Dreieck ›nicht nur im Raum, sondern auch in der Zeit versteckt‹, hat mein Vater geschrieben, falls du dich erinnerst.«

»Ich erinnere mich. Aber wie kann man etwas in der Zeit verstecken? Das verstehe ich nicht.«

»So wenig wie ich. Aber das *Volk des Lichtes* hat es verstanden, und das ist es, was zählt. Da.« Sie tippte die letzte Zahlenfolge ein. »Ich glaube, ich habe es.«

Bryce stellte den Laptop ab und setzte sich neben sie vor den Bildschirm. In dem offenen Fenster war ein Modell des Sonnensystems zu sehen.

»Sehr hübsch«, sagte er. »Hübsche Planeten, alle in einer Reihe.«

»Genauso haben sie kurz vor der Konjunktion ausgesehen.«

»Okay…«

»Also.« Laras Finger schwebten erneut über der Tastatur. »Wir glauben, die drei Punkte auf jedem Ziffernblatt der Uhr repräsentieren Planeten, und die Uhr läuft rückwärts, richtig?«

»Eigentlich ist es dank der Mitteilung deines Vaters inzwischen mehr als nur glauben«, entgegnete Bryce. »Jetzt wissen wir es. Wir wissen…«

Lara bedachte ihn mit einem finsteren Blick. »Ein schlichtes ›Ja‹ hätte voll und ganz genügt.«

»Oh Verzeihung. Dann eben: ›Ja, wir wissen, dass die Uhr rückwärts läuft.‹«

»Danke.« Sie tippte eine weitere Zahlenfolge, und die Planeten auf dem Bildschirm setzten sich in Bewegung.

»Die ersten drei Planeten, die in Konjunktion gehen, sind Pluto, Neptun und Uranus.«

Die Planeten auf dem Bildschirm bildeten eine gerade Linie.

»Und als diese drei in Konjunktion standen, hat die Uhr angefangen zu ticken. Das erste Zifferblatt. Richtig?«

»Richtig.«

»Also...«

Lara öffnete ein weiteres Fenster, in dem das gescannte Bild der Zifferblätter zu sehen war, und fokussierte das erste.

»Die drei Planetenpunkte liefern uns eine elementare Sternenkarte. Wenn wir entlang der Linie der Konjunktion extrapolieren, bekommen wir die Achse, auf der unsere Grabstätte liegt: einen Führer zu dem zugehörigen Breitengrad. Und ich bin sicher, dass diese Symbole...«

Sie klickte auf das Bild der Zifferblätter und vergrößerte ein Detail der runenartigen Zeichen am Rand jedes Zifferblattes.

»...den Schlüssel für die andere Achse darstellen, den entsprechenden Längengrad. Mit diesen Daten können wir die exakte Position der Grabstätte ermitteln.«

»Und Powell ebenso.«

»Ich fürchte, ja.«

»Und vermutlich hat er dutzendweise Topsecret-Illuminati-Supergenies, die für ihn an der Lösung arbeiten.«

»Und wir haben dich.«

»Mich? Du bist doch das Sprachgenie.«

»Das hier ist ein mathematisches Problem.« Sie gab weitere Ziffern ein, woraufhin Zeile um Zeile hexadezimaler Codes über den Bildschirm flimmerte. »Das ist doch wohl eher dein Gebiet, oder?«

Bryce seufzte. »Können wir nicht einfach Mr. Powell folgen, egal, wohin er geht?«

»Der wird auf der Hut sein, das versichere ich dir. Außerdem hatte ich mir vorgenommen, vor ihm dort zu sein. Überraschungseffekt und so.«

»Schon gut.« Bryce beugte sich vor. »Lass mich mal sehen, ob ich das begreife. Wir haben also drei Stadien der Konjunktion.«

Lara nickte und hielt drei Finger hoch, von denen sie einen gleich wieder anwinkelte. »Mein Vater sagte, das Dreieck wäre in zwei Teile zerlegt worden, und jetzt stehen noch zwei Stadien der Konjunktion aus. Lass uns das zweite Stadium untersuchen. Hier haben wir das Sonnensystem, wie es heute um siebzehn

Uhr achtundzwanzig mitteleuropäischer Zeit aussieht. Gut…«, sie klapperte erneut mit den Tasten, »beschleunigen wir die Sache ein bisschen.«

Auf dem Monitor wirbelten die Planeten herum und rasten über ihre Umlaufbahnen.

»Und da haben wir Saturn, Jupiter und Mars«, sagte Lara, während sie zusah, wie jene drei Welten sich der perfekten Konjunktion näherten. »Und ich vermute, dass sich die Planeten exakt in der Sekunde in Konjunktion befinden werden, in der das zweite Ziffernblatt unserer tickenden Uhr null erreicht. Sieh dir die Darstellung da an.« Sie deutete auf die linke untere Ecke des Bildschirms, in der eine digitale Stoppuhr lief. »Ich habe sie so eingestellt, dass sie das zweite Zifferblatt wiedergibt.«

Die Planeten traten in Konjunktion.

Die digitale Uhr stand auf null.

»Bingo«, sagte Bryce. »Und wie viel Zeit bleibt uns dann von jetzt bis zu dem Augenblick, in dem das zweite Stadium erreicht wird?«

Lara warf einen Blick auf ihre Notizen. »Etwa zwei Tage.«

»Achtundvierzig Stunden, bis du in Kambodscha sein musst, bereit, die Welt zu retten. Glaubst du, dass Mr. Powell dort sein wird?«

»Ich weiß, er wird. Er und ein paar Dutzend seiner schwarz gekleideten Helfer.«

»Dann packst du besser eine Menge Munition ein.«

»Ich werde sie bestimmt besiegen, Bryce.« Sie tippte sich an den Kopf. »Ich werde sie überlisten. Ich habe wesentlich mehr Erfahrungen in dem Grabräuberspiel als Mr. Powell oder irgendeiner seiner Freunde.«

»Du willst sie also wirklich überlisten? Ja? Dann wirst du deine Waffen gar nicht mitnehmen?«

Sie lächelte. »Meine Waffen sind ein integraler Bestandteil meiner Grabräubererfahrungen.«

Es klopfte an die Tür des Wohnwagens, und Hillary steckte den Kopf herein.

»TDM räumt drinnen auf. Ich dachte, es interessiert Sie vielleicht.« Er sah sich im Wohnwagen um und verzog das Gesicht. »Soll ich sie danach hierher schicken?«

»Vorsicht«, sagte Bryce. »Sonst lasse ich meine Käfer auf Sie los.«

Hillary wurde blass.

»Er lügt.« Lara stand auf und streckte sich. »Überlassen wir Bryce seinen Zahlen, Hilly. Ich muss meine Reisetasche packen.«

»Oh.« Hillary setzte eine unglückliche Miene auf.

»Was?«

»Die Waschküche. Ich bedaure, Ihnen sagen zu müssen, dass sie die jüngste… Renovierung… leider nicht überstanden hat.«

Lara zuckte die Schultern. »Ich brauche nicht viele Klamotten.«

»Sie haben nicht viele Klamotten.« Seine Miene hellte sich auf. »Ich nehme an, das Kleid hat überlebt.«

»Ha, ha«, kommentierte Lara. »Ich werde im Lager nachsehen. Da dürfte ich noch ein paar Sachen finden.«

»Ich finde, es ist ein ganz reizendes Kleid«, mischte sich Bryce ein.

Lara blieb an der Tür stehen und drehte sich zu ihm um. »Du, Mr. Allwissend: weniger kluge Sprüche, mehr Berechnungen. Ich brauche die genaue Adresse von dieser Grabstätte.«

Powell hatte seinen Wohnsitz in London bereits seit über dreißig Jahren beibehalten, doch so vertraut ihm die Stadt auch sein mochte, dies war das erste Mal, dass er sich gezwungen sah, die Whitechapel Street aufzusuchen.

»Widerlich.« Misstrauischen Blickes betrachtete er den liegen gebliebenen Müll am Straßenrand und die verlassenen Lagerhäuser. »Sieht aus wie New York City.«

»Die Gegend ist unter Künstlern sehr beliebt, Sir«, wandte Pimms ein. Er spielte den Chauffeur, während Powell mit seiner Tageszeitung im Fond saß. In Jakarta flogen wieder mal die

Bomben; im Fitzroy fand an diesem Abend ein Treffen des Regionalverbandes statt. Er selbst würde dem Treffen fern bleiben, aber er beabsichtigte, Miss Holcomb an seiner Stelle zu schicken. Bei dieser Gelegenheit konnte er sie auch gleich einweihen, nachdem er selbst so schwer daran hatte arbeiten müssen, die jüngsten Erkenntnisse zu verdauen.

»Und hier ist Nummer fünfundzwanzigeinhalb.« Pimms lenkte den Wagen an den Straßenrand, stieg aus, lief um das Fahrzeug herum und hielt Powell die Tür auf.

»Schauen Sie, ob sie in dieser Gegend ein gutes Restaurant finden, in dem ich zu Mittag essen kann.« Powell stieg aus, die *Times* zusammengerollt in der rechten Hand. »Kein Asiatisches. Und danach werden wir es eilig haben, zum Flugplatz zu kommen.«

»Sind Sie sicher, dass er mitspielen wird?«

Powell lächelte. »Er wird mitspielen. Hier.« Er reichte Pimms die Zeitung. »Lesen Sie den Artikel über Indonesien. Sie können mir helfen, die Informationen für Miss Holcomb vorzubereiten.«

Powell drehte sich zu dem Gebäude um. Die Erdgeschossmauern bestanden aus massivem Beton, in den zwei Stahltüren eingelassen waren. Über der Tür zu seiner Linken stand die Nummer 25. Auf dem Türblatt selbst war ein Schild angebracht, auf dem zu lesen war: *Bucket's Confectioners*. Auf der rechten Tür stand in fluoreszierender grüner Farbe und großen Lettern: 1/2.

»Reizend.« Powell drückte die Klingel.

»Hallo«, erklang eine blecherne Stimme aus dem Lautsprecher der Gegensprechanlage.

»Hallo, ich bin auf der Suche nach Mr. West.«

»Verpiss dich.«

»Hallo?«

»Keine Hausierer.«

Powell verzog das Gesicht. »Ich kann Ihnen versichern, ich bin kein Hausierer.«

Keine Antwort.

Powell drückte erneut auf die Klingel.

»Verpiss dich!!!«

»Wenn Sie das noch einmal sagen«, sagte Powell langsam und ruhig, »dann werde ich die Tür aufbrechen und Ihnen den Kopf abschlagen.«

Pause.

»Wer zum Teufel ist da?«

»Mein Name ist Manfred Powell, und ich wünsche mit Alex West über einen Auftrag zu sprechen. Sind Sie Mr. West?«

»Ein Auftrag? Warum haben Sie das nicht gleich gesagt?« Ein lautes Summen ertönte, und die Tür sprang auf. Powell betrat das Haus.

Er fand sich am Fuß einer langen Betontreppe wieder. Die Stufen waren brüchig, der stählerne Handlauf verrostet. Er zog seine Handschuhe an und kletterte vorsichtig die Treppe hinauf, sorgsam darauf bedacht, den Handlauf so wenig wie möglich zu berühren. Eine dem Anschein nach recht massive Stahltür öffnete sich und gab den Blick auf einen unrasierten, ziemlich verkommen aussehenden Mann in blauer Jogginghose, weißem T-Shirt und Skimütze frei.

»Jesus, war das eine Nacht. Mein Cousin hat seinen Junggesellenabschied gefeiert.« Er rieb sich die Augen. »Sie sind also Powell.«

»Der bin ich.«

»Wie war das mit dem Auftrag?«

Powell wartete schweigend. Schließlich ließ West ihn eintreten.

»Oh, natürlich, kommen Sie doch herein.« Er schwang die Tür weiter auf, und Powell folgte ihm hinein. »Entschuldigen Sie bitte mein Benehmen. Oder sagen wir, meinen Mangel an Benehmen.«

Wests Apartment bestand aus einem einzigen, höhlenartigen Raum. Das Einzige als solches erkennbare Möbelstück war ein Himmelbett neben einem der großen Fenster, die vom Fußboden bis zur Decke reichten. Darüber hinaus wurde jeder Zentimeter freier Fläche von Relikten aller Art belegt: Skulpturen, Schmuck und Juwelen, Totems, Kunstgegenstände.

»Mr. West, das ist ja tatsächlich recht ansehnlich. Ich bin überrascht.«

»Wie? Das? Ansehnlich?«

»Ihre Sammlung. Wirklich beeindruckend.« Powell stand direkt neben einer gewaltigen Granitplatte, die auf einem Sockel aus vier Milchkisten ruhte und auf der Tonscherben verteilt lagen. Auf einem der größeren Stücke befand sich eine Inschrift.

Powell nahm die Scherbe hoch und betrachtete sie eingehend.

»Kanaanitisch?«

»Assyrisch. Aber nahe dran.« West brachte ein Lächeln zu Stande. »Sind Sie Archäologe, Mr. Powell?«

»Weniger. Aber ich interessiere mich für die Forschung. Tatsächlich betreibe ich derzeit eine Ausgrabung in Kambodscha.«

»Tatsächlich?«

»Nun.« Powell lächelte. »Beinahe. Eigentlich bin auf der Suche nach jemandem, der mich bei dieser Unternehmung unterstützt.«

»Kambodscha, was?« West gähnte. »Tut mir Leid. Möchten Sie einen Kaffee? Ich habe noch welchen im Kühlschrank, den ich Ihnen aufwärmen könnte.«

Powell erschauderte. Aufgewärmter Kaffee? »Nein. Nein, danke. Aber, bitte, halten Sie sich meinetwegen nicht zurück.«

West ging zur gegenüberliegenden Wand, nahm einen Becher aus dem Kühlschrank und stellte ihn in die Mikrowelle. »So, Kambodscha. Ich war schon seit, hm, zwei Jahren nicht mehr dort, glaube ich. Eine Studie über Umwelteinflüsse am Tonlé Sap, vielleicht haben Sie davon gehört?«

Powell schüttelte den Kopf und setzte seine Erkundungstour durch den Raum fort, während sie sich unterhielten. Alex fuhr mit seiner Erzählung fort: »Großer Staudamm, verdammt großer Staudamm. Verwandelt das halbe Land in einen See, wenn Sie mich fragen. Zerstört eine Menge archäologischer Stätten.

Greenpeace hat mich angeheuert, einen Bericht über den potenziellen Schaden anzufertigen.«

Auf einem anderen provisorischen Tisch entdeckte Powell einen Stapel Fotos, die sein Interesse weckten.

»Greenpeace? Sie sind aber doch kein Umweltaktivist, oder irre ich mich, Mr. West?«

»Oh nein.« Die Mikrowelle klingelte. West nahm seinen Kaffee heraus. »Ich bin Kapitalist.«

»Gut. Ich verabscheue Menschen edler Gesinnung.« Powell blätterte die Fotos durch: Eines zeigte West in Ägypten, wie er seine Erdarbeiter vor den Pyramiden im Hintergrund umarmte. Auf einem anderen Bild war er bis zum Hals in einem Sandberg vergraben, vor ihm eine Kamelkolonne. Und noch mehr Bilder aus Ägypten, viel mehr.

Eine andere Fotoserie folgte: Eis und Schnee, Menschen in Bergsteigerausrüstung. Und dort…

West, Arm in Arm mit Lady Croft. Hinter ihnen ragten gewaltige, schneebedeckte Berge auf.

Powell hielt das Bild hoch, sodass West es sehen konnte.

»Ist das der Everest?«

»Everest, nein. Tibet, ja.«

»Und das ist Lara Croft, nicht wahr? Lady Croft.«

Zum ersten Mal an diesem Morgen öffneten sich Wests Augen vollständig. »Sie kennen Lara?«

»Nur flüchtig. Allerdings nehme ich an, ich werde ihr bald noch einmal begegnen – sehr bald.«

»Oh nun, dann grüßen Sie sie von mir.« West nippte an seinem Kaffee und verzog das Gesicht. »Wenn ich es recht bedenke, sollten Sie meinen Namen vielleicht doch nicht erwähnen. Gefährdet nur die Beziehung, fürchte ich.«

»Hatten Sie Streit mit Lady Croft?«

West lächelte und stellte seinen Becher ab. »Reden wir über Kambodscha. Grundsätzlich bin ich durchaus interessiert, abhängig von Zeitpunkt und Dauer und der Bezahlung. Besonders von der Bezahlung.«

»Geld ist kein Problem«, sagte Powell. »Aber der Zeitpunkt ist vergleichsweise kurzfristig angesetzt. Sofort.«

»Sofort?«

»Sofort.« Powell sah auf seine Armbanduhr. »Abflug in Heathrow in hundertzwanzig Minuten. Wenn wir uns beeilen, bleibt uns noch Zeit für ein frühes Mittagessen.«

»Mittagessen.« West lachte. »Der war gut.«

»Vielleicht kennen Sie ein passendes Restaurant?«

»Meinen Sie das ernst?«

»Mr. West, ich bin der ernsthafteste Mensch, der Ihnen voraussichtlich zeit Ihres Lebens begegnen wird.«

West schüttelte den Kopf. »Nun, Mr. Powell, es tut mir Leid. Heute Nachmittag – etwa in hundertzwanzig Minuten – findet die Hochzeit meines Cousins statt. Und ich fürchte, die darf ich nicht verpassen. Meine Familie würde mir das nie verzeihen.«

»Oh.« Powell sah ihn mit einem Ausdruck des Bedauerns an. »Und es gibt nichts, was ich sagen könnte, um Ihre Meinung zu ändern?«

»Nein, ich fürchte nicht.«

»Nun, ich hoffe, Sie nehmen es mir nicht übel, wenn ich es trotzdem versuche.« Er legte die Fotos wieder auf den Tisch und verschränkte die Hände hinter dem Rücken. »Mr. West, haben Sie je von der *Uhr der Äonen* gehört?«

West lachte. »Die *Uhr der Äonen*? Guter Scherz. Ich würde sagen, zwischen ihr und dem Heiligen Gral steht es unentschieden in der Frage, welches Unterfangen aussichtsloser ist. Obwohl ich vermute, dass die Arche Noah auch in diesen Bereich fällt, denn seit dem Film…«

West redete und redete. Powell griff in seine Tasche, nahm die Uhr heraus und stellte sie neben die Tonscherben auf den Granittisch.

Mitten im Satz stockte West plötzlich, den Mund noch immer weit geöffnet.

Er starrte die Uhr an, dann Powell und dann wieder die Uhr.

»Diese Uhr«, sagte Powell, »ist der Schlüssel zu einem weit

größeren Schatz. Einem Schatz, für dessen Bergung ich Ihre Hilfe benötige.«

West schluckte heftig, ehe er endlich seine Stimme wieder fand. »Meine Hilfe?«

»Ganz recht, Mr. West.« Powell nahm die Uhr wieder an sich und verstaute sie in der Tasche. »Also – sollen wir nun noch weiter über diesen Auftrag sprechen? Oder beabsichtigen Sie noch immer, sich Ihren familiären Verpflichtungen zu widmen?« Er trat näher. »Ich könnte natürlich auch Lady Croft anrufen. Soweit ich gehört habe, ist sie durchaus fähig.«

Wests Augen, die gerade noch rund wie Untertassen gewesen waren, erlangten abrupt ihre Sehschärfe wieder. »Oh nein, Mr. Powell.« Er schüttelte den Kopf. »Ich bin Ihr Mann.«

»Gut. Nun denn – Mittagessen? Ich bin am Verhungern.«

West nickte. »Gehen wir ins Aquarium, unten am St.-Katherine-Dock.« Hastig ging er zum Kühlschrank, öffnete ihn und stellte seinen Kaffee wieder hinein. »Ich hole meine Sachen.«

14

Bryce arbeitete sechsundzwanzig Stunden lang ununterbrochen, um die exakte Lage der Grabstätte zu bestimmen. Lara brachte die erste halbe Stunde damit zu, ihre Sachen zu packen. Dann stellte sie gemeinsam mit Hillary eine Liste der Schäden im Haus zusammen und aß zu Mittag, ehe sie hinausging und an die Tür des Wohnwagens klopfte.

»Wie läuft es?«, fragte sie, ohne einzutreten.

Bryce blickte kurz auf und grunzte. »Ich hege böse Gedanken gegen dich, Lara Croft.«

»Solange es bei den Gedanken bleibt.« Sie schloss die Tür und kehrte ins Haus zurück. Sie ging in die Bibliothek, um ihre Kenntnisse über das Land der Khmer aufzufrischen, und machte ein Lauftraining auf dem Grundstück. Sie kochte Tee. Sie ging hinaus und klopfte erneut an die Wohnwagentür.

»Grrrr«, machte Bryce.

»Selber grrr.«

Sie wechselte das Öl und die Räder des Landrovers. Sie unternahm einen weiteren Dauerlauf. Schließlich war sie so frustriert, dass sie sogar Alex West anrief, um ihn zu fragen, ob er sie zum Abendessen begleiten würde – sie wollte die Dinge zwischen ihnen wirklich ins Reine bringen, besonders, nachdem er sich die Zeit genommen hatte, ihr die Karte zu schicken. Trotzdem stand für sie fest, dass sie niemals wieder richtige Freunde werden konnten.

Alex' Mutter ging ans Telefon. Sie war ebenfalls auf der Suche nach ihm. Die beiden Frauen beschränkten sich zunächst auf den Austausch von Höflichkeitsfloskeln, bis Alex' Mutter schließlich sagte: »Sollten Sie meinen Sohn zufällig sehen, können Sie ihm sagen, er gehört nicht mehr zur Familie.«

Gegen Mitternacht stand sie erneut vor dem Wohnwagen. Bryce kauerte über der Tastatur, den Kopf auf die Hände gestützt, die Augen immer noch starr auf den Bildschirm gerichtet. Ohne ein Wort machte sie kehrt und zog sich in ihr Schlafzimmer zurück.

Mit dem Brief ihres Vaters in der Hand schlief sie ein.

Um vier Uhr morgens erwachte sie und sah zum Fenster hinaus. Das Licht im Wohnwagen brannte immer noch, und sie sah Bryce im Inneren auf und ab gehen. Einen Lear Jet nach Phnom Penh chartern, mit dem Landrover zum Fuß des Dangrok-Gebirges: so etwa hatten ihre Reisepläne ausgesehen. Aber dafür reichte die Zeit nun nicht mehr. Sie würde den ganzen Weg bis zum Khmer-Pfad per Flugzeug zurücklegen müssen, trotzdem konnte sie auf den Landrover nicht verzichten. Was bedeutete, sie musste jemanden um eine Gefälligkeit bitten.

Lara stand auf, zog sich an und ging die Treppe hinunter, um einen Anruf zu tätigen.

Wenn sie ehrlich zu sich selbst war, musste Lara sich als den ehrgeizigsten Menschen einstufen, den sie kannte. Alles, was sie tat, jedes Spiel, das sie spielte, spielte sie, um zu gewinnen.

John Shugrave war genau wie sie.

Er war Söldner, genauer, Anführer einer Söldnertruppe, die, zu einem angemessenen Preis, überallhin gehen und alles tun würde, was verlangt wurde – »Marines zum Mieten«, hatte Shugrave seine Truppe genannt, zu der tatsächlich ein paar ehemalige Marines gehörten, neben früheren Angehörigen des Mossad, einer Frau, die beim MI-5 gearbeitet hatte und einem bärtigen Wilden (Übersetzung von Shugrave), der behauptete, höchstpersönlich zwei Dutzend russische Panzer während des

Aufstands in Afghanistan zerstört zu haben. Eine bunt gemischte Truppe. Lara war ihnen zum ersten Mal während der Vorbereitungen für ihre erste große Expedition im Auftrag von *Natla Technologies* begegnet.

Ihr Boot hatte an der zypriotischen Küste vor Anker gelegen, als ein schwerer Sturm aufgezogen war. Hillary war an Bord auf sich allein gestellt; sie war in der Tiefe damit beschäftigt, ihre Tauch- und Atemtechnik zu üben. Der Sturm riss die Funkantenne des Bootes ab, und Hillary verlor den Kontakt zu ihr. Ein anderes Boot rettete ihn. In größter Besorgnis versuchte er, Hilfe für sie zu organisieren, wofür er alle ihm zur Verfügung stehenden Mittel ausschöpfte (es war die letzte Expedition, zu der sie ihn je mitgenommen hatte – der Mann war einfach ein unverbesserlicher Angsthase).

Shugrave wurde losgeschickt und machte sich mit zwei seiner Männer, beides ehemalige Angehörige der U. S. Navy, auf die Suche. Es war Shugrave persönlich, der Lara in einer unterirdischen Höhle entdeckte, wo sie in völliger Sicherheit auf das Ende des Sturms wartete.

»Ich bin hier, um Sie zu retten«, sagte er, während er aus dem Wasser kletterte.

Sie zog eine Braue hoch. »Und wovor?«

Der Sturm hatte inzwischen noch an Intensität zugelegt. Shugrave erhielt eine Mitteilung, dass sie beide das Ende des Sturms in der Höhle abwarten sollten. Sie sammelten einige Muscheln, die sie dazu benutzten, sich die Zeit mit einer Partie Schach zu vertreiben.

Lara gewann.

Sie wetteten, wer länger unter Wasser den Atem anhalten könnte.

Lara gewann.

Sie übten sich im Armdrücken – Shugrave gewann – nicht ohne Mühe – rechtshändig.

Linkshändig erzielten sie ein Unentschieden. Sie unternahmen einen zweiten Versuch. Wieder Unentschieden.

Lara streckte die Hand für eine dritte Runde aus, doch Shugrave winkte ab. Dann bot er ihr einen Job an. Sie lehnte ab.

Als sie wieder an Land waren, lud er sie zum Essen ein und machte ihr einen Heiratsantrag. Sie lehnte ihn ebenfalls ab, was ihn nicht allzu sehr aus der Fassung zu bringen schien. »Ich wollte Ihnen nur zeigen, dass ich ein altmodischer Kerl bin«, sagte er, als das Dessert serviert wurde. »Dass mein Herz am rechten Fleck sitzt.«

»Bitte – keine Diskussionen über Anatomie, Sir«, entgegnete sie. »Ich bin ein altmodisches Mädchen.«

Später gingen sie in eine Bar, in der sie Shugraves Team trafen. Sie spielten Darts. Lara gewann. Sie blieben lange auf, spielten andere Spiele, einige, bei denen sie untereinander konkurrieren mussten, andere, die eher Teamgeist erforderten. Lara machte sich am nächsten Morgen auf den Weg zu einem Treffen mit Jaqueline Natla; Shugrave ging nach Somalia. Seither hatten sie sich nur noch einmal gesehen, beim Frühstück auf dem Flughafen von Tokio.

Er nahm den Hörer beim ersten Klingeln ab.

»Shugrave.«

»Croft.«

»Sie sind lange auf.«

»Früh trifft es eher. Ich muss Sie um einen Gefallen bitten, John.«

Sie erklärte ihm, worum es ging.

»Kein Problem. Ich schicke Tookie nach Heathrow – geben Sie ihm eineinhalb Stunden. Ich würde ja selbst kommen, aber ich bin zur Zeit in Mexico City.«

»Wirklich?« Lara hatte seine Nummer in Los Angeles gewählt. »Was machen Sie denn da?«

Shugrave lachte. »Eigentlich bin ich gar nicht in Mexico City. Ich kann Ihnen nicht verraten, wo ich bin.«

»Natürlich nicht.«

»Außerdem telefonieren wir bereits seit fünfundzwanzig Sekunden, also muss ich jetzt auflegen.«

Was er auch tat. Lara lauschte noch einen Augenblick auf das Freizeichen, ehe sie ebenfalls auflegte.

Sie drehte sich um und sah Bryce vor sich, der mit einem Bogen Papier wedelte.

»Dafür will ich Überstunden angerechnet bekommen«, sagte er.

Statt zusätzlicher Bezahlung erhielt Bryce Hillarys French Toast, ebenso wie Lara, die ihren innerhalb kürzester Zeit hinuntergeschlungen hatte. Gleich darauf trug sie ihren Koffer in die Halle und ging, Bryce und Hillary im Schlepptau, ins Magazin und packte nach und nach alles Mögliche zusammen: Seile, Laptop, Kletterhaken und, natürlich, ihre Waffen, die sie sogleich mit einer schwungvollen Bewegung in die Halfter steckte.

Dann ging sie in die Bibliothek, um die Erstausgabe von Blake zu holen. Sie hielt die Notizen ihres Vaters und seinen Brief einen Augenblick zögernd in der Hand, ehe sie beides zusammengefaltet in den Einband des Blake-Buches schob.

»Etwas leichte Lektüre?«, fragte Hillary, als sie aus der Tür trat.

»Etwas Inspiration.« Bryce hockte laut schnarchend auf dem roten Ledersessel in der Halle. Sie schlug ihm mit dem Buch auf den Kopf.

»Wach auf und sag Auf Wiedersehen.«

Er öffnete ein Auge. »Auf Wiedersehen.«

»Auf Wiedersehen.« Sie packte das Buch in ihren Rucksack.

Bryce öffnete das andere Auge und sprang auf.

»Du gehst?«

»Das war es, was ich versucht habe, dir zu sagen.«

»Ich bin eingeschlafen.« Er gähnte und sah zur Uhr. »Wie zur Hölle willst du in fünfzehn Stunden in Kambodscha sein?«

Sie warf sich den Rucksack über die Schulter.

»Oh, ich habe jemanden um einen Gefallen gebeten.«

»Welche Art von Gefallen?«, erkundigte sich Hillary.

»Das ist ein Geheimnis.« Lara setzte ihre Sonnenbrille auf.

»Vermutlich könnte ich es euch verraten. Aber dann müsste ich euch töten.«

»Ich will es nicht wissen«, sagte Bryce. »Ich schlafe.« Er setzte sich wieder in den Sessel.

»Ich würde es gern erfahren«, erklärte Hillary. »Um meines eigenen Seelenfriedens willen.«

»Sie machen sich zu viele Sorgen.« Sie griff nach einer ihrer Taschen, Hillary nahm die andere. Gemeinsam gingen sie durch den Südeingang, der zur Haupteinfahrt führte, und luden sie in den Landrover.

»Wünschen Sie mir Glück«, sagte Lara und stieg in den Wagen.

Hillary nickte. »Glück.«

Sie ließ den Motor an und fuhr los.

Natürlich hatte Shugrave Wort gehalten. Tookie erwartete sie am Frachtschalter von Heathrow. Sie steuerte den Landrover geradewegs in den Laderaum des C-130-Militärfrachters. Gleich darauf waren sie in der Luft.

Der Flug dauerte zehn Stunden; mitten in der Luft wurde die Maschine aufgetankt. Lara schlief praktisch die ganze Zeit, schließlich musste sie davon ausgehen, dass dies für eine ganze Weile die letzte Gelegenheit war. Als sie über Dangrok flogen, zeigte sie Tookie und dem Navigator die Karte, die Bryce ihr ausgedruckt hatte.

»Hier muss ich hin«, sagte sie und deutete auf einen Punkt, etwa eine halbe Meile von der Grabstätte entfernt.

»Hier wäre besser«, erwiderte Tookie und zeigte auf einen etwas weiter westlich gelegenen Hügel, der sich einige hundert Fuß über das umgebende Terrain erhob. Lara sah sofort, dass er Recht hatte, wie gewöhnlich. Von diesem Hügel aus hatte sie eine bessere Sicht. Also der Hügel.

Zwanzig Minuten später waren sie und ihr Landrover wieder auf der Erde. Lara schaltete das Funkgerät ein.

»Bryce?«

»Nein, äh, Hillary hier. Lara? Wie geht es Ihnen? Alles in Ordnung? Soll ich irgendjemanden anrufen?«

Sie hörte ein Schnarchen im Hintergrund. »Wecken Sie Bryce auf. Danke.«

Im Mai herrschte in Kambodscha Monsunzeit; der Regen war gerade erst aufgezogen, die Luft feucht und schwer. Das reinste Dampfbad. Lara wischte sich die Stirn ab, öffnete den Rucksack und zog ihr Fernglas hervor – das neue Fernglas, auf das Bryce so stolz war: hochauflösendes Zoomen, Infrarotlinsen, diverse Regler, deren Funktion sie gerade erst ansatzweise erahnte.

Der intensive Geruch des Dschungels lag in der Luft. Der Abhang direkt vor ihr war gesprenkelt mit purpurfarbenen Hyazinthen, gelben und orangefarbenen Lilien und Rhododendronsträuchern, eingebettet in eine üppige Vegetation, die sich gleich einem grünen Teppich so weit sie sehen konnte über das Land erstreckte. Rechts sah sie aus dem Augenwinkel einen blauen und einen roten Streifen: der blaue, ein Fluss, größtenteils im Grün des Dschungels verborgen, dann wieder ein paar hundert Meter am Stück sichtbar, und der rote – eigentlich der rotbraune – eine einspurige Trasse, aus der lehmhaltigen Erde gestampft.

Etwa eine Meile direkt vor ihr wich das Grün abrupt einem braunen Fleck. Aus der Ferne schien es, als würden Ameisen darin herumlaufen: Menschen. Viele Menschen.

Lara hob das Fernglas an die Augen.

Der braune Fleck war ein riesiges Loch in der Erde, eine groß angelegte Ausgrabung. Hunderte von Arbeitern, dunkelhäutige Männer mit nackten Oberkörpern, die mit aller Kraft an Seilen zerrten. Die Seile waren an gewaltigen Metallbolzen festgebunden, welche wiederum in gigantischen Sandsteinblöcken steckten, die aus der Tiefe empor gezerrt wurden und ein leeres, schwarzes Loch zurückließen.

Die Grabstätte.

»Lara?«

»Bryce.«

»Bist du da?«

»Ich bin hier. Siehst du das nicht?«

»Das kann ich, sobald du die Videoübertragung eingeschaltet hast. Drück auf den roten Knopf. Ah, schon viel besser.«

Nun konnten Bryce und Hillary in Croft Manor sehen, was sie sah. Auf einer Seite der Grabstätte lag eine gewaltige Aspara – eine Skulptur, die größte dieser Art, die Lara je zu Gesicht bekommen hatte, und Sinnbild des weiblichen Schönheitsideals der Khmer – in zwei Teile zerbrochen am Boden. Weit über ihr sah Lara drei Steinköpfe, die ihr gänzlich unbekannt waren. Ungewöhnlich. Sie war mit der kambodschanischen Kunst vertraut. Dafür hatte von Croy während jenes längst vergangenen Sommers in Angkor Vat gesorgt. Sie konnte Funan von Angkor unterscheiden, die Einflüsse aus Champa von denen der Insel Java. Sie kannte Wischnu, Krischna und das Ramajana, das hinduistische Epos, dessen entscheidende Szenen man überall in Angkor in Form von Reliefs bewundern konnte. Sie konnte auf den ersten Blick Asparas, Nagas und Singhas unterscheiden, aber nicht dieses Biest: Es sah eher indianisch aus als kambodschanisch, obwohl es in mancher Hinsicht den Asuras ähnelte – den dämonischen Göttern. Ravana vielleicht, obwohl der Herr der Unterwelt im Allgemeinen mit zwanzig Köpfen dargestellt wurde. Trotzdem...

Seine bemerkenswerte, Furcht einflößende Erscheinung war offensichtlich als Warnung gedacht. Vergiss alle Hoffnung, Fremder, der du diesen Ort betrittst. Und wer hegte die Absicht, eben das zu tun?

Sie ließ ihre Blicke über die Ausgrabungsstätte schweifen, bis ihre Augen an einem Mann neben einem Landrover – Standardmodell, nicht der frisierte Zwölfzylinder mit verstärktem Chassis, Aluminiumkarosserie und Präzisionsgetriebe, der ihr zur Verfügung stand – hängen blieben. Der Mann arbeitete mit einem Astrolabium. Er sah zum Himmel und dann auf die Motorhaube des Landrovers, auf der, wie Lara erst jetzt erkannte, die Uhr lag. Die Uhr der Äonen. Ihre Uhr.

Der Mann trug schwarze Hosen, ein schwarzes Hemd, eine grüne Weste und – wie könnte es anders sein – einen schwarzen Hut.

»Mr. Powell.« Sie grinste. »Was für eine Überraschung. Und Sie haben meine Uhr mitgebracht. Hervorragend.«

Powell starrte mit gerunzelter Stirn sein Astrolabium an, ehe er es einem anderen Mann zeigte, einem Mann, dessen Gesicht zu diesem Zeitpunkt von dem Astrolabium verdeckt wurde. Dann ließ Powell das Instrument sinken, und Lara konnte den Fremden klar und deutlich erkennen.

Einen Augenblick lang war sie sprachlos.

»Alex West. Du gieriger, gieriger Junge.«

West lächelte Powell an. Dann lachten beide Männer.

»Absolut skrupellos«, grollte Lara und ließ das Fernglas sinken.

Ihr Ohrhörer knisterte.

»Hast du ›Alex West‹ gesagt?«

»Hat gerade bei den bösen Jungs angeheuert. Und den selbstgefälligen Ton kannst du dir sparen.« Bryce hegte eine tiefe Abneigung gegen Alex, seit er von den Gebetsmühlen erfahren hatte.

»Oh, verdammte Scheiße, ich höre, wie ein Fehdehandschuh geworfen wird. Kling-klang.«

»Kling-klang? Bryce, hast du was geraucht?«

Sie griff erneut nach dem Fernglas. Alex hielt die Uhr in Händen und sah abwechselnd auf die Uhr und zum Himmel.

»Ich weiß doch, wie gern du Konkurrenz hast«, spöttelte Bryce. »Das wird eine phantastische Neuauflage des Spiels mit den Gebetsmühlen, das fühle ich.«

»Bryce«, mahnte Lara in scharfem Ton.

Ungerührt redete er munter weiter. »Kling-klang ist das Geräusch, das ein Fehdehandschuh verursachen würde, wenn du ihn als Herausforderung zu Boden schleudern würdest, wie in alten Zeiten.«

»Bryce.« Lara richtete das Fernglas auf sich und hob drohend den Zeigefinger. »Siehst du mich lächeln?«

»Nein.«

»Nein, korrekt. Also hör auf damit. Oder hast du sonst nichts zu tun?«

Er seufzte. »Ja, Eure Majestät.«

Sie richtete das Fernglas erneut auf Alex. Ihr Exfreund war in die Knie gegangen und arbeitete sich in die Tragegurte eines scheinbar ziemlich schweren Tornisters.

»Was, meinst du, hat er da drin? Vielleicht eine Exfreundin?«

»Bryce, geh arbeiten. Ich melde mich später.«

Weg mit dem Fernglas und der Fliederkleidung.

Sie legte ihre Revolvergurte an, schob das Fernglas zurück in den Rucksack und schlüpfte in dessen Gurte. Dann korrigierte sie den Sitz ihres Headsets und sah auf ihre Armbanduhr, die den Countdown bis zur nächsten Phase der Konjunktion herunterzählte. Bis zum Erscheinen der ersten Hälfte des Dreiecks.

Zweiundsiebzig Minuten, und die Zeit lief.

Sie drehte sich nach dem Landrover um. In diesem Augenblick sah sie etwas Weißes in den Büschen rund um sie herum aufblitzen.

Jasmin. Sie zupfte einen Ast ab und atmete den Duft der Blüten tief ein.

»Daddy. Bleib bei mir. Ich brauche dich jetzt.«

Über ihr explodierte der Himmel in einem Farbenrausch. Die Aurora.

Sie sprang in den Landrover und jagte ihn den Hügel hinab, unterwegs zu der geheimnisvollen Grabstätte.

15

Powell starrte die Uhr an, das zweite Zifferblatt, das angefangen hatte zu glühen. Dann blickte er auf den Chronografen in seiner anderen Hand.

»Zweiundsiebzig Minuten.« Mit sorgenvoller Miene betrachtete er die Arbeiter, die sich in der Nähe des Eingangs zur Grabstätte abmühten. »Wir müssen schneller arbeiten.«

»Sie meinen, wir müssen *die* dazu bringen, schneller zu arbeiten.« West, der sich gerade erst seine Ausrüstung, die er aus London mitgebracht hatte, auf den Rücken geladen hatte, legte den Rucksack wieder ab. »Vielleicht sollten wir ein Exempel statuieren und die eigenen Hände schmutzig machen.«

»Lächerlich«, widersprach Powell und winkte Julius, der in respektvollem Abstand auf der anderen Seite des Landrovers stand. »Wir werden zwei Arbeiter nach dem Zufallsprinzip auswählen und erschießen. Das wird die anderen motivieren.«

West lachte. »Es wird sie motivieren, so schnell wie möglich in ihre Dörfer zurückzulaufen, schätze ich.«

Julius rammte ein neues Magazin in seine Maschinenpistole und trat einen Schritt vor.

»Warten Sie noch.« Wests Blick glitt von Powell zu Julius und wieder zurück zu Powell. Das Lächeln war aus seinen Zügen verschwunden. »Das soll doch ein Scherz sein, oder?«

»Mr. West, ich sagte Ihnen bereits, ich bin der ernsthafteste Mensch, der Ihnen voraussichtlich je begegnen wird.«

»Jetzt warten Sie mal«, sagte West. »Diese Burschen vertrauen mir. Geben Sie mir wenigstens eine Chance. Eine Minute.«

»Sechzig Sekunden.« Powell verzog das Gesicht. »Nun gut, tun Sie, was Sie nicht lassen können.«

West rannte zum Versorgungslastwagen und schnappte sich einen Arm voll Feldflaschen, füllte sie mit Wasser und hetzte weiter zu den Arbeitern. Als die Männer sich um ihn herum drängelten, kamen die Arbeiten für einen Augenblick gänzlich zum Erliegen.

Bah. Nichts als Zeitverschwendung. Furcht ist die richtige Methode, die Produktivität zu steigern, nicht Kooperation. Powell war entschlossen, West nach Venedig mitzunehmen, wenn das alles vorbei war, um ihm ein paar historische Beispiele vor Augen zu führen, vielleicht noch einige moderne dazu, die ihm den großen Irrtum seines Lebens zu Bewusstsein bringen würden.

Die Arbeiter zottelten allmählich zurück zu ihren Plätzen. Powell griff zu seinem Megafon.

»Uns bleiben jetzt nur noch einundsiebzig Minuten. Schneller und besser, bitte.« Er hatte Mandarin gesprochen, da West es irgendwie fertig gebracht hatte, einige Arbeiter anzuschleppen, die nur chinesisch sprachen, andererseits aber mit den Vorgehensweisen bei archäologischen Ausgrabungen vertraut zu sein schienen. Einer der Arbeiter, ganz vorn in der Kette, eine Vogelscheuche von einem Mann, entblößte grinsend seine lückenhaften Zähne und winkte. Ein halbes Dutzend anderer folgte seinem Beispiel, und sogar West hatte grüßend die Hand erhoben.

»Pimms!«, brüllte Powell, nun wieder auf Englisch. »Sorgen Sie dafür, dass die Leute endlich weiterarbeiten!«

Pimms, der auf dem Erdhügel stand, den sie am Vortag von den Steinblöcken abgetragen hatten, reckte den Daumen nach oben. Dann zog er einen Zettel aus seiner Tasche und fing an, von ihm abzulesen – in Mandarin in sein Megafon.

»Bitte schneller. Der Zug verlässt Bahnsteig Einsatz Nummer hier.«

Die Arbeiter starrten Pimms an, erst verwirrt, dann belustigt. West, der noch immer das Wasser verteilte, griff nach seinem eigenen Megafon.

»Ist das zu glauben, Jungs?« Auch er sprach auf Mandarin zu den Männern. »Trotzdem, legt einfach noch einen Zahn zu. Eineinhalb Stunden, höchstens zwei, und wir sind hier fertig. Alles erledigt, zurück ins Dorf auf ein Bier und etwas Fleisch am Spieß.«

Einer der Arbeiter rief etwas, aber Powell konnte ihn nicht verstehen.

»Guinness willst du?« West lachte, ohne das Megafon von den Lippen zu nehmen. »Das liegt ganz bei Mr. Powell. Was meinen Sie, Mr. Powell? Guinness für die Jungs?«

Powell antwortete auf Englisch. »Mr. West, sagen Sie den Leuten, ich werde genug Bier für das ganze Dorf kaufen, wenn sie uns innerhalb der nächsten fünf Minuten in die Grabstätte bringen. Anderenfalls gibt es Rattengift für die ganze Gesellschaft.«

»Ich werd's ihnen sagen«, antwortete West ebenfalls auf Englisch. »Ungefähr jedenfalls.« Dann legte er das Megafon ab und sprach direkt mit den Arbeitern. Was auch immer er sagte, es veranlasste sie zu lautem Jubel, und sie beeilten sich, ihre Seile wieder aufzunehmen. West gesellte sich zu ihnen und griff selbst nach einem Seil.

Powell sah einen Moment zu, wie die Männer sich an den Tauen abmühten, ehe er erneut zur Uhr blickte.

Achtundsechzig Minuten.

Am Himmel flammte die Aurora auf, viel heller als zuvor, viel heller als in der ersten Phase der Konjunktion. Die elektrisch geladenen Partikel, die von der Sonne emittiert wurden und die Aurora verursachten, wurden im Lauf der Konjunktion immer stärker aufgeladen. Mit jedem Planeten, der sich der Konjunktion näherte, jeder Sekunde, die bis zur totalen Sonnenfinsternis verstrich, verstärkte sich die Intensität der Aurora um logarithmische Werte. Was schließlich eine phantastische Lichtshow zur Folge haben würde, aber…

Ein mächtiges Donnern erklang und der Boden erzitterte buchstäblich.

Powell blickte auf und sah ein großes, schwarzes Loch an der Stelle, wo die Steine gelegen hatten.

Der Weg zur Grabstätte war frei.

»Was habe ich Ihnen gesagt? Was habe ich Ihnen gesagt?« West kam im Dauerlauf auf ihn zu, schnappte seinen Tornister, während er unablässig auf ihn einredete. »Ein wenig Kooperation, ein bisschen Knochenschmalz, und da haben Sie es. Da haben Sie es.«

»Hören Sie auf zu schnattern, Mr. West.« Powell nahm die Uhr, winkte Julius zu, ihm mit seinem Team zu folgen und ging forschen Schrittes auf den Eingang zu. »Uns bleiben nur noch siebenundsechzig Minuten.«

»Mehr als genug Zeit«, sagte West, während er sich ebenfalls wieder in Bewegung setzte. »Mehr als genug.«

Pimms krabbelte von seinem Erdhaufen herunter und gesellte sich mit dem Schutzhelm in der Hand zu ihnen. Als sie sich der Grabstätte näherten, bildeten die Arbeiter eine Gasse, um sie hindurchzulassen, und starrten sie aus großen Augen an.

»Warum glotzen die so?«, fragte Pimms.

»Sie halten uns für ziemlich dumm.« West nickte den Männern im Vorbeigehen verbissen zu.

»Warum? Weil wir ein Loch graben?« Einer der Arbeiter nahm den Hut ab, als Pimms an ihm vorbeikam.

»Und hineingehen.«

»Leben Sie wohl«, verabschiedete sich der Arbeiter mit hartem Akzent und schüttelte dabei unentwegt den Kopf.

»Auf Wiedersehen«, entgegnete Pimms fröhlich. »Der scheint uns doch recht freundlich gesonnen.«

»Dieses ›Leben Sie wohl‹ bedeutet so viel wie, Sie werden nicht zurückkommen«, erklärte West spöttisch. »So viel wie armer Irrer.«

Powell sah, dass viele der Arbeiter der Grabstätte den Rücken zugekehrt hatten, als fürchteten sie sich davor, auch nur einen

Blick in das Loch zu werfen. Seltsam, daran hatte er bisher noch keinen einzigen Gedanken verschwendet. Das *Volk des Lichtes*, diejenigen, die das Dreieck versteckt hatten: Selbstverständlich hatten sie es auch auf irgendeine Art geschützt. Wie, war nun die große Frage. Besser, sie waren auf alle nur denkbaren Schwierigkeiten gefasst.

»Julius!«, rief er. »Halten Sie Ihre Waffen bereit!« Dann wandte er sich an West. »Was erwartet uns Ihrer Meinung nach da drin?«

»Das werde ich herausfinden.« West ging zu dem Arbeiter, der Pimms angesprochen hatte, und fing an, sich in der Sprache der Khmer mit ihm zu unterhalten.

Pimms legte einen Schritt zu, bis er neben Powell war.

»Äh… immer noch keine Spur von Lady Croft?«

»Noch nicht«, sagte Powell.

»Hat hier irgendjemand Croft gesagt?« West drehte sich grinsend um. »Croft, wie Lara Croft?«

»Äh… ja.« Pimms legte die Stirn in Falten. »Kennen Sie Lady Croft?«

West ignorierte ihn und sah Powell an. »Denken Sie, Lara ist an dieser Grabstätte interessiert?«

»Ich weiß, dass sie es ist«, erwiderte Powell.

»Und Sie denken, Sie hätten vielleicht sie anheuern sollen?«, versuchte er, Powell aus der Reserve zu locken. »Bereuen Sie den Handel schon?«

»Natürlich nicht. Ich bin wirklich froh, Sie hier zu haben, Mr. West. Geradezu entzückt, könnte man sagen. Besonders nach dem Bravourstück mit den Feldflaschen.«

West nickte. »Lara leistet gute Arbeit, wissen Sie, aber sie wird überschätzt. Sie ist auf den Ruhm aus, was ihr Urteilsvermögen manchmal trübt. Ich hingegen arbeite nur des Geldes wegen.«

»Erfreulicherweise.« Vor ihnen verschwand Julius, der auf dem Weg in die Grabstätte die Führung übernommen hatte, außer Sichtweite.

West hielt am Eingang kurz inne. »Der Gott-der-alles-Sieht.«

Powell drehte sich um. »Hä?«

»Der Bursche da«, sagte West und deutete auf den Arbeiter, mit dem er gesprochen hatte. »Er denkt, wir werden ihm da unten in die Arme laufen. Dem *Gott-der-alles-Sieht.*«

»Tatsächlich?« Powell lächelte. »Der *Gott-der-alles-Sieht* und das *Allsehende Auge.* Kommen Sie, Gentlemen. Sehen wir mal, ob beide irgendwie zusammenhängen. Auf geht's. Hinein in die Höhle des Löwen.«

Damit ging er weiter, hinein in die Finsternis.

Stuntfahrer. Gefährlich. Versuchen Sie nicht, das zu Hause nachzuahmen. Lara kannte die Spots und die Warnungen auswendig, und sie ignorierte sie samt und sonders. Stattdessen hatte sie ihren Volvo genommen und war zum Üben in das zu ihrem Anwesen gehörende Jagdrevier gefahren: Überschläge, Kehrtwenden, Schlammtrassen und Sprünge im Stil von Knievel.

Folglich ließ es sie nun vollkommen kalt, als der Acker von einer Straße, über die sie gerade mit 80 Stundenkilometern holperte, in einem vom Monsunregen aufgequollenen Fluss verschwand. Sie schoss die vormalige Uferböschung hinauf und geradewegs in den Dschungel hinein. Schließlich, so sagte sie sich, bestand die Vegetation am Flussufer lediglich aus Gestrüpp und ein paar zierlichen Bambusschösslingen. Und der Landrover hatte ein verstärktes Chassis. Und falls sie auf irgendwelche ernst zu nehmenden Bäume treffen sollte…

Nun, gerade für einen solchen Fall hatte sie schließlich ihre Reflexe auf diesem Gebiet geschärft, nicht wahr?

Büsche und Blüten schossen an ihr vorbei, Äste klatschten gegen das Fahrzeug: ein Flackern aus Grün, Purpur und Violett. Ein Schwarm Kraniche erhob sich in die Luft; Schlamm spritzte auf; Wasserfontänen stiegen aus den Pfützen empor.

Lara trat auf die Bremse.

Knapp sieben Meter vor ihr versperrte ein Hain großer Teakbäume den Weg: Massive, alte, kräftige, dicht belaubte Äste reckten sich dem Himmel entgegen; schwere Wurzeln bohrten sich in die Erde und in Blöcke grauen Sandsteins. Das Gestein war überall, zog graue Spuren durch den grünen Teppich, der sich vor ihr ausbreitete. Grau schimmerte auch durch das Laub, und als sie genauer hinsah, erkannte sie langsam die Umrisse eines vermutlich einst gewaltigen Steingebildes – nicht vergleichbar mit Angkor Wat, aber dennoch eine beachtliche Entdeckung, eine bedeutende archäologische Stätte, die nun, traurigerweise, in einem beklagenswerten Zustand war – und kein Groslier in Sicht, das Bauwerk vor den Elementen zu schützen. Nur sie und Alex West. Gieriger, gieriger, gieriger Alex West.

Lara sprang aus dem Landrover, legte den Rucksack ab und nahm die Erstausgabe von Blake heraus. Sie faltete die Notizen ihres Vaters auseinander und studierte zuerst sie und dann die Bauwerke.

Genau hier, soweit sie die Karte richtig interpretierte, sollte sich der Hintereingang zu der Grabstätte befinden. Falls sie einen Hintereingang hatte, denn darüber verrieten ihr die Notizen ihres Vaters rein gar nichts.

Sie faltete die Blätter zusammen und verstaute den Blake wieder in ihrem Rucksack. Dann betrachtete sie die Ruinen.

»Hmmm.« Sie verschränkte die Arme vor der Brust und sah sich um. Wo sollte sie anfangen? Ein wenig Inspiration wäre jetzt ganz hilfreich.

Etwas Farbiges streifte ihr Blickfeld.

Lara wirbelte um die eigene Achse.

Ein kleines einheimisches Mädchen in einem safrangelben Kleid spielte ganz allein in dem Gewirr mächtiger Baumwurzeln. Ein Vorhang aus tief hängenden, dicht belaubten Zweigen verbarg ihr Gesicht vor Laras Blicken.

»Hey…« Lara tat einen Schritt und schob die Zweige aus dem Weg.

Das Mädchen war verschwunden.

Jemand kicherte. Lara drehte sich um und sah gerade noch, wie das Mädchen hinter einer gewaltigen, gewundenen Baumwurzel verschwand. Lara lächelte und umrundete den Baum von der anderen Seite.

»So, mein…«

Das Mädchen war nicht dort. Unmöglich. Wo sollte sie sonst sein?

Aha. Immer noch lächelnd blickte Lara auf.

Auf den Ästen des Baumes war niemand zu sehen.

Aus einiger Entfernung vernahm sie ein Rascheln.

Das Mädchen stand etwa hundert Meter von ihr entfernt auf der anderen Seite der Ruine.

Seltsam.

»Hey!«, schrie Lara. »Wie bist du…«

Das Mädchen lächelte. Dann veränderten sich ihre Züge unvermittelt und flimmerten in dem grün gesprenkelten Licht der Sonne. Plötzlich sah sie aus wie eine alte Frau, sehr alt, runzlig, haselnussbraun, eine Kambodschanerin, die, während Lara noch aus zusammengekniffenen Augen versuchte, sie genauer zu betrachten, einen einzigen flinken Schritt hinter eine eingefallene Steinmauer machte und verschwunden war.

Mehr als seltsam. Grenzte eigentlich eher an unmöglich.

Lara hatte nicht damit gerechnet, irgendwelchen unmöglichen Dingen zu begegnen, nicht vor…

Sie sah zur Uhr.

…Ablauf von vierzig Minuten. Nicht vor der Konjunktion.

Was also hatte all das zu bedeuten?

Wieder hörte sie ein Kichern hinter sich. Das kleine Mädchen stand neben ihrem Landrover.

»Also gut«, sagte Lara. »Wenn das ein Versteckspiel ist, hast du gewonnen.«

Keine Antwort. Lara trat einen Schritt näher. Das Mädchen rührte sich nicht.

»Wer bist du?« Lara deutete auf sich. »Mein Name ist Lara.« Sie sprach Khmer mit dem Kind. »Wie ist dein Name?«

Das kleine Mädchen lächelte und hielt einen Strauß Jasminblüten hoch.

Laras Geist schlug Purzelbäume.

»Die Männer, die graben«, sagte das Mädchen auf Khmer.

»Sie sind dumm. Der *Gott-der-alles-Sieht* wird sie bei lebendigem Leib verschlingen.«

Lara atmete tief durch. »Warum?«

»Hast du das nicht gesehen? Sie haben ihm sein Liebstes genommen.«

»Sein Liebstes?«

»Du erinnerst dich.« Das Mädchen lächelte, und wieder veränderten sich ihre Züge, bis sie ein Abbild der Aspara war, jener Skulptur, die Lara zerstört neben dem Eingang zur Grabstätte entdeckt hatte. Und dem Anschein nach war sie die Geliebte des Gottes.

»Die Aspara.«

Das kleine Mädchen nickte. Am Himmel über ihnen flammte die Aurora auf. Lara dachte nach. Das kleine Mädchen und die alte Frau; der *Gott-der-alles-Sieht* und seine Geliebte; die Konjunktion. Die Grabstätte.

»Gibt es einen anderen Weg hinein?«, fragte Lara. »In die Grabstätte?«

»Für dich schon.« Das kleine Mädchen nickte. Wieder veränderten sich ihre Züge, wieder stand die alte Frau vor Lara. »Nähere dich ihm mit sicherer Hand und klarem Blick, dann wird er dich in sein Herz einlassen.«

Lara nickte. Sichere Hand. Klarer Blick. Schön.

Was zur Hölle sollte das bedeuten?

Sie öffnete den Mund, um etwas zu sagen, als sie statt der alten Frau wieder das kleine Mädchen vor sich sah.

»Er wird dich in sein Herz einlassen«, sagte das Mädchen. »Aber vielleicht lässt er dich nicht mehr heraus.«

Lächelnd deutete das Kind an Lara vorbei.

Lara drehte sich um und sah drei Jasminblüten.

Jasminum officinale, wie ihr Vater versprochen hatte.

Als sie sich wieder umwandte, war das kleine Mädchen, die alte Frau, die Aspara – was auch immer sie oder es gewesen sein mochte – verschwunden.

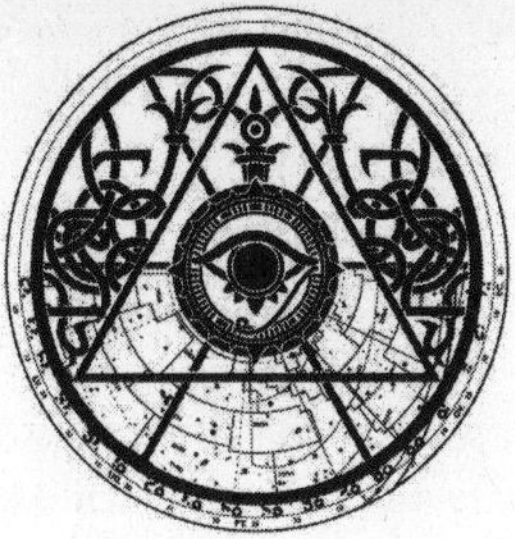

16

Also gut. Tief durchatmen. Ruhig.

Lara starrte zu der Stelle, an der das kleine Mädchen gestanden hatte, den Kopf voller Fragen, für die es keine rationalen Antworten geben konnte. Also litt sie entweder unter ernsthaften Halluzinationen, oder…

Der gute alte Sherlock Holmes kam ihr in den Sinn: Wenn Sie das Unmögliche ausgeschlossen haben, muss das, was übrig bleibt, so unwahrscheinlich es auch scheinen mag, die Wahrheit sein.

Unmöglich, dass sich ein kleines Mädchen in eine alte Frau verwandeln konnte. Also war, was sie gesehen hatte, kein kleines Mädchen. Es war überhaupt kein lebendes, atmendes menschliches Wesen.

Also…

Lara betrachtete erneut die Jasminblüten, auf die das Mädchen gezeigt hatte, und es war, als hörte sie noch einmal die Stimme ihres Vaters.

Jasmin. In der Umgebung des Khmer-Pfades wächst er nur in einem Bereich von etwa fünfzig Kilometern Länge, an einem Ort, den seit tausend Jahren keines Menschen Auge gesehen hat.

Und plötzlich war Lara wieder ein kleines Mädchen, stand im Arbeitszimmer ihres Vaters neben dem Globus und hielt sich die wunderschönen weißen Blumen unter die Nase, inhalierte ihren Duft und beobachtete das langsame Pendeln der Taschenuhr ihres Vaters, vor und zurück, vor und zurück, immer wieder.

Jasmin, hörte sie ihn sagen. *Das wirst du dir doch merken können, nicht wahr? Du wirst dich erinnern, wenn die Zeit gekommen ist?* Dann ihre eigene Stimme: *Ja, Daddy. Jasmin. Ich werde es nicht vergessen.*

Lara trat einen Schritt vor und kniete neben den drei Blüten nieder. Schön. Und was jetzt?

Sie betrachtete das Erdreich. Dann zuckte sie die Schultern und pflückte eine der drei Blumen. Dann die zweite. Dann die dritte.

Seltsamerweise schien die dritte Blume über eine eigene Wurzel zu verfügen. Sie zerrte an ihrem Stängel. Die Wurzel saß tief in der Erde. Sie zog stärker. Der Boden um die Wurzel fiel in sich zusammen und gab den Blick auf ein Loch frei. Lara griff in ihren Rucksack und brachte eine chemische Fackel zum Vorschein. Einen Augenblick später ergoss sich ein unheimliches grünes Licht in das Loch im Boden, das, wie sie nun sah, mehr als nur ein Loch war. Es war ein Gang. Ein Gang, der tief, tief, tief hinab in die Finsternis führte.

Mit der Fackel voran sprang Lara hinein.

»Hanuman«, sagte West, pochte auf die Stirn der Statue und grinste. »Der Affengott.«

»Affengott?« Powell, der direkt neben ihm stand, schüttelte verständnislos den Kopf. In seinen Augen sahen die Statuen – sechs an der Zahl, alle in einer Reihe – eher wie Affensoldaten aus. Alle trugen Helme und grimmige Mienen und hielten Schwerter in den Händen. »Was um alles in der Welt soll an einem Affen anbetungswürdig sein?«

»Es sind recht liebenswerte kleine Kreaturen«, sagte West. »Jedenfalls in ihrem eigenen Lebensraum. Und vergessen Sie nicht: Sie sind eng mit uns verwandt.«

»Mit Ihnen mögen sie vielleicht verwandt sein.« Powell strich mit dem Finger über die Schneide eines der Schwerter und zuckte zusammen. Die Metallklinge war scharf – er hätte sich verletzen können. »Meine leben größtenteils in der Schweiz.«

Pimms, der sich auf der anderen Seite der Grabstätte umgesehen hatte, gesellte sich zu ihnen.

»Was zum Teufel sind das für Dinger?«

»Affen«, entgegnete West.

»Natürlich. Sehr eindrucksvoll«, sagte Pimms. »Gefährlich aussehende Kreaturen. Gott sei Dank sind sie nicht echt. Ja, Gott sei Dank.«

»Das hier, andererseits«, West pulte ein Juwel aus der Augenhöhle einer der Statuen, »sieht ziemlich echt aus.«

Und das war es in der Tat. Ein Rubin, urteilte Powell. Ein kleines Vermögen wert. Er überlegte, ob er West auffordern sollte, ihn zurückzulegen, aber wozu? Wenn er ehrlich zu sich selbst war, wusste Powell sehr gut, dass er den Mann am Ende vermutlich so oder so würde umbringen müssen.

Pimms tupfte sich die Stirn mit einem Taschentuch ab. »Ein bemerkenswerter Ort, wenn Sie mich fragen. Was für eine Entdeckung.«

»Pimms«, sagte Powell. »Ist mit Ihnen alles in Ordnung?«

»Oh ja, hervorragend. Alles bestens.« Aber er wirkte überwältigt, wie benommen, ganz und gar nicht auf der Höhe. Powell konnte ihm das kaum zum Vorwurf machen. Die Grabstätte war eine beeindruckende Konstruktion, atemberaubend, könnte man sagen, wenn man zu derartigen Gefühlsausbrüchen tendierte.

Das Zentrum der Grabstätte bildete ein wahrhaft albtraumhaftes Werk. Selbst in der Dunkelheit war die Statue das Erste, was sie beim Betreten der Grabstätte gesehen hatten. Ihre Umrisse und ihre Größe hatten sich langsam in dem Licht der starken Taschenlampen, die Julius und sein Team bei sich hatten, aus dem Dunkel geschält. Es war eine gottähnliche Statue, ein golden schimmerndes Mahnmal, das mit überkreuzten Beinen auf einer Plattform am hinteren Ende der Grabstätte saß und gut sechs Meter in die Höhe ragte, vielleicht sogar zehn. Die Statue hielt Schwerter von drei Metern Länge in jeder Hand, jeder ihrer sechs Hände, wie Powell erst allmählich aufgegangen war. Sie hatte sechs Arme, sechs Schwerter und drei Köpfe. Drei Köpfe.

»Das ist die gleiche Statue wie draußen«, stellte Powell fest. »Der *Gott-der-alles-Sieht.*«

»Mit drei Köpfen hätte ich auch ein wesentlich größeres Blickfeld«, kommentierte West.

»Sie ist sehr groß«, sagte Pimms. »Furchtbar groß.«

Im Schoß der Statue ruhte eine Art riesiger, grüner Urne. Stufen führten auf die Statue hinauf, Stufen, bedeckt von tausenden halb heruntergebrannten Kerzen.

Sie hatten den Raum über eine in die Grabstätte abfallende Rampe betreten, die zum Ende hin immer flacher wurde. Als sie tiefer eingedrungen waren, wurde das Gewölbe in Größe und Gestalt leichter erfassbar. Es war in Form einer gigantischen Ellipse angelegt, ein Ei mit einer Statue an einem Ende und dem Eingang am anderen. Eine steinerne Galerie, ähnlich einem Balkon, zog sich über ihren Köpfen an den Wänden entlang. Riesige Baumwurzeln hingen von der Decke und den Wänden herab.

Als sie der Steinrampe einige Meter ins Innere der Grabstätte gefolgt waren, waren sie zu einer Kristallkuppel von gut einem Meter Höhe gekommen, die von unten beleuchtet zu sein schien.

»Ich frage mich, wie das funktioniert«, sagte West. Mit angestrengter Miene ging er neben der Kuppel in die Knie. »Sieht wie Quecksilber aus. Eine Lache Quecksilber unter der Kuppel.« Er richtete sich auf. »Gut. Diese Schwerter…«, sagte er und deutete auf die gigantische Goldstatue. »Wir werden sie brauchen.« Erst jetzt sah Powell, dass die Rampe nicht weit hinter der Kuppel endete. Dann folgte eine Lücke von etwa zwei oder zweieinhalb Metern – leerer Raum, keine Brücke – zwischen ihrem Standort und der Statue.

Am Fuß der Statue befand sich eine in den Boden eingestampfte Metallplatte. Ein Dreieck in einem Kreis. Und in dem Dreieck: ein Auge.

Das *Allsehende Auge.*

»Warum?«, fragte Powell. »Wozu brauchen wir Schwerter?«

West umrundete den Höcker auf der Rampe, in der Hand eine der Taschenlampen von Julius' Männern, und Powell erkannte zwei Dinge: Zum einen sah er Runen am Rand der Kuppel – Runen, die West gelesen hatte – und zum anderen, dass die Rampe breiter wurde, ehe sie schließlich endete und eine große kreisförmige Plattform um die Kuppel herum bildete. Sechs Punkte am Rand des Kreises waren mit Schlusssteinen gekennzeichnet, jeder ausgestattet mit einer Aussparung von drei oder vier Zentimetern Breite und etwas mehr in der Länge. West deutete auf die Aussparungen.

»Die Runen sagen, sie müssen da rein. Die Schwerter.«

»Nun, dann holen wir sie.« Powell sah zur Uhr. Dreizehn Minuten bis zur Konjunktion. Er drehte sich um. »Julius. Gehen Sie bitte zurück an die Oberfläche und besorgen Sie irgendetwas, was uns hilft, die Plattform zu erreichen. Die Zeit, unnötig, Ihnen das zu sagen, drängt.«

Julius rannte bereits bei dem Wort »unnötig« los und winkte einem seiner Männer, ihn zu begleiten. Während sie auf seine Rückkehr warteten, stellte West Taschenlampen auf, um ihnen einen besseren Überblick zu verschaffen. Überall am Rand des großen Gewölbes befanden sich nischenähnliche Vertiefungen. Powell und West überprüften kurz ihren Inhalt. In einer Vertiefung entdeckten sie eine Reihe von Reliefs von etwa sechs Metern Länge; in einer anderen einen schimmernden Wasserschleier. Mehrere Nischen enthielten identische Reihen von jeweils sechs Affensoldaten – Wests Verwandtschaft.

Powell ging weiter, um die nächste Nische in Augenschein zu nehmen. Hinter ihm waren West und Pimms noch immer ins Gespräch vertieft.

»Pimms.«

»Ja?«

»Glauben Sie, Sie finden allein zurück zur Oberfläche?«

»Nun, wir haben den Weg doch markiert, oder nicht? Mit diesen kleinen Dingern, diesen blauen Flackerdingern, also… vermutlich. Ja. Ich hoffe es.«

Wests Stimme wurde noch leiser als zuvor.

»Gut. Dann gehen Sie.«

»Gehen?«

»Zurück auf die Oberfläche. Wie der Blitz. Hopp-hopp.«

»Aber… ich glaube nicht, dass ich jetzt einfach gehen kann. Ich meine, Mr. Powell…«

»Pimms. Kumpel. Denken Sie jetzt ganz ernsthaft darüber nach, ob Sie nicht lieber doch zurückkehren sollten.«

Powell sah auf seine Armbanduhr. Elf Minuten.

Plötzlich waren Schritte zu hören.

Julius und seine Männer betraten zusammen mit einigen verängstigten Einheimischen den Raum, die zwei Bambusleitern bei sich hatten.

»Exzellente Arbeit, Julius. Bringen Sie sie gleich hierher, genau so.«

Die Leitern waren gerade lang genug, um den Abgrund zwischen Rampe und Plattform zu überbrücken. »Mr. West. Tempus fugit!«, brüllte Powell. »Holen wir die Schwerter.«

Tempus fugit. Verborgen im Schatten einer der Wurzeln, an denen sie herabgeglitten war, konnte Lara ihm nur zustimmen. Die Zeit verfliegt. Sie sah auf ihre Armbanduhr.

Zehn Minuten bis zur Konjunktion.

Sie befand sich weit über den anderen und sah ihnen von oben zu, als sie die Leitern über den Abgrund zwischen der Plattform, auf der sie standen, und der goldenen Statue schoben. Angeführt von Alex, hasteten Powells Männer gleich darauf zu der Statue.

»Okay, Leute«, sagte er, als sie auf der anderen Seite waren. »Nehmen wir das Baby auseinander.«

Sie zogen die Schwerter aus den Händen der Statue zu.

Was um alles in der Welt…?

Die Schwerter sahen ziemlich schwer aus; zwei Männer waren nötig, um eines von ihnen zu tragen. Lara sah zu, wie sie vorsichtig die Stufen hinunter und zurück zu der Rampe gingen, wo sie jedes Schwert in einen erhöhten Schlitz auf der steinernen Plattform schoben.

»Exzellent, exzellent.« Das war Powell. »Sachte, Mr. Julius. Sachte, Mr. Alston. Gut, das war's. Wir haben nur noch wenige Minuten.« Powell hielt die *Uhr der Äonen* in einer Hand und den Chronographen in der anderen. »Vergessen Sie nicht, was wir suchen, ist nicht nur im Raum, sondern auch in der Zeit versteckt.«

Lara schlich über die Galerie ein wenig näher heran und hielt erneut inne.

Der Teil der Galerie, auf dem sie angekommen war, war kaum mehr als eine verfallene Ruine. Wurzeln hatten den Sandstein durchbohrt, bis nur noch Bruchstücke des ursprünglichen Bauwerks zurückgeblieben waren. Dort, wo sie sich nun befand, war die Galerie noch in Ordnung. Sie kauerte sich tief zusammen und hielt die Hand vor die Fackel, um ihr Licht besser dirigieren zu können. Das Gestein um sie herum war von Runen bedeckt. Sie ähnelten denen auf den Fotos von der Uhr und sahen wie verdrehte Spiegelkabinettversionen jener Schriftzeichen aus, mit denen sie inzwischen so vertraut war. Diese neuen Runen enthielten eine einzige, immer wiederkehrende Botschaft – mehrere Zeilen, die sich über die ganze Länge der Grabstätte erstreckten. Wie die Botschaft jedoch lautete…

Sie hatte keinen blassen Schimmer.

»Was machen wir jetzt?« Pimms Stimme hallte durch das Gewölbe an ihre Ohren.

»Die Uhr ist der Schlüssel«, entgegnete Powell. »Sie werden sehen.«

Lara starrte in die Tiefe. Powells Männer – Alex eingeschlossen – standen im Kreis um ihn herum. Zwei Männer schleppten gerade das letzte Schwert zu seinem vorgesehenen Platz.

Und Lara sah, dass die glühende Kristallkuppel tatsächlich die Form eines Auges hatte.

Powell hielt die Uhr über sie. Er schien das innere Zifferblatt abzulesen und starrte mit höchster Konzentration in die Uhr. Ah. Lara hatte verstanden. Er übersetzte.

Sie studierte die verzerrten Runen. Was waren sie? Warum gab es zwei verschiedene Symbolsprachen? Warum erschwerten ihre Schöpfer die…

Aha.

Sie zog ihr Messer hervor und hielt seine glänzende Oberfläche vor die Runen. Perfekt lesbar spiegelten sie sich in der Klinge.

In der Tat ein Spiegelkabinett.

Lara legte das Messer weg und fing an, ihrerseits zu übersetzen, praktisch im Gleichschritt mit Mr. Powell unter ihr.

»Wir werden verleitet…«

»Lügen zu traun«, führte Lara tonlos die Zeile zu Ende. »Wenn wir nicht durch das Auge schaun.«

Das Gedicht von Blake? Was mochte das zu bedeuten haben?«

»Drei Minuten bis zur Konjunktion«, rief Alex.

Powells Männer versenkten das letzte Schwert in dem zugehörigen Schlitz.

»Wenn wir nicht durch das Auge schaun«, beendete nun auch Powell die letzte Zeile des Reimpaares, ehe er sich über die Kristallkuppel beugte und die Uhr auf das Auge stellte.

»Fünfundvierzig, vierundvierzig, dreiundvierzig…«

Powell nickte. »Nicht so schnell, Mr. West. Das Timing muss exakt stimmen.«

»Einundvierzig – kein Scheiß – neunundvierzig…«

Powell blickte für einen Sekundenbruchteil auf. West lächelte ihn an, doch Powell war nicht in Stimmung für Scherze; er hatte bereits halb den Mund geöffnet in der Absicht, Julius den Befehl zur Erschießung dieses Mannes zu erteilen, als ihm bewusst wurde, dass ihm dafür später noch mehr als genug Zeit bleiben würde. Alle Zeit der Welt und noch ein bisschen mehr.

»Seien Sie nicht kindisch.« Powell bedachte West mit einem vernichtenden Blick. »Tun Sie so etwas nicht noch einmal, oder diese Grabstätte hat einen neuen Bewohner, wenn wir sie später wieder versiegeln.«

Dreißig Sekunden, mehr oder weniger, dachte Powell. Und dann wäre das erste Stück des Dreiecks in seinem Besitz.

»Mr. Powell!«

Das war Lara Crofts Stimme. Unmöglich.

Aber als er von der Uhr aufblickte, sah er sie auf der anderen Seite der Grabstätte, hoch über ihnen auf der Galerie stehen.

Sie stellte sich ins Licht. »Sie begehen einen großen Fehler.«

Gewehrfeuer peitschte durch die Grabstätte. Lara verschwand in der Dunkelheit.

»Feuer einstellen. Nicht schießen!« Gott, das war das Letzte, was sie nun brauchen konnten. Womöglich würde eine verirrte Kugel noch die Uhr treffen. »West, zählen Sie weiter. Lady Croft!«

»Mr. Powell. Und Mr. Alex West.« Sie trat erneut ins Licht. »Alex, du hast zählen gelernt. Wie wunderbar.«

»Einunddreißig – Hey, Lara…«

»Bist du mit einem Touristenvisa hergekommen?«

»Neunundzwanzig – nein, ich arbeite – siebenundzwanzig…«

»Lady Croft.« Genug jetzt. »Können Sie mir einen guten Grund nennen, warum ich gerade Ihr Leben verschont habe?«

»Das ist nicht das richtige Auge.«

Unmöglich. »Das ist das Auge.«

»Und ich weiß, wo das richtige Auge ist.«

»Das ist das richtige Auge«, beharrte Powell kopfschüttelnd.

Lara schüttelte den ihren zur Antwort.

»Wirklich nicht, wissen Sie. Eigentlich ist das nur ein Spiegelbild.«

Powell starrte West an, der immer noch zählte. »Zwanzig, neunzehn…«

Bildete er es sich nur ein, oder hatte er einen Ausdruck des Zweifels über das Gesicht des Mannes huschen sehen?

»Lady Croft, ich glaube, Sie versuchen, mich auszutricksen, um mir die Freude zu rauben.«

»Warum sollte ich Sie austricksen oder Ihnen gerade jetzt Ihre Beute abspenstig machen. Ich will doch, dass sie fündig werden, damit ich Ihnen das Stück später stehlen kann.«

Immer noch fleißig zählend, fing West doch tatsächlich zu kichern an. Das Geräusch brachte Powell zur Weißglut.

»Sie bluffen.« Er wandte sich an Julius. »Merken Sie sich: Miss Croft wird sofort getötet, wenn sie irgendetwas Derartiges versucht.«

Julius nickte.

»Sechzehn, fünfzehn…«, zählte West.

Powell starrte auf die Kristallkuppel hinab, auf das wartende Auge, bereit, die Uhr jederzeit wieder an sich zu nehmen.

»Nun, wir können es auf meine Art machen, oder wir kommen alle zusammen bei der nächsten Konjunktion wieder her.« Laras Stimme klang völlig gleichmütig. »Sie dürfen dann auch gern versuchen, mich umzubringen.«

Powell starrte auf das Zifferblatt. Die drei Planeten näherten sich der perfekten Konjunktion. »Das wird weitere fünftausend Jahre dauern«, sagte Lara, »aber…«

Seine Gedanken überschlugen sich. Er blickte hinauf zu Lara, zu der Götterstatue auf der anderen Seite und auf die Urne in ihrem Schoß und erkannte eine kleine Kristallkuppel, eingebettet in die Wände der Urne, die hinausgewölbt war wie ein Bullauge.

War das das Auge?

»Elf. Zehn.«

Er sah das Auge in der Kristallkuppel an. War es das Richtige? War es das Auge in dem Stein am Fuß des Götzenbildes?

Zur Hölle mit all dem. Er schleuderte die Uhr quer durch die Grabstätte zu Lara: ein perfekter Wurf.

Sie fing sie, sprang nach links und war verschwunden.

Für eine Sekunde war Powell sprachlos. Gallenflüssigkeit kroch seine Kehle hinauf. Er würde sie umbringen. Und dann würde er sie wieder beleben und noch einmal umbringen.

Lara tauchte auf der anderen Seite der Galerie wieder auf, unmittelbar neben einem exakten Ebenbild des Auges in der Kristallkuppel.

»Acht«, sagte West.

»Oh Gott«, sagte Pimms.

»Ruhe!«, zischte Powell.

Lara platzierte die Uhr in dem Auge.

Die Plattform, auf der die Männer standen, fing an, sich zu bewegen, bebte und schwankte heftig. Die ganze Grabstätte schien zu vibrieren. Powell erhaschte einen kurzen Blick auf etwas, das sich schemenhaft in der Dunkelheit bewegte, genau dort, wo Lara stand – ein abgehackter Baumstamm, der, zu beiden Seiten an Seilen befestigt, auf der Höhe der Galerie baumelte, genau gegenüber der goldenen Statue. Ein Ende des Stammes war zugespitzt und mit einer Metallspitze versehen, deren Größe exakt zu dem Bullauge in der Urne der Statue passte. Gehalten wurde der Stamm von zwei ineinander greifenden Haken, von denen einer im stumpfen Ende des Holzes, der andere an der Galerie befestigt war. In den beiden Haken steckte ein Metallstift, von dem sich eine massive Kette über eine Reihe von Seilrollen schlängelte, ehe sie im Boden verschwand.

»Fünf.«

Zahnräder ratterten; Metall rasselte auf Metall. Gleich neben Powell schob sich ein Hebel aus der steinernen Plattform hervor. Er betätigte ihn.

Der Stamm löste sich.

Lara Croft sprang auf den Stamm. Was hatte sie vor?

»Erschießt sie!«, schrie Powell.

Die Männer schossen. Kugeln bohrten sich in den Stamm. Holzsplitter flogen durch die Luft. Aber der Schusswinkel passte nicht. Lara war auf der Oberseite des Stammes, lief über den

Stamm zur Vorderseite, und dann durchtrennte sie das vordere Seil, und das zugespitzte Ende schwang herab.

Verdammt. Allmählich hatte Powell genug von dem Unsinn.

Er schnappte sich ein Gewehr, rammte ein neues Magazin hinein und zielte.

Lara Crofts Engelsgesicht lag direkt vor der Mündung.

17

Tue stets das Unerwartete. Regel Nummer eins in Laras Lehrbuch, was in diesem Fall so viel bedeutete, wie: bleib nicht neben der Uhr stehen und warte, bis das erste Stück des Dreiecks auftaucht. Powells Gewehrläufe würden sie die ganze Zeit verfolgen, welche Chance hatte sie also unter diesen Umständen, die erste Hälfte in ihren Besitz zu bringen?

Nein, sie musste den Mann in die Irre führen. Als sie den Stamm vor sich sah, beschloss sie, dass dieser Zeitpunkt so gut wie jeder andere war, um ihren nächsten Zug zu tun. Nun, mitten in der Luft, baumelnd an dem einzigen verbliebenen Tau, das den Stamm noch hielt, plante sie den nächsten. Das Seil loslassen und auf dem fetten Mistkerl mit dem Gewehr landen, der direkt neben Powell stand, um ihn als Schild zum Schutz vor den anderen zu benutzen – den gierigen Mr. West eingeschlossen – und...

Unter ihr packte Powell ein Gewehr und legte auf sie an.

Dann schwenkte er den Lauf herum und schoss auf die Vorderseite der Urne im Schoß der Statue.

Wasser strömte heraus. Lara blickte hinunter und erkannte im Inneren der Urne Würfel aus einer gelben, metallischen Substanz. Gold? Nein.

»Phosphor«, murmelte sie, während sie sich noch immer an den Baumstamm klammerte. Was bedeutete, dass die Würfel mit Sauerstoff in Berührung kamen, sobald genug Wasser abgelaufen war...

»Eins«, sagte Alex.

Die Würfel traten aus dem Wasser.

Und brachen in eine strahlende, weiße Glut aus. Licht explodierte. Lara wandte für eine Sekunde das Gesicht ab und sah nur aus den Augenwinkeln, wie die Kristallkuppel neben Powell barst und eine Säule silbriger Flüssigkeit aus ihr hervorschoss – eine Säule aus Quecksilber, konnte das überhaupt möglich sein?

Sie drehte den Kopf und betrachtete die Säule genauer: Es war ohne Zweifel Quecksilber. Die schimmernde Oberfläche jagte ein Kaleidoskop wogender Reflexionen durch die Grabstätte, eine Lichtshow, die jedem noch so aufwändigen Silvesterfeuerwerk ebenbürtig war.

Ganz oben auf der Quecksilbersäule schimmerte etwas.

»Wirklich wunderschön«, hörte sie Pimms sagen. »Sehr… äh, schön, in der Tat. Aber wo ist die Hälfte des Dreiecks?«

»Sie kommt«, sagte Powell. »Ich kann es fühlen, Pimms. Vergessen Sie nicht, sie ist nicht nur im Raum, sondern auch in der Zeit versteckt. Sie wird in nicht einmal einer… ah.« Powell trat einen Schritt auf die Quecksilbersäule zu.

»Da ist sie!«, brüllte Pimms. »Die erste Hälfte des Dreiecks!«

Und da war sie: Das Schimmern auf der Spitze der Säule aus silberner Flüssigkeit nahm an Intensität zu, und Lara konnte sehen, wie es langsam Gestalt annahm.

Sie ließ das Seil los.

Powell griff nach dem Dreieck.

Lara schlug einen Salto in der Luft, schoss an ihm vorbei und schnappte sich das kostbare Stück.

Die Quecksilbersäule fiel mit einem spektakulären Platschen in sich zusammen. Ströme silbriger Flüssigkeit füllten jeden erreichbaren Riss in dem steinernen Boden gleich einer flüssigen Pflanze mit metallischen Wurzeln, die sich mit irrwitziger Geschwindigkeit ausbreitete.

Lara landete auf der Plattform, direkt gegenüber von Powell. Sie hielt das Dreieck in einer, eine 45er in der anderen Hand. Der Lauf war auf Powells Kopf gerichtet.

»Sehen Sie?«, sagte sie. »Ich musste warten, bis Sie es entdeckt hatten, ehe ich es Ihnen stehlen konnte.«

»Fein gemacht, Lady Croft.« Statt Wut zu zeigen, sah Powell sie nur an, nickte langsam und lächelte. Das war schlimmer als bloße Wut; ein Blick in seine Augen reichte, um ihr eine Gänsehaut über den ganzen Leib zu jagen. »Wie es scheint, habe ich Sie unterschätzt. Aber ich verspreche Ihnen, das wird sich nicht wiederholen.«

»Mir wird ganz warm ums Herz.«

Powell deutete mit einem Nicken auf den Baumstamm. »Das war wirklich beeindruckend. Ich nehme an, wir könnten einige Ihrer Fähigkeiten gut gebrauchen.«

»Niemand gebraucht mich, Mr. Powell.«

»Mir scheint, Ihnen bleiben derzeit nicht allzu viele Möglichkeiten.« Er lächelte. »Sehen Sie sich um. Meine Männer sind geringfügig in der Überzahl.«

Lara sah sich um. Gut ein Dutzend von ihnen hatten sie eingekreist, die halbautomatischen Gewehre im Anschlag. Sie sah sie durchaus, doch ihre Aufmerksamkeit galt etwas ganz anderem.

Das Quecksilber, das sich aus der Kuppel ergossen hatte und auf den Boden geflossen war…

…floss nun die Wände hinauf.

Nicht gerade ein normales Verhalten für dieses Material; nicht normal für *irgendein* Material, soweit sie es beurteilen konnte.

»Also, Lady Croft?« Powell verschränkte die Arme vor der Brust und bedachte sie erneut mit diesem gruseligen Lächeln. »Was gedenken Sie nun zu tun?«

Das Quecksilber hatte die Decke erreicht. Innerhalb der Nischen fing es an, auf die Köpfe der Statuen zu tropfen. Auf die Affensoldaten.

Urplötzlich hatte Lara ein verdammt schlechtes Gefühl in Bezug auf das, was als Nächstes passieren würde.

»Was ich zu tun gedenke?« Sie steckte die Waffe zurück ins

Halfter und trat einen Schritt zurück. »Ich werde hier rausgehen. Und ich rate Ihnen dringend, das Gleiche zu tun.«

»Warum – genau – sollte ich das tun?«

»Weil das Ihre einzige Hoffnung ist, hier rauszukommen. Lebendig, meine ich.«

Einen Augenblick schien Powell verwirrt zu sein, doch dann grinste er. »Welch dramatische Vorstellung! Wunderbar!« Er klatschte in die Hände und lachte aus vollem Hals. Alex nicht. Er sah, was Lara sah.

»Äh, Powell. Ich schätze, sie könnte Recht haben. Eigentlich...«

Powell wandte sich von Lara ab, bereit, auf Alex loszugehen. »Seien Sie nicht...«

Lara hatte das ausgesprochene Vergnügen zu sehen, wie Powells Unterkiefer herabsackte.

Ein Affensoldat, eine der Statuen, war zwischen Powell und Alex getreten und stand dem älteren der beiden Männer nun Auge in Auge gegenüber.

»Albern«, beendete Powell mechanisch seinen Satz, während er zu dem Soldaten aufblickte. »Bemerkenswert.«

Rückzug, dachte Lara und schob das Dreieck hinter ihren Gürtel.

Das Knirschen von Gestein hallte durch die Grabstätte. In den Nischen, auf der Galerie, auf dem Boden – überall erwachten die Affensoldaten zum Leben.

»Heilige Mutter Gottes«, keuchte Pimms und wich stolpernd zurück.

Der Affensoldat neben Powell erhob sein Schwert.

Mit perfekt synchronisierten Bewegungen hoben sämtliche Affensoldaten in der Grabstätte ihre Schwerter, was ein ziemlich beeindruckender Anblick war.

Dann stieß der Anführer der Affensoldaten sein Schwert nach Powell, der sich im allerletzten Augenblick duckte, und rundherum brach die Hölle los.

Lara sprang seitlich von der Plattform, zog gleichzeitig ihre Waffen, zielte auf den nächsten Affensoldaten und schoss noch im Fallen. Die Kugeln zerschmetterten sein Schwert und seinen Arm. Also waren diese lebendigen Statuen nicht unzerstörbar. Man sollte Gott auch für kleine Dinge dankbar sein.

Auf der Plattform stellten sich Powells Männer kreisförmig um ihn und Pimms herum auf und feuerten wie wild mit ihren AK-47-Gewehren. Auch Alex tat sein Teil dazu.

In diesem Augenblick löste sich einer der Affensoldaten aus der Gruppe, die Powell angegriffen hatte, und ging, das Schwert drohend erhoben, auf Alex zu.

Was war da los?

»Hör mal, es tut mir wirklich Leid«, sagte Alex. »Willst du das hier zurückhaben?«

Er griff in seine Tasche und streckte dem Soldaten einen Stein entgegen. Nein, keinen Stein. Ein Juwel. Der Soldat streckte die Hand danach aus…

Alex schoss ihm den Kopf von den Schultern. »Reingefallen.« Als der Kopf herabfiel, sah Lara, dass ihm ein Auge fehlte.

»Alex West!«, brüllte sie. »Du bist ein Arschloch!«

Lächelnd drehte er sich zu ihr um. »Ich glaube, der korrekte Titel lautet ›Tomb Raider‹, trotzdem vielen Dank.«

Lara starrte ihn finster an. »Du bist kein Tomb…«

Etwas zischte links von ihr, und sie duckte sich hastig, während ein Schwert über ihren Kopf sauste. Sie zog ihre 45er und schoss dem Soldaten den Arm ab. Gleichzeitig sah sie, dass Powells Männer gerade mit den letzten Affensoldaten auf der Plattform aufräumten.

»Könnte ich das bitte einmal sehen?« Alex deutete lächelnd auf das Dreieck, das in ihrem Gürtel steckte.

»Ich werde ein Foto davon machen und es dir schicken«, sagte Lara. Es war Zeit zu gehen.

Sie machte kehrt, sprang wieder auf die Plattform und rannte los, bahnte sich im Zickzack einen Weg über die Bruchstücke der Galerie am Boden, sprang hier und da über Einzelteile der Affensoldaten, feuerte aus beiden Waffen und jagte auf die Rampe am Eingang zu.

»Haltet sie auf!«, brüllte Powell. »Sie hat das Dreieck!«

Eine umgestürzte Säule, dick wie ein Mammutbaum, versperrte ihr den Weg. Zu hoch, um darüber zu springen, und zu groß, um sie mit Schüssen zu zertrümmern. Hastig sprang sie von der Rampe auf den Boden der Grabstätte und hievte sich auf der anderen Seite wieder hinauf, verfolgt von zwei von Powells Männern.

Zwei weitere standen direkt vor ihr.

Verdammt.

Der Boden bebte erneut.

»Jesus, was ist denn jetzt wieder los?«, schrie Powell und sah sich um. »Was geht hier vor?«

Auf dem gegenüberliegenden Podest stemmte sich die sechsarmige goldene Statue auf die Beine. Immer höher und höher erhob sie sich über die Männer. Gestein krachte unter den Füßen der Statue, die sich bewegte, als würden steife, verkümmerte Muskeln sich wütend dagegen wehren, wieder benutzt zu werden.

Als das Ding jedoch in einer einzigen geschmeidigen Bewegung von dem Podest herabstieg, sich bückte, die Hände ausstreckte und seine sechs massiven Schwerter aus den Schlitzen rund um die Kristallkuppel zog, eines mit jeder Hand, machte es einen ziemlich gelenkigen Eindruck. Es richtete sich wieder auf, zwölf, fünfzehn Meter hoch, und schwenkte suchenden Blickes die drei Köpfe herum.

Powells Männer verschossen derweil Unmengen an Munition in Schwindel erregender Abfolge. Kugeln bohrten sich in die Statue, lösten Fragmente aus Gold, Stein und Juwelen aus ihrem Leib, die durch die Luft wirbelten wie Holzspäne in einer Sägemühle, aber die Kreatur schien sie nicht einmal wahrzunehmen. Offenbar suchte sie etwas.

Ein Augenpaar richtete sich auf Lara, und die drei Köpfe erstarrten.

Die beiden Beine schritten geradewegs auf sie zu, und unter jedem ihrer Schritte erbebte die ganze Grabstätte.

»Was?«, brüllte Lara. »Was willst du?«

Sie hob ihre 45er und fing an, ihrerseits wie verrückt auf das Ding zu schießen. Ihre Munition riss größere Stücke aus dem Stein als die der AK-47, aber für die Statue machte das keinen Unterschied. Sie war so groß wie eine Zugmaschine samt Auflieger; sie schluckte die Schüsse einfach und kam weiter auf Lara zu, während die Schwerter zischend vor ihr durch die Luft schwirrten.

Die 45er in ihrer rechten Hand gab ein tonloses Klicken von sich; das Magazin war leer.

Lara schlug auf einen Knopf am Riemen ihres Rucksacks. Ein kleines Gestell glitt heraus und baumelte an der Unterseite des Rucksacks. Ein Vorrat neuer Magazine ragte säuberlich aufgereiht zu beiden Seiten des Gestells hervor. Während sie mit der linken Hand ununterbrochen weiterfeuerte, griff sie mit ihrer Rechten nach hinten und lud ihre Waffe nach.

Nette Konstruktion, Bryce. Sie beschloss, sich bei ihm zu bedanken, sobald sie wieder zu Hause war.

Eine Bewegung zu ihrer Rechten.

Lara drehte sich um. Zwei Affensoldaten kamen auf sie zu, die Schwerter hoch erhoben. Sie schwenkte die Waffen herum, aber sie waren schon zu nahe, also ließ sie sich fallen und rollte sich ab…

Eines der gigantischen Schwerter der Statue sauste herab und enthauptete beide Soldaten auf einen Streich.

Sie rannte. Die Statue folgte ihr. Lara konnte sich nicht erinnern, wann sie je mit solcher Inbrunst gejagt worden war – möglicherweise von dem Herzog von Farrington, wobei dessen Absichten jedoch weit einfacher zu durchschauen gewesen waren. Also, was wollte der goldene Knabe von ihr? Was hatte sie, was dieses…

Sie fühlte das Stück des Dreiecks unter ihrem Gürtel.

»Alex!«, brüllte sie. »Du wolltest dir das hier doch mal ansehen.«

Auf der anderen Seite des Raumes, am Fuß des Podestes,

von dem die Statue sich erhoben hatte, senkte West sein Gewehr.

»Was?«

»Hier. Es gehört dir.«

Sie warf ihm die Hälfte des Dreiecks zu. Mit verwirrtem Gesichtsausdruck fing er sie auf.

»Croft?« Er starrte fassungslos auf das kostbare Gut in seiner Hand. »Was zur Hölle...?«

Die Statue wendete beinahe mitten im Schritt und bewegte sich auf Alex zu, wobei ihre steinernen Füße bei jedem schnellen Schritt Risse im Boden hinterließen.

Alex Augen weiteten sich vor Entsetzen. »Scheiße!« Er hob sein Gewehr und feuerte. Lara unterstützte ihn, pumpte Kugel um Kugel in den Rücken der Statue, während diese noch immer auf Alex zuhielt. Nun, da sie wieder ein wenig Raum zum Atmen hatte, konnte sich Lara besser auf das Schießen konzentrieren. Sie zielte auf eine Schulter der Statue, und ihre Kugeln rissen große Stücke aus dem Gestein.

Ein Arm fiel zu Boden und zersprang beim Aufprall. Einer erledigt, blieben noch fünf.

Die Kreatur hatte Alex erreicht. Er wich zurück in den Schutz einer der Säulen, die die Galerie stützten. Gerade noch rechtzeitig, denn im nächsten Augenblick sauste ein Schwert an genau der Stelle durch die Luft, an der er gerade noch gestanden hatte.

Die Statue schlug auf den Pfeiler ein und zerlegte ihn in zwei Teile.

Das ganze Gewölbe erzitterte. Staub rieselte von der Decke.

»Ich hab's mir anders überlegt!«, brüllte Alex und hielt das Dreieck hoch. »Du kannst es behalten!«

Das Dreieck segelte quer durch den Raum zu ihr zurück, und die Statue machte kehrt, um seinen Flug zu verfolgen.

»Fangt es! Fangt es auf!« Powell, der von der Rampe aus alles beobachtet hatte, wollte seinen Männern Befehle erteilen, doch sie zeigten wenig Neigung, irgendetwas zu unternehmen.

Lara schob eine ihrer Waffen ins Halfter und schnappte sich das Dreieck. Die Statue kam erneut quer durch den Raum auf sie zu. Sie rannte im Halbkreis davon, sodass Powell und seine Männer sich plötzlich zwischen ihr und der Statue befanden.

»Komm und hol sie dir!«, schrie sie und hielt das Dreieck in die Luft, ehe sie es wieder hinter ihrem Gürtel in Sicherheit brachte.

Die Kreatur stürzte geradewegs auf sie zu. Schwerter blitzten auf, als das Monstrum sich seinen Weg über die Plattform bahnte.

Blut und Schreie erfüllten die Luft; Powell und seine Männer fielen der Statue zum Opfer. Nein, nicht Powell.

Lara blieb gerade ein Sekundenbruchteil, es zu registrieren, ehe sie sich auf die Kreatur konzentrieren musste, die nun wieder näher kam. Sie feuerte aus beiden Waffen, und dieses Mal richtete sie tatsächlich Schaden an. Die Statue war wie ein steinernes Skelett, ein Schatten ihres früheren Selbst, obwohl sie immer noch genug Kraft hatte, die gewaltigen Schwerter zu schwingen.

Eines hob sie nun.

Lara zielte auf den zugehörigen Arm und schoss, einmal, zweimal, und der Ellbogen explodierte in einem Regen aus Steinsplittern. Der Arm fiel zu Boden.

Nummer zwei erledigt.

Das Ding kam immer noch näher, aber nun war es wie beim Scheibenschießen, und obwohl Lara nach wie vor zurückwich, hatte sie das Gefühl, die Kontrolle wiederzuhaben, als sie auf einen weiteren Arm zielte, nun mit nur einer Waffe, während sie gleichzeitig mit der anderen Hand hinter sich griff, um nachzuladen…

Keine Munition mehr.

Die Statue griff an.

Regel Nummer eins, dachte Lara und ging zum Gegenangriff über.

»Croft!«, hörte sie Alex schreien. »Bist du verrückt geworden?«

Etwa eineinhalb Meter vom Zusammenprall entfernt, ließ sie sich fallen und trat mit beiden Beinen zu. Sie traf die Statue in einem Bereich, der bei lebendigen Wesen überaus empfindlich zu sein pflegte, aber in diesem Augenblick nur einen passenden Angriffspunkt darstellte, einen Hebelpunkt, und sie trat gerade fest genug zu, um die Statue aus dem Tritt zu bringen…

Ein gewaltiger Steinbrocken brach aus den Beinen der Kreatur und stürzte zu Boden.

»Mann.« Alex schüttelte den Kopf. »Das war knapp.«

Die Statue schwankte, prallte gegen eine Seitenwand der Grabstätte und zertrümmerte einen weiteren Pfeiler.

Wieder erbebte die Grabstätte.

Staub rieselte auf Laras Kopf herab.

Lara blickte auf. Die Galerie brach zusammen. Sie rollte sich unter der Statue weg und sprang aus dem Weg, als ein kleiner Geröllhaufen auf die Kreatur herabstürzte. Und das war's dann auch für den Goldjungen; er bestand nur noch aus Schutt. Powell brüllte etwas und deutete auf sie, als sie erneut auf den Eingang der Grabstätte zusprintete, der jedoch von den übrigen, noch immer kampfbereiten Affensoldaten blockiert wurde. Doch dafür hatte sie keine Zeit. Sie sprang auf einen Steinhaufen, dann über einen anderen hinweg. Als die Affen kehrtmachten, um sich auf sie zu stürzen, drehte sie sich um und kam ihrerseits auf die Kreaturen zu, und noch ehe sie auch nur die Schwerter heben konnten, war sie schon über ihnen, benutzte ihre Schultern als Trittstufen, rannte über sie hinweg und katapultierte sich durch den Eingang der Kammer auf die Rampe und rannte aus der Grabstätte hinaus.

Sie schoss an verblassenden blauen Leuchten vorüber, die alle dreißig Meter an den Seiten des Ganges platziert waren, und schließlich sah sie Licht vor sich – richtiges, echtes Tageslicht. Schließlich ließ sie den Tunnel hinter sich, rannte hinaus in die Sonne und starrte in die verblüfften Gesichter der Arbeiter und einiger von Powells Männern, die, denkunfähig ihrer Schlägernatur gehorchend, sofort zu schießen anfingen. Doch sie waren viel zu langsam und der Dschungel zu nah. Schon war sie mitten im Busch, schob sich an Gestrüpp vorbei oder mitten hindurch, und die Zweige peitschten auf ihren Leib und…

Einen Augenblick.

Wohin lief sie überhaupt?

Fernglas und Funkgerät lagen in ihrem Rucksack, also griff sie nach ihrer Gürteltasche und zog das kleine Funktelefon hervor, klappte es auf, ohne anzuhalten, und drückte auf die Schnellwahltaste.

»Bryce! Bryce! Wach auf!«

Sie hörte etwas hinter ihr durch die Büsche krachen. Sie wollte zu ihrem Landrover – sie hätte jeden Betrag auf ihre Chancen verwettet, mit heiler Haut davonzukommen, sobald sie erst die gepanzerte Sicherheit des Wagens erreicht hatte –, aber nach einem Blick zur Sonne fürchtete sie, beinahe in die entgegengesetzte Richtung zu laufen.

Eine Stimme ertönte am anderen Ende der Leitung.

»Äh, hallo, Brycey kann gerade nicht ans Telefon gehen, aber wenn Sie eine Nachricht hinterlassen, setzt er sich so bald wie möglich mit Ihnen in Verbindung. Biiieep.«

Sie grinste. »Wirklich komisch. Ho-ho.«

Schüsse durchschnitten die Luft um sie herum.

Sie duckte sich und schwenkte nach rechts; mit eingezogenem Kopf kauerte sie sich so dicht wie möglich zu Boden.

»Lara? Waren das Schüsse? Bist du in Ordnung?«

»Ja, ja und ja. Im Augenblick laufe ich allerdings gerade blind durch die Gegend und könnte ein bisschen Hilfe brauchen. Östlich der Grabstätte. Irgendwelche Vorschläge?«

Mehr Schüsse. Aus der Richtung, aus der sie kam.

»Muss den Computer anschalten. Dauert einen Moment. Und los geht's, wo sind wir denn…?«

»Kambodscha«, bot Lara an. »Schon vergessen?«

Ein Schrei hinter ihr. Eine kurze Sekunde lang sah Lara einen von Powells Männern, der sich durch das Gestrüpp schlug. Und Alex. Und Pimms, der auf sie deutete.

Sie rannte weiter, so schnell sie konnte.

»Da ist ein Fluss!« Das war Hillary, der im Hintergrund herumbrüllte.

»Ah, der blaue Streifen. Ja, ein Fluss«, sagte nun Bryce. »Äh, nordöstlich, etwa dreißig Grad von... nein, nein, bleib dran...«

Kugeln surrten über ihren Kopf. »Du willst mich in die Warteschleife hängen?«

Aber nun, während sie rannte, konnte sie ein Rauschen hören, und sie wusste, was das bedeutete, also drückte sie ohne Abschied auf die Unterbrechertaste des Funktelefons, stopfte es wieder in die Gürteltasche und schoss mit neuer Energie voran.

Tut mir Leid, Jungs, entschuldigte sie sich in Gedanken bei Bryce und besonders bei Hillary, der nun vermutlich voller Sorge im Kontrollraum saß und sich fragte, was los war, *aber ich muss unser Gespräch vertagen.*

Sie brach durch die letzten Ausläufer des Dschungels und erreichte eine Lichtung. Nur ein Flecken Erde und direkt dahinter...

Eine Klippe. Das Rauschen, das Geräusch fließenden Wassers, erklang direkt dahinter. Freiheit.

Sie hörte, wie das Gestrüpp hinter ihr gewaltsam geteilt wurde, dann eine Stimme.

»Ich werde schießen.«

Lara grinste.

Sie kannte diese Stimme. Alex. Und sie konnte sein Keuchen hören.

»Lara, gib auf. Die anderen Kerle werden dich umbringen.«

Sie drehte sich immer noch nicht um, sondern spannte stattdessen die Gurte ihres Rucksacks nach.

»Die vielleicht. Du nicht.«

»Sei dir da nur nicht so verdammt sicher. Dieser Job ist mir wichtig. Sehr wichtig.«

Nun drehte sie sich um. Und lächelte.

»Nicht so wichtig wie ich.«

Er errötete.

Sie sprang.

18

»Ja, Mr. Gareth. Nein, Mr. Gareth. Nein, Sir. Ja, Sir. Nein, Sir. Eine Sekunde, Sir.« Powell deckte die Sprechmuschel des Telefons mit der linken Hand ab. »Pimms, hören Sie auf, mich so anzuglotzen, oder ich schicke Sie in dieses Grab zurück, um die Munition einzusammeln, die wir dort zurückgelassen haben.«

Pimms wandte den Blick ab. Er stand neben Powell, der wiederum mit dem abhörsicheren Satellitentelefon in der Hand neben dem Landrover stand, auf dessen Motorhaube er die Satellitenschüssel aufgebaut hatte. Gareth rief ihn im Auftrag des Rates an. Powell stellte sich vor, wie der distinguierte Gentleman im Hintergrund beifällig nickte. Der Rat wollte wissen, ob sie das Stück gefunden hätten. Das war vor fünf Minuten gewesen. Powell war gerade dabei, seinen lautstark geführten Bericht zu beenden.

»Ja, wir werden sie verfolgen, obwohl ich zuversichtlich bin, dass Lady Croft zu uns kommen wird. Die eine Hälfte ist ohne die andere nutzlos.« Ein Wortschwall sprudelte aus dem Telefonhörer hervor. »Nein. Es ist äußerst unwahrscheinlich, dass sie die Konjunktion einfach verstreichen lässt, ohne das Ding zu benutzen. Schließlich ist sie eine Croft, Sir. Sie wissen, was das heißt.« Er nickte. »Ja, Sir. Auf Wiederhören, Sir.«

Powell rammte den Hörer auf die Gabel und massierte sich den Nasenrücken mit Daumen und Zeigefinger.

»Ich stehe unter Spannung«, verkündete er. »Unter sehr großer Spannung.«

Er hörte schlurfende Schritte, die sich von ihm entfernten. Sehr vernünftig, denn er verspürte das überwältigende Bedürfnis, sich eine Waffe zu greifen und wahllos Menschen zu erschießen. Es gab nichts Besseres als die Macht über Leben und Tod, um das Gefühl der Hilflosigkeit zu vertreiben.

Als er die Augen wieder öffnete, starrte Pimms ihn besorgt an. »Soll ich Ihnen einen Drink bringen, Sir? Irgendetwas, das Sie entspannt?«

Powell schüttelte den Kopf. »Nein. Das Einzige, was mich entspannen würde, wäre das Gefühl dieses Dreiecks in der Hand. Können Sie es mir beschaffen? Nein? Dann lassen Sie mich in Ruhe.«

Natürlich hatte er Gareth belogen. Es war durchaus möglich, dass Lady Croft einfach mit der ersten Hälfte des Dreiecks nach Bora Bora weiterreisen und dort warten würde, bis die Konjunktion vorüber war. Das durften sie nicht zulassen. Er musste sie zwingen, ihm das Dreieck zu bringen. Er benötigte ein Druckmittel.

West saß auf dem Boden, mit dem Rücken an einen der Steine gelehnt, die sie zuvor ausgegraben hatten. Seit er von seiner erfolglosen Jagd auf Lady Croft zurückgekehrt war, hatte er kaum ein Wort gesprochen.

Powell winkte ihn zu sich.

»Mr. West, bitte kommen Sie her.«

West stand auf und kam näher.

Powell legte ihm einen Arm um die Schultern.

»Ich möchte, dass Sie mir alles erzählen, was Sie über Lady Croft wissen. Zum Beispiel, wer ihr am nächsten steht. Wer ist ihr wichtig? Für wen würde sie sich Ihrer Meinung nach opfern?«

»Äh…« West wand sich unbehaglich. »Das sind… äh, persönliche Informationen, Mr. Powell. Äußerst persönliche Informationen.«

»Ja.« Powell legte den Arm fester um Wests Schultern und drehte ihn mit einem Ruck herum, sodass sie einander Auge in Auge gegenüberstanden. »Genau.«

Das Wasser war warm.

Die Sonne war noch wärmer.

Und der Fluss strömte friedlich dahin.

Lara war nach ihrem Sprung wieder aufgetaucht, hatte sich an einem dicken Ast festgeklammert und mit der Strömung treiben lassen. Die Strömung war stark, aber nicht allzu sehr. Sich an dem Ast festzuhalten, fühlte sich an, als würde sie von einem langsam fahrenden Motorboot gezogen werden. Wie bei der Einführungsrunde vor einer Wasserskiveranstaltung. Lara lag auf dem Rücken und sah zu, wie die hohe Felsklippe und Alex hinter ihr in der Ferne zusammenschrumpften.

Das Wasser strömte dahin und trug Lara, die das Dreieck sicher in ihrem Gürtel verstaut hatte, mit sich fort. Der Himmel verdunkelte sich, und es begann zu regnen. Einige Minuten goss es wie aus Eimern. Die Strömung nahm zu. Dann ließ der Wolkenbruch nach, und die Sonne kam wieder hinter den Wolken hervor.

Die Klippen auf beiden Seiten des Flusses wichen zurück und machten zunächst Dschungel und schließlich Farmland Platz. Weiter stromabwärts erkannte Lara Reisfelder und Bauern, sowohl Männer als auch Frauen. Einige trugen Hüte, andere waren bis zur Hüfte nackt. Alle gingen ihrer Arbeit tief vornüber gebeugt nach.

Ein alter zahnloser Mann paddelte in einem Kanu an Lara vorbei, ohne sie zu bemerken, und starrte mit zusammengekniffenen Augen ins Wasser. Ein Fischernetz hing zur Hälfte aus seinem Boot heraus.

Die Strömung wurde wieder langsamer. Lara rollte sich herum und sah eine Hütte, die auf Stelzen in den Fluss hineinragte und rasch näher kam. Dann eine zweite, dritte und vierte Hütte an beiden Flussufern. Zu ihrer Rechten erhob sich in der Ferne ein wunderschönes goldenes Gebäude auf einem Hügel. Ein Tempel.

Lara ließ den Ast los, schwamm ans Ufer und stieg in der Nähe einiger am Strand herumtollender Kinder aus dem Wasser. Die Kinder entdeckten sie und brachen in lautes Gelächter aus.

»Was ist so lustig?«, fragte Lara mit gespieltem Ernst, die Hände in die Hüften gestemmt.

Wieder krähten die Kinder vor Lachen und rannten davon.

Ein Stück flussabwärts kniete ein junger Mann in einer safranfarbenen Robe im Sand und sang ein monotones Lied. Sein Kopf war kahl geschoren. Lara wartete, bis er verstummte, und räusperte sich.

»Entschuldigen Sie«, sagte sie auf Khmer. »Mein Telefon ist nass geworden. Wissen Sie, wo ich hier ein Ferngespräch führen kann?«

Der Mönch sah blinzelnd zu ihr auf.

»Telefon.« Er lächelte. »Sicher. Kommen Sie mit mir.«

Eine halbe Stunde später stand Lara in trockener Kleidung – einem ausgemusterten Sari – auf dem Dach des Tempels, den sie vom Fluss aus gesehen hatte. Der Tempel gehörte zu einem größeren Gebäudekomplex, einem buddhistischen Mönchskloster, das von einer Mauer umgeben wurde. Neben ihr standen der Abt des Klosters, ein älterer, etwas gebrechlich wirkender Mann Ende sechzig, und ein jüngerer Mönch, der eine kleine Satellitenschüssel in den Händen hielt, die er genau nach Westen ausgerichtet hatte.

Lara presste das Satellitentelefon des Klosters an ihr Ohr. Sie hatte Bryces Nummer im Wohnwagen gewählt.

»Haben Sie eine Verbindung?«, fragte der alte Mönch.

»Die Verbindung steht.« Lara nickte. Sie hörte ein Freizeichen. »Aber noch meldet sich niemand.«

»Hallo?«, klang in diesem Moment eine Stimme aus dem Hörer auf.

»Bryce.« Lara lächelte. »Ich bin's. Alles in Ordnung bei mir.«

»Ah. Gott sei Dank. Hillary und ich waren… nachdem die Verbindung abgebrochen ist…«

»Wie geht es Hilly?«

»Ich habe ihn vor ein paar Stunden mit einer Flasche Glenfiddich schlafen geschickt. Er wird sehr erleichtert sein, wenn er aufwacht. Hast du die Uhr zurückbekommen?«

»Nein, aber ich habe das erste Dreieck.« Sie spürte einen stechenden Schmerz in ihrem Arm. Obwohl man sich sorgsam um sie gekümmert hatte, blutete die Wunde immer noch. Es war nicht mehr als eine Schramme, vermutlich von einem Querschläger oder dem Splitter eines Affensoldaten, aber sie schmerzte höllisch.

»Das sind großartige Neuigkeiten! Wuun-deer-baar! Klasse!« Bryce klang regelrecht aufgekratzt, und plötzlich stellte Lara fest, dass sie sich ebenfalls so fühlte.

»Yep. Also kann ich mich schätzungsweise auf gleicher Augenhöhe mit Mr. Powell herumschlagen.«

»Wird er dich jetzt nicht einfach umbringen wollen?«

»Nein, nein. Zuerst will er die Hälfte des Dreiecks, die Sache mit dem Umbringen kommt dann später. Und das wird sein großer Fehler sein.«

»Dich umzubringen?«

»Nein, Dummkopf. So weit werde ich es niemals kommen lassen. Sein Problem ist, dass er das Stück braucht, das ich habe. Das eine ist nutzlos ohne das andere.«

Der alte Mönch starrte sie an und nickte, als wüsste er genau, worum es ging. Das war natürlich völlig unmöglich, da er bestenfalls Pidgin-Englisch sprach und nicht die geringste Ahnung haben konnte, was das ganze Gerede über Uhren, Dreiecke und Umbringen zu bedeuten hatte. Aber trotzdem…

Lara hatte das merkwürdige Gefühl, dass in dem kleinen Mann mehr steckte, als der äußere Anschein vermuten ließ.

»Wie auch immer, bis Powell meine Hälfte des Dreiecks in den Fingern hält, bin ich seine neue Busenfreundin. Er wird alles für mich tun.«

Das Satellitentelefon gab ein Piepsen von sich. Ein Anruf in der Warteschleife? Vielleicht war das ihre Rückfahrkarte. Shugrave hatte Zugriff auf das Echelon-Netz und konnte jedes Gespräch nach oder aus Kambodscha abhören. Vielleicht war er es. Oder Tookie. Lara hatte ihnen gesagt, wohin sie reisen würde.

»Ich muss kurz unterbrechen, Bryce. Melde mich später wieder.«

»Aber...«

Sie schaltete auf den anderen Anruf um. »Lara in Kambodscha.«

»Lady Croft.« Von wegen Tookie oder Shugrave. Es war Powell. »Ich habe in der Hoffnung, Sie zu finden, alle Gespräche nach London überprüft. Und jetzt habe ich Sie gefunden. Sie informieren sich über die Lage an der Heimatfront, wie ich sehe. Wie geht es Bryce? Und Ihrem Butler... Hillary, richtig? Ertragen die beiden Ihre Abwesenheit?«

»Sie kommen klar, denke ich«, erwiderte Lara so eisig wie möglich. »Obwohl Sie das in keinster Weise etwas angeht.«

»Es gibt viele Dinge, die mich etwas angehen, Lady Croft. Ihre beiden Freunde stehen allerdings zur Zeit nicht oben auf meiner Liste.«

»Belassen Sie es besser dabei.«

»Was dagegen zur Zeit ganz oben auf meiner Liste steht, ist das erste Stück des Dreiecks«, fuhr Powell fort, als hätte er ihre Warnung überhört. »Sie haben es doch immer noch, oder?«

»Allerdings.«

»Gut. Kann ich davon ausgehen, dass es unbeschädigt ist?«

»Das Dreieck ist intakt, Mr. Powell.«

»Und Sie? Wie steht es mit Ihnen?«

»Ich lebe.«

Powell lachte. »Und verteilen kräftige Tritte, hoffe ich.«

»Im Moment nicht«, sagte Lara. »Es sind gerade keine Zähne da, die ich einschlagen könnte. Aber vielleicht später... wer weiß?«

»Ja, wer weiß.«

»Und Sie, Mr. Powell? Wie fühlen Sie sich heute Nachmittag?«

»Blendend.«

»Okay. Bye.«

Sie wartete einen Moment. Das Telefon klingelte erneut.

»Kommen Sie zur Sache«, sagte sie, nachdem sie den Anruf angenommen hatte.

»Natürlich. Ich schweife ab. Sie haben meine Hälfte des Dreiecks.«

»Sie haben die Uhr meines Vaters.«

»Ahh… Ganz genau. Hören Sie, meine Liebe. Beim derzeitigen Stand der Dinge sind wir beide ohne den anderen ziemlich aufgeschmissen.«

Lara wartete.

»Und wir leben in spannenden Zeiten«, fügte Powell hinzu. »Also, meine Liebe, sollten wir unsere Positionen neu überdenken. Ob es uns gefällt oder nicht, wir sind Geschäftspartner. Deshalb sollten wir ein geschäftliches Gespräch führen. Wir sollten uns treffen.«

»Sie meinen, Sie wollen eine weitere Gelegenheit schaffen, mich umzubringen.«

»Oh, das ist hart. Aber vielleicht. Warten Sie's ab und überzeugen Sie sich selbst. Kommen Sie nach Venedig. Via Doloroso. Ich werde dort auf Sie warten.«

Die Verbindung wurde abgebrochen.

»Arschloch.«

Der Mönch musterte Lara. »Stimmt irgendwas nicht?«

Lara schaltete zu Bryce zurück. »Okay, da bin ich wieder.«

»Wer war das gerade?«

»Powell. Er will verhandeln.«

»Natürlich will er das. Er braucht das erste Stück des Dreiecks. Und du brauchst ihn. Er hat die Uhr. Nur mit ihr lässt sich die zweite Grabstätte finden. Es sei denn, dein Vater hat dir weitere geheime Nachrichten hinterlassen…«

»Nicht, dass ich wüsste.« Lara dachte einen Moment lang nach.

»Bryce, brauchen wir Powell wirklich? Ist es nicht möglich, die Lage der zweiten Grabstätte mithilfe deiner Bilder von der Uhr zu berechnen?«

»Hab ich schon versucht. Die kurze Antwort lautet: Nein. Meine Berechnungen haben sich auf deine Übersetzung der Runen in Verbindung mit dem aktivierten Zifferblatt gestützt. Jedem Punkt, der für die Position eines Planeten stand, wurde ein numerischer Wert zugeordnet und dann auf die jeweilige aktuelle astronomische Position projiziert. Und wo sie die Bahnen kreuzten, voilà, befand sich die Grabstätte. Jetzt kommt eine zweite Reihe von Planeten ins Spiel, und ich habe keinen Anhaltspunkt, mit dem ich die Nulljustierung bestimmen könnte. Darüber hinaus besteht die Möglichkeit, dass die zweite Phase der Konjunktion irgendeine Neuausrichtung der ursprünglichen Operatoren zur Folge hat und…«

Lara ließ ihn reden, während ihr Gehirn fieberhaft arbeitete. Sie würde also nach Venedig fliegen und mit Powell verhandeln müssen. Ihn benutzen, um das zweite Teil zu finden, und dann…

Was hatte sie eigentlich vor? Die Macht des Dreiecks für sich selbst einzusetzen? Ihr Vater hatte sie davor gewarnt: Absolute Macht führt zu absoluter Korruption, hatte er im Wesentlichen in seinem Brief geschrieben. Und wenn seine Einschätzung des Dreiecks zutraf, dann würde derjenige, der das vollständige Artefakt im Moment der Konjunktion in den Händen hielt, eine unvorstellbare Macht besitzen. Die Macht über Zeit und Raum.

Am anderen Ende der Leitung beendete Bryce gerade seinen Monolog.

»Es gibt eine vage Chance, schätze ich, dass es mithilfe eines Crays machbar wäre, wenn ich einen zur Verfügung hätte. Unwahrscheinlich, obwohl ich annehme, dass sich der Versuch lohnen könnte, sich nur einen Moment lang in Langley…«

»Nein«, unterbrach ihn Lara schnell. »Nein. Nichts dergleichen.« Als sich Bryce das letzte Mal in die Datenarchive von Langley eingehackt hatte, war es nicht mit zwei Tagen Speichellecken getan gewesen. Sie hatten eine geschlagene Woche lang in jede Menge Ärsche in Washington, D. C., kriechen müssen, und das würde sie sich unter keinen Umständen jemals wieder zumuten. »Na schön. Wie lange noch bis zur letzten Phase der Konjunktion?«

»Sechsundsechzig Stunden, dreiundfünfzig Minuten und achtundzwanzig Sekunden. Also, wie sieht dein Plan aus?«

»Denkbar einfach.« Lara lächelte. »Mr. Powell wird mir verraten, wo die zweite Grabstätte ist.«

»Tatsächlich?«

»Nun, es sei denn, er bekommt meine Hälfte des Dreiecks in die Hände und tötet mich. Was nicht geschehen wird.«

»Ich verstehe nicht...«

»Das musst du auch nicht.« Sie erklärte ihm, was er zu tun hatte, und trennte die Verbindung.

»Ar Kun.« Sie lächelte den Mönch an. Danke.

Er schüttelte den Kopf. »Telefon macht mich verrückt. Dünne Stimmen.«

Lara lachte. »Ein notwendiges Übel, fürchte ich.«

»Glauben Sie? Wirklich?« Er klatschte in die Hände, worauf ein anderer Mönch die Satellitenschüssel und das Telefon forttrug. Dann nahm er Laras Arm.

»Kommen Sie. Essen.«

»Ich bin nicht hungrig.« Sie hatte einige Dinge zu erledigen. Zum einen musste sie ihren Rucksack auspacken und den Feldstecher und das Funkgerät trocknen. Das Handy war ebenfalls nass, und – oh nein! – sie hatte den Gedichtband von Blake ganz vergessen. »Ich muss zurück in mein Zimmer.«

»Nein. Sie müssen essen.«

»Wirklich, ich...«

»Ah. Bitte.« Der Mönch schüttelte lächelnd den Kopf. »Auch Nahrung ist ein notwendiges Übel.«

Wie zur Bestätigung seiner Worte knurrte Laras Magen, also ließ sie sich von dem alten Mönch vom Dach des Tempels zurück in das Kloster führen.

In diesem Fall entpuppte sich das »notwendige Übel« als *An Sam Chruk*, ein Gericht aus Schweinefleisch, Tofu und Reis.

»Die Lieblingsspeise von Buddha«, erklärte der Mönch, der das Essen zubereitet hatte. Er hieß Anam Don Pre und sprach Englisch. »Natürlich ohne das Schweinefleisch.«

Lara schlang zwei volle Schalen hinunter, selbst überrascht über ihren großen Appetit. Sie beendete gerade ihre zweite Portion, als der alte Mönch erschien.

»Besser?«, fragte er.

»Besser.« Sie tätschelte ihren Bauch. »Danke.«

Sie hatte das Essen in einem kleinen Gebäude innerhalb des Klosterkomplexes eingenommen. Jetzt brachte der alte Mönch sie in den eigentlichen Tempel zurück, wo ihre Kleidung und ihr Rucksack in einer Ecke auf dem Steinboden trockneten.

Der Mönch ließ sich nieder und nahm die Lotosstellung ein. Lara setzte sich ihm in einer ähnlichen Haltung gegenüber. Vor dem Tempel stand eine goldene Buddha-Statue auf einem erhöhten Podest. Mit nur zwei statt mit sechs Armen. Und ohne Schwerter – Gott sei Dank.

Dutzende Kerzen, große und kleine, die nur teilweise brannten, bedeckten den Altar. Lara sah Mönche mit Zündhölzern kommen und gehen. Ihre Gesichter strahlten im Schein der Kerzen heitere Gelassenheit aus.

Ein Mönch brachte ihnen Tassen mit dampfendem Tee.

»Zuerst essen. Jetzt trinken.« Der alte Mönch nickte. »Dann ausruhen.«

Lara nippte an ihrer Tasse. Grüner Tee. Er wärmte sie von innen her und übte eine beruhigende Wirkung auf sie aus. Eine Nacht lang schlafen wäre herrlich, das konnte sie jetzt schon fühlen. Eine Matratze, ein Kopfkissen und saubere Laken. Andererseits…

Sechsundsechzig Stunden, dreiundfünfzig Minuten und achtundzwanzig Sekunden bis zum Ende der Planetenkonjunktion. Mittlerweile etwas weniger.

Sie schüttelte den Kopf. »Das Böse ruht nicht. Jedenfalls noch nicht.«

»Haben Sie bekommen, was Sie gesucht haben?«, fragte der alte Mann.

»Ja.« Lara spürte den Druck des Dreiecks, das im elastischen Saum ihrer Unterwäsche steckte, unter dem Sari auf ihrer Haut.

Der Mönch stieß einen tiefen Seufzer aus. »Zu schade.«

»Was?« Lara starrte ihn an.

»Sehr schlecht für die Welt.«

»Die Welt ist jetzt in Sicherheit.« Sie runzelte die Stirn. Woher, um alles in der Welt, konnte der Alte wissen, was sie getan hatte?

»Hmmm. Vielleicht ein kleines bisschen sicherer.« Im sanften Kerzenschein schien die Luft um den alten Mönch herum zu... schimmern. »Das Teil ist bei Ihnen, nicht bei Powell.«

Nein. Lara schüttelte den Kopf und versuchte, die Vision zu verdrängen, die sie vor dem Betreten der Grabstätte gehabt hatte. Das kleine Mädchen, die alte Frau, ihr Vater...

»Ihr Vater.«

Sie blickte mit offenem Mund auf.

»Er sagte, dass Sie nie aufgeben würden.«

Endlich fand Lara ihre Stimme wieder. »Moment mal. Sie haben meinen Vater gekannt?«

Der Mönch schloss die Augen.

»Entschuldigen Sie.« Lara hob die Brauen. »Hallo?«

Keine Antwort. Sie streckte eine Hand aus und berührte ihn leicht am Arm. Einen Moment lang schien es ihr, als hätte er aufgehört zu atmen.

Unvermittelt riss er die Augen auf.

Die Tasse entglitt Laras Hand und fiel zu Boden.

Doch sie schlug nicht auf. Bevor sie auf dem harten Stein zerschellen konnte, endete ihr Sturz abrupt, und sie blieb ein paar Zentimeter über dem Boden einfach schweben. Ein Spritzer Tee hing reglos in der Luft, als wäre er schockgefroren worden.

Die Kerzen flackerten nicht mehr, ihre Flammen verschmolzen zu einer einzigen ruhigen Feuerzunge. Absolute Stille hatte sich über den Tempel gesenkt.

Das Gesicht des Mönchs leuchtete und veränderte sich, seine Züge verschwammen. Dann verfestigten sie sich zu dem Gesicht von Laras Vater.

»Bald wirst du all meine Geheimnisse entdeckt haben.«

Die Stimme ihres Vaters.

»Daddy?«

»Geheimnisse, die nicht einmal deine Mutter gekannt hat.«

»Geheimnisse?« Lara schüttelte den Kopf. Sie fühlte sich völlig orientierungslos. Als sie an sich herabsah, keuchte sie auf.

Sie schwebte, noch immer in der Lotosposition, fast zwei Meter über dem Boden.

Genau wie ihr Vater – der Mönch – ihr gegenüber.

»Als deine Mutter starb – du warst damals noch ein Baby –, sah ich mein Leben plötzlich durch deine Augen. Durch deine klaren Kinderaugen, Lara. Und was ich sah, war...« Er schüttelte den Kopf. »Beurteile mich mit deinem Herzen, mein Engel.«

»Ich verstehe nicht...«

»Du musst die Uhr zurückbekommen und sie zerstören, Lara. Oder Powells Nachfahren werden die Teile des Dreiecks in 5000 Jahren finden und sie wieder zusammensetzen.«

»Aber warum kann ich nicht...«

»Zerstöre die Uhr, Lara. Lass dich nicht von ihrer Macht in Versuchung führen, so wie ich es getan habe. Du musst stärker sein. Bündle deine Kraft, nimm die Beute ins Visier.«

»Du? Du hast dich in Versuchung führen lassen, Daddy?«

Lord Croft senkte den Kopf. »Das habe ich. Sei stark, mein Engel. Und vergiss nie, ich bin immer bei dir.«

Jetzt verschmolzen das Gesicht ihres Vaters und das des Mönchs miteinander. Die Luft um sie herum schimmerte.

»Ein Gedanke erfüllt die Unermesslichkeit...«

Die Tasse zerschellte unter Lara auf dem Boden.

Sie hob den Blick und jetzt war es wieder der alte Mönch, der sie ansah, freundlich, weise und sanft.

»Wir werden Ihnen helfen«, sagte er.

Aus irgendeinem Grund traten ihr Tränen in die Augen. »Sie werden mir helfen? Wirklich?«

»Sie brauchen etwas Hilfe. Das Schicksal der Welt liegt in deinen Händen, Lara, mein Engel.« Bei den letzten Worten schien sich die Stimme des Mönchs wieder in die ihres Vaters zu verwandeln. Unmöglich.

Lara schüttelte den Kopf. »Ich weiß nicht, was ich sagen soll…«

»Dann trinken Sie Ihren Tee aus. Sie werden später die richtigen Worte finden. Trinken Sie jetzt.«

Die Überraschung ließ Lara beinahe aufspringen. Sie hielt die dampfende Teetasse noch immer in der Hand.

Und sie saß wieder auf dem Fußboden des Tempels.

»Trinken Sie.« Der Mönch saß ihr direkt gegenüber, als hätte sich überhaupt nichts Ungewöhnliches ereignet. Er schenkte ihr ein Lächeln. »Der Tee schmeckt ziemlich schlecht, aber er tut Ihnen gut.« Er nickte in Richtung ihrer bandagierten Schulter.

Merkwürdig. Ihre Schulter fühlte sich an…

Sie entfernte den Verband und stellte fest, dass die Wunde völlig verheilt war.

»Essen. Trinken. Jetzt Ruhe.« Der Mönch erhob sich und streckte eine Hand aus. »Kommen Sie.«

Lara folgte ihm.

19

»Wow!« Wests Augen weiteten sich, als sie die Ratshalle betraten. »Das ist...« Sein Blick wanderte zur Decke empor, wieder zum Boden herab und von dort nach allen Richtungen hin und her. »Wow.«

»Ja, nicht wahr?« Powell stellte seinen Laptop auf einem der beiden langen Konferenztische ab und legte die Uhr daneben. Dann breitete er die Ausdrucke und die Bilder aus, die Miss Holcomb ihm gegeben hatte. »Das ist die zweite Grabstätte. Sie befindet sich in einer ziemlich abgelegenen Gegend – Sie werden die Treibeisfelder auf den Fotos bemerken –, aber ausschlaggebender ist das magnetische Nullfeld, das das gesamte Gebiet umgibt. Eine tote Zone, wenn Sie so wollen. Keines unserer elektrischen Geräte wird dort funktionieren, was bedeutet, dass wir einzig und allein auf...« Er verstummte, als er bemerkte, dass ihm West überhaupt nicht zugehört hatte, sondern immer noch, die Hände in die Hüften gestemmt, reglos dastand und das gewaltige Wandgemälde anstarrte, das hinter dem Podest des Hohen Rates vom Boden bis zur Decke reichte.

»Das ist doch kein Tizian, oder?«, fragte West und streckte einen Arm aus. »Das kann nicht sein. Er hat nie etwas derart Großes... Oder doch?«

»Ein Tizian, ja«, bestätigte Powell. »Wir haben noch einige mehr überall in dem Gebäude. Hätten Sie vielleicht Lust auf eine kleine Führung? Warten Sie, ich packe nur eben die Unterlagen weg, dann können wir gleich damit anfangen. Nur keine Eile. Wir haben alle Zeit der Welt.«

»Entschuldigen Sie«, sagte West. »Machen wir uns an die Arbeit.«

Powell war immer noch gereizt. »Sie verschwenden meine Zeit. Und mein Geld. Ich zahle ihre Wucherpreise nur, Mr. West, weil ich von Ihnen erwarte, dass Sie mir während der nächsten zweieinhalb Tage ständig zur Verfügung stehen. Rund um die Uhr. Auf Abruf. Ist das klar?«

»Ja.«

»Und noch etwas. Sie haben ein Recht auf Ihre Gefühle, solange sie nicht die Arbeit beeinträchtigen, für die ich Sie bezahle. Ist das ebenfalls klar?«

»Ja.« West nickte. »Völlig klar.«

»Gut. Also, wie ich bereits sagte, die zweite Grabstätte…«

»Das *Grab der zehntausend Schatten.*«

Powell blickte auf. »Wo haben Sie diesen Begriff gehört?«

»Irgendwo.« West lächelte. »Ehrlich gesagt, habe ich ein bisschen recherchiert. Nachdem ich herausgefunden hatte, dass ich für die Illuminati arbeite, dachte ich mir, es könnte sich lohnen, etwas über ihre Geschichte in Erfahrung zu bringen.«

»Ausgezeichnet. Ich bin beeindruckt, Mr. West.«

»Sie werden eine reelle Gegenleistung für Ihr Geld von mir bekommen.«

»Gut.«

Sie setzten ihr Gespräch über die Auswirkungen der toten Zone auf die Erforschung der Grabstätte fort. West erläuterte Powell, wo die zweite Hälfte des Dreiecks seiner Meinung nach sein könnte, die sich auf die historischen Aufzeichnungen stützte, die er gelesen hatte. Powell wiederum gab West ein paar weitere Hintergrundinformationen aus den Archiven der Illuminati. Mit ihrem gemeinsamen Wissen erörterten sie verschiedene Szenarien.

Die schwere Tür des Konferenzraums öffnete sich, und Pimms streckte den Kopf herein.

»Dürfte ich kurz stören?«

Powell winkte ihn zu sich. »Haben Sie Transportmittel für uns organisiert?«

»Das habe ich, Sir. Jawohl, Sir. Zwei Chinooks.«

»Exzellent.«

Trotz des Lobes wirkte Pimms angespannt. »Gibt es irgendein Problem, Pimms?«

»Nicht direkt ein Problem. Nur eine... Komplikation.«

»Und die wäre?«

»Mr. Gareth, Sir. Er wird uns begleiten. Und...« Pimms schluckte. »*Er* kommt ebenfalls mit. Der distinguierte Gentleman.«

Powell spürte, wie ihm das Blut ins Gesicht schoss. »Was?«

»Mr. Gareth und der...«

»Schon gut.« Powell schnitt Pimms mit einer knappen Handbewegung das Wort ab. »Ich habe verstanden.«

Er stand auf und begann, ruhelos auf und ab zu gehen. Zum ersten Mal in seinem jämmerlichen Leben hatte Pimms direkt ins Schwarze getroffen. Das war in der Tat eine Komplikation. Eine, die mit Sicherheit seinen Bewegungsspielraum einschränkte, falls sich irgendwelche Schwierigkeiten oder günstige Gelegenheiten ergaben, sobald sie die zweite Grabstätte erreicht hatten und die letzte Phase der Konjunktion begann.

Aber es hatte keinen Sinn, irgendjemanden etwas davon wissen zu lassen.

»*Der distinguierte Gentleman*«, sagte West. »Klingt ominös. Wer ist das?«

»Der Führer unserer Organisation.«

»Ich dachte, das wären Sie.«

»Nein, nein, nein.« Powell setzte sich wieder. »Ich bin nur ein kleines Rädchen innerhalb einer großen Organisation.«

»Ein äußerst wichtiges Rädchen«, warf Pimms ein.

»Danke, Pimms.« Powell lächelte. »Also, Mr. West. Wir waren gerade...«

»Sogar ein ganz außerordentlich wichtiges Rädchen«, fügte

Pimms eifrig hinzu. »Um bei dem Vergleich zu bleiben, das Getriebe selbst würde...«

»Danke, Pimms. Das wäre alles.«

Pimms machte eine Verbeugung und zog sich zurück.

»Also.« Powell beugte sich auf seinem Stuhl vor. »Ein anderer wichtiger Punkt, über den wir uns unterhalten müssen. Lady Croft.«

West nickte. »Ja. Glauben Sie, dass sie Ihnen das erste Teil aushändigen wird?«

»Ich *weiß*, dass sie es tun wird«, sagte Powell. »Ich erwarte sie sogar jeden Augenblick. Außerdem erwarte ich, dass sie wieder versuchen wird, sich uns in den Weg zu stellen.«

West lächelte. »Das ist die gute alte Lara, typisch für sie.«

»Ja, so ist sie, nicht wahr?« Powell erwiderte das Lächeln nicht. »Ich möchte nicht, dass sie uns Sand ins Getriebe streut, Mr. West. Und ich habe so ein Gefühl, als ob Sie mir helfen könnten, sie daran zu hindern.«

»Oh.« West wirkte etwas nervös. »Wie? Meinen Sie, ich soll sie in einem passenden Moment ablenken oder etwas in dieser Richtung?«

»Etwas in dieser Richtung«, bestätigte Powell. »Mr. West, Sie scheinen mir eine der wenigen Personen zu sein, die in der Lage sein könnten, Lady Croft abzulenken. Oder sie zu überrumpeln.«

»Tja... He.« West zuckte die Achseln. »Mein jungenhafter Charme, nehme ich an.«

»Sie sollten darüber keine Witze machen, Mr. West.« Powell blickte direkt in seine Augen. »Vergessen Sie nicht, dass Sie es mit einem sehr ernsthaften Mann zu tun haben, und ich habe mir fest vorgenommen, zum Höhepunkt der Konjunktion beide Teile des Dreiecks in den Händen zu halten. Sollte irgendetwas geschehen, das dies verhindert, würde ich sehr...«

Er ballte die rechte Hand zur Faust und ließ sie mit voller Wucht auf den Tisch niederfahren, sodass die Uhr hüpfte und die Tabellen zitterten. West fuhr in seinem Sessel zusammen.

»...sehr...«

Powell schlug erneut zu.

»...sehr...«

Ein drittes Mal.

»...wütend werden.«

Die Gewalt seiner Schläge hatte die Uhr quer über die Tischplatte tanzen lassen. Powell griff nach ihr und legte sie wieder in die Mitte. Dann saß er stumm da und starrte West an. Mindestens zehn Sekunden lang sprach keiner von beiden ein Wort.

»Ja.« West räusperte sich. »Das kann ich mir gut vorstellen.«

»Ich würde in einem solchen Fall wahllos nach allen Seiten um mich schlagen, Mr. West. Und sollte es Lady Croft sein, die mir das Dreieck vorenthält, würde der erste Schlag in Ihre Richtung gehen, schätze ich.«

»Aber...«

»Weil Sie die Macht haben, sie aufzuhalten, Mr. West«, fuhr Powell unbeirrt fort. »Davon bin ich fest überzeugt. Und wenn dem nicht so ist, dann werde ich das als ein Zeichen werten, dass Sie meiner Sache nicht so ergeben sind, wie Sie es eigentlich sein sollten. Vor allen Dingen, solange ich derjenige bin, der Sie bezahlt.«

»Mr. Powell.« West besaß immerhin die Größe, den Blick seines Gegenübers standhaft zu erwidern. »Ich werde Ihnen diese zweite Hälfte des Dreiecks besorgen. Ich werde sie Ihnen persönlich übergeben. Das ist es, wofür Sie mich bezahlen und was ich tun werde.«

»Und Lady Croft?«

»Sie kann mir helfen«, sagte West. »Oder mir aus dem Weg gehen.«

Powell nickte. »Gut.« Er erhob sich. »Ich habe ein Zimmer für Sie in der *pensione* vorbereiten lassen.« Er schnippte mit den Fingern. »Ach ja, das hätte ich beinahe vergessen.« Er schob eine Hand in die Tasche und zog den Zeitungsausschnitt hervor, den er Pimms hatte besorgen lassen. »Die Heiratsanzeige Ihres Cousins, Mr. West. Ich nahm an, Sie würden sie vielleicht gern sehen, da Sie... dem Ereignis unglücklicherweise nicht beiwohnen konnten.«

West überflog den Ausschnitt neugierig. »Also, das ist...« Er blickte auf und lächelte. »Sehr freundlich von Ihnen, Mr. Powell. Ich danke Ihnen. Es interessiert mich tatsächlich.«

»Gut.« Powell lächelte ebenfalls. »Die Anzeige stammt aus der *Dispatch*, nebenbei bemerkt. Ich dachte mir, Ihnen könnte das Lokalkolorit gefallen.«

»Die *Dispatch*? Die erscheint nur draußen in Keenesborough, wo meine Eltern wohnen. Sie hätten sich nicht die ganze Mühe machen müssen, nur um...«

West schwieg einen Augenblick lang.

»Ich denke, wir verstehen uns, nicht wahr, Mr. West?« Powell klopfte ihm auf die Schulter. »Gut. Ich bin ja so froh.«

Er durchquerte den Raum und öffnete die Tür. »Pimms, ich glaube, Mr. West ist jetzt bereit, sein Zimmer aufzusuchen.«

Das war West in der Tat. Er ging an Powell vorbei, ohne sich noch einmal umzudrehen.

»Schlafen Sie gut!«, rief ihm Powell hinterher. »Wir brechen morgen in aller Frühe auf.«

Lara sah lächelnd zu, wie Powell mit der Faust auf den Tisch schlug und Alex anbrüllte.

»Was denn, werden wir etwa ein wenig ungehalten?« Sie schüttelte den Kopf. »Vergesst nicht, Jungs, in einem Team gibt es kein ›Ich‹.«

Sie lag lang ausgestreckt auf dem Dach eines Hauses ihnen gegenüber und ließ das Fernglas sinken.

»Bryce«, sagte sie in ihr Funkgerät.

»Anwesend.«

»Ich brauche diese Pläne.«

»Puh, ich arbeite noch daran. Laut Stadtregister dürfte dieses bemerkenswert große und imposante Gebäude nicht einmal existieren.«

Lara nickte. Das passte ins Bild: Ein nicht existierendes Gebäude einer Organisation, die offiziell ebenfalls nicht existierte. Trotzdem gehörte es ohne jeden Zweifel den Illuminati, was schon die Gargoyles verrieten, die ein Dreieck mit einem Auge im Zentrum in den Händen hielten. Ein schönes Gebäude mit einem riesigen Hof auf der Rückseite, alles sehr beeindruckend und mitten in der Stadt versteckt. Eine schöne Stadt, dieses Venedig. Lara hatte nicht damit gerechnet, dass sie nach dieser Geschichte mit Bartoli in nächster Zeit wieder nach Venedig kommen würde. Sie wäre überhaupt nicht zurückgekehrt, hätte Bryce nicht Tookie aufgespürt und ihn in das kambodschanische Kloster geschickt. Als sie vor zehn Stunden aus einem tiefen Schlaf erwacht war, hatte der alte Mönch vor ihr gestanden und hinter ihm Tookie mit einer Schale *An Sam Chruk* in den Händen.

»Ich liebe dieses Zeug«, hatte er gesagt. »Kommen Sie, Croft. Ziehen Sie Ihr Ballkleid an. Ihre Kutsche wartet bereits auf Sie.«

Tookie hatte sie in Amman abgesetzt, wo sie in einen Lear-Jet umgestiegen war, den Bryce für sie organisiert hatte. Ein paar weitere Flugstunden, und nun war sie hier, in Venedig, auf der gegenüberliegenden Straßenseite der Adresse, die Powell ihr gegeben hatte. Jetzt suchte sie nach einer Möglichkeit, sich unbemerkt in das Anwesen der Illuminati zu schleichen, die Uhr zu finden und sie zu zerstören. Sollte Powell ruhig die zweite Hälfte des Dreiecks finden, er würde wenig damit anfangen können. Lara würde das erste Teil in einem so tiefen Loch vergraben, dass nicht einmal die besten Bergbauingenieure von British Petroleum es wieder finden könnten. Ohne irgendwelche Spuren für Powells Nachfahren oder irgendjemand sonst zu hinterlassen.

Aber ohne einen Weg in das Gebäude, ohne die Baupläne...

Sie hörte ein Geräusch hinter sich und drehte sich um. Zwei Männer in Geschäftsanzügen. Der eine hatte die Statur von Arnold Schwarzenegger, der andere war kaum größer als einen Meter sechzig und kam ihr irgendwie bekannt vor. Der Schwarzenegger-Typ trug eine Waffe.

»Sie haben vielleicht Nerven, Croft, hier aufzukreuzen«, sagte der kleine Mann. Lara starrte ihn einen Moment lang an, dann begriff sie.

»Sie sind Bartolis Bruder.«

Er nickte. »Richtig. Aber ich bin nicht gekommen, um mich mit Ihnen zu unterhalten. Ich bin hier, um Ihnen das heimzuzahlen, was Sie meinem Bruder angetan haben.«

»Nichts zu danken. Ich bin gerade beschäftigt.« Sie deutete über ihre Schulter auf das Gebäude auf der anderen Straßenseite. »Sehen Sie?«

Beide Männer blickten automatisch in die angegebene Richtung.

Idioten. Lara zog ihren 45er und jagte dem großen Mann eine Kugel in den Arm. Er ließ seine Waffe fallen.

»Verschwinden Sie!«, zischte Lara. »Sofort!«

Der Verwundete stieß ein Knurren aus und ging auf sie los.

»Ganz wie Sie wollen.« Lara wirbelte herum und trat zu. Der Mann segelte im hohen Bogen über die Dachkante. Sein Schrei verstummte abrupt, als er mit einem Platschen im Kanal landete.

Bartolis Bruder stierte Lara an.

Ihre Hand schnellte vor und umklammerte seinen Unterkiefer.

»Kommen Sie mir nie wieder in die Quere«, sagte sie leise zu ihm, während er gekrümmt und mit glasigen Augen dastand. »Oder aber Sie zwingen mich, drastischere Maßnahmen zu ergreifen.«

In diesem Moment war von der Straße auf der anderen Seite des Gebäudes das Geräusch eines aufschwingenden Metalltors zu hören. Sie lief zum Rand des Daches, gerade rechtzeitig, um zu sehen, wie Alex die Straße hinunterging. Seine Arme pendelten schnell hin und her, ein unverkennbarer Ausdruck seiner Verärgerung, der ihr nur allzu vertraut war.

Lara ergriff ein Seil, glitt an der Häuserwand hinab und folgte ihm.

Alex bog zweimal rechts ab, dann blieb er einen Moment lang in einer kleinen Seitengasse stehen und warf einen Blick auf ein Stück Papier. Er zog einen Schlüssel aus der Tasche, entriegelte eine rote Tür und trat ein.

Lara drückte sich in einen Hauseingang und schaltete ihr Funkgerät an. »Bryce.«

»Habe diese Baupläne immer noch nicht gefunden. Tut mir Leid. Ich bin unfähig. Morgen findest du mein Kündigungsschreiben auf deinem Schreibtisch.«

In dem Haus, das Alex gerade betreten hatte, gingen die Lichter an.

»Ich werde es lesen, sobald ich wieder zu Hause bin. Versprochen. Hillary hat ein paar Informationen über Powell für mich gesammelt. Kannst du sie holen?«

»Ich werde es jedenfalls versuchen. Suchst du irgendwas Besonderes?«

»Powell besitzt ein Haus in Venedig. Ich möchte die Adresse haben.«

»Bleib bitte dran.«

Lara wartete. Der Nachthimmel war bedeckt. Hoch über den Wolken zuckten Blitze. Doch vielleicht waren es gar keine Blitze, sondern wieder das Flackern der Aurora. Sie warf einen Blick auf ihre Uhr. Zweiunddreißig Stunden, zehn Minuten und achtundvierzig Sekunden bis zur letzten Phase der Konjunktion.

Bryce meldete sich mit der Adresse von Powells Haus zurück. Sie stimmte mit der des Gebäudes überein, das Alex gerade betreten hatte.

»Verdammt!« Lara war überrascht, wie wütend sie auf ihn war. »Bastard!«

Für eine Sekunde tauchte sein Gesicht in einem Fenster im ersten Stockwerk auf, und Lara verspürte das überwältigende Bedürfnis, ihm die Nase abzuschießen.

»Tut mir Leid«, sagte Bryce. »Wenn du mir erlauben würdest, mich in Langley einzuhacken, hätte ich die Pläne in einer Minute. Das weiß ich genau.«

»Bryce…« Eigentlich wollte sie ihm erklären, dass sie mit »Bastard« Alex gemeint hatte, aber aus irgendeinem unerfindlichen Grund blieben ihr die Worte in der Kehle stecken. Sie hatte gehofft, aus dem Streit zwischen Alex und Powell schließen zu können, dass die beiden nicht länger zusammenarbeiteten, aber das war offensichtlich nicht der Fall. Also würde sie die Sache wie üblich allein durchziehen müssen – es sei denn, sie betrachtete die Erscheinungen ihres Vaters als real, was sie nicht tat.

»Ich wünschte, du würdest mir erlauben, dir zu helfen«, sagte Bryce in einem so ernsten Tonfall, wie sie ihn gar nicht von ihm gewohnt war. »Seit wir damals in die Datenbanken in Langley eingebrochen sind, habe ich das Verschlüsslungsprozedere von Grund auf überarbeitet. Niemand auf der Welt könnte den Zugriff bis zu mir zurückverfolgen. Oder zu dir. Die Geschichte ist absolut idiotensicher. Ich könnte diesen Computer ununterbrochen anzapfen, ich verspreche es dir.«

Plötzlich hatte Lara eine Idee. Entweder war es eine besonders gute oder eine besonders schlechte. Das konnte sie im Moment noch nicht beurteilen.

»Bryce, willst du mir wirklich helfen?«

»Natürlich will ich das«, beteuerte er, noch immer sehr ernst. »Selbstverständlich.«

»Es könnte gefährlich werden.«

»Ich verstehe. Ich bin auf alles vorbereitet.«

»Also gut. Du kannst Folgendes für mich tun…«

Nachdem sie ihm ihre Idee erläutert hatte und die Diskussion beendet war, klang Bryce deutlich weniger begeistert als noch kurz zuvor. Aber er erklärte sich bereit, ihr zu helfen.

Lara schaltete das Funkgerät aus und konzentrierte sich wieder auf Alex West. Mittlerweile gingen überall in den Fenstern die Lichter an. Der Mann fühlte sich offenbar schon ganz wie zu Hause. Wahrscheinlich entkorkte er gerade eine Flasche Wein, versorgte sich mit Käse und Knabberzeug und schaltete den Fußballkanal an. Bastard. Zeit, ein paar Worte mit ihm zu wechseln.

Sie überquerte die Straße, blieb vor der roten Tür stehen und begutachtete das Schloss. Es war ein Gianfreddi und lag auf einer von eins bis zehn reichenden Skala für Einbrecher ungefähr bei acht. Lara benötigte dreißig Sekunden, um die Tür zu öffnen und hineinzuschlüpfen.

Das Gebäude entpuppte sich als ein Mietshaus. Guter Gott, war Powell neben all seinen anderen Fehlern etwa auch noch Vermieter? Mitglied der Illuminati, Anwalt, Vermieter… Alles in allem das niederträchtigste menschliche Wesen, dem sie jemals begegnet war.

Sie rief sich die Position des Fensters, in dem sie Alex von draußen gesehen hatte, ins Gedächtnis und stieg die Treppe hinauf, wobei sie immer zwei Stufen auf einmal nahm. Schließlich hatte sie die Tür erreicht, hinter der sie ihn vermutete. Sie legte ein Ohr dagegen und hörte das Rauschen von Wasser auf der anderen Seite. Eine Dusche. Gut. Also konnte sie beim Durchkämmen der Wohnung so viel Lärm veranstalten, wie sie wollte.

Das Türschloss war kein Markenprodukt und ließ sich mit einem altmodischen Bartschlüssel öffnen. Null auf der Einbrecherskala. Nach zehn Sekunden stand Lara in dem Apartment.

Es war ein altmodisches Gästezimmer. Möbel mit bunten, halb verblassten Mustern, eine kleine Küche, eine Kühltruhe und ein Herd. Hastig durchsuchte sie die Wohnung. Nichts.

Als Nächstes öffnete sie die Tür zum Badezimmer und schlich hinein.

In der Luft wallten dichte Dampfschwaden. Alex sang mit seiner unmelodischen Stimme einen Song der Thompson Twins. *Hold Me Now.*

»Hold my poor and tired herat…«

Lara unterdrückte ein Grinsen. Alex' grauenhafter Musikgeschmack war legendär.

Seine Hose hing an einem Haken an der Rückseite der Badezimmertür. Lara durchwühlte die Taschen in der Hoffnung, so etwas wie eine elektronische Schlüsselkarte zu finden, mit der sie sich vielleicht Zutritt in das Gebäude der Illuminati verschaffen konnte. Nichts. Verdammt!

Alex wechselte zu Soft Cell über. Lara beschloss, ihm auf dem beschlagenen Spiegel eine Botschaft zu hinterlassen, ein einziges Wort mit acht Buchstaben, das ihre Meinung über ihn weitaus besser zum Ausdruck brachte, als es jede Kombination von Vierbuchstabenwörtern hätte tun können.

VERRÄTER

Sie wollte gerade wieder gehen, als sich auf dem Rückweg in das Wohnzimmer eine neue Idee in ihrem Kopf formte.

Als Alex ziemlich nackt aus dem Badezimmer trat, saß sie auf seinem Bett.

»Lara!«

Sie lächelte zu ihm auf. »Alex.«

Er tat sein Bestes, trotz der unangenehmen Situation nicht im Geringsten verlegen zu wirken, registrierte sie anerkennend.

»Hab deine Botschaft gelesen«, sagte er und nickte in Richtung des Badezimmers. »Du hältst mich also für einen gierigen, skrupellosen und käuflichen Kerl, der für Geld alles tun würde?«

»Das hast du gesagt.«

»Der Teil mit dem Geld stimmt, schätze ich«, grinste er.

Er warf das Handtuch beiseite und ging auf sie zu. »Und da wir gerade beim Thema sind, ich glaube, du hast immer noch etwas, das mir gehört.«

»Nicht dir. Du meinst Mr. Powells geliebtes Teil des Dreiecks.«

»Natürlich. Mr. Powells Teil.«

Lara schüttelte den Kopf. »Wie loyal«, bemerkte sie sarkastisch.

Alex zuckte die Achseln. »Neun Zehntel aller Rechtsstreitigkeiten betreffen Eigentumsfragen.« Er beugte sich über sie. Plötzlich griff er mit einer flinken Bewegung unter das Kopfkissen und zog eine kleine Pistole hervor.

Lara nahm an, dass sie Überraschung hätte zeigen sollen, aber da sie das Zimmer gerade erst durchsucht und von der Pistole unter dem Kopfkissen gewusst hatte, beschränkte sie sich darauf, eine Augenbraue zu heben.

»Aha. Die alte Regel. Des Finders Glück, des Verlierers Pech.«

»So etwas in der Art.«

Alex stand jetzt direkt vor ihr, splitterfasernackt.

»Oho. Ein Mann mit einer Knarre. Ich schätze, du hast vor, mich zu filzen.«

Sie erhob sich. Ihre Nasenspitzen berührten sich beinahe.

»Dich filzen?« Alex grinste. »Kein schlechter Vorschlag. Obwohl du das Teil wahrscheinlich längst irgendwo anders versteckt hast, kann es nie eine völlige Zeitverschwendung sein, dich zu filzen.«

Lara erwiderte das Grinsen. »Nur zu.«

Sie wandte ihm den Rücken zu, und Alex durchwühlte ihren Rucksack.

»Nichts.«

»Nein, das hätte mich auch überrascht.« Lara lächelte. Hätte er es natürlich etwas früher versucht…

Alex ging um sie herum, nahm ihr den Rucksack ab und tastete über ihren Rücken.

»Und du trägst auch keine versteckten Waffen.«

»Nein.« Sie deutete mit einem Nicken auf seine Pistole. »Wäre es nicht einfacher für dich, wenn du beide Hände benutzen würdest?«

Lächelnd warf er die Waffe auf das Bett. Eine Sekunde lang blieb er hinter ihr stehen. Sie spürte seinen Atem über ihren Nacken streichen.

»Schon gefunden, wonach du gesucht hast?«

»Noch nicht.«

»Na schön, dann vielleicht beim nächsten Mal.« Lara drehte sich zu ihm um. Sie sahen sich an.

Alex errötete und wandte sich ab.

Lara warf ihm ein Handtuch zu.

Sie war schon verschwunden, bevor er es sich um die Hüften geschlungen und sich wieder umgedreht hatte.

20

Powell befand sich im Büro des distinguierten Gentlemans. Er hatte versucht – wenn auch nur halbherzig –, den älteren Mann zu überreden, sie nicht auf die Reise zur zweiten Grabstätte zu begleiten.

»Die tote Zone könnte gesundheitliche Risiken bergen«, erklärte er. »Deshalb habe ich die Hubschrauber für eventuelle Unfälle ausrüsten lassen.« Oder…

»Der Blizzard wird das Gebiet mit an Sicherheit grenzender Wahrscheinlichkeit nicht mit der vollen Wucht treffen. Außerdem ist die Kaltwetterkleidung für bis zu zwanzig Grad unter null tauglich. Obwohl der Wind…« Oder…

»Miss Holcomb nimmt an, dass die wirkliche Gefahr eintreten könnte, sobald die beiden Teile zusammengefügt werden. Derjenige, der das vollständige Dreieck in den Händen hält, wird dann unvorstellbaren Energieströmen ausgesetzt sein. Zumindest laut ihrer Theorie.«

Der distinguierte Gentleman wischte Powells sämtliche Einwände beiseite.

»Es handelt sich um den bedeutendsten Augenblick des Ordens seit Jahrtausenden, Mr. Powell. Ich sehne diesen Moment herbei.« Draußen ging die Sonne unter. Er stand am Fenster seines Büros und blickte auf einen der Kanäle hinaus.

Sein Büro lag ein Stockwerk über dem von Powell und zwei Stockwerke über der Ratshalle. Ein grüner Teppich bedeckte den Fußboden. Die Wände, an denen zwei Bilder von Tizian, ein Rembrandt und ein Picasso hingen, waren in einem dunklen kastanienbraunen Farbton gehalten. Die Bücherregale reichten bis an die Decke. Das Büro enthielt nicht die kleinste Konzession an die Errungenschaften moderner Technik – kein Computer, kein Telefon, kein Faxgerät, keine Schreibmaschine. Wollte man ihn sprechen, musste man persönlich erscheinen. Und meistens – so Powells Erfahrung – wurde man ohnehin von ihm herbeizitiert.

»In weniger als einem Tag werden wir endlich über die Macht gebieten, das Paradies auf Erden zu errichten, wie es sich unsere Gründer ausgemalt haben. Keine Kriege mehr, kein Hunger, kein Leiden, keine Krankheiten. Das perfekte Utopia, Mr. Powell. Stellen Sie sich das vor.«

Genau das tat Powell. Das Ergebnis erschien ihm tödlich langweilig.

»Der Orden ist Ihnen zu größtem Dank verpflichtet, Mr. Powell. Sie haben uns gut gedient.«

Powell verneigte sich. »Ich fühle mich geehrt.«

Es klopfte an der Tür.

»Herein.«

Gareth trat ein, dicht gefolgt von Pimms.

»Verzeihen Sie, Sir«, sagte Gareth. »Pimms wollte Mr. Powell sprechen.«

Powell warf seinem Gehilfen einen Blick zu. »Also, was gibt es?«

Wie üblich wirkte Pimms nervös. »Das Paket aus England, das Sie erwartet haben, Sir. Es ist angekommen.«

»Ein Paket aus England?« Powell runzelte die Stirn. »Ich erwarte kein Paket…«

Ah…

»Sie meinen Lady Croft?«

Pimms Gesicht lief leuchtend rot an. »Ja, genau das. Ich habe es… äh… sie in die Ratshalle gebracht. Sie wartet.«

»Danke, Pimms. Ich komme sofort.«

Pimms verneigte sich vor dem distinguierten Gentleman und vor Gareth, errötete erneut und zog sich zurück.

»Interessanter Bursche«, bemerkte der Hausherr.

»Er trägt zu meiner Unterhaltung bei, Sir. Und er hat seine Vorzüge, wenn es darum geht, mich an bestimmte Dinge zu erinnern.«

»Natürlich.« Der distinguierte Gentleman erhob sich. »Sie sollten jetzt besser zu Lady Croft gehen, Mr. Powell. Uns diese erste Hälfte des Dreiecks besorgen. Wir werden sie noch brauchen.«

Powell verbeugte ebenfalls sich und verließ das Büro.

»Lady Croft. Guten Abend.«

Lara hatte gedankenverloren aus einem der vom Boden bis zur Decke reichenden Fenster gesehen. Jetzt drehte sie sich um und entdeckte Powell in der offenen Tür zum Ratssaal, Pimms im Schlepptau.

»Guten Abend«, erwiderte sie, während Powell die Tür vor Pimms Nase schloss, auf dessen Gesicht sich deutliche Verblüffung abzeichnete, bevor es verschwand. »Illuminati.«

Powell schlenderte über den mit schwarz-weißem Marmor gefliesten Fußboden auf sie zu und zog dabei eine Zigarre aus seiner Tasche hervor. Er blieb vor einem gewaltigen Siegel – das *Allsehende Auge* – stehen und schnitt das Ende der Zigarre ab.

»Stört es Sie, wenn ich rauche?«

»Ja.« Lara verschränkte die Arme vor der Brust. »Das tut es.«

Powell grinste und zündete sich die Zigarre mit einem langen Streichholz an. »Ihr Vater hat Zigarren geraucht, glaube ich.«

»Einer der Gründe, weshalb ich hier bin, Mr. Powell.« Sie starrte ihn finster an. »Um mir von Ihnen Geschichten über meinen Vater anzuhören.«

»Wir werden noch zu Lord Croft kommen, das verspreche ich Ihnen.« Er stieß eine Rauchwolke aus. »Wunderbar. Das vertreibt im Sommer den Gestank, der aus den Kanälen aufsteigt. Nun, es überdeckt ihn zumindest ein wenig.«

»Da bin ich mir sicher. Was meinen Vater betrifft…«

»Sofort.« Powell qualmte. »Was das Dreieck betrifft…«

»Dies ist das Hauptquartier der Illuminati, nicht wahr?«

»Wie bitte? Die Illuminati?« Er grinste. »So etwas gibt es doch gar nicht. Das ist lediglich eine Gutenachtgeschichte.«

»Tatsächlich? Was hat dann dies alles hier zu bedeuten?« Lara breitete die Arme in einer Geste aus, die den riesigen Raum umfasste, ehe sie auf das Siegel der Illuminaten an der Wand deutete. »Und das da?«

Powell blickte nicht einmal in die Richtung, in die sie zeigte. »Ach, das.« Er zuckte gleichmütig die Achseln. »Sie kennen ja die Italiener. Ein sehr lebhaftes Volk. Sie neigen zu übertriebener Gestik, pompöser Symbolik und…«

Lara hatte ein winziges Wurfmesser in einer Scheide im Inneren ihres linken Ärmels versteckt. Sie zog es hervor und schleuderte es mit einer geschmeidigen Bewegung von sich. Die Klinge durchbohrte das Auge in dem Dreieck.

Powell sah sie schockiert an. »Das ist ein äußerst wertvolles Kunstwerk.«

»Tut mir Leid, aber allmählich langweilen Sie mich… Illuminati.«

»Nun gut.« Powell nickte und nahm die Zigarre aus dem Mund. »In Ordnung. Sie wollen etwas über das *Volk des Lichtes* erfahren.«

Er war noch mindestens zehn Meter von Lara entfernt. Während er zu reden begann, ging er langsam auf sie zu.

»Wussten Sie, dass in diesem Moment überall auf der Welt zweiundzwanzig Bürgerkriege toben, Lara? Schreckliche Konflikte. Unfassbares Leid. Tragische Verluste. Ungerechtigkeit.«

Jetzt standen sie sich direkt gegenüber. Powell paffte an seiner Zigarre und blies Lara eine Rauchwolke ins Gesicht.

»Zweiundzwanzig Kriege. Ohne das *Volk des Lichtes* wären es mindestens fünfzig oder sechzig. Vielleicht sogar noch mehr. Die Illuminati arbeiten im Verborgenen, wie sie es immer getan haben, um ein goldenes Band in das Chaos des Lebens zu weben. Ein Leben, das sich für die meisten Menschen als schäbig erweist, als quälend und…«

»Kurz.«

»Richtig. So kurz. So unwürdig kurz.«

»Sie sind also die guten Typen?«

»Nun…« Powell lächelte. »Das ist es, was meine Mitstreiter gern glauben.«

»Und Sie sind ein eher pragmatisch veranlagter Mann?«

»Ich bin ein Mann, der es ernst meint, Lady Croft.«

»Und das heißt?«

»Kommen wir zum geschäftlichen Teil. Haben Sie mein Dreieck mitgebracht?«

Diesmal war es Lara, die lächelte.

»Nein.« Powell schüttelte den Kopf. »Natürlich nicht. Sie haben es irgendwo versteckt.«

»Natürlich habe ich es versteckt. Sonst würden Sie versuchen, mich zu töten.«

»Ich werde Sie nicht töten.«

Laras Lächeln wurde noch ein wenig breiter. »Ich sagte, Sie würden es *versuchen.*«

Powell erwiderte ihr Lächeln. »Sie sind eine außergewöhnliche Person, Lady Croft. Wirklich außergewöhnlich. Haben Sie etwas dagegen, wenn ich Sie Lara nenne?«

»Das habe ich in der Tat.«

Lara schlenderte zum anderen Ende der Halle, wo sieben Stühle nebeneinander aufgereiht vor einem riesigen Wandgemälde auf einem leicht erhöhten Podest standen. Wer dort saß, konnte den gesamten Raum von einer beherrschenden Position aus überblicken. Der mittlere Stuhl war größer als die anderen. Lara ging um ihn herum und legte die Hände auf die Rückenlehne.

»Sie haben mich eingeladen, nach Venedig zu kommen, um mir ein geschäftliches Angebot zu unterbreiten, Mr. Powell. Ich warte immer noch darauf.«

Er nickte. »In Ordnung. Ein faires Angebot. Sie können Ihr

Dreieck behalten, ich behalte die Uhr Ihres Vaters, und wir werden Partner.«

Lara deutete auf den Stuhl vor ihr. »Aber wer sitzt hier?«

Powell ignorierte ihre Frage. »Wir können Partner werden auf unserer Suche nach dem *Dreieck des Lichtes*«, fuhr er fort.

Er ging auf sie zu.

»Ja«, sagte Lara. »Aber wer sitzt hier?«

»Es ist ein unglaublicher Traum. Eine Ehrfurcht gebietende Macht. Sie könnte so viel Schlechtes in Gutes verwandeln.«

»Ich nehme nicht an, dass Sie hier sitzen, oder?« Lara ließ sich auf den großen Stuhl sinken.

»Ich denke, Ihr Platz ist woanders.« Sie klopfte auf den Stuhl zu ihrer Linken. »Vielleicht hier. Oder da.« Sie deutete auf die andere Seite. »Oder aber…« Sie zeigte auf einen der äußeren Stühle.

»Dort hinten. Irgendwo ganz am Ende.«

Powell schüttelte lächelnd den Kopf. »Oh nein. Nicht dort.«

Er betrat das Podest und setzte sich auf den Stuhl direkt zu ihrer Rechten. »Hier«, sagte er. »Das ist mein Platz. Ganz nahe dort, wo die Musik spielt. Sozusagen zur Rechten Gottes.« Er sog an seiner Zigarre. »Tatsächlich sitze ich jetzt genau dort, wo früher Ihr Vater gesessen hat.«

Seine Worte trafen Lara, als hätte er ihr einen Kübel eiskalten Wassers ins Gesicht geschüttet.

»Sie lügen!«

»Keineswegs.« Er lächelte. »Tatsächlich war Ihr Vater mein Mentor in unserem Orden.«

Lara hatte das Gefühl, als würde sich der Raum um sie zu drehen beginnen. Sie atmete tief durch.

Bald wirst du all meine Geheimnisse entdeckt haben.

»Es war wirklich eine Ehre«, hörte sie Powells Stimme. »Ich habe ihn geliebt.«

Nein! Ihr Vater? Powell?

»Ich glaube Ihnen nicht! Mein Vater war kein Illuminati. Das hätte er mir erzählt.« Ihr war schwindlig; ihre Gedanken überschlugen sich. Hätte er sie wirklich ins Vertrauen gezogen? Damals war sie noch ein kleines Mädchen gewesen.

»Ihr Vater hatte eine Menge großer Geheimnisse. Geheimnisse, die nicht einmal Ihre Mutter gekannt hat.«

»Nicht vor mir!«

»Ach, meine Liebe.« Powell schüttelte mitleidig den Kopf. »Ganz besonders vor Ihnen.«

Er lehnte sich in seinem Stuhl zurück. Lara beugte sich näher zu ihm. Sie betrachtete sein Gesicht, seine Augen, den Zug um seinen Mund. Er amüsierte sich bestens, der Bastard, er genoss die Überraschung, die er ihr bereitet hatte. Ihr Vater – ein Mitglied der Illuminati!

War so etwas möglich? All die Dinge, die er sie gelehrt hatte, sein Lebenswandel, die Art, wie er sie zum Lachen gebracht hatte…

Ich bitte dich nur, mich mit deinem Herzen zu beurteilen, mein Engel. Und sei nicht zu hart.

»Ich kenne Sie so gut, Lara. Vielleicht besser als Sie sich selbst kennen. Und ich weiß, was Sie wollen.«

Powells Worte rissen sie in die Realität zurück. »Sie? Sie wissen, was ich will?« Sie schüttelte den Kopf. »Das bezweifle ich.«

»Aber ich weiß es, Lara. Davon bin ich überzeugt. Da ich den Vorzug hatte, Ihren Vater zu kennen.« Er stieß dichte Qualmwolken aus. »Und Sie ähneln ihm in so vielen Punkten. Die größte Ähnlichkeit, die ich jemals gesehen habe.«

Lara ließ sich zurücksinken. »Warum sollte ich Ihnen dann helfen, Mr. Powell? Mein Vater wollte nie, dass Sie die Uhr bekommen. Er hat sie vor Ihnen versteckt.«

»Es scheint so. Er hat seinen Eid gebrochen. Er hat uns belogen. Mich belogen.«

Powell sah auf seine Zigarre hinab. Lara glaubte, einen echten Anflug von Gefühl über sein Gesicht huschen zu sehen. »Ich denke, Ihr Vater wusste, zu welchem Resultat sein Handeln führen würde. Zum Schluss hatte er schreckliche Angst.«

»Vor Ihnen, Mr. Powell? Das glaube ich kaum.«

»Nein. Sehen Sie, ich denke, je mehr ihm bewusst geworden ist, welche Macht in dem Dreieck steckt, desto mehr Sorgen hat er sich gemacht.«

»Und…«

»Oh, es faszinierte ihn.« Er beugte sich näher zu Lara. »Das Dreieck verleiht seinem Besitzer die Macht Gottes, Lara. Mit seiner Hilfe können Sie alles bekommen, was Sie sich wünschen.« Er schnippte mit den Fingern. »Im selben Augenblick.«

»Eigentlich habe ich alles, was ich brauche, vielen Dank. Und Ihrem Haus in London nach zu schließen, sind Sie auch nicht gerade knapp bei Kasse.«

»Keine Witze, Lara. Denken Sie ernsthaft nach. Überlegen Sie sich, was Sie alles tun könnten.« Lowell senkte die Stimme und verlieh ihr einen eindringlicheren, beschwörenden Tonfall. »Mit dem Dreieck können Sie die Welt verändern. Sie können Dinge umgestalten, neu erschaffen, zerstören. Sie können sich vorwärts und rückwärts durch die Zeit bewegen, sich all die Zivilisationen, deren Hinterlassenschaften Sie mit so viel Zeitaufwand ausgegraben haben, in der ganzen Pracht ihrer Blüte ansehen. Ägypten. Rom. Athen.« Sein Gesicht war dem ihren jetzt so nahe, dass sich ihre Nasen beinahe berührten. »Sie hätten nicht nur die Macht, die Ungerechtigkeiten der Gegenwart zu beseitigen, sondern auch die der Vergangenheit. Stellen Sie sich das vor. Sie könnten Ereignisse in der Vergangenheit ungeschehen machen. Den Parthenon vor den Türken retten, den Tempel von Jerusalem vor den Babyloniern, die Bibliothek von Alexandria vor den Römern.«

Er lächelte.

»Sie könnten sogar ein neues Leben mit Ihrem Vater haben, Lara. Eine zweite Chance. Überlegen Sie, die beiden Crofts wieder vereint, wie sie gemeinsam alle geschichtlichen Epochen der Erde erforschen. Gibt es einen großartigeren Traum?«

Lara schüttelte den Kopf. Was Powell sagte, klang wunderbar, aber es war falsch, absolut falsch. Sie konnte es tief in ihrem Inneren spüren.

»Ich weiß, was Sie denken, Lara. Sie glauben, Sie sollten das Dreieck zerstören. Sie sollten die Uhr zerstören. Aber überlegen Sie es sich gut. Ein Leben mit Ihrem Vater! Es würde in meiner Macht liegen, Ihnen das zu ermöglichen, und ich würde es tun. Das schwöre ich Ihnen!«

»Aber Sie sitzen nicht auf dem großen Stuhl.« Lara klopfte auf die Armlehne.

Powell überging ihren Einwurf. »Lara. Helfen Sie mir, und ich werde Ihnen das geben, wovon ich weiß, dass Sie es wollen.«

»Woher soll ich wissen, dass Sie nicht versuchen werden, mich zu töten, sobald ich Ihnen das Stück gegeben habe?«

Plötzlich hielt Powell ein Messer in der Hand, nur wenige Zentimeter von Laras linkem Auge entfernt.

»Würden Sie sich besser fühlen, wenn ich Sie gleich hier und jetzt auf vertrauterem Terrain töten würde?«

Lara starrte ihn ungerührt an. »Wie ich bereits sagte, Sie könnten es *versuchen.*«

Er grinste. »Lara, werden Sie sich meinen Vorschlag noch einmal durch den Kopf gehen lassen?«

»Möglicherweise.«

»Lassen Sie sich nicht zu viel Zeit.« Er fuhr herum und warf sein Messer. Es blieb in dem Siegel der Illuminati stecken, nur Zentimeter von dem ihren entfernt, im Auge der Pyramide. »Diese Gelegenheit endet in achtzehn Stunden und dreißig Minuten.«

»Und kehrt erst in fünftausend Jahren wieder.« Lara erhob sich.

»Richtig.« Powell sog ein letztes Mal an seiner Zigarre und erhob sich ebenfalls. Er trat von dem Podest und drückte die Zigarre in einem Aschenbecher auf einem der Tische aus.

»Ich werde mir Ihr Angebot durch den Kopf gehen lassen, Mr. Powell, und Ihnen meine Entscheidung morgen mitteilen.« Lara nahm ihren Rucksack und machte sich auf den Weg zur Tür. »Auf die eine oder andere Weise«, fügte sie über die Schulter hinzu.

»Lady Croft.«

Drei Meter vom Ausgang entfernt drehte sie sich noch einmal um.

Powell stand vor den sieben Stühlen unter dem riesigen Wandgemälde, die Hände hinter dem Rücken verschränkt.

»Wir brechen um sieben Uhr morgens auf. Sie sollten sich warm anziehen. Wo wir hinfliegen, kann es wirklich sehr kalt werden.«

Sie nickte. »Ich werde daran denken.«

»Ich sehe Sie dann früh in alter Frische. Und vergessen Sie das Dreieck bitte nicht.«

Lara öffnete die Tür, schob sich an Pimms vorbei, der ihr mit offenem Mund nachstarrte, und trat in die warme Nachtluft hinaus.

21

Lara schlenderte über den Markusplatz und bahnte sich ihren Weg durch eine dichte, überwiegend aus Paaren sämtlicher Altersklassen bestehende Menschenmenge, die den Platz Arm in Arm bevölkerten, die Köpfe in den Nacken gelegt hatten und das beeindruckende Lichtspiel am Himmel genossen. Die Aurora. *Ein einmaliges Himmelsspektakel, nur einmal im Leben zu sehen* verkündeten die Zeitungsschlagzeilen – grob übersetzt – marktschreierisch. Laras Kenntnisse der venezianischen Variante des Italienischen war bestenfalls lückenhaft. Morgen zur totalen Sonnenfinsternis würde es sogar noch mehr davon zu sehen geben. Von überallher wurden die Leuchterscheinungen mit begeisterten Ausrufen wie »Ahh!« oder »Ohh!« quittiert.

Wenn ihr nur wüsstet, dachte Lara.

Sie schob sich unbeachtet durch die Menge, abgesehen von den gelegentlichen und unvermeidlichen Anzüglichkeiten einiger junger Venezianer, deren Hormonhaushalt überkochte.

Die Wahrscheinlichkeit, dass sie Powell vertrauen konnte, war in etwa so groß wie die Überlebenschance eines Schneeballs in der Hölle. Ihm das Dreieck auszuhändigen, würde vermutlich das Letzte sein, was sie in ihrem Leben tat, zumindest in diesem. Oder? Er würde einfach eine Pistole aus der Tasche ziehen und sie erschießen. Oder?

Wahrscheinlich. Zumindest sofern man die Geschehnisse in

Kambodscha außer Acht ließ, wo sie ihm den Arsch gerettet hatte. Nun gut, gleich danach hatte er versucht, sie zu töten, aber das war eine reine Reflexhandlung gewesen. Sie hatte das Dreieck gehabt, das er für sich beanspruchte. Vielleicht wollte er sie wirklich als Partnerin haben. Vielleicht. Wenn auch nur, weil es seine Aussichten erhöhte, die zweite Hälfte des Dreiecks zu finden.

Lara verließ den Platz und ging eine kleine Straße entlang. Vor einem Café blieb sie stehen. Sie war hungrig. Zeit für eine Portion *antipasti* und ein Glas Wein.

»Tue stets das Unerwartete«, so lautete das Motto, nach dem sie lebte. Was also war das Unerwartete in dieser Situation?

Das Dreieck in einen Kanal werfen und einfach verschwinden? Oder sich Powells Expedition anschließen, die sie – nahezu mit Sicherheit – in den Tod führen würde?

Sie hatte sich an einen Tisch im Freien gesetzt. Jetzt hob sie den Kopf und betrachtete die Aurora. Spektakulär. Ehrfurcht gebietend. Eine Show, die man nur einmal im Leben geboten bekam. Eine einmalige Chance.

Plötzlich wurde ihr klar, was der wirklich unerwartete Schachzug sein würde.

Sich selbst die Macht des Dreiecks anzueignen.

Zerstöre die Uhr, Lara. Lass dich nicht von ihrer Macht in Versuchung führen, so wie ich es getan habe.

Sie ließ ihren Blick durch das Café schweifen und erwartete beinahe, wieder ihren Vater zu sehen oder seine Stimme zu hören. Aber an der Theke stand nur ein einzelner Kellner, ein älterer Mann, der Servietten faltete.

Lara hob eine Hand.

»Signorina?«

Sie bat um die Rechnung, bezahlte und ging weiter. Eine Idee nahm in ihrem Kopf Gestalt an. Doch bevor sie sie bis zum Ende durchdenken konnte…

Zuerst musste sie alle relevanten Informationen zusammenfügen und die Positionen sämtlicher beteiligter Spieler bestimmen.

Ihr Weg hatte sie nach Osten geführt. Sie drehte um und steuerte wieder die Stadtmitte an, den Markusplatz, den Canal Grande…

Zurück zu den Illuminati und ihren Partnern.

Lara hörte laute Stimmen und Gelächter von der anderen Seite der Tür. Wahrscheinlich hätte sie überprüfen sollen, was dort vor sich ging, bevor sie das Apartment betrat, aber dazu war sie momentan kaum in der richtigen Stimmung.

Also öffnete sie die Tür einfach mit einem Fußtritt.

Sie traute ihren Augen kaum.

Der Bastard spielte Poker!

In der Mitte des Zimmers war ein Tisch aufgestellt worden, an dem vier Männer saßen. Ihre Köpfe ruckten herum, ihre Münder öffneten sich weit vor Überraschung. Einer von ihnen war Alex.

Die drei anderen Männer, die sie nicht kannte, reagierten schnell. Alle hatten ihre Waffen gezogen und zielten auf sie, noch bevor sich der Schreck auf Alex' Gesicht abzeichnen konnte.

Waffen! Für solche Spiele hatte sie jetzt keine Zeit.

»Nicht jetzt, Jungs, okay?«

Die Männer wechselten verwirrte Blicke. Sie hatten die Frau genau im Visier. Wie kam sie dazu, ihnen Befehle zu erteilen?

»Ich muss mit Alex sprechen«, sagte sie. »Allein.«

»Okay, Jungs.« Alex trat vor. »Gebt der Lady ein wenig Luft zum Atmen.«

Die drei Unbekannten steckten die Waffen wieder ein und sammelten ihr Geld zusammen. Einer glotzte Lara unverhohlen an. Als sie nacheinander das Zimmer verließen, griff er impulsiv nach ihrer Hand und küsste sie.

»Scusi. Bella.«

Lara brach in schallendes Gelächter aus.

Doch nachdem er die Tür hinter sich geschlossen hatte, erlosch ihr Grinsen. Sie setzte sich Alex gegenüber an den Spieltisch.

»Möchten Sie lieber ein guter oder ein böser Junge sein, Mr. West?«, fragte sie kalt.

»Lara…«

»Denn für eines von beiden musst du dich schon sehr bald entscheiden«, fuhr sie fort. »Du arbeitest für sehr schlechte Leute, Alex. Aber das weißt du selbst, nicht wahr?«

Er senkte den Kopf. »Mir ist klar, dass Powell nicht gerade der liebenswerteste Mann ist, aber…«

»Wirst du es tun?«, bohrte sie unbarmherzig nach. »Wirst du Powell das Dreieck besorgen? Bist du bereit, diesem Mann die Macht zu geben, die Welt zu beherrschen?«

»Äh…«

»Du tust das alles einzig und allein für Geld, richtig? Weder ein guter noch ein böser Junge, einfach nur ein Bursche, der versucht, sich so gut wie nur möglich durchs Leben zu schlagen. So ist es doch, oder? Nun, das ist das Haar in der Suppe, Alex. Man kann Powell nicht trauen. Und wenn du auch nur annähernd der Mann bist, für den ich dich gehalten habe, sollte das für dich nicht akzeptabel sein.«

Sie verstummte, verschränkte die Arme vor der Brust und starrte ihn finster an.

Alex wirkte verletzt. »Ich versuche nur, irgendwie über die Runden zu kommen. Ein bisschen Geld beim Poker zu gewinnen. Ein bisschen Spaß zu haben.«

»Klar.« Lara schüttelte den Kopf. Das war nicht die Antwort, die sie von ihm hatte hören wollen. Aber jetzt wusste sie wenigstens, wo er stand. Und wie sie mit ihm umzugehen hatte.

Sie stand auf und nahm eine Karte vom Spieltisch. Den Herzkönig.

»Ich werde euch morgen begleiten, Alex. Dich und Mr. Powell. Du wirst mich also stets vor Augen haben, immer einen Schritt vor dir, den ganzen Weg lang. Das ist jetzt meine Sache geworden.«

Sie klemmte die Karte zwischen Mittel- und Zeigefinger ihrer rechten Hand und schleuderte sie ihm entgegen.

Alex duckte sich. Die Karte wirbelte um ihn herum und auf das Fenster zu.

Ohne dass er es bemerkte, schoss ihre linke Hand vor und schnappte sich eine zweite Karte vom Tisch.

Die erste kehrte wie ein Bumerang zu ihr zurück. Lara fing sie mit der linken Hand auf und ließ sie unter die zweite gleiten. Dann drehte sie beide Karten um, wobei sie jedoch Alex nur die zweite zeigte.

Es war der Joker.

Sie knallte den Joker auf den Kartentisch, marschierte zum Bett und zog das erste Teil des Dreiecks darunter hervor, das sie während ihres ersten Besuchs dort versteckt hatte.

Alex, der ihr mit den Blicken gefolgt war, schnitt eine Grimasse und drehte sich wieder um.

Lara trat hinter ihn und drückte eine 45er an seine Schläfe.

»Nur damit du es weißt«, sagte sie und beugte sich tief zu ihm hinab. »Wenn du mir dieses Mal in die Quere kommst«, flüsterte sie ihm ins Ohr, »werden wir vielleicht keine Freunde bleiben können.«

Sie küsste ihn auf den Kopf, tätschelte seine Schulter mit dem Teil des Dreiecks und ging.

Um sechs Uhr dreißig betrat Powell, fertig angekleidet, sein Büro. Er sammelte die Unterlagen auf seinem Schreibtisch zusammen und nahm die Uhr. Von draußen hörte er lautes Rotorengeräusch. Als er aus dem Fenster sah, entdeckte er zwei Chinook-Helikopter mit Zwillingsrotoren, die gerade im Hof des Anwesens landeten.

Pimms platzte unrasiert und mit verquollenen Augen zur Tür herein.

»Ich habe verschlafen!« Er sah aus, als würde er gleich in Tränen ausbrechen. »Hat sie angerufen?«

»Um Gottes willen, Mann. Entspannen Sie sich.« Powell schüttelte missbilligend den Kopf und drückte auf eine Taste neben seinem Telefon.

»Ja, Sir?«, sagte eine Stimme aus dem Lautsprecher.

Pimms war immer noch völlig aufgelöst. »Lady Croft, hat sie sich gemeldet?«

Powell stellte seine Tasche auf den Schreibtisch und begann, sie zu packen. »Ich denke, ich komme allein zurecht, danke der Nachfrage. Warum sehen Sie nicht nach, ob unser geschätzter Gast Hilfe braucht?« Er deutete auf die Tür, und Pimms ging hinaus. Na also. Jetzt konnte er wieder in Ruhe nachdenken.

Miss Holcombs Stab hatte Kopien von einigen Bänden aus der Bibliothek für die Reise in den hohen Norden angefertigt, vor allen Dingen von denjenigen, die sich mit den ursprünglichen Legenden des *Grabes der zehntausend Schatten* befassten. Powell hatte schon seit Monaten keinen Blick mehr in die Bücher geworfen; es konnte nicht schaden, seine Erinnerungen ein bisschen aufzufrischen, bevor sie ihr Ziel erreichten. Vor dem Höhepunkt der Konjunktion.

Noch fünfzehn Stunden und sechsundzwanzig Minuten. Und die Zeit lief.

Sein Telefon summte. »Sprechen Sie.«

»Die Hubschrauber sind da, Sir.« Es war Julius. »Wir laden die Ausrüstung ein.«

»Danke, Julius. Sind alle reisefertig?«

»Ja, Sir.«

Powell lächelte. Er, Julius und sechs sorgfältig ausgewählte Männer hatten gestern eine Stunde lang an Bord eines gemieteten Feuerwehrbootes – ein absolut abhörsicherer Konferenzort – Pläne geschmiedet.

»Gut, ich komme gleich.« Es dauerte etwas länger, da er das Material aus den Archiven sehr gewissenhaft verstaute. Außerdem packte er eine Schmuckschatulle ein, die er in einem Antiquitätenladen in London gefunden hatte. Das Kästchen bestand aus handgeschnitztem Kirschbaumholz, verziert mit eingelegten Kunstedelsteinen und der Krone der Illuminati. Er hatte noch Pläne für die Schatulle.

Als er das Büro verließ, warf er einen Blick auf die Uhr. Es war zehn vor sieben.

Auf dem Landefeld hinter dem Anwesen herrschte hektische Betriebsamkeit. Julius und seine Männer sowie die angeheuerten Söldner luden ihre Ausrüstung ein. Alex West stand etwas abseits und beobachtete das Treiben mit ziemlich verkniffenem Gesichtsausdruck.

Powell ging zu ihm, worauf sich seine Miene noch mehr verdüsterte.

»In fünf Minuten fliegen wir ab«, sagte Powell. »Fünfzehn Stunden später betreten wir die Grabstätte und schreiben Geschichte. Seien Sie also etwas fröhlicher, Mr. West.«

»Hmmm«, brummte West. »Tut mir Leid. Ist ziemlich spät geworden, gestern.«

»Ach?«

»Yeah. Schätze, ich gehe wohl besser an Bord und hole etwas Schlaf nach.«

Powell betrachtete ihn aufmerksam. Es schien ihm, als steckte hinter Wests schlechter Laune mehr als nur Schlafmangel, aber er wollte nicht nachbohren.

Er würde seinen jungen Handlanger einfach genau im Auge behalten.

»Kommen Sie, Alex.« Powell lächelte und klopfte ihm auf die Schulter. »Steigen Sie ein.«

West kam der Aufforderung wortlos nach.

In diesem Augenblick verließ Pimms das Anwesen, einen Schritt hinter Gareth und ihrem ehrwürdigen Anführer. Die Männer näherten sich der Chinook. Pimms wollte Gareth helfen, dessen Koffer zu tragen. Er streckte immer wieder die Hand aus, doch Gareth drehte sich jedes Mal um und warf ihm einen bösen Blick zu.

Als Pimms Powell entdeckte, verbeugte er sich tief vor den beiden Männern und kam zu ihm hinüber.

»Ich denke, wir stecken in großen Schwierigkeiten«, sagte er leise.

»Wirklich? Halten Sie das, ja?« Powell reichte Pimms die Schmuckschatulle. Pimms nahm sie entgegen und deutete mit einem Nicken auf Gareth und den distinguierten Gentleman, die an Bord der Chinook kletterten.

»Sie glauben, wir hätten Lady Crofts Teil des Dreiecks.«

»Ich weiß.« Powell zog eine Havanna aus der Tasche, wickelte sie aus der Schutzhülle, riss ein Streichholz an und entzündete die Zigarre noch auf dem Weg zum Hubschrauber. Pimms folgte ihm dicht auf den Fersen. »Sie glauben, es läge in dem Kästchen, das Sie bei sich haben.«

Pimms blickte auf die Schatulle in seinen Händen. »Und ist es darin?«

»Warum machen Sie sich nicht über irgendetwas anderes Sorgen?« Powell blies mit demonstrativer Gelassenheit eine dichte Qualmwolke aus und musterte Pimms von Kopf bis Fuß. »Sind Sie sicher, dass Sie warm genug angezogen sind? Sie wissen, wir fliegen sehr weit nach Norden.«

Pimms blieb stehen und starrte das Kästchen an. »Die Spannung bringt mich noch um«, gestand er.

Powell seufzte. »Wenn es unbedingt sein muss.«

Pimms öffnete den Deckel einen kleinen Spalt weit und spähte in die Öffnung. Sein Gesicht fiel wie eine Hefeteig in sich zusammen.

»Erinnern Sie mich daran, dass ich demnächst mit Ihnen Poker spiele«, sagte Powell.

»Oh, mein Gott.« Pimms sah auf. »Es ist leer! Was werden wir tun?«

»Sie werden dieses Kästchen unter Einsatz Ihres Lebens hüten. Ihnen wurde eine gewaltige Verantwortung anvertraut.«

»Das verstehe ich nicht. Ist es immer noch so, dass wir ohne dieses Teil des Dreiecks keine Erfolgsaussichten haben?«

»Gar keine. Null.« Powell nickte und legte Pimms eine Hand auf die Schulter. »Aber darüber sollten Sie sich nicht den Kopf zerbrechen. Es wird sich schon alles ergeben.«

»Aber…«

Powell legte Pimms einen Finger auf die Lippen und brachte ihn zum Schweigen. »Sehen Sie?« Er drehte seinen Gehilfen an den Schultern herum.

Lara Croft, in strahlend weißer Polarkleidung, überquerte den Hof in Begleitung eines dünnen Mannes, der wie ein typischer Bücherwurm aussah. Die beiden marschierten direkt auf Powell und Pimms zu.

»Lady Croft! Ich bin sehr froh, dass Sie sich entschieden haben, an unserer Expedition teilzunehmen.« Powell verneigte sich in Richtung des Hubschraubers. »Ihre Kutsche steht schon für Sie bereit.«

Bryce verzog das Gesicht. »Lieber Gott, er ist ja sogar noch schmieriger, wenn man ihn persönlich trifft.«

»Warte nur ab, bis du ihn richtig kennen lernst.« Lara blieb stehen und drehte sich zu Bryce um. »Bleib einen Moment hier, ja?«

»Kein Problem«, erwiderte er. »Dann werde ich eben einfach ein bisschen weiter vor mich hin schwitzen. Es sei denn, es gelingt mir endlich, diesen verklemmten Reißverschluss zu öffnen.«

Sie grinste. Bryce kämpfte mit seiner Ausrüstung, seit sie das Hotel verlassen hatten. Genau genommen sogar schon, seit er mitten in der Nacht im Hotel eingetroffen war. Kurz nach eins hatten ein lautes Poltern und ein Fluch im Eingangsbereich der Hotellobby Lara aus ihrer Lektüre über die zweite Grabstätte gerissen. Als sie aufblickte, entdeckte sie Bryce, der mit einem halben Dutzend Hartschalenkoffern, teils in den Händen, teils unter die Achseln geklemmt, durch die Tür gestolpert kam und einem Portier, der ein weiteres halbes Dutzend Koffer und Einkaufstüten trug, auf Französisch Anweisungen gab, die der Italiener erfolglos zu verstehen versuchte. Bryces Kämpfe hatten sich bis in die Morgenstunden fortgesetzt. Momentan war es der Reißverschluss seines Parkas, der ihm zu schaffen machte und sich einfach nicht aus seiner Position direkt unter Bryces Adamsapfel lösen wollte.

Lara überließ ihn seinem Zweikampf mit dem störrischen Reißverschluss und gesellte sich zu Powell und Pimms.

»Guten Morgen, Gentlemen.«

»Guten Morgen, Lady Croft. Ich wusste, dass Sie Ihre Meinung ändern würden.«

»Tatsächlich? Erstaunlich. Schließlich war ich mir nicht mal selbst sicher.«

»Ich war es. Pimms.« Powell schnippte mit den Fingern. Pimms hielt Lara ein hölzernes Kästchen entgegen und klappte den Deckel auf.

Ohne Powell aus den Augen zu lassen, griff Lara in ihren Gürtel, zog ihre Hälfte des Dreiecks daraus hervor und ließ sie in das Kästchen fallen. »Mein Teil der Abmachung.«

»Gut. Partner.«

Sie musterte ihn eindringlich. »Sie sollten das lieber beherzigen. Partner.«

»Das tue ich.« Powell hielt ihrem Blick gelassen stand. »Und Sie?«

»Das werden Sie schon merken.« Sie machte auf dem Absatz kehrt.

»Schön, Sie bei uns zu haben, Lara!«, rief Powell ihr nach.

Als Lara zu Bryce zurückkehrte, murmelte er noch immer vor sich hin und zerrte an seinem Reißverschluss herum. »Natürlich ist er froh, dich an Bord zu haben«, knurrte er. »Du hast ihm gerade den Gegenstand ausgehändigt, den er mehr als alles andere auf der Welt haben wollte.«

»Hab ein bisschen Vertrauen. Komm, lass mich mal.«

Lara zog mit einem kräftigen Ruck an dem Reißverschluss, worauf er sich sofort löste.

»Oh, Gott sei Dank.« Bryce schlug die Jacke auf. »Danke.«

»Keine Ursache.«

»Was tue ich hier überhaupt?«

Lara betrachtete ihn von oben bis unten. Sie verkniff sich den Witz, der ihr auf der Zunge lag, dass er gerade einen neuen Trend in der Modebranche für Polarbekleidung setzte. Bryce war hier, weil sie ihn brauchte. Die tote Zone, von der sie gelesen hatte, würde wahrscheinlich jede Menge elektrischer Geräte lahm legen, die er wieder reparieren konnte. Außerdem würde es gut tun, zumindest ein freundliches Gesicht um sich zu haben.

»Du begleitest mich. Wir werden das Universum retten. Komm schon.«

Sie ging auf den Chinook-Helikopter zu. Bryce trottete neben ihr her. Seine wollenen Ohrenschützer hüpften auf und nieder.

»Können wir das immer noch? Jetzt, nachdem du dem bösen Burschen unsere Hälfte des Dreiecks übergeben hast?«

»Vertrau mir.« Sie lächelte. »Ich habe einen Plan.«

»Einen verrückten, halsbrecherischen Plan à la ›ich hab zwar keine Ahnung, was hier genau abläuft, aber was soll's?‹. Einen Plan, in den du mich aber im Augenblick nicht einweihen willst?«

»So in etwa.«

»Und wir werden die Welt retten und so?«

»Unbedingt.«

Bryce zuckte die Achseln. »Also gut.«

»Es geht los.«

Lara blickte auf und sah einen von Powells Vertrauten, Julius, am Fuß der Rampe stehen, die in den Frachtraum des Hubschraubers führte. »Wollt ihr zwei mitkommen?«

»Das würden wir unter keinen Umständen verpassen wollen.« Sie sprang auf die Rampe, reichte Bryce die Hand und zog ihn in den Helikopter.

Julius drückte auf eine Taste. Die Rampe schloss sich, und die Chinook stieg in den Morgenhimmel.

22

Der Helikopter war ein modifizierter MH47E. Seinem Aussehen nach schien er etwa zehn Jahre alt zu sein, aber Lara bezweifelte, dass er den Hangar allzu häufig verlassen hatte. Mit Sicherheit war er bisher für keine gefährlichen Missionen eingesetzt worden. Er war einfach viel zu gut gepflegt, als dass er längere Zeit in der Luft gewesen sein konnte.

Die zweirotorigen Chinooks fanden ihrer Erfahrung nach häufig Verwendung als Transportmaschinen. Lara hatte schon eine Menge Spezialanfertigungen dieser Modelle gesehen, Umbauten zu medizinischen Rettungseinheiten oder Schwerlasttransporter, darunter einige besonders einfallsreiche Modifikationen des Frachtraumes.

Aber was die Illuminati aus diesem Ding gemacht hatten, schoss den Vogel ab.

Der vordere Bereich des lang gestreckten, schmalen Innenraumes war abgetrennt und mit einer Klimaanlage sowie erlesenem Mobiliar ausgestattet worden. Er sah wie die Passagierkabine eines Privatjets aus. Dort saßen Powell, Pimms und einige andere Männer, ebenfalls Illuminati, wie Lara vermutete, unter ihnen auch Alex West.

Sie selbst und Bryce reisten in der Touristenklasse und mussten sich mit kargen Klappsitzen im hinteren Teil des Hubschraubers begnügen, noch immer ein kahler und unbeheizter Frachtraum. Dort saß auch der Rest der Expeditionsteilnehmer.

Etwa eine Stunde nach dem Start kam Powell mit einem Tablett voll Sandwiches zu ihnen.

»Die Sitzordnung tut mir furchtbar Leid. Ich hoffe, es ist nicht zu ungemütlich.«

»Wir kommen schon klar«, erwiderte Lara. »Partner.«

Powell grinste. »Ein kleiner Imbiss?«

Lara schüttelte den Kopf. Bryce schnappte sich ein halbes Dutzend Schnittchen und stopfte sie sich schnell nacheinander in den Mund.

»Ich glaube nicht, dass wir uns schon mal begegnet sind«, sagte Powell. Er gab das Tablett einem seiner Männer. »Ich bin Manfred Powell.«

»Mhmmm«, grunzte Bryce mit vollem Mund, schluckte, kaute und schluckte nochmals. »Bryce.«

Powell streckte ihm die Hand entgegen, und Bryce schüttelte sie.

»Bryce… Ist das Ihr Vor- oder Nachname?«

»Ich würde dem Team gern Bryces Hilfe anbieten, Mr. Powell«, mischte sich Lara ein. »Im Geist unserer Zusammenarbeit.«

»Das ist sehr freundlich von Ihnen.« Er lächelte und wandte sich wieder Bryce zu. »Was genau ist Ihr Spezialgebiet?«

»Elektronik.«

»Tatsächlich?«

Bryce nickte. »Hauptsächlich Wartung. Sicherheitssysteme. Waffen. Ein bisschen von diesem und jenem. Gelegentlich Reparaturarbeiten.«

»Reparaturarbeiten?«

»Richtig.«

»Nun, vielleicht können Sie mir helfen.«

»Ich kann es versuchen.«

Powell grinste. »Ich habe da eine Uhr, die mir ständig Ärger macht…«

Im Frachtraum brandete dröhnendes Gelächter auf.

Bryces Miene verfinsterte sich.

»Mr. Powell«, sagte Lara, als das Gelächter verstummt war. »Wie ich sehe, fliegen wir nach Norden.«

»So ist es.«

»Lust, mich über unser Ziel aufzuklären… Partner?«

»Selbstverständlich. Nowaja Semlja. Wissen Sie, wo das liegt, Lara?«

»Könnte ich nicht behaupten… Manfred.«

»Nowaja Semlja…« Bryce runzelte die Stirn. »Klingt russisch.«

»Teil der Föderation, ja«, bestätigte Powell.

»Und wo liegt es, sagen wir, von Moskau aus gesehen?«

»Nördlich«, erwiderte Powell. »Ziemlich weit nördlich. Ich kann Ihnen eine Karte holen, wenn es Sie interessiert, Mr. Bryce.«

»Nein, das ist nicht nötig.« Bryce zog den Reißverschluss seiner Jacke wieder zu. Er zitterte sichtlich. »Ich kann es mir auch so ganz gut vorstellen.«

Einige Stunden später wurde die Chinook von einem russischen Militärflugzeug in der Luft aufgetankt. Powell verfolgte die Operation vom Cockpit aus. Als er in die Passagierkabine zurückkehrte, unterhielt sich West mit dem distinguierten Gentleman.

»Eine ziemlich bemerkenswerte Person, Lady Croft«, sagte er gerade. »Soweit ich gehört habe, kennen Sie sie gut.«

West nickte. »Das nehme ich an.«

»Nach allem, was Mr. Powell mir erzählt hat, scheint sie ein Faible für das Dramatische zu haben.«

»Oh ja.« West grinste. »Das hat sie.«

»Trotzdem… Mir missfällt so viel Enthusiasmus. So viel Überschwänglichkeit. Ich misstraue dieser Einstellung. Ich bevorzuge ein ruhiges, überlegtes Herangehen an die Dinge.« Er drehte sich zu Powell um. »Wir haben das Dreieck. Sind Sie ganz sicher, dass sie… noch benötigt wird?«

»Nun…« Powell musterte den Älteren. *Du kaltblütiger Bastard, du. Das Dreieck behalten und sie einfach aus dem Hubschrau-*

ber stoßen? Die Vorstellung war reizvoll, aber dann fiel ihm Kambodscha wieder ein. Lara hatte sie vor einem großen Fehler bewahrt, möglicherweise vor einem tödlichen. Er würde ihr die Gelegenheit geben, es noch einmal zu tun.

Und dann würde er sie töten.

»Ein Tomb Raider ist gut.« Er tätschelte Wests Knie. »Aber zwei sind besser.«

»Der Tomb Raider ist Lara«, sagte West ruhig. »Nicht ich.«

»Angesichts dessen, was auf dem Spiel steht, lohnt es sich, beide dabeizuhaben«, fügte Powell hinzu.

»Es steht wirklich viel auf dem Spiel.« Der Anführer der Illuminati nickte und wandte sich wieder West zu. »Können Sie beide zusammenarbeiten?«

»Ich denke schon.«

»Sie haben sich bisher noch nie zusammengetan?«

»Nein.« Plötzlich grinste West. »Das heißt, jedenfalls nicht auf diese Weise.«

»Alex, Sie kleiner Teufel, Sie.« Powell grinste noch breiter, beugte sich vor und tätschelte erneut sein Knie.

Wests Grinsen erlosch genauso schnell, wie es aufgeblitzt war.

Bryce, der leise neben Lara vor sich hin geschnarcht hatte, schreckte hoch und öffnete die Augen.

»Huuh!«

»Was?«

»Ein Traum. Eine Vision. Ich war der Tomb Raider und der Android war mein Butler. Hat ständig alles kaputtgemacht.« Er wand sich in seinem Sitz. »Oh, mein Hintern ist wieder eingeschlafen. Die ganze linke Seite.«

»Beiß die Zähne zusammen, Soldat.«

»Soldat? Ich? Ich kann mich nicht daran erinnern, mich bei der Infanterie gemeldet zu haben. Im Gegensatz zu diesen Burschen da.« Mit gesenkter Stimme nickte er in die Richtung von Powells Soldaten, die seit dem Start der Chinook stocksteif auf ihren Plätzen saßen, ihre Uzis schussbereit im Schoß.

»Kommt es dir nicht so vor, als würden wir bewacht werden?«, flüsterte er.

»Wir *werden* bewacht«, flüsterte Lara zurück.

Bryce hob die Brauen. »Gehören wir zum Team, oder werden wir entführt?«

»Weder, noch.«

»Weder, noch?«

Lara nickte. Julius, der auf der anderen Seite des Frachtraums saß, bemerkte ihren Blick und starrte sie an. Sie starrte zurück und drehte sich wieder zu dem ängstlich wirkenden Bryce um.

»Keine Sorge.« Sie lächelte. »Alles wird gut werden.«

»Wirklich?«

»Wirklich. Vertrau mir.«

»Oh ja.« Bryce seufzte. »Der Plan. Ich vergesse immer wieder deinen Plan. Was auch ganz natürlich ist, schätze ich, da ich ihn ja nicht mal kenne.« Er verschränkte die Arme vor der Brust, lehnte sich in seinen Sitz zurück und schloss wieder die Augen.

»Bryce.« Lara beugte sich näher. »Wenn du dich dann wirklich besser fühlst…«, flüsterte sie.

Bryce öffnete abrupt ein Auge. »Ja?«

»Ich weiß selbst nicht, wie der Plan aussieht. Noch nicht.«

»Oh ja. Prima. Jetzt geht es mir einfach wunderbar.«

Er schloss das Auge und drehte den Kopf zur Seite.

Die Chinook tankte ein weiteres Mal im Flug auf. Ein weiteres Tablett mit Sandwiches machte die Runde. Powell zog die Uhr hervor. Alle drei Anzeigen glühten jetzt, alle Zeiger drehten sich und zählten die bis zur Konjunktion verbleibende Zeit ab.

»Das ist ja interessant.«

Powell blickte auf.

»Die größte thermonukleare Bombe aller Zeiten wurde auf Nowaja Semlja getestet«, las Pimms aus einem Reiseführer vor. »Es gibt dort auch heute noch Waffentestgelände. Wahrscheinlich hält das die Touristenströme in Grenzen, meinen Sie nicht auch?« Er lächelte. »Zum Glück für uns.«

Gareth, der aus dem Fenster gestarrt hatte, drehte sich zu Pimms um und begann zu lachen. Ein paar Sekunden später stimmte der distinguierte Gentleman, der bis zu diesem Augenblick eine betont mürrische Miene zur Schau getragen hatte, in das Gelächter ein. Auch Powell gluckste verhalten.

»Was?«, fragte Pimms. »Was ist so lustig?«

»Mr. Pimms«, sagte Gareth. »Auf Nowaja Semlja ist niemals auch nur eine einzige Waffe getestet worden. Weder eine Atombombe noch eine Wasserstoffbombe. Noch nicht einmal eine Dynamitstange.«

Pimms runzelte die Stirn. »Aber hier steht...« Er beendete den Satz nicht. »Oh.«

»Mit Geld kann man sich seine Privatsphäre erkaufen, junger Mann.« Der distinguierte Gentleman räusperte sich. »Vergessen Sie das nie.«

»Das werde ich nicht, Sir. Das werde ich nicht.«

»Wie lange noch?«

Der Führer der Illuminati schien gereizt zu sein, unverkennbar ungeduldig. Er fühlte sich unbehaglich. Sein Atem dampfte in der Luft. Die Heizung kam nicht mehr gegen die arktische Kälte an, die draußen herrschte.

»Ein paar Stunden.« Powell sah aus dem Fenster. Unter ihnen erstreckte sich die mit Eisbergen gesprenkelte Barentssee. Nowaja Semlja – die südliche Insel des Archipels – musste schon bald in Sicht kommen. Das war gewissermaßen das Sprungbrett ihrer Expedition. »Die letzte Stunde müssen wir über Land marschieren. In einem Umkreis von zwei Meilen um das Zentrum der Grabstätte herum ist der Helikopter nicht flugtüchtig.«

Pimms, der sich die Hände über einer Heißluftdüse neben seinem Sessel gewärmt hatte, zuckte zusammen. »Wir können nicht fliegen?«

Powell nickte. »Elektromagnetismus. Es ist eine tote Zone.«

»Mr. Powell. Sie haben meine Frage nicht beantwortet.« Die Miene des distinguierten Gentlemans zeigte immer noch Missbilligung. »Wie lange noch, alles in allem, bis zur Konjunktion?«

»Entschuldigen Sie, Sir. Drei Stunden.«

»Genau?«

Powell seufzte. »Drei Stunden, drei Minuten und fünfundzwanzig Sekunden vor genau einer Sekunde, als ich begonnen habe, die Zahl fünfundzwanzig auszusprechen.«

Der Führer der Illuminati starrte ihn mit offenem Mund an. Powell vermutete, dass es schon ziemlich lange her war, seit es irgendjemand gewagt hatte, die Pläne des alten Herrn derart zu durchkreuzen.

Wahrscheinlich war dies das erste Mal, seit es Lord Croft persönlich vor rund zwanzig Jahren getan hatte.

»Nicht in diesem Ton.« Gareth, der alte Speichellecker, wedelte drohend mit dem Finger. »Benutzen Sie nie wieder diesen Ton!«

Powell senkte den Kopf. »Verzeihen Sie.«

»Hey, entspannen wir uns.« West, der während des gesamten Fluges kaum mehr als zehn Worte gesprochen hatte, grinste. »Wie wäre es, wenn wir unsere Uhren aufeinander abstimmen würden? Also?«

Der distinguierte Gentleman starrte ihn an. »Ich glaube kaum, dass das nötig ist. Ich möchte einfach nur über die verbleibende Zeit und den Stand der Dinge auf dem Laufenden gehalten werden.«

»Hier ist eine aktuelle Information.« Powell deutete aus dem Fenster rechts von ihnen, wo Land in Sicht kam. »Nowaja Semlja. Wir werden in zwanzig Minuten landen.«

Er erhob sich, drehte sich zum hinteren Bereich der Kabine und den anderen Expeditionsteilnehmern um und wollte Lara auf die bevorstehende Landung aufmerksam machen.

Doch sie war bereits aufgestanden und zurrte die Gurte ihrer Kälteschutzkleidung fest.

Als sich die Laderampe senkte, ergoss sich ein Schwall eisiger Luft in den Frachtraum des Helikopters und vertrieb augenblicklich jeden Rest von Wärme. Bryce stand schlotternd am Fuß der Rampe. »Oh, mein Gott.«

Powells Männer schoben sich an ihm vorbei und entluden ihre Ausrüstung. Bryce bewegte sich nicht. Wieder schlug ihm eine Bö entgegen. »Das ist doch der Wind von den Rotoren, oder? Bitte, sag mir, dass er nur von den Rotoren kommt.«

Lara schüttelte den Kopf. »Das ist echter Wind, Bryce. So ist das Wetter hier oben. Komm lieber raus und gewöhne dich daran.«

Mit verkniffener Miene kletterte er langsam ins Freie. Auf dem gefrorenen Boden vor der Rampe hatten Powells Männer alle Ausrüstungsgegenstände säuberlich aufgestapelt. Powell sprach mit einem Mann, der eine aus Tierfellen gefertigte, übergroße Jacke und Hose trug. Ein Einheimischer.

Sie waren direkt neben einer Siedlung der Eingeborenen gelandet, wie Lara feststellte, als sie sich umblickte. Allem Anschein nach ein Fischerdorf. Lederzelte, Kochfeuer und aus Zweigen geflochtene Gestelle, an denen Fische zum Trocknen aufgehängt worden waren. Direkt vor ihr erstreckte sich eine schmale Wasserfläche, der Meeresarm, der die Süd- und die Nordinsel voneinander trennte. Auf der anderen Seite ragte eine glatte Klippe auf, die aus Eis zu bestehen schien. In allen anderen Richtungen breitete sich kahle Tundra aus, so weit das Auge reichte.

Alex verließ den Kreis der Illuminati und näherte sich ihr. »Hallo Lara.«

»Mr. West.« Falls er sich nicht mehr an ihre Aussprache vergangene Nacht erinnerte, Lara hatte sie nicht vergessen. »Gibt es irgendwas, das Sie mir sagen möchten?«

»Ja.« Er lächelte sie an. »Hör auf zu schmollen. Wir stecken gemeinsam in dieser Sache, oder?«

»Tun wir das?«

Er seufzte. »Schön, wie auch immer. Komm mit mir. Wir sollen die Teams zusammenstellen.«

»Teams?«

»Du wirst schon sehen.«

Er setzte sich in Bewegung. Lara folgte ihm.

»Hey!«, rief Bryce. »Und was soll ich tun?«

»Halt dich warm. Ich bin gleich wieder da.«

Alex führte sie eine kurze Steigung hinauf in die Mitte des Eingeborenendorfes. Der Fischgeruch war überwältigend. Wohin Laras Blick auch fiel, alle Menschen waren irgendwie mit dem Fischfang beschäftigt, nahmen Fische aus, sammelten die Eingeweide in einem Kübel und hängten Netze auf.

»Hör zu, Lara…« Alex wurde langsamer und drehte sich zu ihr um.

Ein alter Mann mit Zahnlücken trat ihnen in den Weg. Zwischen seinen Lippen baumelte eine Zigarette herab.

»Yukola?«, fragte er und hielt ihnen einen gedörrten Fisch entgegen. *»Yukola?«*

Er sah sie erwartungsvoll an. Sie wechselten einen Blick.

»Ich glaube, er will, dass wir das Ding essen«, sagte Alex.

Auf dem Gesicht des Alten machte sich ein strahlendes Lächeln breit. Er nickte. »Essen. Ja. Essen.«

Lara begutachtete den Fisch kritisch. »Riskant.«

Alex rümpfte die Nase. »Sehr riskant.«

Wieder blickten sie sich an.

»Zum Teufel, was soll's?« Alex zuckte die Achseln.

Lara nickte. »Man lebt nur einmal.«

Beide streckten eine Hand aus. Der alte Mann zog ein Messer und schnitt sorgfältig zwei Stücke ab, ungefähr zwei Finger breit und ebenso lang.

»Salut«, sagte Alex und schob sich das ganze Stück auf einmal in den Mund.

Lara schüttelte den Kopf. »Barbar.« Sie nahm einen Bissen von ihrer Portion.

Köstlich.

Es war Lachs, wenn sie nicht völlig danebenlag.

»Mann.« Alex leckte sich die Finger. »Das Zeug schmeckt gut.«

Beide lächelten den alten Mann an. Er griff in seine Tasche und förderte eine leere Getränkedose zu Tage.

»Coke?«, fragte er hoffnungsvoll. Er drehte die Dose um und schüttelte sie, um zu demonstrieren, dass sie leer war. »Coke?«

Lara schüttelte den Kopf. »Tut mir Leid.«

»Eine Sekunde.« Alex hatte sich einen Proviantbeutel um die Hüften geschnallt. Er kramte darin herum und zog eine Dose Ginger Ale hervor. »Schweppes?«

Der Alte zuckte die Achseln und nahm die Dose.

»Ein glorreicher Sieg für das Empire«, sagte Alex.

Lara lachte, dann runzelte sie die Stirn. »Einen Moment lang hatte ich glatt vergessen, dass Sie der Abschaum dieser Welt sind, Mr. West.«

Alex' Gesicht fiel in sich zusammen.

Sie setzten sich wieder in Bewegung. Am anderen Ende des Dorfes stießen sie auf einen Mann, der auf einem Baumstamm saß und sich die Hände über einem Feuer wärmte, umringt von dutzenden der größten Huskies, die Lara jemals gesehen hatte. Schlittenhunde für die letzte Etappe ihrer Reise, wie Alex erklärte. Durch die Nullzone zu dem Krater und der Grabstätte.

Sie begannen, aus der Meute Hunde auszusuchen, indem sie auf die jeweiligen Tiere deuteten. Einmal wählte Alex einen Husky, der so fett war, dass er nur noch watscheln konnte, und Lara schnaubte geringschätzig. Alex bedachte sie mit einem finsteren Blick und entschied sich für ein anderes Tier. Der alte Nomade lachte.

Während sie mit der Auswahl der Schlittenhunde beschäftigt waren, erfüllte plötzlich ein lautes Dröhnen die Luft. Lara hob den Kopf und entdeckte eine Reihe riesiger gepanzerter Fahrzeuge, die über die Tundra auf das Dorf zurollten. Aus dem ersten Gefährt sprang ein Mann hervor und eilte zu Powell, der ihn offenbar erwartet hatte.

Lara wandte sich wieder den Hunden zu.

Einen knappen Meter von ihr entfernt saß ein kleines Mädchen im Schneidersitz auf dem Boden und musterte sie.

»Wo bist du so plötzlich hergekommen?«, fragte Lara verblüfft.

Das Mädchen trug sein langes schwarzes Haar zu zwei Zöpfen geflochten, die unter einer blauen Strickmütze hervorlugten. Sie musste etwa acht Jahre alt sein.

»Wirst du über den Eissee fahren?«, wollte sie wissen. Sie sprach Russisch.

»Ja«, erwiderte Lara, ebenfalls in Russisch.

»Zum Krater?«

»Ja, zu dem Meteoritenkrater.«

»Dort gibt es Teufel. Im *Grab der zehntausend Schatten.*«

»Das stimmt.« Powell und die Illuminati kannten die Lage der Grabstätte, das ergab einen Sinn. Aber die Einheimischen?

Die Kleine streckte eine Hand aus und zupfte an einem Ärmel von Laras Jacke.

»Die Zeit ist dort aus den Fugen geraten. Du wirst den Verstand verlieren. Geh nicht.«

Einen Moment lang wurde Lara von einem Schwindelgefühl erfasst. Sie ließ sich auf ein Knie niedersinken, um nicht das Gleichgewicht zu verlieren.

»Warte mal, ich bin…«

Sie blickte in die Augen des Mädchens, und plötzlich war ihr, als würde sie von einem Strudel erfasst.

Alles, was sie hörte, war das Rauschen des Wasserwirbels, der sie tiefer und immer tiefer zog. Jedes andere Geräusch – der Lärm aus dem Dorf, das Bellen der Hunde, das Dröhnen der Panzerfahrzeuge im Leerlauf, Alex, der lautstark die Schlittenhunde auswählte – war verstummt.

»Du riskierst alles«, sagte das Mädchen. Ihre Stimme klang, als befände sie sich ebenfalls unter Wasser, gedämpft, schwankend und eine Oktave tiefer. »Um ihn zu sehen. Um bei ihm zu sein.«

»Um wen zu sehen?«, fragte Lara. »Wen werde ich dort sehen?«

»Deinen Vater.«

Gott, es geschah schon wieder. Um das Mädchen herum schimmerte die Luft.

»Ein Gedanke«, fügte das kleine Mädchen in fehlerfreiem Englisch hinzu, »erfüllt die Unermesslichkeit.«

Lara stockte der Atem. »Wo hast du das gehört?«

Ein schriller Pfiff ertönte. Lara blinzelte und schüttelte benommen den Kopf.

»Lara! Komm schon!«

Als sie aufblickte, sah sie, dass die Hunde bereits zusammengetrieben worden waren und Alex sie befremdet anstarrte.

»Lara?« Er hob die Brauen. »Alles in Ordnung mit dir?«

»Eine Minute.« Sie schüttelte erneut den Kopf, um die Benommenheit zu vertreiben, und drehte sich wieder um.

Wo noch eben das kleine Mädchen gesessen hatte, lag jetzt eine einzelne Jasminblüte auf der Erde. Das Mädchen war nicht mehr zu sehen.

Lara hob die Blume auf und roch daran.

Unheimlich, dachte sie. *Und es wird immer unheimlicher.*

Sie stand auf und eilte Alex und den Hunden hinterher.

23

Die Wasserstraße zwischen den beiden Inseln von Nowaja Semlja war zugefroren, aber wie Lara aus eigener Erfahrung nur allzu gut wusste, war Eis ein tückischer und trügerischer Untergrund, besonders um diese Jahreszeit. Also behielt sie es besonders aufmerksam im Auge. Sie bemerkte, dass Alex im Amphibienfahrzeug neben dem ihren das Gleiche tat. Pimms und Powell waren bei ihm, Bryce fuhr mit ihr. Das dritte Gefährt wurde von Julius gesteuert, das vierte von einem der anderen Illuminati.

Bei den Amphibienfahrzeugen handelte es sich um eine bei der Roten Armee gebräuchliche Version der alten DUCKS, wie sie die U. S. Navy im Zweiten Weltkrieg eingesetzt hatte. Sie sahen wie zweiachsige Landungsboote der Küstenwache mit Kettenantrieb aus, sowohl im Wasser als auch an Land beliebig verwendbar. Lara saß in dem verglasten Cockpit. Bryce, der im tiefer gelegenen Frachtbereich gewesen war, kam hoch zu ihr und setzte sich neben sie.

Er griff in seine Tasche, zog seinen Laptop hervor und schaltete ihn an.

»Was tust du da?«

»Ich dachte, ich checke meine E-Mails, solange Zeit dafür ist.«

»Bryce…« Lara schüttelte den Kopf. »Was würdest du nur tun, wenn einmal der Strom ausfällt?«

Er grinste. »Das werden wir schon bald herausfinden.«

Eine Hupe plärrte.

Lara und Bryce blickten auf. Alex schoss mit seinem Amphibienfahrzeug an ihnen vorbei. Er drehte sich zu ihnen um und winkte.

»Kleine Jungs. Immer in Eile.« Lara lächelte und gab Gas. Ihr Vehikel machte einen Satz vorwärts.

»Hooo!« Bryce, auf die plötzliche Beschleunigung nicht vorbereitet, verlor den Halt. Er wurde zurückgeschleudert und landete mit einem plumpsenden Geräusch auf dem Fahrzeugboden. »Jesus Christus, Lara«, stöhnte er und rieb sich das Hinterteil. »Mein Hintern wird eine Woche lang wehtun.«

Zehn Minuten später hatten sie die zugefrorene Meeresstraße überquert und fuhren wieder über festes Land. Die Nordinsel bestand aus nichts als Schnee, Felsen und Gletschern. Eine spektakuläre Landschaft, aber Lara konnte die Aussicht nicht wirklich genießen. Sie war viel zu tief in ihre Gedanken versunken.

Wo erwarteten Powell, seine Illuminati und Alex – ja, am besten packte sie ihn in dieselbe Kiste wie die Illuminati, denn da gehörte er hin –, das Dreieck zu finden?

Eine Möglichkeit kam ihr in den Sinn: Vielleicht wurde diese Hälfte wie die erste von einem Wächter beschützt, einer bösartigen Kreatur, deren einzige Aufgabe es war, dafür zu sorgen, dass das Dreieck verborgen blieb. Und vielleicht hatte man sie, Lara, als Köder für diese Kreatur auserkoren, sozusagen als Opfergabe.

Kein angenehmer Gedanke.

Nach einer Weile erreichten sie den Ausläufer einer Senke, die Lara zuerst für die Überreste eines großen Sees hielt, bis sie erkannte, dass es der Rand des Meteoritenkraters war. Das Innere präsentierte sich als eine konturlose, öde Schneewüste.

Sie fuhren weiter.

»Ich habe eine GPS-Verbindung hergestellt und bekomme ein Infrarotbild des Geländes rein, falls es dich interessiert«, meldete sich Bryce zu Wort. Er drehte den Monitor des Laptops in Laras Blickfeld. Es war das erste Mal seit längerer Zeit, dass einer von beiden etwas sagte. Lara wurde sich bewusst, dass sie gefährlich nahe daran gewesen war, in eine Art Trance zu fallen, hypnotisiert von der endlosen, monotonen, nur aus Weiß bestehenden Weite.

»Sicher.« Sie erhaschte einen Blick auf einen verschwommenen, bläulichroten Umriss, der in etwa zu dem passte, was sie gerade durch die Windschutzscheibe gesehen hatte. Dann verzerrte sich das Bild, und eine Sekunde lang war der Monitor leer.

»Oh, komm schon. Jetzt noch nicht.« Bryce schüttelte den Laptop. Das Bild kehrte kurz zurück, erlosch aber gleich darauf wieder.

Lara schüttelte den Kopf. »Herzlich willkommen in der toten Zone.«

Bryce seufzte. »Okay.« Er blickte auf. »Rund hundert Meter, schätze ich.«

»Ich wette, fünfzig.«

»Achtzig, vielleicht.«

Der Motor des Amphibienfahrzeugs setzte aus, trotzdem glitten sie, von ihrem Schwung getragen, noch ein Stückchen weiter. Lara sah sich um. Die anderen Fahrzeuge wurden ebenfalls langsamer und blieben schließlich stehen.

»Also gut.« Bryce klappte den Laptop zu. »Es waren fünfzig Meter.«

Aber Lara beachtete ihn nicht. Noch bevor sie gänzlich zum Stillstand gekommen waren, hatte sie bereits ihren Rucksack gepackt und war in den Schnee gesprungen. Es war deutlich kälter hier, stellte sie fest, viel kälter, um mindestens zehn Grad. Und der Wind, von keinem Hindernis gebremst, drang im wahrsten Sinne des Wortes durch Mark und Bein.

Sie war begeistert.

»Los, komm schon, Bryce!«

Er stand an dem Schutzgeländer am Rand des Amphibienfahrzeugs und verzog das Gesicht. »Jetzt?«

»Jetzt! Komm, du fauler Sack. Zack, zack!«

Bryce drehte sich um und kletterte mit äußerster Vorsicht rückwärts die Trittleiter hinab in den Schnee.

»Es ist wirklich sehr kalt.«

Lara setzte sich in Bewegung. »Erfrischend, meinst du sicher. Hab dich nicht so, Bryce. Das ist das Leben!«

Er schnaubte. »Das ist eine riesige Eistruhe, wenn du mich fragst.«

Am Horizont zeichnete sich ein verwaschener dunkler Fleck ab. Lara zog ihr Taschenfernrohr hervor und spähte hindurch. Der Fleck weitete sich zu einer klaffenden Wunde in dem eintönigen Weiß. Ein gewaltiges schwarzes Loch, vielleicht zwei Meilen entfernt.

Die Amphibienfahrzeuge wurden entladen. Alex und Julius schirrten die Schlittenhunde an. Ein halbes Dutzend Teams für ein halbes Dutzend Schlitten. Lara nahm den ersten, Alex den zweiten, Powell den dritten. Zwei Illuminati, unter ihnen der distinguierte Gentleman, bestiegen den vierten, und die Soldaten und Pimms die letzten beiden.

»Los, Bryce, spring auf.« Lara deutete mit einem Nicken auf die Ladefläche.

Bryce rieb sich den Hintern. »Ich fahre nicht mit dir. Du rast mir zu sehr.«

»Auch ich bevorzuge ein gemächlicheres Tempo«, sagte Pimms. Er wirkte mindestens genauso jämmerlich deplatziert wie Bryce.

»Ist doch ganz natürlich«, brummte Bryce. »Auf so einem wackligen Ding ist das die einzig vernünftige Art, sich fortzubewegen.«

Zum ersten Mal, seit Lara ihm begegnet war, sah sie Pimms lächeln. »Pimms. Roderick Pimms.«

»Bryce.« Die beiden Männer schüttelten sich die Hände.

»Vielleicht sollten wir denselben Schlitten nehmen«, schlug Pimms vor.

Bryce war einverstanden und ergriff zu Laras Überraschung sogar freiwillig die Zügel.

»Sagen Sie, Bryce!«, hörte sie Powell rufen, als sie ihren eigenen Schlitten bestieg. »Ist das nun Ihr Vor- oder Ihr Nachname?«

Und dann waren sie auch schon unterwegs.

Sie befanden sich mittlerweile weit jenseits des Polarkreises. Die Sonne schwebte wie eine riesige, gelbe Scheibe dicht über dem Horizont. Um diese Jahreszeit ging sie überhaupt nicht mehr unter. Lara glaubte sich zu erinnern, dass die Bezeichnung dafür Mitternachtssonne lautete.

Als sie zehn Minuten später aufblickte, sah sie, wie der Rand der gelben Scheibe gerade vom Mond angenagt wurde.

Die Sonnenfinsternis und damit die letzte Phase der Konjunktion hatte begonnen.

24

Nach einer fünfzigminütigen Fahrt mit den Hundeschlitten erreichten sie den schwarzen Fleck, der das Epizentrum des Kraters bildete, und wo sich – angeblich – einst das ursprüngliche Zuhause des *Volkes des Lichtes* befunden hatte. Alles, was davon übrig geblieben war, war ein Haufen geschwärztes, geschmolzenes und wieder erstarrtes Felsgestein, ein Kreis der Verwüstung mit einem Durchmesser von mehreren hundert Metern, dem es irgendwie gelang, das arktische Eis in Schach zu halten.

Lara hielt ihren Schlitten an und stieg ab, während Powells Männer eine Reihe überflüssig erscheinender Ausrüstungsgegenstände entluden. Lara folgte ihrem Beispiel und stapelte die Kisten säuberlich in der Nähe von Bryce und Pimms übereinander, die die sich um sie herum entfaltende hektische Aktivität ignorierten und in den allmählich dunkler werdenden Himmel starrten. Bryce trug eine schwarze Schweißerbrille, um seine Augen vor den Strahlen der Sonne zu schützen, während Pimms durch einen Feldstecher mit abgedunkelten Gläsern blickte.

»Hmmm…« Pimms runzelte die Stirn. »Es gibt hier keine Vögel. Nicht einen einzigen.«

»Weil es hier überhaupt kein Leben gibt.«

Das Land um sie herum begann, in einem orangefarbenen Licht zu leuchten. Lara hob ihren Blick gerade noch rechtzeitig zum Himmel empor, um zu sehen, wie die Schleier der Aurora verblassten.

»Zwanzig Minuten, Leute!« Powell stand vor dem Loch, das den Eingang in das unterirdische Gewölbe markierte, den Deckel der Uhr in seiner Hand aufgeklappt. »Beeilung!«

»Bryce«, knurrte Lara, während sie eine besonders schwere Kiste vom Schlitten zog, die er gepackt hatte. Noch zwei weitere Kisten standen auf der Ladefläche. »Könntest du mir vielleicht ein bisschen helfen?«

Er und Pimms unterhielten sich immer noch.

»In der Vorstellung der alten Ägypter hat der Mensch nach seinem Tod sechs Seelen. Die zweite Seele steht für Energie, Macht und Licht. Sie wird Sekem genannt.«

Pimms erschauderte sichtlich. »Davon habe ich keine Ahnung«, erwiderte er. »Ich finde solche Sachen ein wenig gruselig.«

Bryce schob seine Brille hoch und starrte Pimms an. »Und *Sie* haben sich den Illuminati angeschlossen?«

Lara lud die letzten Kisten ab und kletterte wieder auf den Schlitten. Am Eingang der Grabstätte entdeckte sie Powells Männer, die sich während der Fahrt auf mehrere Schlitten verteilt hatten. Jetzt drängten sie sich zusammen und sprachen miteinander. Ein Anblick, der ihr ganz und gar nicht behagte.

»Bryce!«, rief sie. »Wir müssen ein paar Dinge klären.«

Er unterhielt sich immer noch mit Pimms.

»Die sechste Seele heißt Khaibit, der Schatten. Khaibit enthält alle Erinnerungen und die Vergangenheit eines Menschen.«

Pimms nickte aufmerksam. »Erzählen Sie weiter.«

»Alle Taten, sowohl die guten als auch die schlechten. Alles, was man jemals war und was man…«

Lara bückte sich, formte einen Schneeball und warf ihn. Er traf Bryce mitten ins Gesicht.

»Aua!« Er prustete, spuckte Schnee aus, wischte sich die Brille ab und sah Lara vorwurfsvoll an. »War das wirklich nötig?«

Sie grinste. »Komm her.«

Er gehorchte. Pimms, dem plötzlich wieder bewusst zu werden schien, wo er war, stob davon, um Powell zu helfen.

»Du bleibst hier draußen«, sagte Lara. »Für alle Fälle.«

»Für welche?«

»Für den Fall, dass etwas schief geht.«

Bryce hatte sich inzwischen den Schnee aus dem Gesicht gewischt. »Und woher soll ich wissen, dass etwas schief gegangen ist?«

»Nun, zum Beispiel, wenn Powells Männer allein zurückkommen.«

»Und was soll ich dann tun?«

»Die Kavallerie reinschicken.«

»Wer soll das denn sein?«

Lara bestieg ihren Schlitten und ergriff die Zügel. »Das bist du.«

»Weiah!«

Sie zog die Sonnenbrille ein Stück herab. »Hast du gerade weiah gesagt?«

Bryce seufzte. »Kann sein.«

Sie nickte in Richtung der Kisten hinter ihm. »Da drin ist Reservemunition. Und noch ein Paar von diesen Dingern.« Sie klopfte auf ihre Pistolen.

»Ich weiß. Ich habe sie eingepackt.«

»Lady Croft!« Powell hatte seinen Schlitten auf den Eingang der Grabstätte ausgerichtet. Die restlichen vier waren hinter ihm aufgereiht.

»Also, dann.« Lara lächelte Bryce aufmunternd zu. »Halt dich warm.«

Er nickte unglücklich. »Viel Glück.«

Sie ruckte an den Zügeln. Die Hunde liefen los und der Schlitten glitt auf den Tunneleingang zu.

Der Tunnel wand sich in Spiralen abwärts, tiefer und tiefer. Den alten Schriften zufolge hatte der Hohe Priester befohlen, die Überreste der einstmals riesigen Stadt zu vergraben, nachdem er Zeuge der Verwüstungen und des Todes geworden war, die das Dreieck verursacht hatte. Und so war die Stadt für immer vom Erdboden verschwunden. Das heißt, so war es geplant gewesen, aber natürlich blieb nichts für immer verborgen, schon gar nicht eine Ruine von derart überragender Bedeutung, wie man es am Beispiel des Tales der Könige, Chichén Itzá oder auch Angkor Wat sehen konnte.

Powell fragte sich, ob noch mehr von der unterirdischen Stadt erhalten war. Es gab jetzt schon ein umfangreiches Netz von Tunnels, die der Orden im Laufe der Jahrhunderte auf der Suche nach der Grabstätte ausgehoben hatte. Einige führten nirgendwohin, Sackgassen, die seit der Entdeckung der Tempelruinen nie mehr betreten worden waren. Vielleicht würde es sich lohnen, sie später wieder zu öffnen. Die Legenden über das Dreieck deuteten auf weitere mächtige Artefakte hin, die das *Volk des Lichtes* benutzt hatte. Wenn diese Sache vorüber war, würde er auch nach den anderen Artefakten suchen lassen.

»Mr. Powell!«

West lenkte den ersten Schlitten, ein kaum sichtbarer Schatten im flackernden Schein ihrer Fackeln.

»Mr. West!«, rief Powell zurück. »Aufregend, nicht wahr?« Er fühlte sich an die Abfahrt mit einem Rodelschlitten erinnert, die er im vergangenen Jahr in der Schweiz zum ersten Mal in seinem Leben unternommen hatte. Dieses Mal ging es zwar nicht ganz so steil und rasant bergab, aber schließlich war dies hier auch keine Fahrt, die dem Vergnügen diente. Das Vergnügen – und Powell versprach sich nicht gerade wenig davon – würde später kommen.

Bei dieser Fahrt ging es um Macht.

»Wie lang ziehen sich diese Tunnel noch?« Wests Stimme klang alles andere als fröhlich. Er wirkte ungeduldig.

»Machen Sie sich keine Sorgen, Mr. West!«, rief Powell. »Wir sind fast da!«

Und das waren sie in der Tat, wie man es unter anderem an den merklich steigenden Temperaturen spüren konnte. Powell nahm seine Mütze ab und drehte sich zu Julius in dem Schlitten hinter ihm um.

»Sie können jetzt Ihre Handschuhe ausziehen, Gentlemen«, sagte er.

Der Rest der Illuminati – die Soldaten, Gareth und der distinguierte Gentleman – befand sich hinter Julius. Powell hob eine Hand und winkte. Der Leiter des Ordens nickte zurück. Er schien sich noch unwohler als während des Fluges mit der Chinook zu fühlen.

Von Lara konnte Powell nur hin und wieder einen flüchtigen Blick erhaschen, wenn sie kurz hinter einer der zahlreichen Biegungen auftauchte. Sie stand stocksteif aufgerichtet in ihrem Schlitten und trieb die Hunde unermüdlich an.

An ihrer Stelle, dachte Powell, hätte ich es längst nicht so eilig gehabt.

Die Tunnel waren aus dem gewachsenen Fels herausgeschlagen worden. Wie, das konnte sich Lara nicht so recht vorstellen. Die Wände waren so glatt, wie es nur die modernsten Bergbaugeräte zu Stande brachten, und das Gefälle war steiler, als sie erwartet hatte. Den Aufzeichnungen nach zu schließen, die Powell ihr gezeigt hatte, existierten die Tunnel schon seit hunderten, wenn nicht gar seit tausenden von Jahren. Das verlieh den abenteuerlichen Geschichten über die Illuminati und den Dingen, für die sie angeblich verantwortlich waren, beinahe Glaubwürdigkeit. Beinahe. Besonders wenn der Orden aus Männern wie ihrem Vater zusammengesetzt gewesen war.

Sie erinnerte sich wieder an das kleine Mädchen in dem Fischerdorf.

Du riskierst alles, um ihn zu sehen. Deinen Vater.

Während sie den Stollen auf ihrem endlosen Weg in die Tiefe folgte, wurde ihr bewusst, dass sie tatsächlich eine Menge für Lord Croft riskierte. Zum Beispiel ihr Leben. Nicht, um ihn im wahrsten Sinne des Wortes zu sehen, denn das war unmöglich, sondern um dem, was er gegen Ende seines Lebens getan hatte, einen Sinn zu geben. Um die Illuminati und ganz besonders Powell daran zu hindern, die Macht des Dreiecks zu erlangen. Natürlich hatte sie bisher noch nicht planen können, wie sie das genau anstellen sollte. Wie es aussah, würde sie improvisieren müssen, was ihr jedoch keinerlei Kopfzerbrechen bereitete. Trotzdem war es gut, dass sie Bryce draußen gelassen hatte. Hätte er erfahren, dass sie selbst jetzt noch keinen konkreten Plan hatte, wäre er vermutlich vor ihren Füßen in Ohnmacht gefallen. Und überhaupt, was Bryce betraf...

Es wäre besser gewesen, sie hätte ihn damit beauftragt, Shugrave anzurufen, oder es selbst getan. *Das* wäre die echte Kavallerie gewesen, denn ganz egal, womit Shugrave gerade beschäftigt war, er würde alles stehen und liegen lassen, um ihr zu Hilfe zu eilen, wenn ihre Bitte nur dringend genug klang. Er war ein wahrer Freund, im Gegensatz zu Alex West dort drüben auf seinem Schlitten, der seinen Herren und Meistern, den Illuminati, den Weg wies.

Der Schlitten vor ihr wurde langsamer. Lara zog an den Zügeln und sah, wie sich der Tunnel vor ihr erweiterte und das Gefälle flacher wurde. Die Fahrt war zu Ende.

Sie hatten eine riesige Höhle erreicht, etwa doppelt so groß wie das Gewölbe in Kambodscha. Nein, sogar noch größer. Nach einer Seite hin erstreckte sie sich in die Unendlichkeit. Ihre Wände waren nicht so glatt wie die der Tunnel, sondern bestanden aus geschwärztem Fels, dessen Oberfläche seltsam verzerrt wirkte, geschmolzen und wieder erstarrt zu den Umrissen von...

»Gütiger Gott!« Alex war von seinem Schlitten gestiegen und richtete den Strahl einer Taschenlampe aus kurzer Entfernung auf eine der Wände. »Was, zur Hölle, ist das?«

Lara gesellte sich zu ihm. »Das«, sagte sie und zeichnete mit dem Finger eine der Konturen im Gestein nach, »waren die ursprünglichen Feinde des *Volkes des Lichtes*. Ausgelöscht. Durch die Macht des Dreiecks.«

Eine Macht, die diese Krieger aus einer fernen Vergangenheit in einem Sekundenbruchteil verdampft und nur ihre geschwärzten Überreste an den Wänden zurückgelassen hatte, mit offenen Mündern, die Augen in ewigem, blindem Entsetzen weit aufgerissen.

»Der Tod war überall«, wiederholte Lara eine Zeile, die ihr Vater ihr vor so langer Zeit vorgelesen hatte.

Alex schluckte schwer. »Uah…«

»Ganz genau, Alex.« Lara blickte ihm direkt in die Augen. »Das ist es, was wir hier für deine Auftraggeber besorgen sollen.«

Die Erschütterung stand ihm deutlich ins Gesicht geschrieben.

»Das *Grab der zehntausend Schatten*… ein passender Name, meinst du nicht auch?«

Powell, der sich wortlos genähert hatte, schob den Kopf zwischen ihnen hindurch und musterte die Wand aus zusammengekniffenen Augen. »Kommt mit, Kinder. Wir haben alles gesehen, was es hier zu sehen gibt. Machen wir uns jetzt an die Arbeit.« Er legte beiden eine Hand auf die Schultern.

Lara funkelte ihn böse an und schob seine Hand weg. »Ich hole meine Sachen.«

Sie kehrte zu ihrem Schlitten zurück.

»Einunddreißig Minuten!«, rief ihr Powell hinterher. »Und die Zeit läuft!«

25

Die Höhle war sogar noch größer, als Lara anfangs gedacht hatte, doch an einigen Stellen rückten die Wände so dicht zusammen, dass sie gezwungen waren, die Schlitten stehen zu lassen und zu Fuß weiterzugehen. Auch die Hunde mussten zurückbleiben, doch die Menschen hatten sich kaum zwanzig Meter von ihnen entfernt, als die Huskys herzzerreißend zu heulen begannen. Sie veranstalteten einen derartigen Lärm, dass Powell zwei Männern befahl, sie loszuschirren. Sofort stürmten die Hunde vor. Der Leithund von Laras Schlitten, ein besonders kräftiges Tier, dem sie den Namen Boris gegeben hatte, eilte an ihre Seite und stieß sie mit der Schnauze an.

»Armer Kerl.« Lara kraulte seinen Nacken. »Hattest du Angst?«

»Natürlich hattest du Angst, nicht wahr, mein Junge? Klar, du auch, ich weiß, ich weiß.« Neben ihr streichelte Alex zwei Hunde gleichzeitig. »So eine große, unheimliche Höhle.«

»Oh, ich weiß nicht«, sagte Lara. »Erinnert mich irgendwie an deine Bude.«

Sie sah, wie Alex zu einer Antwort ansetzte, aber bevor er etwas erwidern konnte, entzündeten die Soldaten vor ihnen mehrere Chemo-Fackeln, worauf Lara und Alex mitten im Schritt verharrten.

Mindestens fünf Sekunden lang herrschte allgemeines Schweigen.

Powell warf einen Blick auf die Uhr. »Notieren Sie das. Wir haben das Zentrum des Gewölbes um achtzehn Uhr siebenundfünfzig Greenwich-Zeit erreicht.«

»Wow!« Alex wanderte um die gewaltige Maschine herum, die die Höhle beherrschte, starrte zu ihr empor und schüttelte fassungslos den Kopf. »Was für ein riesiges Gebilde!«

»Prachtvoll«, sagte der distinguierte Gentleman.

Powell räusperte sich. »Noch elf Minuten bis zur Konjunktion. Mr. West, Lady Croft…«

Alex trat vor. Powell übergab ihm die Uhr.

»Seien Sie damit vorsichtig, Mr. West.«

»Klar.« Er nickte und schob die Uhr unter seinen Gürtel. »Ich werde ein paar von diesen Klamotten ausziehen. Mir ist furchtbar heiß geworden. Lara?«

»Einen Moment.« Sie starrte noch immer zu dem metallenen Planetarium empor, das über ihnen schwebte.

Ein gewaltiges Gebilde, gut fünfzigmal so groß wie das ihres Vaters, vielleicht sogar hundertmal größer. Es ragte mindestens sieben Meter hoch aus der Mitte eines gefrorenen Teichs auf. Alle Planeten ruhten auf starken Metallträgern, die in einem Punkt zusammenliefen. Die Planeten waren riesig, die Sonne noch riesiger. Sie schien groß genug zu sein, um zwei Dutzend Menschen in ihrem Inneren Platz zu bieten.

»Mr. Powell?«, meldete sich der distinguierte Gentleman zu Wort. »Sollte das Planetarium nicht mit der himmlischen Konjunktion in Einklang stehen?«

Was wohl, wie Lara vermutete, eine gestelzte Umschreibung der Frage war: Sollte dieses Ding nicht funktionieren?

»Da muss irgendwas klemmen.« Powell drehte sich zu Julius um. »Versuchen Sie bitte herauszufinden, was es ist.«

Lara begann, ebenfalls einen Teil ihrer äußeren Kleidungsstücke abzustreifen, den Umhang, die gefütterte Jacke und die Schneeschuhe, während sie zusah, wie Julius und zwei seiner Männer eine Art Moos entfernten, das an den unteren Streben der Maschine klebte.

Sie wollte den Männern gerade empfehlen, ihre Anstrengungen auf den eigentlichen Antriebsmechanismus des Planetariums zu konzentrieren, der sich vermutlich irgendwo unter dem Sonnenmodell befand, als sie bemerkte, dass einer der Männer vergessen hatte, die Laserzielvorrichtung seines Gewehrs zu deaktivieren. Während er das moosartige Zeug entfernte, schaukelte der Lauf seines Gewehrs hin und her, und rote Laserstrahlen glitten über einige der Planeten hinweg.

Einer traf einen Punkt irgendwo zwischen Mars und Jupiter, wo er sich brach, regelrecht verknotete und in verschiedene Richtungen abgelenkt wurde, aufwärts zur Decke, abwärts zum Tümpel und seitlich zum gegenüberliegenden Ende der Höhle.

Lara hielt inne und beobachtete das Geschehen.

Der Laserstrahl bewegte sich weiter, traf das Zentrum der Sonne und verschwand. Dann schoss er zwischen Neptun und Pluto hindurch, wo er sich erneut brach und auffächerte, dieses Mal in ein Dutzend verschiedene Richtungen.

»Alex.« Lara berührte ihn am Arm.

»Ich wette, die zweite Hälfte ist in der Sonne versteckt.« Alex hatte eine Dose mit Kreidepulver hervorgekramt und rieb sich die Hände damit ein.

»In der Erde«, widersprach Lara. »Die Sonne wäre zu offensichtlich. Aber sieh mal.« Sie streckte einen Arm aus.

Er hob den Kopf und Boris, der auf der gegenüberliegenden Seite des Planetariums mit einem anderen Husky gespielt hatte, beschloss genau in diesem Moment, zu Lara zurückzulaufen. Der Hund flitzte zwischen den Positionen der Planeten Mars und Jupiter hindurch, direkt unter dem Punkt, an dem sich der Laserstrahl gebrochen hatte…

…und verschwand mitten in einem Sprung.

»Heilige Scheiße!«, keuchte Alex.

Boris tauchte wieder auf, doch er sah aus, als wäre sein Inneres nach außen gestülpt worden.

Lara drehte sich der Magen um.

Der Husky verschwand ein zweites Mal, tauchte erneut in der

Luft auf und landete auf dem Boden, jetzt wieder völlig normal, aber dem Ausdruck in seinen Augen nach zu schließen mehr als nur verwirrt.

»Zeitsturm«, flüsterte Lara. »Hier ist die Zeit aus den Fugen geraten.«

Boris schlich winselnd an Lara vorbei und rollte sich an der Höhlenwand zusammen.

Alex' Blick wanderte das Planetarium hinauf und zu Lara zurück.

»Was, zum Teufel, war das?«

»Wir sind gerade Zeugen einer Unterbrechung des normalen Zeitablaufs geworden.«

»Eine Unterbrechung des normalen Zeitablaufs. Du sagst das so, als wäre das ein ganz alltägliches Ereignis und wir könnten gleich wieder zur normalen Tagesordnung übergehen.«

»Es *ist* ein ganz alltägliches Ereignis. Zumindest hier.«

»Aber ich meine...« Er schüttelte den Kopf. »Heilige Scheiße!«

Lara zog eine Seilrolle hervor, nahm ein Ende in eine Hand und prüfte das Gewicht der Rolle mit der anderen.

»Sieh zu, dass du nicht in diese Bereiche gerätst. Du kannst aber auch hier unten warten und auf meine Sachen aufpassen.«

Alex schüttelte den Kopf und blinzelte. »Verdammt unwahrscheinlich.« Er zog ebenfalls ein aufgerolltes Seil hervor.

»Fünfzig Pfund, dass das Teil in der Sonne steckt.«

Lara erinnerte sich, wie der Laserstrahl die Sonne getroffen hatte. Sie beschloss, ihre Antwort mit Bedacht zu wählen. »In-ak-zep-tabel.«

»In welcher Kugel?«

Powell marschierte auf sie zu. »Fünf Minuten. Entscheiden Sie sich bitte.«

Lara warf ihr Seil. Es verfing sich hoch über ihr an der Strebe, die den Saturn trug. Alex warf sein Seil neben das ihre.

»Ist das jetzt hier eine Wette, oder was?«

»Wer zuerst oben ist«, erwiderte Lara und begann zu klettern.

Gareth gesellte sich zu Powell, ohne den Blick von Lady Croft und West zu nehmen, die sich an ihren Seilen in die Höhe hangelten. »Sind Sie sicher, dass es in einem der Planeten ist?«

Powell nickte. »Das habe ich aus dem Material herausgelesen, ja. Trotzdem wäre ich für jeden anderen Vorschlag dankbar.«

»Hmmm... Nein. Keine anderen Vorschläge. Sie sind hier der Experte, Mr. Powell. Ich schließe mich Ihren Schlussfolgerungen an.« Er versuchte, ein kameradschaftliches Lächeln zu Stande zu bringen. »Sie verdienen großes Lob dafür, dass Sie beide Teile des Dreiecks beschafft haben, Mr. Powell, wirklich großes Lob. Meinen Glückwunsch, Sir.«

Powell lächelte zurück und quittierte das Lob mit einem Nicken. In dieser Situation, vermutete er, war irgendeine Antwort angebracht. Am liebsten wäre er zum Eingang des Tunnels zurückgekehrt, hätte sein Schwert geholt und Gareth damit die Zunge herausgeschnitten. Aber dazu hatte er kaum die Zeit, und außerdem, was würde es ihm bringen?

»Auch Ihnen gebührt höchste Anerkennung, Mr. Gareth.« Er senkte die Stimme. »Ich weiß, dass Sie es waren, der unseren Führer gedrängt hat, mich bis zum Ende mit der Leitung des Projekts zu betrauen, trotz meiner anfänglichen Schwierigkeiten, den Aufenthaltsort des ersten Teils zu lokalisieren, und ich möchte, dass Sie wissen, wie dankbar ich Ihnen dafür bin.«

Gareth schien einen Moment lang zu stutzen. Dann, wie es nicht anders zu erwarten gewesen war, plusterte er sich auf wie ein Pfau.

»Also, das höre ich gern.« Er beugte sich vertraulich näher. »Auch mich freut es, wenn meine Leistungen anerkannt werden, Mr. Powell. Wenn man wie ich hinter den Kulissen agiert, hat man nur allzu oft das Gefühl, als würde der Umfang der eigenen Tätigkeit nie richtig gewürdigt. Fassen Sie das jetzt bitte nicht als eine Beschwerde auf, aber...«

»Mr. Gareth! Mr. Powell!«

Übergangslos richtete sich Gareth auf und nahm Haltung an. Der distinguierte Gentleman stand auf der anderen Seite des

Gewölbes und starrte die beiden Männer an. Er hielt das erste Teil des Dreiecks in der Hand.

»Wie lange noch bis zur Konjunktion, bitte?«

Da Alex die Uhr bei sich hatte, musste Powell sich mit einem Blick auf seine Armbanduhr begnügen.

»Acht Minuten, Sir!«, rief er. »Ungefähr.«

»Dann konzentrieren Sie sich, bitte.«

Powell nickte. Der Führer der Illuminati hatte Recht.

Er schnippte mit den Fingern und deutete nach oben.

Seine Männer hoben die Gewehre und zielten auf West und Lady Croft, die noch immer an ihren Seilen emporkletterten.

West warf einen Blick in die Tiefe. Auf seinem Gesicht zeichnete sich Verwirrung ab.

»Powell, was…?«

»Vertrauen Sie mir.« Powell zog eine Zigarre aus der Tasche und zündete sie an. »Es ist nicht so, dass ich Ihnen nicht vertrauen würde.«

Aber das war eine Lüge.

West warf ihm einen bösen Blick zu und kletterte weiter.

Powell winkte Julius zu sich.

»Sir?«

»Die beiden haben einen guten Draht zueinander«, sagte Powell und deutete in die Höhe. »Ich weiß nicht, was sie da oben anstellen werden.«

»Dann lassen Sie mich ihnen ein paar von meinen Männern hinterherschicken, um sie im Auge zu behalten«, schlug Julius vor.

Powell lächelte und klopfte ihm auf die Schulter. »Genau mein Gedanke.«

Julius bellte ein paar Befehle. Drei seiner Männer warfen Seile über die Träger des Planetariums und hangelten sich an ihnen empor.

In diesem Moment spürte Powell eine Berührung an seinem Knie. Lady Crofts Schlittenhund, der den – wie hatte sie dieses

Phänomen doch noch gleich genannt? – Zeitsturm durchquert hatte. Das Tier wirkte immer noch verstört.

Er bückte sich und kraulte das Fell des Hundes.

»Hey, Hundchen. Bist du einmal durch die Hölle gegangen und wieder zurückgekehrt?«

Der Hund winselte leise und stieß ihn wieder mit der Schnauze an.

Powell nickte. »Also, erzähl doch mal, wie hat sich das angefühlt?«

26

Lara streckte die rechte Hand aus und zog sich auf das einzelne, kompakte Stück Metall, das die Ringe des Saturns darstellte. Sie befand sich auf der Rückseite des Planeten, an dem Punkt, der am weitesten von der Sonne entfernt lag.

In diesem Augenblick kam Alex, der sich auf die andere, der Sonne zugewandten Seite des Planeten auf den Metallring zog.

Beide richteten sich auf und sahen einander an.

»Schön.« Alex beugte sich vor, die Hände auf die Knie gestützt. »Das war ziemlich einfach.«

»Warum hechelst du dann so?«

»Ich hechle nicht.«

»Natürlich nicht.« Lara blickte sich um. Der Boden erschien ihr sehr weit entfernt zu sein. Powell, der distinguierte Gentleman und die Soldaten sahen wie Spielzeugfiguren aus. Ihre Bewegungen wirkten steif und mechanisch, die Planeten dagegen um so massiver und kompakter. Und wie bei dem Rätsel der Pyramiden stellte sich auch hier die Frage: Wie, um alles auf der Welt, hatten es die Erbauer geschafft, dieses Gebilde zusammenzusetzen?

»Jetzt bleibt nicht mehr viel Zeit.« Alex spähte in die Tiefe, wo die drei Soldaten noch immer an ihren Seilen emporkletterten. Irgendetwas schien ihm auf der Seele zu liegen, etwas, das er ihr sagen wollte, bevor die Männer sie erreicht hatten. »Lara…«

Mit einer Handbewegung brachte sie ihn zum Schweigen.

Jetzt zählte jede Sekunde, wenn sie verhindern wollte, dass Powell in den Besitz des Dreiecks gelangte. Und wenn sie sich, Bryce und – sie warf einen Blick in seine Richtung – möglicherweise auch Alex retten wollte, der noch naiver war, als sie gedacht hatte, wenn er wirklich glaubte, von Powell irgendetwas anderes als eine Kugel in den Schädel zu bekommen, sobald die Illuminati ihn nicht mehr benötigten. Außerdem war Powell nicht die einzige Gefahr, gegen die sie Vorkehrungen treffen musste. An diesem Ort gab es Brüche im Zeitfluss, und nach allem, was sie in den Aufzeichnungen ihres Vaters gelesen hatte und nach dem, was Boris zugestoßen war, konnte das ein wirklich sehr gefährliches Phänomen sein.

Vielleicht war *das* die Falle, die dieses Gewölbe bereithielt. Wer den Zonen der temporalen Diskontinuität fern blieb, gewann den Preis, der aus dem zweiten Teil des Dreiecks bestand, verborgen in Zeit und Raum wie schon die erste Hälfte. Ihnen fern bleiben, oder…

Hmmm. Ihr Blick wanderte an dem Planetarium hinab zu der glänzenden Oberfläche der Sonne.

»Fünf Minuten und ein paar Sekunden.« Alex hielt die Uhr in der Hand. Lara konnte sehen, dass alle Anzeigen leuchteten.

»Es steckt in der Sonne, glaub mir. Das zweite Teil.«

»Wir werden es herausfinden.«

»Das werden wir. Sehr bald schon.« Er taxierte die Ausmaße des Planetariums. »Es ist nur ein Katzensprung von hier bis zur Sonne, Lara. Ein Spaziergang. Wo ist das Problem?«

In diesem Augenblick wurde das Gewölbe von einem polternden, knirschenden Geräusch erfüllt. Zahnräder rieben aufeinander. Die Planeten schwankten.

Nach fünftausend Jahren Stillstand hatte sich das Planetarium wieder in Bewegung gesetzt.

Der plötzliche Ruck ließ Lara taumeln. Sie verlor das Gleichgewicht, stieß sich ab und sprang von den Ringen des Saturns auf den Mars, dessen Durchmesser so groß war, dass sie gerade die Arme um ihn schlingen und sich festklammern konnte.

Powells Männer hatten weniger Glück.

Alle drei rutschten von ihren Seilen ab und stürzten laut schreiend in den Antriebsmechanismus unter ihnen.

Blut sprenkelte den Schnee rot.

Auch Alex hatte das Gleichgewicht verloren, fiel auf die Knie und tastete auf der Suche nach einem Halt über die schlüpfrige Oberfläche der Ringscheibe. Er fand keinen, wurde durch die Luft geschleudert und landete mit einem dumpfen Aufprall, der Lara zusammenzucken ließ, auf dem Jupiter.

Die Taschenlampe entglitt seinen Fingern und fiel in den Drehmechanismus, wo sie von den Zahnrädern zerrieben wurde.

»Puh.« Er stemmte sich auf die Knie hoch und kämpfte um seine Balance, die Uhr noch immer in einer Hand.

Gewehrsalven peitschten auf. Kugeln schlugen in die Decke der Höhle, aus der sich Gesteinsbrocken lösten und in die Tiefe stürzten. Einige trafen die Planeten und die Sonne des Planetariums und prallten von ihnen ab. Lara und Alex duckten sich.

»Konzentration!« Powell zielte mit einer halbautomatischen Waffe in ihre Richtung. »Es bleiben noch zweihundertsechsundfünfzig Sekunden bis zur Konjunktion. Finden Sie das Dreieck!«

»Ich bin dabei, Mr. Powell!«, schrie Alex zurück. Er zwinkerte Lara zu.

Und noch bevor sie irgendetwas sagen konnte, stieß er sich ab und sprang.

Es schien, als segelte er durch das halbe Planetarium genau auf das Modell der Erde.

Lara sprang ebenfalls und landete auf dem Merkur.

Durch die Drehung des Planetariums jagten beide Planeten aufeinander zu.

»Hey!«, rief Lara. »Was tust du?«

Alex klopfte auf die Kugel unter ihm und schüttelte den Kopf. »Du hast gesagt, das Teil wäre in der Erde. Aber da ist es nicht. Ich habe gewonnen!«

»Oh, zur…« Sie verdrehte die Augen. »Wir haben keine Zeit für solche Spielchen.«

Tatsächlich blieb ihnen kaum noch Zeit, um irgendetwas anderes zu tun, und Lara war zu der Überzeugung gelangt, dass Alex Recht hatte. Die zweite Hälfte des Dreiecks musste in der Sonne versteckt sein, verborgen in Zeit und Raum, aber das Problem war: Wie kam man dort hinein? Der Laserstrahl aus der Zielvorrichtung des Gewehrs war in die riesige Kugel eingedrungen und einfach in ihr verschwunden, während die von der Decke herabstürzenden Gesteinsbrocken davon abgeprallt waren.

Die zwei Planeten glitten aneinander vorbei und entfernten sich wieder. Laras Blick fiel auf die glühenden Anzeigen der Uhr in Alex' Hand.

Und plötzlich erinnerte sie sich an einen Eintrag aus dem Tagebuch ihres Vaters.

Die Uhr ist der Schlüssel, der die Zeit selbst öffnen kann.

»Alex!«, rief sie. »Ich brauche die Uhr, um das zweite Teil zu finden! Gib sie mir! Du hattest Recht!«

Er sah sie verblüfft an. »Aber… Hast du gerade wirklich gesagt, du hättest dich getäuscht?«

»Ich sagte, du hattest Recht!«

Alex verschwand auf der anderen Seite der Sonne. Als er wieder auftauchte, wirkte sein Gesicht ernster, als sie es jemals zuvor gesehen hatte.

»Weißt du was, Lara? Vergiss die Uhr. Ich wollte einfach nur einmal gewinnen. Und ich *habe* gewonnen. Aber jetzt stehe ich auf deiner Seite. Jetzt retten wir gemeinsam die Welt, stimmt's?«

»Alex!« Laras Stimme zitterte vor Ungeduld und Hilflosigkeit. Warum musste er sich ausgerechnet diesen verdammten Augenblick für seine geistige Erleuchtung aussuchen? »Nicht jetzt!«

Er verdrehte sich auf seiner Kugel, um den Blickkontakt zu halten.

»Aber wir dürfen doch nicht zulassen, dass Powell das zweite

Teil bekommt. Die Sonnenfinsternis wird in ein paar Minuten vorbei sein, und dann sind wir für die nächsten fünftausend Jahre aus dem Schneider. Ja? Oder nicht? Lara…«

»Alex, vertrau mir! Wirf mir die Uhr herüber!«

»Ich verstehe das nicht! Ich bin doch einer von den Guten! Oder?«

»Alex! Gib mir endlich die verdammte Uhr!«

»West!«, klang Powells Stimme unter ihnen auf.

Beide warfen gleichzeitig einen Blick in die Tiefe. Powell zielte direkt auf Alex. »Geben Sie ihr die Uhr!«

»Okay.« Alex zuckte die Achseln und schleuderte die Uhr von sich.

Lara schnellte los, als sich die Flugbahn der Uhr nach unten neigte, erwischte sie mitten in der Luft, segelte auf die Sonne zu und entdeckte etwas in der Kugelschale, einen Umriss, der… ja, vielleicht war es das Schlüsselloch, die Öffnung, in die sie die Uhr einführen musste. Sie streckte sich der goldenen Oberfläche der Sonne entgegen…

…und verschwand.

Finsternis verschluckte sie.

27

Lara landete auf einem glatt polierten Steinfußboden.

Hoch über ihr schien die Sonne. Vor ihr breitete sich ein gewaltiges Heer aus.

Die Uhr in ihrer Hand lief vorwärts.

Lara blinzelte. Sie befand sich in der *Stadt der Illuminati*, im Tempel. Die Bilder aus ihrem Lesebuch waren zum Leben erwacht. Vor ihr kniete ein Mann in einer Seidenrobe. Er hatte ihr den Rücken zugewandt und schickte ein Gebet zur Sonne empor, über deren Rand sich gerade die Scheibe des Mondes schob. Es war der Beginn einer totalen Sonnenfinsternis, einer Konjunktion. Lara hob eine Hand, um ihre Augen vor den blendenden Strahlen abzuschirmen und…

…die Welt zerbrach.

Wüstensand umgab Lara. Sie blickte zum Himmel auf, wo die Sonne über der Sphinx stand. Die Nase dieser Sphinx war intakt, die gewaltigen Pfoten nicht vom Zahn der Zeit zernagt und nicht unter Dünen begraben. Sie ruhten auf einer Plattform aus riesigen Sandsteinblöcken. Lara sah sich um. Wo waren die Pyramiden? Doch es waren nirgendwo Pyramiden zu sehen, nur die Sphinx und die Sonne am Himmel. Im Sand unter ihren Füßen tat sich eine Öffnung auf und verschluckte sie, und sie fiel und…

…stand vor ihrem eigenen Haus, vor Croft Manor. Ein Mann

trat aus dem Eingang und sah sie an. Ihr Großvater. Die Kleidung, die er trug, wie jung er war. Sie blinzelte wieder und…

…befand sich in einem dichten Dschungel. Insekten umschwirrten sie, Tierstimmen erfüllten die Luft. Gut, jetzt hatte sie die Sache im Griff, nein, nicht direkt im Griff, aber zumindest wusste sie jetzt, was mit ihr geschah. Sie stürzte durch eine dieser Zonen temporaler Diskontinuität, hüpfte in der Zeit hin und her, so wie der Husky Boris und der Laserstrahl es getan hatten. Mit einem Mal ertönte ein gewaltiges Rauschen über ihr, und sie hob den Kopf. Der Himmel stürzte auf sie herab, nein, nicht der Himmel, ein gigantischer Meteor, der direkt auf sie zuschoss und…

…sie war in den Tempel zurückgekehrt und blickte auf die Stadt hinab, doch die Stadt war bis zur Unkenntlichkeit zerstört, zerschmettert, zerflossen und geschwärzt. Auf einem Thron vor ihr saß ein Mann, ein unglaublich alter und verwelkter Mann, auf die Größe eines Kindes zusammengeschrumpft, den Kopf gesenkt und den Blick auf die im Schoß gefalteten Hände gerichtet, die einen Gegenstand umklammert hielten.

Lara trat einen Schritt auf ihn zu und erkannte zwei Dinge:

Der Mann war tot.

Und der Gegenstand in seinen Händen glühte.

»Wo ist sie? Wo ist die Uhr? Wo ist die zweite Hälfte?«

Der distinguierte Gentleman schrie nicht nur, er brüllte geradezu. Powell hatte ihn noch nie so unbeherrscht und fassungslos erlebt. Nicht ohne Grund. Nach seiner Armbanduhr blieben nur noch zwanzig Sekunden bis zum Beginn der Konjunktion. Noch zwanzig Sekunden, und sie würden wieder ganz von vorn beginnen müssen, fünftausend Jahre lang von jetzt an gerechnet. Sicher, wer auch immer den Orden dann leitete, wäre bereits im Besitz der ersten Hälfte des Dreiecks, was die Sache sehr viel leichter für die Illuminati machen würde, aber wenn Powell ehrlich war, interessierte ihn das nicht. Bis dahin war er längst tot und zu Staub zerfallen.

Deshalb fragte er sich ebenfalls, was aus Lara Croft geworden war.

Hoch über ihm war West auf die Sonne gesprungen und kroch wie eine Spinne auf der großen Kugel herum, suchte jeden Quadratzentimeter nach irgendeiner Öffnung ab, um die Frau zu retten. Er schien, sofern das überhaupt möglich war, noch verzweifelter als der Anführer der Illuminati.

»Sehen Sie doch!«, rief Gareth plötzlich und deutete auf die Sonne. »Irgendetwas passiert dort!«

Er hatte Recht. Die große gelbe Kugel begann zu glühen. Genau genommen nicht die ganze Kugel, sondern nur eine Seite, nur ein einzelner, kreisrunder Fleck.

Der Fleck wölbte sich nach außen, und einen Sekundenbruchteil später brach Lara Croft durch ein Loch in der Sonne. Sie vollführte eine Drehung in der Luft, landete auf der Erdkugel und sprang von dort zu Boden.

In einer Hand hielt sie die Uhr.

In der anderen die zweite Hälfte des Dreiecks.

»Lara!« Alex sprang neben ihr zu Boden. »Was, zur Hölle, ist passiert?«

Sie schüttelte den Kopf. »Du würdest es mir sowieso nicht glauben.«

Der distinguierte Gentleman trat einen Schritt vor.

»Sie werden es uns allen erzählen können, Lady Croft. Später. Wenn Sie jetzt bitte…« Er streckte eine Hand aus.

Lara blieb nur ein Moment, um nachzudenken. Sie hatte eine Seilrolle an ihrem Gürtel, ein zwischen ihren Schulterblättern verstecktes Messer, ihre Pistolen und die Uhr. Und sie hatte das zweite Teil des Dreiecks, die andere Hälfte des *Allsehenden Auges.*

Sie traf ihre Entscheidung und ließ das Dreieck in die ausgestreckte Hand des älteren Mannes fallen.

»Für Sie… Partner.«

Er wirkte überrascht, als hätte er nicht damit gerechnet, dass sie so leicht aufgeben würde. Dann lächelte er.

»Ich danke Ihnen.« Er zog sich zurück, dicht gefolgt von seinen beiden Leibwächtern.

Lara bemerkte, dass sich Wasser auf dem Boden der Höhle zu sammeln begann.

Der Führer der Illuminati blieb unter dem Planetarium stehen und hob die beiden Teile des Dreiecks über seinen Kopf, eines in jeder Hand.

»Seit fünftausend Jahren haben die Mitglieder unseres heiligen Ordens auf diesen Moment gewartet. Seit fünftausend Jahren haben wir Illuminati uns verborgen gehalten und die ahnungslosen Massen vor ihrer eigenen Dummheit beschützt. Doch jetzt ist die Zeit des Versteckspielens vorüber. Jetzt werden wir diese beiden Teile miteinander vereinen, die Vergangenheit und die Gegenwart.«

Lara bemerkte, dass Powell den Kopf wandte. Sie folgte seiner Blickrichtung quer durch das Gewölbe, wo Julius mit einem halben Dutzend seiner Männer stand.

»Lasst uns alle Zeit in diesen einen Moment zusammenführen«, fuhr der Illuminati fort, »um unser heiliges Versprechen zu erfüllen, das wir unseren Ahnen gegeben haben…«

Ein Schatten huschte über Laras Gesicht. Sie wirbelte herum, konnte jedoch niemanden sehen.

Nur ihre Einbildung? Oder…

Farbiges Licht funkelte. Plötzlich schien die Höhle von seltsamen flüsternden Geräuschen erfüllt zu sein. Und jetzt tauchten überall Schatten auf, dutzende unsichtbarer Geschöpfe, die hierhin und dorthin huschten und sich versammelten, um diesen so lange herbeigesehnten Moment mitzuerleben.

Alex' Augen weiteten sich. »Was, zur Hölle…?«

Die Stimme des distinguierten Gentlemans steigerte sich zu einem Crescendo. »Was sich jetzt bewahrheitet, war einst nur bloße Vorstellung…«

Lara stieß ein Keuchen aus.

Direkt ihr gegenüber, hinter dem Führer der Illuminati, hatte sie flüchtig etwas wahrgenommen, Gestalten in fremdartigen

Kutten, auf denen das *Allsehende Auge* prangte, die Hände in kaum verhohlener Erregung ineinander verschränkt. Bunte Lichtblitze zuckten.

Zeitsturm. Die Ahnen der Illuminati.

»So wie ein neuer Himmel entsteht«, intonierte der distinguierte Gentleman, »lebte die ewige Hölle wieder auf. Einem jeden Menschen ist der Schlüssel zu den Pforten des Paradieses gegeben, doch derselbe Schlüssel öffnet auch das Tor zur Hölle.«

Plötzlich vernahm Lara ein der feierlichen Zeremonie völlig unangemessenes Geräusch.

Das Klicken von Metall auf Metall. Ein Patronenmagazin, das in seiner Halterung einrastete.

»Genug mit diesem Gewäsch«, sagte Powell und trat vor.

Mindestens zehn Sekunden lang hallten peitschende Schüsse von den Wänden der Gruft wider. Dann kehrte Stille ein.

Powell schritt über die Leichen der Illuminati und ihrer Soldaten hinweg. Er beugte sich über den toten Ordensführer und nahm die beiden Teile des Dreiecks an sich.

»Haben Sie jetzt, was Sie wollten?«, erkundigte sich Lara eisig.

»Oh ja.« Er warf einen Blick auf seine Uhr und lächelte. »Die Konjunktion«, sagte er und führte beide Hälften des Dreiecks zusammen.

28

Die beiden Teile verschmolzen zu einem, und schlagartig erlosch das Glühen.

Powell starrte auf das neu entstandene Dreieck in seinen Händen und runzelte die Stirn. Dann hob er es hoch über seinen Kopf.

Wasser umspülte seine Füße. Er blickte sich um, suchte nach irgendeinem Anhaltspunkt, der ihm zeigte, was er als Nächstes tun sollte. Die Archive der Illuminati hatten keinerlei Informationen über eine solche Situation enthalten. Wie, zum Teufel, war es möglich, dass das verdammte Ding nicht funktionierte?

»Nicht gerade das, was Sie sich erhofft hatten, Mr. Powell?«

Powell hob den Kopf und sah, dass West lächelte. Doch was ihn viel mehr interessierte, war Lady Crofts rätselhafter Gesichtsausdruck.

»Lara.«

Das Dreieck an seine Hüfte gedrückt, watete er durch das steigende Wasser auf sie zu.

»Oh Lara, ich habe tief in mir so eine Ahnung, was hier los ist.«

Sie verschränkte die Arme vor der Brust. »Lassen Sie hören.«

Er lächelte, griff mit der freien Hand an seinen Gürtel und zog ein Wurfmesser hervor.

Wests Lächeln erlosch.

»Was ist das?«

»Das?« Powell warf das Messer spielerisch in die Höhe, fing es mit dem Griff auf und ließ es erneut durch die Luft wirbeln. »Das ist ein Messer.« Er warf es weiter hoch, während er die beiden umkreiste. »Also, Lara. Mein Instinkt sagt mir, dass Sie wissen, was es mit dem Dreieck hier auf sich hat.« Er hob es einen Moment lang hoch und ließ es wieder sinken. »Warum sich dieses angeblich allmächtige Artefakt wie ein ganz gewöhnlicher Klumpen Metall verhält. Hmmm?«

Er blieb vor ihr stehen, die Messerklinge nur wenige Zentimeter von ihren Augen entfernt.

»Haben wir dieses Spielchen nicht schon einmal gespielt?«

»Sie haben meine Frage nicht beantwortet.« Powell senkte das Messer. »Schließlich sind Sie die Tochter eines Genies. Bestimmt haben Sie irgendeine Idee.«

Sie zuckte die Achseln. »Leider fällt mir gerade nichts ein.«

»Lara, Lara, Lara.« Powell schüttelte den Kopf. »Ich glaube, dass Sie lügen. Lassen Sie mich meine Theorie überprüfen.«

Er wirbelte herum und warf das Messer. Die Klinge bohrte sich in Wests Brust.

Mitten ins Herz, dachte er. Zum ersten Mal.

Alex kippte rücklings gegen den Fuß des Planetariums und fiel ins Wasser. Das riesige Modell des Sonnensystems erzitterte, die Strebe mit dem Saturn brach ab, und der Planet stürzte in die Tiefe. Seine Ringe nagelten Alex am Boden fest.

»Alex!«, schrie Lara auf und rannte zu ihm hinüber. Sie stemmte sich gegen die Planetenkugel, doch der Saturn rührte sich nicht.

West blickte auf seine Brust hinab. Ein dünner Blutfaden lief aus seinem Mundwinkel.

»Lara…«, röchelte er. »Ich bin gut.«

»Du bist gut?« So ein Idiot. Gut? Er starb.

»Du hast die Wette verloren.« Er hob den Kopf. Das Wasser hatte bereits sein Kinn erreicht. »Du hast auf die Erde getippt, und es war die Sonne.«

»Ich habe mich geirrt.«

»Du schuldest mir fünf…«

Das Wasser schlug über seinem Gesicht zusammen.

Lara wirbelte zu Powell herum, der sich eine imaginäre Träne von der Wange wischte. Sie atmete tief ein und tauchte unter.

Alex schlug in dem Versuch, sich zu befreien, verzweifelt um sich. Lara hielt sich die Nase zu und deutete auf ihren Mund, aber er begriff nicht, was sie ihm zu verstehen geben wollte. Sie deutete erneut zuerst auf ihren und dann auf seinen Mund, und dieses Mal sah sie in seinen Augen das Licht der Erkenntnis dämmern. Er hielt sich die Nase zu. Lara beugte sich über ihn, presste ihre Lippen auf die seinen, und als er den Mund öffnete, atmete sie aus und füllte seine Lungen mit Sauerstoff. Sie löste sich von ihm, sah ihn lächeln, lächelte zurück und tauchte wieder auf.

»Sehr rührend«, sagte Powell.

Lara blinzelte das Wasser aus ihren Augen und atmete ein paarmal tief durch.

»Was wollen Sie?«, fragte sie.

»Ich bin mir ziemlich sicher, dass Sie auf die Lösung für dieses Problem« – er schwenkte das Dreieck – »gestoßen sind. Sie haben diesen wissenden Gesichtsausdruck.«

Lara tauchte unter und füllte Alex' Lungen erneut mit frischer Luft.

»Sie können ihn nicht ewig beatmen«, stellte Powell nüchtern fest, als ihr Kopf wieder zum Vorschein kam. »Er wird verbluten.«

Lara trat einen Schritt auf ihn zu.

»Schön vorsichtig.« Julius richtete seine Waffe auf sie.

Sie blieb stehen und sammelte sich.

»Zeigen Sie mir, wie das Dreieck vollständig aktiviert wird, und Sie erhalten eine Chance, das Schicksal Ihres Freundes abzuwenden. Wenn Sie mir die Macht Gottes geben, werde ich ihn verschonen. *Cogito ergo est.*«

Lara pumpte so viel Luft in sich hinein, wie ihre Lungen fassen konnten, und tauchte wieder ab. Alex hatte die Augen geschlossen. Sie rüttelte ihn ins Bewusstsein zurück und beatmete ihn ein weiteres Mal.

Keuchend tauchte sie wieder auf.

»Sollte ich mich irren«, sagte Powell, »was ich jedoch bezweifle, können Sie nach Hause fahren und sich einen Leichensack besorgen. Aber wenn Sie dieses Rätsel für mich lösen, könnte ich Mr. Wests Schicksal verändern. Ich könnte sogar« – diesmal nagelte er sie mit seinem Blick fest – »das rückgängig machen, was mit Ihrem Vater geschehen ist.«

Lara starrte ihn an. Über ihr erbebte das Planetarium. Noch standen die neun Planeten in einer Reihe, die letzte Phase ihrer fünftausendjährigen Reise war vollendet.

»Aber Sie müssen sich bald entscheiden«, fuhr Powell fort und sah auf seine Uhr. »Die Konjunktion dauert nur noch rund eine Minute. Danach sind Mr. Wests Überlebenschancen gleich null. Und wenn ich in einer Minute immer noch ein nutzloses Stück Metall in der Hand halte«, er schwenkte das Dreieck wieder, »sind auch Ihre Überlebenschancen ziemlich gering.«

Lara tauchte wieder unter, ohne ihm zu antworten.

Das Wasser um Alex herum war rot von Blut. Sie suchte sein Gesicht und gab ihm einen letzten Abschiedskuss. Dann stieg sie aus dem Wasser, marschierte auf Powell zu und blieb so dicht vor ihm stehen, dass sich ihre Nasen fast berührten.

»Hoffentlich sind Sie bereit für das, was jetzt passieren wird.«

Er lächelte. »So bereit, wie man es nach fünftausend Jahren nur sein kann.«

Lara schob sich an ihm vorbei und ging zu einem von Julius' Männern.

»Lösen Sie die Laserzielvorrichtung von Ihrem Gewehr«, verlangte sie.

»Tun Sie es«, sagte Powell sofort.

Die Uhr in der einen Hand, die Zielvorrichtung in der anderen, ließ Lara den roten Laserstrahl durch das unterirdische Gewölbe wandern.

Die Uhr ist der Schlüssel zur Zeit selbst, hatte ihr Vater geschrieben.

Und, darauf würde sie wetten, zur Macht des Dreiecks. Aber der Schlüssel musste sich im Inneren der Uhr befinden, also stellte sich ihr die Frage, wie sie das undurchdringliche Gehäuse öffnen sollte.

Der Laserstrahl schoss in einer schnurgeraden Linie durch den Raum und...

...verdrehte sich in sich selbst, an der gleichen Stelle, an der Boris verschwunden war. Lara wog die Uhr ihres Vaters in der Hand, holte weit aus und schleuderte sie von sich.

Die Uhr segelte entlang des Lichtstrahls direkt in den Zeitsturm hinein und explodierte in tausend winzige Splitter, die wie festgefroren in der Luft hängen blieben.

Lara ließ die Zielvorrichtung fallen.

Sie sprintete los. Genau im Schatten des Planetariums, wo sie den Rand der Zone mit der temporalen Diskontinuität vermutete, katapultierte sie sich in die Höhe, streckte eine Hand aus und packte den winzigen, glühenden Kristall, der in der Mitte des zerschmetterten Uhrwerks schwebte. Als ihre Hand den Zeitsturm durchquerte, wurde sie durchsichtig wie eine dreidimensionale Röntgenaufnahme. Lara konnte sie nicht mehr spüren, aber ihr Schwung trieb sie weiter und in Sicherheit. Sie rollte sich ab und kam wieder auf die Füße, den Kristall immer noch in der Hand.

»Bravo«, lobte Powell, als sie auf ihn zuging. »Bravo. Und jetzt...«

Der Kristall leuchtete immer heller, je mehr die Entfernung zwischen ihm und dem Dreieck abnahm, drei Meter, zwei Meter, und dann standen sie einander auf Armeslänge gegenüber.

Powell hielt ihr das Dreieck entgegen.

Lara betrachtete es, das Zentrum des Auges, wo sich eine kaum sichtbare Aussparung befand. Die Pupille des *Allsehenden Auges*.

Im Geist hörte sie die Worte ihres Vaters.

Die Welt in einem Sandkorn sehen…

Sie führte den Kristall in das Auge ein.

Auf der Stelle begann es zu glühen. Eine grellweiße Hitzewelle breitete sich zuerst über die Iris, dann über das ganze Auge und schließlich über das Dreieck selbst aus. Das Licht war heller als das der Sonne, heller als die Flamme eines Schweißbrenners.

Lara hob eine Hand, um ihre Augen abzuschirmen.

»*Das Allsehende Auge*«, flüsterte Powell mit leuchtendem Blick. »Die Macht Gottes.«

»Hier haben Sie Ihre Macht«, sagte Lara.

Sie ballte eine Hand zur Faust und hämmerte sie Powell durch das Dreieck hindurch mitten ins Gesicht.

Das Gewölbe explodierte in einem Aufblitzen gleißenden Lichts.

29

Die Zeit war aus den Fugen geraten.

Venedig, die Kammer des Hohen Rates der Illuminati.

Auf dem Podest thronten sieben Stühle. In einem saß Laras Vater, zur Rechten des distinguierten Gentlemans. Sie hatten die Köpfe zusammengesteckt und unterhielten sich.

Lara stand neben Powell – einem viel jüngeren Powell –, in dessen Augen blanker Neid loderte.

»Dieser Platz gehört mir!«, fauchte er mit zusammengebissenen Zähnen. »Mir!«

Die Bibliothek in Croft Manor.

Die Sonne schien hell vom Himmel. Vor einem der Fenster stand eine Gestalt, deren Gesicht im strahlenden Licht nicht zu erkennen war.

Die Tür öffnete sich. Ein kleines Mädchen rannte auf den Mann am Fenster zu, der sich bückte und sie lachend in die Arme schloss und hochhob.

Das kleine Mädchen war Lara.

Der Mann ihr Vater.

Das *Grab der zehntausend Schatten.*

Ihr Vater, der vorsichtig unter dem gigantischen Modell des Sonnensystems entlangging, alle paar Sekunden stehen blieb und etwas auf einem Bogen Papier in seiner Hand überprüfte.

Er machte einen Schritt, noch einen und blieb erneut stehen. Dann sah er auf seine Armbanduhr.

»Drei, zwei, eins. Jetzt!«

Er hob einen Arm. Eine Sekunde lang schien seine Hand durchsichtig zu werden.

Dann zog er mit einem Lächeln die *Uhr der Äonen* mitten aus der Luft.

Wieder die Bibliothek in Croft Manor.

Und jetzt war sie es – die erwachsene Lara Croft –, die ihren Vater umarmte.

»Lara. Meine Lara.« Die Sonne loderte hinter ihnen. Lara vergrub das Gesicht in der Schulter ihres Vaters.

»Oh Gott. Daddy. Was ist passiert?«

»Mein Engel.« Er streichelte ihren Rücken. »Es hat keinen Sinn«, flüsterte er ihr ins Ohr. »Wehre dich nicht länger. Ergib dich der Macht des Lichtes. Gib auf. Streck die Waffen.«

Es war nicht die Stimme ihres Vaters.

Sie löste sich aus seinen Armen und starrte in Manfred Powells Gesicht. Er grinste sie an.

»Geben Sie das Dreieck frei, Lara.«

Powell hob einen Revolver, richtete ihn auf ihre Stirn und drückte ab.

Das *Grab der zehntausend Schatten*.

Ihr Vater, der die Hände über den Kopf gehoben hatte und trotzig auf Powell hinabstarrte.

Der Illuminati hob seine Waffe und schoss.

Die Bibliothek in Croft Manor.

Lara und Powell standen sich von Angesicht zu Angesicht gegenüber.

In der Bibliothek wütete ein Feuer.

Ein kleines Mädchen schrie.

Als Lara sich umdrehte, entdeckte sie ihr jüngeres Selbst auf der anderen Seite des Raumes, gefangen hinter einer Feuerwand. Tränen strömten über die Wangen des kleinen Mädchens.

»Hab keine Angst!«, rief die erwachsene Lara.

»Oh, ich denke, Sie sollten Angst haben.« Powell ging um sie herum. Seine Worte galten beiden Laras. »Sie werden sterben.«

Lara wandte sich zu ihm um.

»Sie sind im Alter von sieben Jahren in einem solchen Feuer umgekommen.« Powell schüttelte den Kopf. »Sie haben nie gelebt. Es hat Sie nie gegeben. Keine alten Grabstätten, keine Pulitzerpreise, keine schicken Autos. Nur die kalte, kalte Erde, in der Sie begraben wurden.«

Ihr jüngeres Selbst schrie erneut, und Lara erinnerte sich an einen Vorfall, als sie sieben Jahre alt gewesen war, an ein Feuer, das sie versehentlich in einem Papierkorb verursacht hatte, aber ihr Vater...

»Er ist nie gekommen, um Sie zu retten Lara. Und Sie sind in den Flammen umgekommen.« Sein Blick durchbohrte sie förmlich. »Dies ist die Macht des Dreiecks, Lara. Die Macht Gottes.«

Und plötzlich begriff Lara, was hinter all den Dingen steckte, die sie erlebte. Sie und Powell kämpften um die Kontrolle über diese Macht.

»Sie sind damals gestorben, Lara. Sie haben nie gelebt. Nie.«

»Nur in Ihren Träumen.« Sie schüttelte lächelnd den Kopf.

Sie konzentrierte sich.

Powells Projektion löste sich in Flammen auf. Dann war er verschwunden, und mit ihm das Feuer.

Stille hatte sich auf die Bibliothek herabgesenkt.

Lara drehte sich um, sah ihr jüngeres Selbst an und lächelte ihm zu.

Sie schloss die Augen und konzentrierte sich erneut.

Zwischenspiel

Nowaja Semlja, 15. Mai 1981

Lord Croft hatte die so kunstvoll versteckte Uhr tags zuvor mit genauen Anweisungen abgeschickt. Dieser Punkt war also erledigt, die Vorkehrungen für den schlimmsten aller Fälle waren getroffen.

Doch heute, nach dem Gespräch zwischen Mrs. King und Gareth, hatte er wieder neue Hoffnung geschöpft. Sie schienen – im Gegensatz zu einigen der jüngeren, unbesonneneren Mitgliedern des Ordens – zu begreifen, welche Gefahren der Besitz einer solch grenzenlosen Macht in sich barg. Das ethische Dilemma, mit dem man zwangsläufig konfrontiert werden würde. Die schlüpfrige schiefe Bahn, auf die man nur allzu leicht geraten konnte. Diese Tatsache hatte ihn ermutigt, seine eigenen Ansichten zu diesem Problem zu äußern, und ihm schien, als hätten ihm alle Angehörigen des Rates aufmerksam zugehört.

Durch die geöffnete Zeltklappe sah er Farben aufblitzen. Das Polarlicht. Wieder einmal war es sehr spät geworden, zu spät. Morgen würde er in aller Frühe aufstehen müssen, und jetzt rang er mit sich, ob er dem Rat von den temporalen Anomalien erzählen sollte, die er entdeckt hatte. Vielleicht... Er würde sich morgen darüber den Kopf zerbrechen. Jetzt war er einfach zu müde, um noch klar denken zu können.

»Ohh...« Er gähnte. »Ich werde allmählich alt.«

Wieder zuckten farbige Blitze jenseits der Zeltklappe über den Himmel. Croft blickte auf.

Vor ihm stand eine junge Frau mit langem, dunklem Haar und durchdringenden blauen Augen. Dem Haar seiner Frau. Seinen Augen.

Croft spürte, wie ihm das Herz bis zum Hals schlug.

»Gütiger Gott…«

Er stand auf. Die junge Frau starrte ihn an. Dann wanderte ihr Blick durch das Zelt, zu seinem Feldbett, seinen Büchern, über die säuberlich auf dem Schreibtisch aufgereihten Instrumente, bis er schließlich an ihm hängen blieb.

»Daddy.«

Ihre Augen leuchteten.

»Lara, aber wie…«

Und dann begriff er.

Sie hatte die Uhr gefunden und die Teile des Dreiecks zusammengesetzt. Sie benutzte seine Macht. Also war er am Ende doch gescheitert.

Er war tot.

Lara trat einen Schritt vor und sah sich um. »Es ist schwer zu beurteilen, ob das hier real ist oder nicht.«

Lord Croft seufzte. »Real genug. Es ist… eine Kreuzung. Ein Schnittpunkt der Vergangenheit – meiner Vergangenheit – und deiner Gegenwart.« Er betrachtete sie von Kopf bis Fuß. »Mein Gott, bist du schön geworden. Das Ebenbild deiner Mutter.«

»Auch ein bisschen was von dir, hoffe ich.«

»Ein kleines bisschen von mir ist auch in dir, ja.« Sein Gesicht wurde ernst. »Du hast die Uhr benutzt. Du hast das Dreieck gefunden.«

»Ich…« Plötzlich lächelte sie und schüttelte den Kopf. »Das ist eine lange Geschichte.«

Draußen flackerte erneut das Polarlicht.

»Warum hast du mir nichts von den Illuminati erzählt, Daddy?«

Ihr Vater seufzte. »Du warst noch ein Kind. Nicht einmal deine Mutter hat davon gewusst.«

»Aber du hättest es in deinen Berichten aufschreiben können. Du hast es nie erwähnt. Nicht ein einziges Mal.«

»Bei Gott.« Und trotz aller Umstände begann Croft zu lachen. »Du widersprichst immer noch! Habe ich dich nicht besser erzogen?«

Lara lächelte, doch dann löste sich ihr Lächeln in Tränen auf. Sie warf sich in seine Arme. Er hielt sie fest und wiegte sie sanft.

»Lara. Liebes.« Croft drückte sie an sich und spürte, dass auch ihm Tränen in die Augen traten. »Irgendwann hätte ich dir alles erzählt, das schwöre ich. Aber ich wollte dich in Sicherheit wissen. Ich habe dich geliebt. Ich liebe dich immer noch.« Er schwieg einen Moment lang. »Als du noch ein Baby warst, kurz nach dem Tod deiner Mutter, habe ich den Orden plötzlich mit ganz neuen Augen gesehen. Mit deinen Augen, Lara, den Augen eines Kindes. Und was ich gesehen habe, hat mir ganz und gar nicht gefallen. Der Drang nach Macht hatte unsere Seelen verkümmern lassen. Ich schämte mich.«

Auf einmal wurde ihm bewusst, dass er nicht über die Vergangenheit sprechen wollte. Dies war der einzige Moment, den er und Lara, seine erwachsene Tochter, gemeinsam erleben konnten. Oder jemals erleben würden.

Es sei denn…

»Nein, das ist falsch.« Er löste die Umarmung und trat einen Schritt zurück.

»Daddy?« Lara sah ihn verwirrt an.

»Du und ich…«. Er schüttelte den Kopf. »Wir sollten nicht auf diese Art hier sein. Es kann nicht, es *darf* nicht geschehen.«

»Aber warum nicht? Warum kann ich die Macht nicht benutzen, nur dieses eine Mal? Damit ich dich wieder sehen kann. Wir haben nie…«

»Bei einer solchen Macht bleibt es nicht bei einem einzigen Mal, Lara. Du musst das Dreieck zerstören.«

»Aber…«

»Hör mir zu, verdammt!« Er starrte sie wütend an, doch plötzlich glitt ein Lächeln über seine Züge, denn der Gesichtsausdruck, den sie jetzt aufgesetzt hatte, diese »Warum-darf-ich-das-nicht-Miene« war exakt dieselbe, die er von seinem kleinen Mädchen kannte. »Tu es jetzt, bevor du noch tiefer da hineingerätst. Bevor ich mich nicht mehr davon abhalten kann...«

Und dann weinte auch er. Tot, bei Gott! Tot und gescheitert.

»Daddy? Was hast du? Was ist los?«

Er riss sich zusammen und nahm ihre Hände in die seinen.

»Lara, die Macht des Dreiecks ist eine gottgleiche Macht. Wenn du dir diese Macht aneignest, degradierst du alle anderen Menschen auf der Welt zu unbedeutenden Figuren in deinem Spiel. Ihr Leben würde zu einem bloßen Produkt deiner Träume werden.« Er hob eine Hand und streichelte ihre Wange. »Hör auf mich. Zerstör das Dreieck.«

Sie nickte. Ihre Augen verschleierten sich.

»Ich fühle mich plötzlich so allein.«

Croft schüttelte heftig den Kopf. »Hör mir jetzt genau zu. Du bist nie allein. Ich werde bei dir sein, immer. So wie ich immer bei dir gewesen bin. Und tu nicht so, als hättest du meine Stimme nicht gehört!«

Sie sahen einander an, und plötzlich begann Lara zu lachen.

»Also, Lara. Kämpf weiter! Sei tapfer! Genieße dein Leben!«

Er streckte beide Hände aus. Lara tat es ihm nach. Ihre Fingerkuppen berührten sich.

Und dann war sie fort. An ihrer Stelle stand jetzt Manfred Powell im Zelteingang.

»Lord Croft.« Er verneigte sich ehrerbietig. »Unser Führer hat mich geschickt, um Sie zu holen.«

»Jetzt? Um diese Uhrzeit?«

Powell nickte. »Ich fürchte, ja. Irgendetwas wegen des Planetariums. Er wartet dort auf Sie.«

Croft schüttelte den Kopf. »Nein, dafür ist es jetzt wirklich zu spät. Worum es auch immer geht, wir werden uns morgen damit beschäftigen.«

Er wandte sich ab. Seine Gedanken überschlugen sich. Zu

spät und es war noch so viel zu tun. Bei Gott, sollte er sterben müssen… Er hatte das alles noch nicht vollständig durchdacht, die Konsequenzen eines Zeitparadoxons, Lara, die in die Vergangenheit zurückgekehrt war, um ihn zu warnen. Was, wenn er gar nicht sterben würde? Aber er würde das Problem auf jeden Fall erforschen. Wenn er sterben würde, musste er vorher noch einige Dinge erledigen. Zum Beispiel seine Aufzeichnungen. Sie durften dem Orden nicht in die Hände fallen…

»Lord Croft.«

Er drehte sich um.

Powell hatte eine Pistole gezogen.

»Ich fürchte, es muss jetzt sein.« Er deutete mit der Waffe zum Zelteingang. »Jetzt sofort.«

30

Lara konzentrierte sich.

Das *Grab der zehntausend Schatten.*

Das Modell des Sonnensystems stand unter Wasser. Zwei Gestalten kämpften dicht unter der Oberfläche und zerrten an irgendetwas herum, das eine von ihnen fest hielt.

Nein, das war falsch.

Sie versuchte es erneut.

Das *Grab der zehntausend Schatten.*

Ihr Vater, der auf dem Boden lag, während sich um seinen Kopf herum eine Blutlache ausbreitete.

Powell, der lachte, sich umdrehte und in Richtung des Ausgangs ging.

Nein. Wieder falsch.

Der nächste Versuch.

Die Szene verblasste, und bevor sie sich völlig auflöste, glaubte Lara zu sehen, wie sich ihr Vater bewegte, sich mit den Beinen rückwärts schob und versuchte, unter das Planetarium zu gelangen…

Das *Grab der zehntausend Schatten.*

Der Moment, bevor Powell Alex tötete, alle drei ganz starr.

Das Messer, wie eingefroren mitten in der Luft, nur Zentimeter von Alex' Herz entfernt.

Ahh. Hier war sie richtig.

Sie konzentrierte sich wieder und trat vor.

Powell und Alex verharrten noch immer reglos.

Lara zog ihre Pistolen und baute sich vor Powell auf.

»Hallo, Manfred.« Seine Augen starrten direkt in ihr Gesicht, doch irgendwie schienen sie blind zu sein. »Ich habe eine Kleinigkeit für dich.«

Sie schoss. Jagte ihm Kugel um Kugel in den Leib, bis beide Magazine leer waren. Unnötiger Overkill, aber er war der Bastard, der ihren Vater ermordet hatte und…

Die Kugeln zeigten keinerlei Wirkung.

Sie waren einfach durch Powell hindurchgeflogen, durch seine Kleidung und seinen Körper, ohne die geringste Spur zu hinterlassen.

Lara schob die Pistolen in ihre Holster zurück.

»Okay.« Ihre Stimme hallte laut in der stillen, toten Luft der Höhle wider. »Das funktioniert also nicht.«

Sie dachte einen Moment nach, dann ging sie zu dem Messer.

»Muss mich wohl mit dem begnügen, was wir hier haben.«

Sie packte das Messer mit beiden Händen und zog mit einem Ruck daran.

»Au!« Überrascht trat sie einen Schritt zurück. Die Haut an ihren Handflächen war angesengt. Das Messer hatte sich keinen Millimeter weit bewegt.

Sie schloss ihre Finger darum und…

Ihre Haut brannte.

Newtons Gesetze. Eine Erinnerung an den Physikunterricht stieg in ihr auf. Eine ruhende Masse neigte durch ihre Trägheit dazu, in diesem Zustand zu verharren.

Und das Messer, eingefroren in der Zeit, erfüllte das Kriterium der Trägheit so perfekt, wie es nur möglich war.

Ungeachtet aller Berechnungen und des Geruchs nach verbranntem Fleisch, den sie plötzlich wahrnahm, stand Laras Entschluss unerschütterlich fest.

Sie umklammerte das Messer, setzte ihr gesamtes Körpergewicht ein und zerrte mit unglaublicher Kraftanstrengung daran, um es in der Luft umzudrehen, als wäre es ein eingerosteter Wasserhahn. Und je mehr Kraft sie ausübte, desto heißer wurde es.

Irgendetwas Feuchtes rann über ihr Handgelenk und die Innenseite ihres Arms.

Das Messer bewegte sich. Nur einen Millimeter weit, aber es hatte sich eindeutig bewegt.

Lara biss die Zähne zusammen und versuchte es erneut.

Sie drückte, zerrte und schob, stemmte die Fußballen gegen den Boden, spürte, wie ihre Muskeln vor Anstrengung bebten. Die Ursache der Schmerzen war so absurd, dass sie beschloss, ihr keinerlei Beachtung zu schenken.

Blut floss ihren Arm hinab, und eine höchst merkwürdige Empfindung überkam sie. Sie hatte das Gefühl, als würde sich nicht das Messer bewegen. Statt dessen schien sich die ganze Welt im Kreis zu drehen, unheimlich und gespenstisch, und sich auf merkwürdige Weise selbst zu überholen.

Lara wusste nicht mehr, wie viel Zeit verstrichen war, aber als sie schließlich wieder aufblickte, zeigte die Messerspitze nicht mehr auf Alex, sondern auf Powell. Sie wischte sich die Hände an ihren Shorts ab und kehrte an ihre ursprüngliche Position neben Alex zurück.

Dann schloss sie die Augen und konzentrierte sich.

31

Powell schleuderte das Messer direkt auf Alex' Brust zu, und im gleichen Moment schoss ein stechender Schmerz durch seine Schulter.

Er blickte an sich hinab und sah das Messer in seinem Fleisch stecken.

In seinem, nicht in Wests.

Wie war das möglich?

Er stolperte zurück, und das Dreieck entglitt seinen Händen.

Es fiel zu Boden und zerfiel zu Staub.

Powell brach neben den Überresten zusammen.

»Wie schön.« Lara lächelte ihn an. Sie hielt Alex an der Schulter fest und half ihm, das Gleichgewicht zu bewahren. »Sie sollten etwas vorsichtiger mit Ihren Spielsachen umgehen, meinen Sie nicht auch?«

»Nein.« Powell schüttelte den Kopf. Er weigerte sich zu glauben, was soeben passiert war. »Das ist völlig unmöglich.« Er starrte auf die Stelle, an der das Dreieck zerfallen war. Dann blickte er zu Lara Croft auf.

Noch nie in seinem Leben hatte er irgendjemanden so abgrundtief gehasst.

»Tötet sie!!!«, schrie er aus Leibeskräften.

Gewehrsalven peitschten auf.

Lara duckte sich, packte den immer noch verblüfften Alex am Arm und zerrte ihn mit sich. Als ein Kugelhagel den Boden vor ihren Füßen aufpflügte, begann das Wasser, wieder zu steigen. Lara und Alex rannten los.

Das gesamte Gewölbe erbebte. Lara warf einen Blick nach oben und sah das Planetarium schwanken. Vor ihnen fiel ein gewaltiger Stalaktit herab und wirbelte eine Wolke aus Eiskristallen auf. Sie hechteten im gleichen Moment hinter ihm in Deckung, als eine Reihe von Kugeln in ihn einschlug.

»Lara, Lara, Lara.« Alex, der neben ihr kauerte, sah zu dem Modell des Sonnensystems empor und schüttelte den Kopf. »Sieht ganz so aus, als hättest du mal wieder etwas kaputtgemacht. Kann man dich denn nirgendwo mit hinnehmen, ohne dass du…« Er verstummte. »Was? Warum siehst du mich so an?«

Weil du wieder lebst, du Bastard, lag es ihr auf der Zunge.

Stattdessen boxte sie ihn in den Oberarm.

»Hey! Wofür war das?«

Er schien verwirrt zu sein, was nichts im Vergleich zu dem war, was in diesem Moment in ihr vorging. »Dafür, dass du meine Gebetsmühlen gestohlen hast«, log sie, zog ihre beiden 45er hervor und drückte ihm eine davon in die Hand.

Wieder lief ein Grollen durch das Gewölbe.

Lara hob den Kopf und sah, dass sich überall in den Wänden bis zur Decke hinauf Risse bildeten. Eissplitter fielen herab, gefolgt von einer ganzen Armada Stalaktiten.

»Lara…«

Alex hielt ihr die Pistole unter die Nase. »Falls du nicht gerade allzu sehr damit beschäftigt bist, die Wunder der Schöpfung zu bestaunen… Könnte ich vielleicht – bitte!!! – ein frisches Magazin haben?«

Sie riss ein halbes Dutzend aus ihrer Halterung und warf sie ihm zu. Dann drehte sie sich um und begann, ebenfalls zu feuern.

Doch Powells Männer waren zu gut bewaffnet. Zwei von ihnen lagen unsichtbar in einem dunklen Winkel verborgen und gaben Sperrfeuer, während die anderen vorrückten. Lara musste sich schleunigst irgendetwas einfallen lassen, oder aber die

Männer würden sie in höchstens zwanzig Sekunden erreicht haben.

Ein weiteres Beben erschütterte die Gruft. Ein Hagel aus Eis und Staub stürzte von der Decke herab. Das Planetarium brach zusammen und zerstörte dabei nicht nur die Kammer, sondern es beeinflusste auch die temporalen Anomalien, die sich seit der Fertigstellung des Mechanismus offenbar an der gleichen Stelle befunden hatten und jetzt freigesetzt wurden.

Lichtblitze und Farben jagten wie Miniaturpolarlichter umher.

Das herabstürzende Gestein und das Eis, das die Anomalien durchquerte, wurde von ihnen umgewandelt. Das Gestein löste sich in Staub auf, das Eis schmolz. Der winzige Splitter eines Stalaktits, der durch den wirbelnden Strudel eines Zeitsturms fiel, schoss auf der anderen Seite wieder als kompakter Gesteinsdolch hervor, ein Babyfels, der plötzlich erwachsen geworden war.

Er durchbohrte einen der Stützpfeiler des Planetariums. Der Mars löste sich aus seiner Halterung, durchbrach die gefrorene Oberfläche des Tümpels und ließ eine Fontäne eisigen Wassers aufspritzen.

»Ich bin zwar noch ein Neuling in dieser Heldennummer, Lara«, keuchte Alex, »aber mir scheint, wir sollten ernsthaft in Betracht ziehen, sofort von hier abzuhauen.«

Offenbar teilten Powells Männer seine Meinung.

Julius ließ plötzlich seine Waffe sinken.

»Rückzug! Plan C!«

Er und seine Männer machten kehrt und rannten auf ihre Schlitten zu.

Powell, der noch immer verwundet auf dem Boden lag, konnte es nicht fassen.

»Julius? Was tun Sie da? Was, zur Hölle, ist ›Plan C‹?«

Er drehte sich zu Powell um. »Unsere Mission ist gescheitert, Sir. Wir haben versagt.«

Oh! Jetzt begriff Powell. »Mit anderen Worten, Sie lassen mich im Stich.«

»Ja, Sir.«

Powell traute seinen Ohren nicht. Zehn Jahre lang hatte er mit diesem Mann zusammengearbeitet, und jetzt, kaum dass die Lage ein wenig brenzlig wurde, machte sich Julius aus dem Staub?

»Das alles widert mich an.«

»Es ist nicht persönlich gemeint, Sir.«

»Freut mich, das zu hören.«

»Sie haben versagt«, erklärte Julius nüchtern. »Jetzt muss ich mich um die Sicherheit meiner Männer kümmern.«

Das Gewölbe erzitterte wieder.

»Die Zeit ist abgelaufen. Auf Wiedersehen, Mr. Powell.«

Powell blickte auf. »Dann hauen Sie ab. Verschwinden Sie.«

Julius ließ ihn allein.

»Und haben Sie vielen Dank!«, schrie Powell ihm hinterher. »Vielen Dank für gar nichts!«

Während Julius und seine Männer verschwanden, sah Lara zu ihrer Überraschung, wie Bryce – was war das denn? – in Begleitung von Pimms im Laufschritt in der Höhle auftauchte.

»Gut gemacht«, lobte sie. »Gute Kavallerie.«

Bryce zuckte die Achseln. »Das war doch gar nichts.«

Pimms hielt sich einen Moment lang im Hintergrund und beäugte Lara misstrauisch. Dann trat er einen Schritt vor. »Das war doch gar nichts«, ahmte er Bryces nonchalante Art nach. »Kinderleicht. Geradezu ein Sonntagsspaziergang. Ein Ausflug ins Grüne an einem warmen Sommertag…«

»Mr. Pimms.«

Er lächelte nervös. »Lady Croft.«

Lara zielte mit ihrer Pistole auf ihn und grinste. »Sind Sie immer noch einer von den Bösen?«

»Auf gar keinen Fall!« Seine Stimme stieg um eine Oktave.

»Versprochen?«

»Versprochen. Oh ja, Ehrenwort.«

»Ändern Sie Ihre Meinung, und…«

»Dann will ich sterben. Unbedingt.« Er nickte eifrig. »Nicht dass ich wirklich sterben möchte, Sie verstehen, aber was ich damit sagen wollte, ist…«

Lara ließ ihre Pistole sinken und zwinkerte ihm zu. »Gut.«

Pimms seufzte erleichtert. Alex klopfte ihm herzhaft auf die Schulter.

»Pimms, alter Knabe! Gut, Sie zu sehen!«

»Gute Arbeit, so weit das Auge reicht«, stellte Lara fest. Sie sah in Richtung des Ausgangs. »Und jetzt sollten wir uns beeilen, bevor die ganze Höhle…«

»Lara!«, rief Powell.

Sie drehte sich zu ihm um. Er lag hilflos auf dem Boden und starrte zu ihr empor. Hass verzerrte seine Züge.

»Viel Glück, Mr. Powell«, sagte sie schlicht. »Sie werden es brauchen.« Alex, Bryce und Pimms liefen an ihr vorbei auf dem Weg zum Ausgang des Gewölbes.

Zu ihrer Überraschung umspielte ein Grinsen Powells Lippen. »Ich denke, dass Sie das interessieren dürfte. Ihr Vater hat um sein Leben gebettelt.«

Lara erstarrte mitten im Schritt.

»Wie ein Baby«, fügte Powell hinzu.

»Das glaube ich kaum.«

»Tja.« Powell zuckte die Achseln. »Jetzt werden Sie es nie erfahren, nicht wahr?«

»Zur Hölle mit Ihnen.«

Er kramte irgendetwas aus seiner Tasche hervor und begann, es über seinem Kopf kreisen zu lassen. Das Ding kam Lara irgendwie bekannt vor.

Powell hielt es hoch, sodass sie es besser sehen konnte.

Es war die Taschenuhr ihres Vaters.

»Sie Bastard!«

Die Uhr war Lord Crofts liebster Besitz gewesen. Auf die unwahrscheinliche Möglichkeit hin, dass er sie nicht auf seine letzte Reise mitgenommen hatte, hatte Lara das Anwesen ihrer Familie auf der Suche danach praktisch Stein für Stein auseinander genommen. Die Tatsache, dass Powell die Uhr jetzt hatte…

Er grinste.

»Er schien sich ganz besonders große Sorgen darüber zu machen, dass ich dieses Ding von seinem kalten, toten Körper trennen könnte.«

Bei diesen Worten hob er die Uhr an seine Lippen, ließ den Deckel aufspringen und küsste das Bild in der Innenseite.

Das Bild von Laras Mutter.

Das brachte das Fass zum Überlaufen.

»Lara! Lass ihn da liegen! Nein, nein, nein!«

Sie hörte Alex schreien, hörte die Felsbrocken um sie herum niederprasseln, spürte, wie das Wasser an ihren Beinen hinaufstieg, aber das alles spielte keine Rolle.

Was eine Rolle spielte, war, Powell die Uhr ihres Vaters aus den Fingern zu reißen.

Und ihn nach allen Regeln der Kunst zusammenzuschlagen, entschied sie, würde auch in Ordnung gehen.

32

»Komm mir jetzt nicht mit dieser ›Wer-wagt-gewinnt‹-Nummer, Lara!« Alex lief neben ihr her und schrie sie an. »Bitte! Wir müssen hier raus! Die ganze Höhle wird jeden Moment einstürzen!«

Lara nickte. Er hatte natürlich Recht, aber alles, was sie benötigte, waren noch einmal zehn Sekunden. Eine, um Powell die Uhr abzunehmen, die restlichen neun, um ihn windelweich zu prügeln.

Sie blieb neben ihm stehen und starrte auf ihn hinab. Powell starrte gehässig zurück. Er ließ die Uhr noch immer an ihrer Kette kreisen.

»Lara!«, flehte Alex. »In zwei Minuten sind wir platt wie die Pfannkuchen!«

Jede Menge Zeit.

Sie ließ ihre Hand vorschnellen, um Powell die Taschenuhr zu entreißen…

Unvermittelt richtete er den Oberkörper auf und stieß mit einem Messer nach ihr.

Ein scharfer Schmerz durchzuckte sie. Fast wäre sie gestürzt.

»Hey!« Alex trat ihn gegen den Kopf.

Powell steckte den Tritt unbeeindruckt weg, stand auf und schwenkte ein zweites Messer.

Der Bastard hatte seine Hilflosigkeit die ganze Zeit über nur vorgetäuscht.

Lara fand ihr Gleichgewicht wieder, zog ihr eigenes Messer und trat zwischen die beiden Männer.

Alex versuchte, sich vor sie zu schieben und es selbst mit Powell aufzunehmen.

»Nein«, sagte sie und schüttelte den Kopf. Powell und die Uhr gehörten ihr. Und offensichtlich sah der Illuminati das genauso. Er begann, sie zu umkreisen, das Messer mit der Geschicklichkeit eines Profis in der Hand.

»Du musst wirklich den Verstand verloren haben«, stöhnte Alex.

»Und du musst gehen«, erwiderte sie.

»Lara, das ist doch Irrsinn! Lass mich ihn erschießen.« Sie sah, dass Alex eine Pistole gezogen hatte, und winkte ihn zurück, ohne Powell auch nur eine Sekunde lang aus den Augen zu lassen.

»Geh jetzt. Sofort. Bring die anderen in Sicherheit. Ich komme nach.«

»Aber…«

»Sofort! Verschwinde!«

Zum Glück kannte er sie gut genug, um zu wissen, dass sie es ernst meinte.

»Ich werde einen Schlitten für dich zurücklassen. Beeil dich.«

»Und was ist mit mir?«, fragte Powell. »Schließlich, Mr. West, können Sie Ihr Geld abschreiben, wenn ich hier nicht mehr rauskomme.«

Einen Moment lang blieb Alex stumm.

»Gib ihm für mich einen Tritt in seinen stinkenden Arsch, Lara«, knurrte er schließlich und verschwand.

»Sie inspirieren Ihre Leute zu echter Loyalität, Mr. Powell«, sagte Lara. »Alex, Pimms, Julius. Die Liste ließe sich fortführen.«

»Ein Punkt für Sie, Lara.« Er sprang vor und stach nach ihr. Sie tänzelte geschmeidig zurück. »Ich werde das Thema in nächster Zeit zur Sprache bringen.«

»In Ihrem nächsten Leben, meinen Sie.«

Er zuckte die Achseln. »An Ihrer Stelle würde ich mir keine allzu großen Sorgen über mein Schicksal machen, Lara.« Plötzlich bückte er sich und legte das Messer auf den Boden. Was, zum Teufel…? »Statt dessen sollten Sie lieber über Ihr eigenes Schicksal nachdenken.«

Seine Hand verschwand hinter seinem Rücken und kam mit einer kleinen Pistole darin wieder zum Vorschein.

Natürlich hatte Lara die Bewegung erkannt und in der gleichen Sekunde ihre 45er gezogen.

Sein Lächeln fiel in sich zusammen.

»Patt, denke ich«, sagte Lara. »Wir könnten jetzt beide abdrücken, aber die 45er«, sie wedelte mit ihrer Waffe, »hat das weitaus größere Kaliber. Ich schätze, meine Überlebenschancen wären wesentlich höher als die Ihren.«

Powell ließ die Pistole fallen.

»Lady Croft, da uns nur noch ein paar Minuten bleiben, bevor wir beide sterben, schlage ich vor, dass wir die Zeit sinnvoll nutzen.«

»Ja?«

»Ein Kampf ohne Waffen. Sie gegen mich. Mann gegen Mann, oder in Ihrem Fall, Frau gegen Mann. Der Sieger bekommt alles. Die Uhr, den Schlitten, West, Bryce, Pimms und was auch immer…«

Lara schob die 45er in ihr Holster zurück. »Gut. Fangen Sie an.«

Powell lächelte und begann, sie wieder zu umkreisen. »Ich fürchte, meine Liebe, ich habe versäumt, Ihnen zu verraten, dass ich Experte in sieben Arten der Kampfkunst ohne Waffen bin. Letztes Jahr habe ich es in China mit zwei weltbekannten Trägern des schwarzen Gürtels gleichzeitig aufgenommen und sie mit Leichtigkeit besiegt. Einem habe ich dabei das Rückgrat gebrochen. Armer Kerl. Jetzt schlürft er seine Suppe durch einen Strohhalm und scheißt in seine Windeln.« Sein Lächeln wurde breiter. »Ich freue mich schon darauf, Sie in einem ähnlichen Zustand zu sehen.«

»Oh mein Gott«, gab Lara spöttisch zurück. »Sie haben mich reingelegt. Mir schlottern vor Angst die Knie. Sehen Sie nur.«

Er blickte tatsächlich nach unten.

In der gleichen Sekunde trat Lara ihm ins Gesicht, rammte ihm eine Faust in den Magen, riss das Knie hoch und traktierte die Wunde in seiner Schulter mit einer schnellen Folge von Schlägen.

Powell wehrte sich, so gut er konnte. Er beherrschte den Tritt aus der Drehung heraus meisterhaft und erwischte sie so heftig am Kinn, dass sie ins Straucheln geriet. Hauptsächlich aber kämpfte er mit schmutzigen Tricks. Als sie seinen Hals im Schwitzkasten hatte, versuchte er, sie zu beißen.

Sie stieß ihn von sich, schmetterte ihm die Faust direkt auf den Mund und schlug ihm einen Zahn aus.

Er verdrehte die Augen, brach zusammen und blieb reglos liegen.

Lara beugte sich über ihn und zog ihm die Uhr ihres Vaters aus der Tasche.

»Das gehört mir«, sagte sie.

Powell öffnete mühsam ein Auge. »Nehmen Sie sie. Das Ding geht sowieso ein bisschen vor.«

Zu ihrer Rechten zuckte ein farbiger Blitz auf.

Eine temporale Anomalie, ein Zeitwirbel, der eine der Wände streifte. Das ganze Gewölbe erbebte, als ein Felsstück von der Größe eines Autos einfach in dem farbigen Strudel verschwand.

Powells Blick folgte der Bewegung. Seine Augen weiteten sich.

Lara lächelte, packte ihn an einem Bein und schleifte ihn wie einen nassen Sack auf den Zeitsturm zu.

Er brüllte.

Sie ließ den Deckel der Taschenuhr aufklappen.

»Oh. Zeit zu gehen.«

»Lara! Lara, um Gottes willen!«, kreischte Powell. »Warum töten Sie mich nicht gleich? Ich bin doch schon so gut wie tot.«

Sie verharrte kurz und starrte in die flackernden Farbstrudel.

Die Auswirkungen der Anomalien variierten stark. Einige schienen Pforten durch Zeit und Raum zu sein, wie diejenige, durch die Boris gesprungen war, während in anderen einfach nur Chaos herrschte.

Diejenige, die Powell erfasste, gehörte offensichtlich zur letzten Kategorie. Sie sog ihn regelrecht in sich hinein. Lara wäre zu gern geblieben, um zu sehen, was mit ihm passierte.

Unglücklicherweise wurde es wirklich höchste Zeit, zu verschwinden.

»Der Tod ist nicht gut genug für Sie«, sagte sie und bückte sich, um ihren Rucksack aufzuheben. Kein Grund, ihre Ausrüstung zu vergessen.

»Nicht für den Mann, der meinen Vater ermordet hat.«

»Töte mich!«, brüllte Powell ihr nach.

»Viel Glück, Mr. Powell«, murmelte Lara. »Wie ich schon sagte, Sie werden es brauchen.«

Der Hundeschlitten war abfahrbereit, wie Alex es versprochen hatte. Und am anderen Ende des Tunnels warteten die drei Männer auf sie.

Zwischenspiel

Nowaja Semlja, 15. Mai 1981

Die Kugel traf Lord Croft mitten in die Stirn. Noch bevor er den Einschlag spüren konnte, brach er bereits zusammen. Dann erloschen all seine Empfindungen. Er lag auf dem Rücken und blickte zu dem riesigen Planetarium empor. Warmes, klebriges Blut bedeckte die rechte Hälfte seines Gesichts.

Plötzlich loderten unerträgliche Schmerzen in ihm auf, erfassten jede Faser seines Körpers. Vor ihm lief kein Film seines Lebens im Zeitraffer ab. Alles, was er sah, war Powell, und dazu kam die furchtbare Gewissheit, dass er versagt hatte. Aber zumindest hatte Lara jetzt das Dreieck, und sie würde es zerstören...

Er schloss die Augen. Dunkelheit umfing ihn.

Lara, dachte er und rief sich das Bild seiner Tochter ins Gedächtnis zurück, so, wie er sie erst vor wenigen Momenten gesehen hatte, so lebendig, so wunderschön.

Als er die Augen wieder öffnete, sah er direkt über sich Farbschleier umherwirbeln. Ein Miniaturpolarlicht, das wild in der Luft rotierte.

Zeitsturm. Was würde passieren, wenn er...

Er hob einen Arm, dem Licht entgegen.

Epilog

Lara stand vor dem Denkmal ihres Vaters.

»Keine Uhr mehr, Daddy. Kein Dreieck mehr, kein *Grab der zehntausend Schatten*, und auch kein Mr. Powell. Sie sind fort. Alles ist fort.«

Fort, wie vom Angesicht der Erde verschwunden. Als sie den Rand des Kraters erreicht und sich noch einmal umgedreht hatten, war an der Stelle, an der sich das Höhlensystem befunden hatte, irgendetwas in den Himmel geschossen. Was auch immer es gewesen sein mochte – ein Meteor, die Mutter aller temporalen Anomalien oder etwas gänzlich anderes –, es hatte auf seinem Weg in den Himmel einen flammenden Feuerschweif hinter sich hergezogen. Lara hatte das Gefühl, dass die Illuminati keine Spur mehr von der unterirdischen Anlage finden würden, wenn sie die nächste Expedition nach Nowaja Semlja schickten. Und daran, dass es eine solche Expedition geben würde, die wahrscheinlich bereits auf dem Weg war, bestand nicht der geringste Zweifel für sie. Wahrscheinlich war selbst das Loch in der Erde verschwunden.

Ein Schmetterling flatterte vorbei und landete auf dem steinernen Denkmal. Seine Flügel bewegten sich im Licht der Nachmittagssonne langsam auf und nieder, während er sich ausruhte und neue Kraft für seinen Weiterflug schöpfte.

Auch Lara fühlte sich ausgeruht, obwohl sie erst heute Morgen nach Croft Manor zurückgekehrt war. Erstaunlich, wie eine lange heiße Dusche und frische Kleidung dazu beitragen konnten, sich wie ein neuer Mensch zu fühlen.

Sie kniete vor der Gedenktafel für ihren Vater nieder.

Lord Croft
Gestorben im Felde, am 15. Mai 1981
Verloren, doch unvergessen

»Unvergessen«, flüsterte sie. »Und nicht gänzlich verloren.« Sie küsste ihre Fingerkuppen und legte sie auf den Stein. »Ich liebe dich, Daddy. Ich komme bald wieder.«

Sie erhob sich und ging ins Haus.

Hillary und Bryce warteten am Ende der Treppe. Beide grinsten über das ganze Gesicht.

»Was?« Sie stemmte die Hände in die Hüften. »Was starrt ihr mich so an?«

Hillary hielt Bryce die geöffnete Hand hin. »Geld, bitte.«

Bryce griff in seine Hosentasche, zog ein Bündel Geldscheine daraus hervor und überreichte es ihm. »Das tut mir wirklich nicht weh. Das ist es allemal wert.« Er hob eine Fotokamera und richtete sie auf Lara. *Klick.* »Benachrichtigen wir den *Tattler*. Lara Croft in einem Kleid!«

»Ich trage also das Kleid. Na und?« Lara bedachte Hillary mit einem finsteren Blick. »Wenn Sie sich häufiger um die Wäsche kümmern würden, hätte ich ein wenig mehr Auswahl gehabt.«

Obwohl sie zugeben musste, dass sie schon auf Alex' Gesichtsausdruck gespannt war, wenn er sie beim Abendessen in diesem Kleid sah.

Bryce und Hillary lächelten sie immer noch an.

»Habt ihr zwei nichts Besseres zu tun, als hier rumzustehen?«

Hillary warf ihr einen gekränkten Blick zu. »Nehmen Sie bitte zur Kenntnis, dass ich ziemlich damit beschäftigt war, aufzuräumen und sauber zu machen.«

Er *war* fleißig gewesen. Das Anwesen sah so gut wie neu aus.

Lara wandte sich Bryce zu. »Und du? Welche Ausrede hast du?«

»Ich? Ich war ebenfalls fleißig.«

»Tatsächlich?« Sie verschränkte die Arme vor der Brust. »Womit?«

Hinter ihr war ein metallisches Klacken zu hören. Sie drehte sich um.

Bryces Android kam aus dem Magazin herausmarschiert, glänzend und so gut wie neu. Eigentlich sogar noch besser.

Am Ende seiner Arme saßen keine Bohrer mehr, sondern Kanonen.

Lara warf Hillary ihren Strohhut zu.

»Halten Sie das für mich«, sagte sie und schleuderte die Schuhe von ihren Füßen.

Der Autor möchte
folgenden Personen danken:

Den Leuten von Eidos Interactive, die aus Lara Croft ein Spiel gemacht haben, den Leuten von Paramount, die das Spiel in einen Film verwandelten, den Leuten von Pocket, die mir dabei halfen, den Film wiederum in ein Buch zu verwandeln, Stephen Upham, der aus mir einen Lara-Croft-Experten gemacht hat, und natürlich Smokey, der ganz genau wusste, wann ich das Manuskript abliefern sollte.